KB073045

마릴린 먼로의
입술

2016
올해의
추리소설

GOLDPEN CLUB NOVEL 017

김경수 김범석
김재희 김주동
문정순 양수련
윤자영 이상우
장우석 정가일
조동신 최종철

마릴린 먼로의 입술

황금펜 클럽
GOLD

마릴린 먼로의
입술

::차례::

엄마는 알고 있다

김경수

금요문학회로 추리소설계에 입문. 작가로 등단한 뒤 단편소설 위주로 꾸준히 활동해 왔다.
부드러운 아줌마의 미소 뒤에 칼날 같은 필력을 장비한 반전 있는 작가이다.
발표 작품으로 「블랙아웃」, 「조강지처 클럽」, 「방관자 효과」 등이 있고,
북팔에 「조강지처 클럽」, 「박경자 여사의 두 번째 선택」, 「사랑해도 될까요?」 등을 연재했다.

두 평 정도의 작은 무대는 눈이 부시도록 아름다웠다. 몸매의 굴곡이 그대로 드러나는 보라색 미니 원피스를 입고 춤을 추는 수희 때문이다. 맨발의 수희는 요즘 유행하는 섹시 댄스를 추었다. 아직은 바람이 차가운 4월인데도 객석은 열기로 가득 차 있었다. 수희의 몸이 움직일 때마다 여기저기서 환호와 비명이 터졌다. 민망해서 얼굴을 돌리던 남궁민 형사 역시 수희의 춤에 빠져들었다.

조명 바로 옆에는 얼굴 전체를 백정 탈로 덮고 온몸을 검은 옷으로 휘감은 한 사람이 서 있었다. 방금까지 탈춤 동작에 맞춰 어깨를 들썩이며 얼쑤를 외쳐대던 그들은 채 2분도 되지 않아 무대를 달구던 선비 탈도 잊었다. 선비 탈이 무대 밖으로 나갔다가 백정 탈로 바꿔 쓰고 들어온 것도 모르고 있다.

이제 공연을 끝내야 했다. 백정 탈은 서서히 빛 속으로 들어 갔다.

백정 탈이 등장하자 객석이 술렁였다. 백정 탈이 수희의 주변을 돈다. 각진 얼굴, 삐뚤어진 이마에 잔인하고 심술궂은 표정의 백정 탈이 고개를 숙이며 살기가 번득였다.

"우우우……!"

객석의 반응은 환호에서 야유로 바뀌었다. 그쯤에서 백정 탈이 고개를 뒤로 젖혔다. 마치 실성한 듯 웃고 있는 것 같은 백정 탈. 백정 탈이 손을 내밀자 수희가 쓰러지듯 안겨왔다. 지칠 줄 모르는 그녀의 춤사위가 끝났다. 관객들의 한숨이 쏟아졌다. 백정 탈은 자신의 등을 관객에게 보이도록 몸을 돌려서 왼팔로 수희를 안았다. 그리고 얼굴이 맞닿을 만큼 고개를 빠르게 숙이며 오른손으로 그녀의 코와 입을 막았다. 수희가 몸을 틀었다.

"쟤들 지금 키스하는 겨?"

"우우우……!"

관객들의 한숨과 야유가 빗발쳤다.

무대의 불이 꺼졌다. 거친 숨소리와 부산스러움이 어둠 속을 헤매고 다닌다. 잠시 후 다시 불이 켜졌을 때 무대는 비어 있었다.

"안수희! 이다은!"

"이다은! 안수희!"

관객들은 박수를 치며 두 사람을 불렀다. 휘파람도 불었다. 그러나 무대는 조용했다. 그들은 다시 한목소리로 두 사람을 불렀다. 그래도 무대는 두 사람을 불러오지 않았다.

"야! 니들 진짜 연애라도 하냐? 빨리 나와! 밥 좀 먹자!"

성질 급한 누군가가 소리쳤다. 박장대소가 서까래를 흔들었다.

"배고파! 배고파!"

능암초등학교 53회 11명의 동창 관객은 산속이 떠나가라 합창을 했다. 매니저와 영화사 스태프들도 함께 배고파를 외쳤다. 그들의 소리가 커질수록 작은 황토펜션은 숨을 죽였다.

뭐야?

어느 순간 사람들도 숨을 죽였다.

설마 무슨 일이?

사람들의 머릿속이 저마다의 생각으로 웅성거렸다.

수희의 보디가드들보다 남궁 형사가 먼저 무대로 뛰어 올라갔다. 매니저도 따라갔다. 잠시 후 선비 탈을 손에 든 매니저가 우스꽝스러운 표정으로 어깨를 들썩이며 두 팔을 들어 올렸다. 바로 그 순간 펑 하는 소리와 함께 황토펜션의 모든 창문이 붉은색으로 물들었다.

사람들이 밖으로 뛰어나갔다. 휘발유 냄새가 먼저 그들에게 달려왔다. 방금 전 그들이 길놀이를 하면서 마당에 쌓아놓은 장작더미는 시뻘건 불꽃이 되어 하늘로 치솟고 있다. 그 불꽃 중심에 맨발의 수희와 수희를 꽉 끌어안은 백정 탈이 엎어져 있다.

1. 황토펜션 사람들

진순은 그저 평범한 엄마이고 싶었다. 하지만 그날 이후 그녀는 타의에 의해 평범한 엄마이기를 포기할 수밖에 없었다.

진순은 딸이 있는 집으로 갔다. 황토펜션에서 유일하게 싸리나무 울타리가 있는 곳이다. 삽작문에는 커다란 자물쇠가 달려 있다. 자물쇠 위로는 '요양 중. 절대 출입 금지'라는 팻말을 걸어놓아 외부인의 출입을 통제했다.

음악 소리가 밖에서도 들렸다. 통나무를 깎아 만든 육중한 현관문을 열자 캄캄한 어둠보다 퀴퀴한 냄새가 먼저 얼굴로 날아왔다. 정면으로 보이는 텔레비전에서는 이름을 알 수 없는 남자아이들이 정신없이 뛰어다니며 무슨 소린지도 모르는 노래를 부르고 있다. 안으로 들어오니 냄새는 더 고약했다. 다은이가 잘 먹는 꼬리곰탕을 새카맣게 태웠기 때문이다. 조금만 늦게 발견했으면 집까지 태울 뻔했다.

진순은 먼저 텔레비전 소리를 줄였다.

"아직도 냄새가 난다. 환기 좀 시켜야지."

"……"

딸은 대꾸가 없다. 쇳소리라도 듣고 싶었는데 진순의 방문을 달가워하지 않는 것 같다. 딸은 엄마인 진순보다 외할머니랑 있는 것을 좋아했다.

진순은 두꺼운 커튼을 한쪽으로 몰았다. 기다렸다는 듯이 3월의 투명한 햇살과 황토펜션의 모든 전경이 쏟아져 들어왔다. 아홉 개의 별채 중 가장 높은 곳에 지어 집에서도 밖의 동향을 한눈에 볼 수 있었다. 거실의 창과 작은 주방 위의 창을 열어 맞바람이 불게 했다. 딸의 방문도 열어 환기를 시키고 싶었다. 하지만 잠시 망설였다. 잠겨 있을 것 같아서 선뜻 손이 가지 않았다. 심호흡을 하고 손잡이를 돌렸지만 역시나 잠겨 있다. 딸은 방문을 잠그는 것으로 의사 표현을 했다. 갑자기 온몸의 힘이 빠져나갔다. 심장이 날카로운 것으로 찔린 듯 너무 아팠다. 다리에 힘이 풀려 금방이라도 주저앉을 것 같아 손잡이를 움켜쥐고 간신히 버텼다. 이런 일은 전에도 많이 있었다. 그런데 오늘은 유난히 가슴이 벌렁거렸다.

'다은아!'

딸의 이름은 입속에서만 맴돌았다.

딸은 엄마한테도 자신의 모습을 보여주기 싫어했다. 목욕은 아무도 없을 때 했고 밥도 거의 혼자 먹었다. 엄마는 알고 있다. 자신의 몸이 창피해서가 아니라 목욕을 시킬 때마다 차마 볼 수 없어서, 죽을 만큼 가슴이 아파서 목울대에 울음을 가둬놓고 꺽꺽거리는 엄마를 위해서라는 걸.

딸은 좋아하는 호박죽도 먹지 않았다. 방 안에서만 지내는 딸을 생각하면 가슴이 아리지만 그 어떤 말로도 위로가 되지 않기에 그저 방문 너머로 바라만 보았다. 진순은 다시 텔레비전의 채널을 돌렸다. 수희를 보기 위해서다.

이제 25살이 된 수희는 인기 절정이었다. 케이블 방송은 물론 공중파에도 수희는 등장했다. 진순의 예상대로 수희의 해맑은 모습이 화면을 가득 채웠다. 본방인지 재방인지 모르지만 수희가 앉아 있는 뒤로 새 영화 '금희' 제작 발표회라고 새겨진 대형 스크린이 있다. 그 스크린 속에 머리를 틀어 올리고 한복을 곱게 입은 수희가 요염한 모습으로 웃고 있다.

"제가 맡은 역할은……."

말을 하다 말고 웃는 수희. 보호 본능을 일으키는 가녀린 몸매에 그림 같은 얼굴, 가지런한 치아, 웃는 모습도 참 예쁘다고 사람들은 생각할 것이다. 하지만 진순은 죽이고 싶도록 수희가 밉다. 할 수만 있다면 죽이고 싶다.

"21세기로 환생한 황진이 금희 역의 안수희입니다."
"정말 잘 어울리는 배역입니다."
"고맙습니다."
"황진이 역할을 위해 태어난 거 같아요."

화면 속의 사람들이 수다를 떨었다. 하지만 진순은 수다에는 관심이 없었다.
"다은아, 수희 나왔어!"
진순이 큰 소리로 딸을 불렀지만 역시 대답이 없다. 방문에 귀를 대보지만 부스럭거림도 없다. 다시 딸의 방을 노크하려는데 깔깔대는 웃음소리가 귀를 후볐다.

"아 참, 수희 씨! 여성 잡지에서 봤어요. 예고 다닐 때 친구 때문에 죽을 뻔했다던데… 사실인가요?"

진순이 돌아섰다. 그 순간 진순의 모든 근육이 돌처럼 굳어져 마치 세상이 정지라도 한 것처럼 몸을 움직일 수가 없었다. 수희가 잠시 침묵하더니 카메라를 바라보았다. 아니, 진순을 바라보며 말했다.

"다… 용서했어요."
"와! 얼굴만 천산 줄 알았는데 마음씨도 천사군요!"

한바탕의 웃음이 진순을 휘감았다. 살아 있는 60조의 모든 세포가 진실을 왜곡한다고 아우성을 쳤다.
용서했다! 용서가 길을 잃고 가시밭에 주저앉아 통곡을 한다.
텔레비전을 꺼야 한다!
생각보다 손이 빨랐다. 하지만 재방은 셀 수 없이 많다.
딸이 방송을 보았다면, 아니, 보았으리라. 가슴이 내려앉고 무너지고 끝없이 추락했다. 추락하는 가슴 사이로 무서운 독기가 스멀거렸다.
죽여야 한다. 아니, 죽어야 산다!
그때 어디선가 숨죽여 우는 소리가 들렸다. 진순의 가슴에 간신히 붙어 있던 심장이 떨어졌다. 다시 딸 방 쪽으로 돌아서는데 욕실 안에서 통곡 소리가 났다.
엄마다.
진순은 순간 안도했다. 다은이는 통곡을 못 하기 때문이다. 놀란 가슴을 진정시키며 욕실 문을 열었다. 정신이 들락날락하는 엄마는 세면대와 욕조 사이의 좁은 공간에 쪼그리고 앉아 서럽게 울다가 진순은 보며 반색했다.

"어머니, 내 딸 돌려주세요!"

*   *   *

까치가 운다.

대추나무 꼭대기에서 까치가 운다.

사람은 죽어 만 명 중에 단 한 사람만이 새가 될 수 있다고 했다. 천 명 중에 한 사람만이 꽃이 된다 했다.

까치가 되고 싶다!

엄마는 아랫목에 누워 구들장을 통해 전달되는 딸의 온기를 느꼈다. 그리고 창호지 문 너머 까치를 보며 이룰 수 없는 일을 소망했다. 방바닥이 따뜻해 오지만 몸과 마음은 맨발로 눈길을 걷는 것처럼 춥다. 입을 꽉 다물어도 이는 떡떡 부딪쳤다.

무쇠 솥에 다시 물을 붓는 소리가 들렸다. 까치가 떠났다.

엄마는 벽 쪽으로 돌아누웠다.

딸이 들어왔다. 매캐한 장작 냄새도 따라왔다.

딸의 손이 요 밑을 들어갔다 나왔다. 그리고 얼굴을 가까이 대고 조용히 엄마의 숨소리를 들었다. 엄마는 얕은 코를 골았다.

정적 속에 두 사람의 숨소리만 들락거렸다. 딸이 이불자락을 소리 없이 정리했다. 딸은 엄마의 발치에 앉아 이불에 얼굴을 묻었다. 엄마의 가슴이 무너져 내렸다. 소리 내어 울지 못하는 딸의 아픔이 날카로운 가시가 되어 가슴을 찔렀다.

엄마는 말할 수 없다.

오늘 하나뿐인 외손녀 다은이가 길고 긴 고통의 생을 마감했다. 맨정신으로는 딸의 얼굴을 볼 수가 없다. 생각보다 먼저 튀어나가는 말이 마음을 대신했다. 엄마는 딸의 슬픔에 더 큰 슬픔을 보탤 수 없어 다은이의 죽음을 숨기고 가슴으로 피울음을 울었다.

＊ ＊ ＊

수희와 가장 친한 친구이면서 경쟁자이던 내 딸 다은이. 학교에서는 물론, 연기 지망생으로 수많은 오디션에도 함께 다녔다. 외할머니와 많은 시간을 보낸 다은이는 또래의 아이들이 할 수 없는 많은 것을 했다. 노래와 춤, 사물놀이와 탈춤까지 완벽했다.

그 토요일 밤의 화재 사건으로 열여섯 살에 모든 기억과 말을 잃은 다은이. 다은이는 춘향이 오디션을 준비하느라 토요일에 집에 오지 않았다. 그런데 언제나 쌍둥이처럼 붙어 있던 수희는 머리카락 하나 그을리지 않고 다은이만 그 불속에 있었다.

지금도 진순은 수희의 말을 믿지 않는다. 가스가 폭발해서 불까지 난 위급한 상황에 열일곱 살 여학생이 창문을 들어내고, 매트리스를 던지고, 2층에서 매트리스 위로 뛰어내렸다는 그 빠른 판단력과 차분함을 믿을 수가 없다. 분명 그 차분함은 준비된 것이다. 그리고 그 준비 속에는 밤늦게 차를 마시는 다은이가 계산되어 있었다.

하지만 경찰과 언론은 수희의 차분함을 칭찬했다. 그리고 가스 취급 부주의로 인한 화재로 결론지었다.

딸의 아름다운 미래는 그렇게 사라져 갔다.

온몸과 얼굴의 절반이 화상으로 일그러진 다은이는 웃는 것인지 우는 것인지 알 수 없다. 다은이가 유일하게 반응하는 것은 수희가 나오는 방송을 보는 것이다. 그때의 다은이는 얼굴과 손에 땀이 송골송골 맺혔다. 엄마는 어쩌면 다은이가 수희를 보고 싶어 하는 것이라고 했다.

수희는 그날 이후 단 한 번도 다은이를 찾아오지 않았다. 다은이 잘못이라면, 진정한 친구라면 절대로 그럴 수 없다. 다은이를 찾아오지 않는 것은 다은이가 유일한 목격자이며 피해자이기 때문이다. 세상 사람들은 바로 잊었다. 그러나 진순은 절대로 잊을 수가 없었다.

진순은 알고 있다. 그 땀방울 하나하나는 망가진 기억 세포 중에 단 하나가 살아남아 온몸으로 내뿜는 고통의 몸부림이다. 하고 싶은 이야기만큼 만들어지는 분노의 땀방울이다. 그 분노의 땀방울을 씻어줄 사람은 이 세상에 단 한 사람, 엄마뿐이다. 오직 진순, 자신뿐이다.

진순은 천사가 아니지만 내 딸과 나의 분노로 엄마라는 이름의 누군가에게 자신과 똑같은 아픔을 주고 싶지 않았다. 수천 번, 아니, 수만 번을 죽었다 살아난 그 많은 아픔을 다른 사람은 겪게 하고 싶지 않았다.

하지만 내 딸을 두 번 죽인다면 절대 용서할 수 없다.

그러나 독한 마음을 먹는 이 순간에도 진순의 간절한 바람은 오직 하나뿐이다. 수희가 나오는 방송을 보며 다은이가 몸부림이라도 치게 하고 싶다. 그렇게 해서라도 딸이 살아 있는 모습을 보고 싶다.

또 눈물이 고인다. 10년이 지났는데도 눈물샘은 끝이 없나 보다.

엄마의 말이 옳은 것일까?

수희를 직접 보면 달라질까?

살고 싶은 희망이 조금은 생길까?

그렇게만 될 수 있다면 마냥 기다릴 수가 없다. 다은이의 상태가 더 나빠지기 전에 텔레비전에 보이는 모습이 아니라 보고, 만지고, 웃고, 떠들고 하는 진짜 친구를 만나게 해야 했다.

진순은 휴대폰을 열었다.

얼마나 참았던가! 수백 번, 아니, 수만 번이라도 전화를 걸어 다은이를 보러 오라고 강요하고 싶었다. 하지만 그저 가끔, 아주 가끔 전화번호를 확인했을 뿐이다.

가슴이 벌렁거렸다. 숨도 가빠오고 있다.

단축 번호 1번!

버튼을 누르는 손이 떨린다.

진순은 떨리는 손으로 1번을 길게 누르고 천천히 귀로 가져갔다. 심장 소리보다 먼저 기계음이 날아왔다.

지금 거신 전화번호는 없는…….

순간 모든 피가 거꾸로 솟았다.

설마…….

다시 걸었다. 기다렸다는 듯이 다시 기계음이 웅웅거렸다.

＊　　　　＊　　　　＊

다은이가 생사를 넘나들 때였다. 다은이의 불안한 눈동자가 정신없이 흔들렸다. 어떤 말로도 진정되지 않았다. 진순은 수희를 찾아갔다. 진순은 수희의 소속사 지하 주차장에서 무작정 기다렸다. 밴을 타러 가던 수희를 진순은 바로 알아보지 못했다. 수희가 막 지나쳤을 때 진순이 소리쳤다.

"수희야, 나 다은이 엄마야!"

수희는 아주 잠깐 멈칫하더니 망설임도 없이 차로 걸어갔다. 남자들이 수희를 쫓아가는 진순을 잡았다.

"수희야, 다은이가 너 찾아!"

수희는 매니저가 열어준 차를 탔다.

"수희야! 수희야! 다은이가 많이 아파!"

수희는 그대로 떠났다. 진순의 마지막 말은 울음으로 터져 나왔다. 그리고 그 자리에 서서 얼음이 되었다. 얼마나 서 있었는지 기억에 없다. 누군가 진순의 어깨를 건드렸다. 수희의 매니저가 종이를 내밀었다. 수희의 전화번호였다.

그 전화번호를 또 바꾼 것이다.

하룻강아지 범 무서운 줄 모른다!

그때는 오로지 다은이가 살아나기만을 기도하고 기도했다. 다은이가 살아만 준다면 누구도 원망하지 않겠다고 다짐하고 다짐했다.

그랬는데 오늘 다시 엄마의 마지막 남은 간절함을, 참고 또 참은 엄마의 또 다른 이름인 인내심을 마침내 바닥나게 했다.

하룻강아지 범 무서운 줄 모른다!

눈에는 눈, 이에는 이.

나 진순은 그때의 다은이 엄마가 아니다.

*   *   *

장구 가락이 황토펜션의 암울한 공간을 휘젓고 다닌다.

덩기~ 덩기~ 덩따쿵따~

덩~ 따따~ 쿵따쿵~ 따쿠꿍따~ 쿵따쿵!

휘모리를 시작으로 자진모리와 양산도로 넘어가며 가락은 점점 빨라진다. 궁굴채를 쥔 왼손이 공기를 가를 때마다 텅 빈방은 더 큰 한숨으로 받아쳤다.

작은 무대와 50명이 무릎을 맞대야 겨우 앉을 수 있는 본채 다미재는 소극장 역할을 충분히 해냈다. 본채는 단열을 충분히 했어도 별도 난방을 하지 않으면 추웠다. 하지만 장구와 한 몸이 된 진순은 추위를 느끼지 못했다.

굿거리로 넘어간다.

휑한 방 안이 갑자기 밝아졌다.

일곱 살 다은이가 장구 가락에 맞춰 춤을 춘다. 은박을 입힌 짧은 남색 치마에 역시 은박을 두른 하얀 저고리를 입고 덩실덩실 춤을 춘다. 장구 가락이 느려지면 다은이의 춤사위도 느려지고 가락이 빨라지면 춤사위도 빨라진다.

열여섯 살 다은이가 춤을 춘다. 이번에는 탈춤이다. 양반 탈을 쓴 다은이가 고개를 뒤로 젖힌다. 양반이 박장대소한다. 박장대소에 맞춰 궁굴채와 열채에도 힘이 들어간다.

덩~ 다기~ 덩~ 닥~ 얼쑤!

덩~ 다기~ 덩~ 닥~ 얼쑤!

이번에는 어깨를 잔뜩 움츠리고 고개를 숙인다. 양반이 화가 잔뜩 났다.

덩~ 다기~ 덩~ 닥~ 얼쑤!

산속의 황토펜션은 해가 짧다. 짙어지는 산 그림자를 닮은 장구 가락은 이제 흐느낌이다.

달칵!

불이 켜짐과 동시에 꼬맹이 다은이도 양반 탈의 다은이도 사라졌다. 장구 소리도 동시에 멈췄다. 온몸이 땀으로 목욕을 했다. 황토벽에 기대어 눈을 감았다. 벽에 기대니 남편의 체온이 전해졌다. 거의 12년에 걸쳐 완성한 이 황토펜션은 온전히 남편의 땀과 노력으로 만들어졌다. 눈 속으로 땀이 들어가 따끔거렸다. 그 살아 있는 아픔 속으로 남편이 들어왔다.

다은이의 소식을 듣고 달려간 남편은 그날 이후 집으로 돌아오지 못했다. 딸바보이던 남편은 너무 서두르다 다시는 돌아오지 못할 길을 가고 말았다. 세상에서 가장 행복하던 가정이 단

하루에 가장 불행한 가정이 되었다. 살아 있는 자신이 한없이 원망스러웠지만 아직 목숨이 붙어 있는 딸과 위의 3분의 2를 잘라낸 엄마가 있기에 살아야만 했다.

"이년아! 밥 줘!"

고함 소리에 눈을 떴다. 모두가 사라진 텅 빈 그곳에 또 다른 진순이가 사나운 모습으로 서 있다. 엄마다. 서울에서 유명한 기생이던 엄마. 열아홉 살 나이에 해서는 안 될 사랑을 한 엄마. 여덟 살 딸을 데리고 이 첩첩산중 시골로 도망 내려온 내 엄마.

다은이를 돌보느라 제대로 병수발을 하지 못한 딸을 위해 스스로 노력해 위암을 물리쳤는데, 그랬는데 갑자기 세상에서 제일 무서운 병 치매 환자로 가고 있는 엄마. 아직은 멀쩡한 정신일 때가 조금 많다는 것이 그나마 다행인가.

딸을 위해 모든 것을 버린 불쌍한 내 엄마.

그러나 지금은 꼭 해야 하는 것을 할 수 없게 만드는 족쇄가 되어버린 내 엄마.

"이 엠병할 년아, 하나밖에 없는 어미 굶겨 죽일 껴?"

이젠 들어보지도 못한 욕까지 하는 엄마.

여자 나이 50이 넘으면 배운 사람이나 못 배운 사람이나 똑같아진다더니……. 여고를 졸업하고 기생 수업까지 받았다는 엄마의 추락은 어디까지일까.

얼마나 더 험한 꼴을 봐야 내 인생이 끝날까.

내가 없다면 엄마는, 그리고 생각만으로도 가슴이 저리는 내 딸 다은이는…….

일어서려는데 다리가 휘청거렸다. 아침부터 굶었기 때문이다. 손님이 있으면 절대 있을 수 없는 일이지만 오늘은 예약이 한 건도 없었다.

"예, 엄니! 밥 먹고 삽시다!"

진순은 자신에게 다짐하듯 큰 소리로 말했다. 그리고 두 눈을 동그랗게 뜨고 노려보는 엄마의 손을 잡았다. 우악스럽게 잡는 손아귀의 힘이 대단했지만 손은 따뜻했다.

엄마의 젖가슴도 아직 따뜻할까?

엄마의 젖가슴에 얼굴을 묻고 잠들고 싶다. 영원히 잠들고 싶다.

2. 늦사랑

늦사랑이 주책이다.

강하게 저항하는 강도 용의자와의 한바탕 추격전과 몸싸움으로 지친 남궁 형사를 위해 그의 애마는 주인의 허락도 없이 황토펜션을 찾았다. 그는 자동차를 주차시킨 후에야 자신이 황토펜션에 온 것을 알았다.

차 소리만 듣고도 종종걸음으로 나오던 진순이 오늘은 기척이 없다.

'어디 아픈가?'

생각만으로 가슴이 싸해지던 남궁 형사의 눈에 바람만 가득한 주차장이 들어왔다. 갑자기 얼굴이 화끈거리며 머리 뒤쪽이 씀벅거리기 시작했다.

황토펜션은 철저한 예약제였다.

내 어느 곳에 이런 무모함이 있었단 말인가?

그는 시동을 끄지 않은 운전석에 앉아 어이를 상실했다. 자신에게 화가 난 남궁 형사는 핸들을 내려쳤다. 그리고 다시 후진 기어를 넣으려는 그때 숨 가쁘게 빨라지는 장구 소리가 그를 불러 세웠다.

사랑은 세상을 바꾸게 했다.

융통성이라고는 좁쌀 한 톨만큼도 없는 원칙주의자이자 천하의 골샌님 남궁 형사를 춤추게 한 것이다. 타고난 한국 사람의 기질은 피곤한 그의 어깨를 들썩이며 리듬을 타게 했다. 남궁 형사의 걸음보다 마음이 한발 먼저 다미재로 달려갔다.

진순은 언제나처럼 황토색으로 물들인 개량 한복을 입고 덧문이 열린 큰 방 가장자리에 앉아 장구를 치고 있었다. 진순이 가끔 투숙객들과 함께 길놀이하는 것은 보았지만 혼자 장구를 치는 것은 처음이다. 남궁 형사는 물론 그곳의 모든 나무와 숲, 햇빛과 서늘한 바람, 공기가 그녀의 신명나는 장구 소리에 귀를 기울였다. 그리고 모든 것을 온전히 맡긴 채 흥겨워하고 있다.

그런데 왤까?

남궁 형사의 눈에 비친 진순의 얼굴은 처연했다. 슬픔이 가득한 낯선 얼굴이었다. 남궁 형사는 심장 뛰는 소리가 너무 커서 혹시라도 새어 나갈까 봐 가슴을 두 손으로 감쌌다.

덩~ 기덕~ 덩~ 더러러러~ 쿵기덕~ 쿵~ 더러러러~

덩~ 기다기~ 덩~ 다기다기~ 더덩~ 기다기~ 쿵따쿵~

남궁 형사의 귀에도 익은 굿거리장단.

58세에 아직도 혼자인 남궁 형사는 진순을 사랑했다. 처음에는 손사래를 쳐가며 극구 부인했지만 어느 순간 알았다. 진순의 보일 듯 말 듯한 미소와 정갈한 음식, 발목까지 내려온 하얀 앞치마를 목마르게 그리워하고 있는 자신을 보았기 때문이다. 충주경찰서 강력계 수사과장인 남궁 형사는 1년 전 지인의 초대로 한 번 왔다가 다른 사람들처럼 황토펜션의 열렬한 팬이 되었다. 화학조미료를 넣지 않아 처음에는 음식이 입에 맞지 않았다. 하지만 곧 대부분을 직접 기르고 채취한 재료로 만드는 약선 음식의 신선함에 매료됐다. 늦가을에 따서 덖어 말린 감국차는 커피 중독을 끊게 했다. 그리고 무엇보다도 전문가가 짓지 않아서 더 정감이 가는 황토 집을 정말 좋아했다.

일출과 일몰을 볼 수 있으며 오직 소나무와 그 산에서 나온 황토만 사용해서 지은 작은 집들은 투박하고 서툴지만 각기 다른 모양새를 하고 있었다. 너와지붕을 뒤집어쓴 동그란 황토방, 볏짚을 이고 긴 툇마루를 깔고 있는 황토방들은 지친 몸과 마음을 달래기에 최고였다. 장작불을 지피면 큰 놈, 작은 놈 서너 개를 포개어 만든 항아리 굴뚝에서는 마법처럼 하얀 연기가 피어오른다. 서쪽 산봉우리를 붉게 태우는 해넘이와 함께하는 하얀 연기와 고즈넉한 풍경은 한 세기를 유턴했다.

그곳은 목석같던 남궁 형사를 아련한 향수와 함께 유년의 시절로 데려갔다.

그곳은 험난하고 외로운 세월을 지나온 남궁 형사에게 어머니의 품이고 천국이었다.

그리고 그곳에 꾸미지 않은 소박함, 소박해서 더 아름다운 조용한 미소의 그녀 진순이가 있다.

그러나 첫사랑에 실패한 후 사랑이란 단어를 잃어버린 남궁 형사는 누군가를 사랑한다는 것이 너무나 어색했다. 고백은커녕 진순이 눈치챌까 봐 조심 또 조심했다. 하지만 늦게 배운 도둑질이 날 새는 줄 모른다고 이미 터진 봇물을 막을 수가 없었다.

3월의 짧은 해가 졌다. 해가 지고 난 뒤의 스산함은 허기와 피곤을 다시 재촉했다.

요즘 남궁 형사의 체면이 말이 아니다.

사사삭!

남궁 형사의 등 뒤에서 장구 소리의 흐름을 방해하는 미세한 움직임이 전해졌다. 강력계 형사의 민첩함과 날카로운 눈매로 잽싸게 돌아보았지만 아무것도 없다.

분명 인기척이었는데……

그때 남궁 형사의 시야 멀리 고라니가 뛰고 닭들의 부산한 모습이 들어왔다. 남궁 형사의 작은 눈이 더 작은 초승달이 되려고 할 때 장구 소리가 멈췄다. 화들짝 놀란 남궁 형사는 하마터면 넘어질 뻔했다. 다시 안을 바라보는 남궁 형사의 눈앞에 믿을 수 없는 일이 벌어졌다. 똑같은 옷을 입고 똑같이 생긴 여자가 진순 앞에 서 있었다.

참으로 오랜만에 사랑에 빠진 남자를 보았다.

작은 키에 다부진 몸, 시커먼 얼굴에 작은 눈의 남자가 사랑에 빠졌다는 것을 엄마는 한눈에 알아보았다. 그가 형사란다.

언감생심! 감히 내 딸을 넘보다니!

예전 같으면 단박에 떨어질 불호령이 지금은 고맙기 그지없다. 딸 진순은 알고 있는지 모르는지 알 수가 없다. 펜션을 혼자 운영하고 농사를 짓고 산 약초를 수집하러 다니는 딸은 사계절 내내 바빴다. 해마다 담그는 발효액으로 창고는 늘어났고, 찾는 이들도 그만큼 많아졌다. 다시 말하면 딸은 고된 노동으로 자신을 학대했다. 아끼는 것은 말뿐이다. 딸은 특별한 일이 아니면 예와 아니요의 단답형 말만 했다. 하지만 그 말투는 아주 상냥했다. 딸은 음식 솜씨도 일품이다. 모든 사람이 입에 침이 마르도록 칭찬하고 또 칭찬해도 딸은 그저 입꼬리만 살짝 올려 미소로 답례했다.

하지만 사람들은 모른다. 그 상냥한 말투와 조용한 미소 뒤에 숨겨진 아픔을.

이 세상에 또 하나의 핏줄 다은이.

수없이 많은 수술로 화상 흉터는 어느 정도 아물었지만 정신과의 치료에도 말 한마디 하지 않는 다은이.

"넌 할 만큼 했어. 이젠 그만하자. 다은이도 힘들어."

"엄마, 난 전생에 얼마나 많은 죄를 지었을까?"

딸은 뜬금없는 말로 대답했다. 가슴이 먹먹하다. 그 질문이야말로 늘 자신에게 묻고 또 물었다.

"아직도 죄가 남았다면… 그 죄 갚음으로 내가 죽어 우리 다은이가 나아질 수 있다면… 정말 좋겠다. 그치, 엄마?”

딸의 눈에서 굵은 눈물이 떨어지고 또 떨어졌다. 그날 딸을 부둥켜안고 하염없이 울었다.

그것이 아주 오래전에 딸과 나눈 마지막 대화였다.

딸은 마치 죄 갚음을 하듯이 자신을 혹사하고 또 혹사했다.

끝없는 노동과 자외선 속에서 살아온 딸은 10년도 더 늙어 보였다.

한때는 듬직한 사위가 있어 일을 하지 않았고 위암 수술을 하고는 치료와 요양을 하느라 몸을 아꼈다. 때문에 원래도 동안이던 엄마는 실제 나이보다 10년은 젊어 보였다. 엄마는 딸처럼 머리를 길러 하나로 묶고 개량 한복 색깔도 맞춰 입었다. 두 사람은 마치 자매처럼 닮아가고 있었다.

딸은 다은이의 죽음을 예감한 것처럼 며칠 전부터 틈만 나면 장구와 씨름했다. 엄마가 40년 전에 그랬던 것처럼 장구에다 한을 풀어내고 있었다.

산 사람은 살아야 한다. 딸의 인생은 분노의 고름이다. 밖에서는 보이지 않는, 안으로 곪은 고름이다. 곪은 고름은 터져야 한다. 터져야 새살이 돋는다.

그래서 남궁 형사가 고맙다. 천군만마를 얻은 것 같다.

그러나 어찌할꼬!

엄마가 그랬던 것처럼 내 딸 역시 한 치의 틈도 없다. 그러나 엄마 홍랑은 소망하고 소망한다. 모든 것을 잊고 사랑하고 사랑받으며 행복하게 살기를 간절히 소망한다.

딸은 어두워져도 장구를 놓지 않았다. 이제 그만 사랑 항아리에 빠진 남자의 허기를 채워줘야 했다.

달칵!

불을 켰다. 딸의 슬픈 기억들이 빛의 속도로 부서지는 것을 본다. 딸의 커다란 눈이 그들을 찾아 허공을 헤맨다.

내 아가, 내 전부이던 내 꼬맹이, 보듬어주고 싶다. 슬픈 기억 속에서 꺼내줄 수만 있다면 뭐든지 할 것이다.

"이년아! 밥 줘!"

엄마의 거친 말투에 딸의 얼굴이 복잡하게 흔들렸다.

3. 엄마, 울지 마

별도 달도 없는 깊은 밤이다. 오직 딸의 집에만 불이 켜져 있다. 다은이를 하루 반나절이나 보지 못했다. 딸이 보고 싶어 찾아왔지만 열 때문에 얼굴까지 벌건 진순은 선뜻 들어가지 못하고 싸리문 밖에 서 있었다. 오늘도 딸의 집은 텔레비전 소리가 시끄럽다. 시끄러운 소리 속에 엄마의 웃음소리가 섞여 있다.

"엣취!"

눈치 없는 재채기가 계속 쏟아졌다. 진순은 엄마와 딸에게 감기를 옮길세라 싸리문 밖에서 한참을 서성이다 캄캄한 길을 조심스럽게 내려갔다.

"불이야! 불이야!"

수십 명의 아이들이 코와 입을 막고 굴 밖으로 뛰어나가느라 정신이 없다. 진순은 연기가 가득한 좁은 굴속에서 아이들을 헤치고 뛰어다니며 딸을 찾는다. 하지만 그 어느 곳에도 다은이는 없다. 다시 연기가 가득한 굴속으로 들어간다. 누군가 자신의 뒤를 잡아당겼다. 잡은 손을 떼어내며 딸의 이름을 목이 터져라 부른다. 누군지도 모르는 완강한 힘이 진순을 막고 있다. 그렇게 실랑이하는 동안 연기가 점점 줄어든다. 완강한 힘도 줄어든다.

지하 갱도로 내려간다.

미로처럼 구불구불한 갱도를 따라 내려간다. 내려갈수록 빛이 엷어진다. 갱도는 끝이 없다. 이젠 암흑이다.

"엄마! 살려줘!"

암흑 속 저 밑에서 딸이 부른다.

"다은아! 조금만 기다려! 엄마가 지금 가고 있어!"

얼마나 헤맸을까? 캄캄한 어둠 속에서 딸의 기척이 느껴진다.

"다은아!"

"엄마!"

다은이의 손을 잡으려는 순간 발을 헛디뎌 어디론가 끝없이 떨어진다.

진순의 두 팔이, 두 다리가 허공을 휘젓는다.

꿈이다.

같은 꿈을 또 꾸었다. 무명 잠옷이 흠뻑 젖었다. 그 땀 속에서 갑자기 소름이 돋기 시작했다.

'다은아! 다은아!'

진순은 무명 잠옷을 입은 채 맨발로 뛰어갔다. 별도 달도 없는 캄캄한 길을 대낮처럼 단숨에 달려갔다.

다은이가 떠났다.

다은이는 아빠를 찾아갔다. 늘 이별을 준비했지만 마지막 인사를 못 한 것이 또 다른 아픔으로 가슴에 비바람이 몰아쳤다.

투명 유리 주전자의 물이 끓는다. 진순은 전기 렌지의 불을 끄고 주전자의 뚜껑을 열었다. 국화꽃을 한 줌 넣었다. 짙은 국화 향이 집안 구석구석을 돌아다니며 감국차를 좋아하는 다은이를 찾았다.

다섯 살 다은이가 노란 국화꽃이 들어 있는 감국차를 마신다. 아빠와 엄마, 외할머니의 눈이 찡그리는 다은이를 바라본다.

"맛이 어때요, 공주님?"

"쉿!"

다은이가 조그만 두 번째 손가락을 입에 갖다 댄다. 그리고 조용히 속삭인다.

"엄마, 내 입속에 국화꽃이 폈어!"

진순은 소쿠리의 국화꽃이 다 없어질 때까지 넣고 또 넣었다. 작은 주전자는 국화꽃을 주체하지 못하고 토해내고 토해냈다.

'다은아! 미안해! 미안해!'

뜨거운 불속에서 엄마를 애타게 불렀을 때 꿈속에서조차 꺼내주지 못한 못난 엄마. 마지막 가는 길도 지켜주지 못한 나는 엄마도 아니다. 엄마도 아니다!

'다은아, 미안해. 정말 미안해.'

진순이 주저앉았다. 그리고 참고 참은 피울음을 끝없이 토해 냈다. 다은이의 행복한 웃음소리를 기억하는 산도, 나무도, 이제 막 피어나는 야생화들도 바람을 불러와 꺼이꺼이 함께 울었다.

딸은 말없이 구덩이만 파고 있다. 엄마는 딸이 퍼 올린 흙더미에 철퍼덕 주저앉아 초점 없는 눈으로 딸을 바라보다가 노래를 부르기 시작했다.

엄마 엄마 가는 길에 하얀 찔레꽃
찔레꽃 하얀 잎은 맛도 좋지
배고픈 날 가만히 따 먹었다오
엄마 엄마 부르며 따 먹었다오

엄마의 노래는 제대로 알아들을 수 없는 중얼거림이었다.

밤 깊어 까만데 엄마 혼자서
하얀 발목 바쁘게 내게 오시네
밤마다 보는 꿈은 하얀 엄마 꿈
산등성이 너머로 흔들리는 꿈
엄마 엄마 나 죽으면 앞산에다 묻지 마

뒷산에도 묻지 말고 양지 쪽에 묻어줘

　엄마의 중얼거림은 이제 반쯤 울음이다. 엄마의 말처럼 커다란 소나무 아래는 햇빛이 가득했다. 그 햇빛 속으로 깨끗한 다은이가 너울거린다.

비 오면 덮어주고
눈 오면 쓸어줘
내 친구가 날 찾아도 엄마 엄마 울지 마

　엄마가 두 다리로 흙을 밀어내며 울음을 토해내었다.
　그러나 딸은 단 한 마디도 하지 않고 두 시간이 넘도록 구덩이를 파고 있다. 시뻘건 황토 흙을 퍼내고 그만큼의 눈물을 담았다. 엄마가 일어나 어디론가 갔다. 진순은 허리 한 번 펴지 않고 삽질만 했다. 다시 돌아온 엄마의 치마에 분홍 매화꽃이 가득이다. 엄마는 다시 노래를 중얼거리며 꽃잎을 날렸다.

가을 밤 외로운 밤 벌레 우는 밤
시골 집 뒷산 길이 어두워질 때
엄마 품이 그리워 눈물 나오면
마루 끝에 나와 앉아 별만 셉니다

　엄마의 노래는 끝도 없이 이어졌다. 꽃잎이 떨어진 자리에 어느새 별이 떨어졌다.

다은이는 그렇게 별이 되어 아빠를 찾아갔다.

4. 봄이 오는 길

봄바람은 누구에게나 친절했다. 이맘때면 황토펜션도 사람들이 남기고 간 웃음과 속삭임과 아픔의 찌꺼기를 봄바람에 실어 보낸다. 그러면 산과 들이 그것들을 밑거름 삼아 곧 그만큼의 사연으로 옷을 바꿔 입었다.

남궁 형사도 옷을 갈아입었다. 진순이 선물한 짙은 밤색 개량 한복이다.

남궁 형사는 정말 좋아했다.

그때 진순은 강력계 형사가 아닌 남자의 눈물을 보았다. 눈물이 그렁한 눈으로 엄마를 바라보는 남궁 형사의 기쁨을 보았다.

진순은 이미 알고 있었다. 오래전 남궁 형사를 숨어서 지켜보는 엄마의 반짝이는 눈동자를 보았다. 남궁 형사가 오면 엄마는 주방에 들어와 간섭도 했다. 절대로 손님 앞에 나서지 않는 엄마였는데 남궁 형사에게만은 예외였다. 직접 상을 차려주고 차까지 끓여 주었다.

그런 엄마의 과잉 친절이 남궁 형사도 싫지 않은 눈치였다.

말이 안 되는 일이다.

하지만 정말 말이 안 되는 걸까?

눈이 오면 눈이 와서 행복했고, 비가 오면 비가 와서 행복했던 엄마, 하얀 별꽃을 좋아하고 홍매화를 사랑하는 소녀 같은 엄마. 그날 이후 모든 감성을 안으로 묻어 조용히 그림자처럼 살았던 엄마.

엄마는 아직 젊다. 인생은 60부터라고 했다. 오락가락하던 정신도 좋아지는 것 같다. 물론 약물치료를 시작했지만 남궁 형사 때문이라고 믿는다.

엄마에게 좋은 일은 진순에게도 좋은 일이다.

따르르릉! 따르르릉!

시대를 따라가지 못하는 휴대폰이 진순의 상념을 깨웠다.

"황토펜션입니다."

─안녕하세요? 여기 금희제작사입니다.

"금희요? 전화 잘못 거셨습니다."

─잠깐만요! 거기 홍랑 선생님 계시죠?

다급한 저음의 남자 목소리가 익숙한 이름을 찾았다. 잠깐 사이에 진순은 수십 년의 세월을 다녀왔다.

홍랑!

참으로 오랜만에 들어보는 엄마 이름이다. 엄마가 비원 앞에 있는 집에서 불리던 이름이다. 목이 메어왔다. 그때의 엄마는, 어린 눈에 비친 엄마는 정말 예뻤다.

어떻게 알았을까? 엄마는 꼭꼭 숨겨왔는데.

─선생님 연락 받고 얼마나 기뻤는지 모릅니다. 저희가 엄청 찾았거든요. 말씀하신 대로 4월 12일 찾아뵈려 하는데 괜찮으

십니까?

"……."

엄마가 먼저 연락을 했다? 믿을 수 없다. 하지만 이 남자의 말이 거짓말은 아닌 것 같다. 며칠 전 엄마는 꽁꽁 숨겨두었던 예전의 한복을 입었다. 그랬다. 그건 그리움이었다. 숨겨둔 세월만큼 먹물보다 진한 그리움이었다.

4월 12일!

진순은 바람같이 달려 주방으로 갔다. 주방 벽에 걸려 있는 달력을 보았다. 능암초등학교 53회 동창 모임이 있다. 수희와 다은이도 능암초등학교 53회다. 동창들은 일부러 모임을 만들어 다은이를 찾아왔다. 그러나 그 누구도 다은이를 만나지 못했다.

"초등학교 동창 모임이 있는데 괜찮으실까요?"

–아, 예. 알고 있습니다. 이번에는 촬영하러 가는 것이 아니라 홍랑 선생님도 뵙고 황토펜션을 헌팅하러 갑니다. 하하하!

남자의 호탕한 웃음이 좋다.

–주인공 안수희와 스텝들 해서 약 열다섯 명 정도 됩니다!

'안수희가 온다구?'

이런 상황을 필연이라고 하는가? 무엇인지 모르지만 머릿속에 섬광이 인다.

"몇 시쯤 오세요?"

–아침 일찍 리딩하고, 음, 10시 30분에 출발하면 늦어도 12시쯤 도착하겠습니다.

"알겠습니다. 그럼."

─아, 시나리오는 오늘 보냈습니다.

"알겠습니다. 그럼."

─아, 그리고⋯ 그날 길놀이가 있다고 하셨는데 저희가 준비할 것이라도⋯⋯?

"잠깐만요."

진순은 즉시 대답을 하지 못했다. 수많은 생각이 머릿속을 돌아다녔다.

"길놀이 끝에 탈춤 공연이 있습니다."

─탈춤 공연이요? 정말 잘됐네요. 저희는 뭘 준비할까요?

"여기 다 있습니다. 그냥 오시면 됩니다."

─길놀이에 탈춤 공연이라⋯ 지금부터 떨립니다. 연락 주셔서 정말 정말 감사하다고 다시 한 번 홍랑 선생님께 전해주십시오.

전화를 끊고 진순은 밖으로 나갔다.

기다리는 자에게 기회가 온다고 했다. 다리가 허둥댄다. 그러나 머릿속은 차가워지고 있었다. 황토펜션의 모든 것이 새삼스럽다. 다미재를 중심으로 잘 정돈된 황토 집들. 아름다운 여인이 많이 산다고 해서 남편이 지어준 이름 다미재! 남편 몫까지 부지런히 가꾸고 다듬어 한 폭의 그림이다. 황토펜션을 둘러싼 산자락과 들판도 새로운 생명을 잉태하느라 바쁘다. 진순은 부드러워진 땅의 흙을 손으로 퍼 올렸다. 그리고 지천으로 피어 있는 돌나물의 노란 꽃에 입을 맞췄다. 베어내면 더 자라고 밟으면 다시 일어서는 돌나물을 사랑한다. 그래서 잔디 대신 돌나물을 키웠다.

봄은 희망이다. 희망을 주는 봄에 입을 맞추었다.

남궁 형사가 왔다. 그는 개량 한복의 답례품을 가져왔다.
선물을 내밀며 쑥스러워하는 남궁 형사의 순박한 얼굴이 좋다.
기초 화장품과 수분 크림, 그리고 자외선 차단 크림. 모두 두
개씩이다. 또 있다. 안개꽃도 두 다발이다. 선물을 확인하는 내
내 남궁 형사의 눈동자가 딸을 찾는다. 청국장 냄새가 돌아가려
는 남궁 형사의 발목을 잡았다.
남궁 형사가 불쑥 찾아와도 딸은 이제 화를 내지 않았다. 희
망이 보인다.
영화사의 연락을 받았을 텐데 딸은 말이 없다. 말하지 않아도
엄마는 안다. 딸은 엄마의 손님들을 위해 따뜻한 잠자리와 가장
맛있는 음식을 준비할 것이다.
그러나 다시 홍랑의 이름으로 살고 싶은 생각은 없다. 다만
다은이가 먼 길 가기 전에 용서와 화해가 이루어지기를 소망할
뿐이다.
남궁 형사의 애끓는 시선이 딸의 하얀 앞치마에서 서성거렸
다. 그리고 조용히 세상에서 가장 맛있는 청국장을 먹고 있다.
사랑을 먹는다. 엄마는 조금의 틈도 보이지 않는 딸이 야속하
다. 그래서 오늘도 딸이 끓여준 청국장으로 사랑의 허기를 채우
는 남궁 형사가 안쓰럽다.
남궁 형사는 딸이 화장품을 돌려주지 않은 것만으로도 희망
을 길어 올리며 얼굴을 붉혔다.

남궁 형사는 심장이 벌렁거려서 숨을 제대로 쉴 수가 없었다. 진순이 배웅한다며 자신을 따라 나왔기 때문이다. 나란히 걷는 진순을 제대로 바라보지 못하는 남궁 형사의 목이 뻣뻣했다.

'무슨 말이라도 해야지!'

모든 신경이 아우성을 쳤지만 수많은 생각이 한꺼번에 버벅거리는 바람에 남궁 형사는 단 한 마디도 하지 못하고 그저 주차장으로 걸어만 가고 있다. 진순도 조용히 걷고만 있다. 남궁 형사의 애마가 바로 코앞이다.

'이럴 줄 알았으면 맨 끝에다 주차할걸.'

후회막급인 남궁 형사의 걸음이 저절로 느려지고 있다. 무슨 말인가는 해야 했는데 터지지 않는 말문으로 남궁 형사는 애가 끓고 있다. 남궁 형사의 손에서 땀이 나려고 할 때 진순이 섰다.

"저……."

걸음을 멈춘 진순이 말을 꺼냈다. 아주 조용한 목소리였지만 남궁 형사는 단박에 알아들었다. 남궁 형사는 빛의 속도로 멈췄지만 시선은 진순의 앞치마에 멈췄다.

"네, 말씀하세요."

"4월 12일 열두 시에 길놀이가 있는데… 오실 수 있나 해서요."

"무, 물론입니다."

남궁 형사는 예상치 못한 초대에 깜짝 놀라 진순의 말이 끝나기도 전에 한 치의 망설임도 없이 대답을 해버렸다. 게다가 말까지 더듬었다.

'에고! 잠깐 생각하는 척이라도 했어야지!'

남궁 형사는 머리를 쥐어박고 싶었다.

"조심해서 가세요."

남궁 형사가 자신에게 화가 나서 부들거리는 사이 진순이 허리를 깊게 숙여 인사를 했다. 남궁 형사도 똑같이 허리를 숙였다. 남궁 형사가 고개를 들기도 전에 조용한 발소리가 멀어지고 있다. 고개를 들지 못하는 남궁 형사는 가슴만 쳤다.

아름답다!

사람은 혼자의 뒷모습보다 둘이 걸어가는 모습이 훨씬 아름답다.

주차장으로 걸어가는 남궁 형사와 딸의 뒷모습을 바라보는 엄마의 눈에 기쁨이 넘쳤다. 어깨 높이도 비슷한 두 사람 때문에 엄마의 입가에 미소가 번졌다.

진순은 남궁 형사의 뒷모습을 바라보는 엄마의 시선을 느꼈다. 그 시선 속으로 진순은 따뜻한 응원의 마음을 보냈다.

딸이 말이 많아졌다. 갑자기 옛날로 돌아간 것처럼 말도 살갑게 했다. 예약을 받지 않은 황토펜션은 엄마와 딸의 발자국 소리만 기다렸다. 다은이의 사고가 있기 전의 딸은 어린 다은이보다 더 조잘거렸다. 딸은 쉴 새 없이 떠들었다. 나무와 풀과 꽃과 바람과 돌에게도 이야기를 하느라 딸의 입은 늘 바빴다.

시내를 나간 딸이 돌아왔다. 보따리가 크다.

엄마는 나무 뒤에 숨어 딸의 행동을 지켜보았다.

딸이 엄마 방으로 들어갔다. 엄마는 그래도 멀리서 지켜만 보았다.

얼마나 시간이 지났을까. 딸이 나왔다. 딸이 완전히 모습을 감췄을 때 엄마는 재빨리 방으로 갔다. 다미재 가장 깊은 곳 돌 틈마다 보랏빛 제비꽃이 가득 피어 있는 곳으로 잰걸음을 걸었다. 다섯 장의 작은 꽃잎이 눈을 맞췄다. 하지만 마음이 바빠 꽃들과 이야기를 나눌 짬이 없다. 주인을 닮아 반질반질 윤기가 흐르던 툇마루가 먼지만 쌓여 있다. 두근거리는 마음으로 방문을 열었다. 언제나 그렇듯 정갈한 방이다.

'뭘까?'

'뭐지?'

'분명히 보따리를 들고 들어왔는데……'

딸의 향기가 남아 있는 방은 달라진 것이 없다. 작은 장롱 문을 열었다. 그곳에 새 가족이 생겼다. 계절별로 구분된 개량 한복이 조심스레 걸려 있다. 서랍장을 열었다. 역시나 그곳도 새 가족이 대폭 늘었다.

'설마?'

엄마는 앉은뱅이 서랍장 앞에 털썩 주저앉았다. 숨을 크게 쉬고 서랍을 열었다. 엄마의 느낌대로 그곳에 있던 작은 병이 사라졌다. 수면제였다. 의사 처방으로 받은 약이지만 딸은 가능하면 먹지 않기를 바랐다. 딸의 바람대로 그동안 먹지 않았지만 다은이 일로 다시 먹은 걸 알고 아예 치워 버린 것이리라. 엄마는 더 깊숙한 곳으로 손을 넣었다. 손끝에 또 다른 약병이 잡혔다. 약간의 흐트러짐도 알아차리는 딸이기에 조심조심 모든 걸 원래대로 해놓고 밖으로 나갔다. 길을 잃은 찬바람이 늦은 인사를 했다.

"엄마, 커피?"

딸도 길을 잃었다. 커피는 절대 금물이다. 원두커피도 아니고 설탕과 프림이 함께 들어 있는 달달한 삼박자 커피다. 엄마는 눈만 깜빡거렸다.

"엄마, 이 커피 좋아했잖아."

컵이 두 개다. 25년 전 결혼 선물로 사준 커피 잔이다. 사위가 세상을 떠난 후 한 번도 꺼내지 않던 도자기 부부 잔이 받침 위에서 우아한 자태를 뽐내고 있다.

'형사랑 같이 마시면 좋겠다.'

딸이 선물한 개량 한복을 입고 기뻐서 어쩔 줄 모르던 소년 같은 남궁 형사를 딸 옆에 앉혀본다. 그림이 좋다. 마음이 따뜻하다.

"너… 도 마실 거야?"

"그럼."

딸의 목소리가 부드럽다. 엄마는 기쁜 마음으로 딸의 맞은편 의자에 앉았다. 지금 보이는 딸의 눈에는 분노가 없다.

"나 땜에 많이 힘들었지? 이제 내 눈치 보지 말고 마시고 싶을 때 마셔."

딸은 탁자 위에 어정쩡하게 올려져 있는 엄마의 손까지 잡았다. 엄마는 사실 시래기차나 감국차에 질려 있는 중이다.

"날… 용서해 줄래?"

오래된 체증이 내려간다. 딸은 엄마를 가만히 바라보았다. 분노가 사라진 그 눈동자 속에 홍매화를 머리에 꽂은 엄마가 있다. 홍매화만큼 예쁜 엄마가 맑은 눈으로 딸을 바라보고 있다. 딸은 엄마의 맑은 눈에 감사했다.

"널 이곳으로 데려온 죄, 니 아빠를 알려주지 않은 죄."

"……."

"그리고 니 아빠를 닮아 못생겼다고 한 죄."

"푸하하핫!"

딸이 소리 내어 웃었다. 엄마가 놀랄 만큼 큰 소리로 웃었다. 웃음소리에 진정성이 있다.

"어제도, 오늘도, 내일도, 모레도 무조건 용서했지. 엄마잖아!"

'그래, 엄마지. 나도 엄마고, 너도 엄마였지. 딸아, 약속했다. 내일도 모레도 무조건 용서하는 거다!'

딸은 눈도 깜빡하지 않고 엄마를 보고 있었다. 엄마는 그 눈 속에다 묵은 죄를 고백했다.

'하나 더. 모유를 먹이지 않은 죄. 너를 복대 속에 감추다가 8개월이 돼서야 이실직고했다. 착한 너는 입덧도 하지 않게 했고 복대 속에 있느라 크지도 않아서 쉽게 낳았다. 하지만 나는 너를 키울 수가 없었단다.'

커피포트의 물이 끓었다. 엄마의 슬픈 마음을 전해 들은 딸의 시선은 먼 산을 향해 있다.

'딱한 내 딸! 너를 위해 매일 기도하지만 아침에 일어나면 바뀐 것이 없어 언제나 슬프단다.'

딸의 시선은 돌아올 줄을 몰랐다.

딸은 골목 끝에서 다시 길을 잃고 있었다.

커피포트의 하얀 김이 엄마와 딸을 감싸고 있다. 엄마는 길 잃은 딸을 위해 조용히 다가가 가만히 안아주었다. 딸의 숨소리가 슬펐다.

5. 아름다운 날

지금 황토펜션은 야생화 천국이다.

노란 민들레, 토종 하얀 민들레, 민들레 옆에 작아서 잘 보이지 않는 별꽃, 연보라 깽깽이풀, 무리지어 핀 노란 양지꽃, 솜털이 보송보송한 애기똥풀, 흰색과 분홍색, 청색의 노루귀와 진순이 사랑하는 돌나물 등등.

이름이 없어도, 보는 이 없어도 야생화들은 봄을 전하느라 바쁘다. 그러나 그중에서 가장 아름다운 봄 처녀는 황토펜션으로 들어오는 길 양옆에 피어 있는 매화꽃이다. 진순의 남편이 가족의 이름으로 심은 매화꽃이 줄지어 피었다. 그 매화꽃 아래 진순이 서 있다. 진순이 꽃길을 걸었다.

"진홍색 홍매화는 장모님, 꽃잎이 하얗고 꽃받침이 붉은 백매화는… 못생겼지만 귀엽고 순진한 우리 여보 진순!"

"아빠, 나는? 내 나무는?"

다섯 살 다은이가 좋알거린다.

"음, 우리 공주님은? 요거지!"

"요거?"

"빨간 꽃받침에 꽃잎은… 공주님이 좋아하는 분홍! 분홍 매화!"

"와! 분홍이다!"

꼬마 다은이가 손뼉을 치며 폴짝폴짝 뛴다.

그리고 꽃잎이 희고 꽃받침이 연한 녹색의 청매화는 다은이 아빠 이명환!

진순은 청매화 나무 아래서 멈췄다.

'다은이 아빠, 다은이랑 잘 지내는 거죠?'

진순은 청매화 나무를 두 팔을 벌려 안으며 물었다. 그리고 대답을 듣기 위해 나무에 귀를 바짝 대었다. 그렇게 한동안 진순은 부녀와 만났다.

바람이 불었다.

매화꽃이 떨어졌다. 떨어지는 매화꽃 사이로 다은이의 웃음 소리가 날고 있다.

✱   ✱   ✱

매화꽃 터널로 자동차들이 꼬리를 물고 들어왔다.

황토펜션이 시끄럽다. 마당 가장자리를 도는 길놀이가 한창이다. 깃발을 선두로 작은 등과 큰 등이 앞서갔다. 나팔이 세상을 깨우면 여러 개의 꽹과리와 징이 화답했다. 장구와 북과 소구들도 앞서거니 뒤서거니 주고받았다. 그 뒤로 양반 탈과 선비 탈, 백정 탈을 쓴 사람들이 저마다의 표정으로 따라갔다.

정오를 지나면서 사람들의 숫자가 늘어났다. 마당을 한 바퀴 돌 때마다 마당 가운데는 장작이 쌓였다. 사람들은 저마다의 소원으로 장작을 쌓았다.

그때 다미재의 주방에서는 진순이 커피를 타고 있다. 진순은 물을 붓기 전에 잠깐 식탁에 앉은 엄마를 바라보았다. 딸은 흰머리카락이 많은데 엄마는 흰머리가 하나도 없다. 가르마를 반듯하게 타고 가지런히 빗어 넘겨 쪽진 머리에는 은비녀를 꽂았다. 그리고 오른쪽 귀 뒤에는 홍매화를 본떠 만든 머리꽂이를 꽂았다. 옥색 저고리에 남색 치마를 입은 엄마는 참 곱고 단아했다.

'엄마, 아프지 마. 엄마를 버리는 날 용서하지 마.'

진순은 오늘이 가면 다시는 보지 못할 엄마의 모습을 가슴에 담고 또 담았다. 진순이 두 잔의 커피를 들고 부네 탈이 놓여 있는 탁자로 갔다. 엄마는 은가락지 두 개를 들고 왼손 약지에 끼었다 뺐다 하고 있다.

"엄마, 정말 예쁘다!"

딸은 탁자 끝에 앉아 있는 엄마에게 커피 잔을 내밀었다. 커피 잔을 내려놓는 딸의 손이 눈에 보일 정도로 떨고 있다. 잔 속의 커피도 진순의 마음처럼 떨고 있다. 딸이 커피 잔을 놓고 앉으려는 그 순간 엄마의 반지가 토르르 굴러 진순이 앉은 쪽으로 굴러갔다. 엄마가 벌떡 일어나 반지를 잡으려 하며 소리쳤다.

"안 돼! 안 돼!"

반지는 딸의 찻잔을 지나 바닥으로 떨어졌다. 엄마는 식탁을 두드리며 안절부절 정신줄을 놓기 시작했다.

"안 돼! 잃어버리면 안 돼!"

"엄마, 내가 찾아줄게."

"안 돼! 안 돼! 잃어버리면 혼나! 어머니한테 혼나!"

딸이 식탁 밑으로 들어갔다. 엄마는 조금도 참지 않고 왼손으로 탁자를 마구 두드리다가 이제는 발까지 동동 굴렀다.

"엄마, 저기 있어. 조금만 기다려."

딸의 소리에 두드리는 것을 멈춘 엄마도 탁자 밑으로 들어갔다. 딸이 반지를 주웠다. 엄마의 얼굴에 기쁨이 솟았다. 그 모습을 보는 딸의 얼굴에도 미소가 번졌다. 엄마는 일어나다 탁자에 머리를 부딪치자 멋쩍은 듯이 웃었다. 딸이 반지를 비벼 먼지를 털고 엄마에게 주었다. 엄마는 반지를 재빨리 낚아채 손가락에 끼고 딸에게 머리를 숙이며 말했다.

"감사합니다!"

엄마의 소란스러움으로 진순 앞의 커피 잔이 기울어지고 커피가 조금 흘러나와 있다. 엄마는 얼른 저고리의 소매를 내려 쏟아진 커피를 닦으며 말했다.

"미안합니다."

그러고는 부끄러운 듯이 자기 앞의 커피 잔을 두 손으로 움켜 쥐었다. 그런 엄마의 모습을 바라보는 딸의 눈동자가 흔들렸다. 커피 잔을 꽉 쥔 엄마의 눈동자 속에 딸의 불안한 눈빛이 들어 있다. 눈동자는 서로를 바라보고 있지만 마음은 다른 곳을 향 해 있다. 두 사람은 아무 말도 하지 않고 서로의 심장 소리만 듣 고 있었다.

"와아!"

창밖에서 함성이 터졌다. 그 소리에 맞춰 엄마는 커피를 한 번 에 다 마시고 벌떡 일어나 창가로 갔다. 딸의 눈도 엄마를 따라 창가로 갔다. 길놀이가 한창인 넓은 마당은 흥겹다. 엄마가 뜬금 없이 노래를 시작했다.

"엄마, 엄마, 나 죽거든 앞산에다 묻지 마. 뒷산에도 묻지 말 고 양지쪽에 묻어줘. 비가 오면 덮어주고……."

진순이도 아주 작은 소리로 따라 불렀다. 불보다 뜨거운 눈물 이 진순의 가슴으로 흘렀다. 엄마가 주섬주섬 치마를 올리고 하 얀 실크 속바지에서 담배와 라이터를 꺼냈다. 그러고는 늘 그래 온 것처럼 아주 자연스럽게 담배를 입에 물고 라이터를 켰다. 엄 마는 아주 깊게 담배 연기를 빨아들였다. 진순은 막지 않았다.

'내 친구가 찾아와도 엄마, 엄마, 울지…….'

진순이 다시 중얼거리는 그때 엄마가 휘청거리며 창문턱을 짚 었다. 엄마의 뒷모습을 응시하던 딸도 커피를 단숨에 마셨다.

'엄마, 미안해. 미안해, 엄마.'

                    ✻   ✻   ✻

　안수희와 영화사 사람들도 도착했다. 늦게 도착해 악기가 없는 사람들은 너 나 할 것 없이 어깨를 둥실거리는 춤으로 합세했다. 이제 장작더미는 작은 동산을 이루었다.

　부네 탈도 등장했다. 갸름한 얼굴에 반달 같은 눈썹, 오뚝한 코와 조그만 입. 전통 기녀의 얼굴이다. 눈과 입은 가벼운 웃음을 흘리며 선비들과 양반들을 유혹했다.

　남궁 형사는 가장 늦게 길놀이에 합류해서 징을 들었다. 가끔 한 번 울리지만 그 울림이 대단하기에 남궁 형사는 자신의 징을 장만해서 가지고 다녔다.

　깃발과 등을 따라 무리가 다미재로 이동했다.

　한 시간을 훌쩍 넘긴 길놀이가 끝났다. 길놀이는 끝났지만 사람들의 흥은 아직 남아 있었다. 서로를 끌어안았다. 양반이 백정을 끌어안고 선비가 기생을 끌어안았다. 기생이 앙탈을 했다. 박수와 웃음이 터졌다.

　암막 커튼이 내려진 다미재의 소극장은 캄캄했다. 몇몇 사람이 휴대폰을 꺼내 빛을 찾느라 약간의 소요가 일어났다. 작은 무대에 불이 켜졌다. 순간 소요도 사라졌다. 능암초등학교 동창들이 먼저 무대 앞에 자리를 잡았다. 뒤이어 영화사 사람들도 각각 자리를 잡아갔다. 부네 탈을 벗지 않은 안수희도 매니저와 보디가드들 사이에 앉았다.

"이다은의 집 다미재에 오신 것을 환영합니다!"

빈 무대에서 소리가 들렸다.

"다은이? 지금 다은이가 말하는 거야?"

"진짜 다은이야?"

"오늘은 다은이를 볼 수 있겠네?"

객석이 술렁이기 시작했다.

"그리고 홍랑님을 찾아오신 금희제작사 여러분께도 깊은 감사를 드립니다."

이번에는 객석 뒤쪽이 술렁인다.

덩~ 다기~ 덩~ 닥~

"얼쑤!"

탈춤 공연의 시작을 알리는 장구 소리가 그들의 술렁임을 재웠다.

덩~ 다기~ 덩~ 닥~

"얼쑤!"

하얀 한복에 하얀 두루마기를 입은 선비 탈이 등장했다. 객석에서 환호와 박수가 쏟아졌다.

"얼쑤!"

선비 탈의 춤사위에 맞추어 관객들은 합창을 했다. 사람들의 눈과 귀를 사로잡던 선비가 객석으로 갔다. 사람들의 시선도 따라갔다. 선비 탈이 부네 탈 앞에 섰다. 사람들이 몸을 뒤로 밀어 작은 공간을 만들어주었다. 선비 탈이 부네 탈에게 손을 내밀었다. 부네 탈은 이번에도 앙탈을 부렸다.

"손잡아! 손잡아!"

관객이 소리쳤다. 부네 탈이 마지못해 일어났다. 선비 탈이 그런 부네 탈의 허리를 힘껏 잡아채고는 무대로 향했다.

덩~ 다기~ 덩~ 닥~

"얼쑤!"

기생이 선비를 유혹했다. 선비는 도도하다. 기생의 유혹이 뜨거웠지만 선비는 한결같다.

무대는 기생과 선비의 춤이 절정을 이루고 있다. 객석도 절정을 이루는 그때 안수희가 부네 탈을 벗어 객석으로 던졌다.

"와! 안수희다!"

안수희를 알아본 동창 관객들의 함성이 황토펜션을 넘어 끝없이 날아갔다. 안수희가 객석을 향해 하트를 날렸다. 안수희의 신호를 받은 매니저가 미리 짜놓은 듯이 음악을 틀었다. 이효리의 배드 걸!

화장은 치열하게 머리는 확실하게
허리는 조금 더 졸라매야 해

안수희의 아름다운 몸이 음악을 받아들였다. 곤경에 빠진 선비 탈은 뒤통수를 긁었다.

표정은 알뜰하게 말투는 쫀득하게
행동은 조금 더 신경 써야 해.

영화 속 천사 같은 여주인공
그 옆에 더 끌리는 나쁜 여자!

노래를 함께 부르며 열광하는 관객들의 함성이 하늘로 오른
다. 함성에 놀란 꽃잎들이 바람을 불렀다. 뒤통수를 긁던 선비
탈이 그 바람 속으로 걸어 나갔다.

'내 딸아, 내 딸 진순아, 내일은… 네가 잠에서 깨었을 때 세
상이 바뀌어 있기를…….'

선비 탈의 간절한 기도가 소리 없이 함성을 따라갔다.

수암산장 살인 사건

김범석

계간 미스터리 2012년 여름호로 등단했다.
발표한 단편으로는 「찰리 채플린 죽이기」, 「죽마고우」, 「챔피언」, 「골목의 살인 미수 사건」,
「왕산장 사건」, 「저주받은 흉가의 탄생, 혹은 종말」,
제1회 노블엔진 단편제에서 금상을 수상한 「휴릴라 사태」 등이 있다.
장편 미스터리 『복어관 살인사건』을 네이버 북스에 연재했다.

[2016년 5월 2일]

나는 추억과 원한이 서린 장소 수암산장으로 향했다.

수암산장 1층은 도토리묵, 콩국수, 산채 요리를 전문으로 하는 음식점이었고, 2층은 젖은 석고 냄새와 습기 먹은 나무 냄새를 풍기는 여관이었다.

수암산장을 정면에서 봤을 때, 1층의 거의 대부분을 음식점이 차지하고 있다. 건물 가장 좌측에 문이 따로 있다. 그 문을 들어가자마자 2층 여관을 관리하는 카운터가 보인다. 카운터 왼쪽에는 하나뿐인 계단이 있으며 2층과 이어진다.

2층 전체는 계단과 복도, 객실로 이루어져 있다. 2층 중앙에 난 복도는 서쪽에서 동쪽으로 곧게 뻗어 있으며 남과 북으로 객실이 늘어서 있다. 남쪽에 있는 객실은 202, 204, 206, 208호. 북쪽에 있는 것이 201, 203, 205, 207, 209호다. 각 객실은 위에서 봤을 때 약간 지그재그로 배치되어 있다. 복도는 꽤 좁은 데 비해 객실 문짝은 커서 마주 보고 있는 객실 문이 동시에 열릴 경우, 복도 중간에서 부딪칠 정도이다.

객실의 크기와 구조는 기본적으로 모두 동일했으며 홀수 호와 짝수 호가 대칭되는 모양이다.

객실에 비치된 침대는 하나뿐이지만 크기가 커서 두 사람까지 잘 수 있다. 전기 포트가 있었지만 취사는 불가능했다. 객실에 화장실은 하나뿐이지만 욕조가 컸다. 각 객실의 창문은 문과 마주 보는 위치에 하나뿐이었는데, 황사 섞인 빗물이 그대로 말라붙은 것처럼 늘 지저분했다. 객실에서 창문보다 더러운 것은 커튼뿐이었다. 붉은색이 감도는 커튼에 허옇게 달라붙은 먼지는 보는 사람의 가슴을 답답하게 했다. 객실마다 TV는 있었지만 중계기 문제인지 지지직거렸고, 그나마도 2000년 5월의 어떤 자살 소동 이후로는 TV를 죄다 철거했다고 한다.

가끔 산악 동호회 카페나 블로그를 보면 수암산장에 관한 이야기가 올라오곤 한다. 수암산장에 들렀던 사람들은 입을 모아 이렇게 말했다.

"수암산장 1층 요릿집은 진짜 끝내줘. 그런데 말이지, 2층에 여관이 있는데 거긴 가지 마. 그냥 1층에서 밥만 먹고 나와. 왠지 2층 여관은 지저분하고 느낌이 이상해."

수암산장은 그러한 곳이었다.

나는 수암산장이 사라졌거나 모습이 변했으면 어쩌나 하고 걱정하며 수암산장까지 올라왔다.

다행히 2016년 5월의 수암산장은 내 기억 속 모습 그대로였다.

나는 머뭇거리며 수암산장 건물 왼편에 난 문으로 들어갔다. 카운터를 보고 있던 30대 청년은 스마트폰으로 무언가를 하고 있다가 나와 눈이 마주쳤다.

"아, 어서 오세요."

청년이 웃으며 말했다. 30대 초반에서 중반 정도의 나이인 그는 웃을 때만 눈가에 주름이 잡혔다.

"혼자 오셨나요?"

"예. 뭐, 시간 여유가 있어서 산장에서 일박이나 할까 하고."

"짐은 그게 답니까?"

"네? 아!"

카운터 보는 청년의 지적을 그제야 나는 깨달았다. 그러고 보니 나는 생수병 하나 들고 맨몸으로 왔다. 산장에서 하루 묵어 가려는 등산객이라면 최소한 등산 가방은 짊어지고 오는 법이다.

내가 머뭇거리자 카운터 보는 청년이 웃으며 사과했다.

"아, 이거 캐물어서 죄송합니다. 실은 여기 수암산장 2층 여관에 방문하는 손님이 거의 없어서요. 사람만 보면 제가 이렇게 말이 많아지고 캐묻습니다. 참, 제 이름은 강정훈이라고 합니다. 군대 갔다 온 이후로 늘 2층 여관의 관리를 담당하고 있지요."

강정훈이라 밝힌 카운터 보는 청년은 시종 쾌활해 보였다. 나는 머뭇거렸다. 상대가 이름을 밝히고 자기소개를 하면 이쪽도 밝히는 게 예의인데, 나는 사정이 있어서 이름을 밝히기 곤란했기 때문이다. 나는 내가 과거에 쓰다 버린 직업을 호칭으로 쓰기로 했다.

"아, 네. 저는 주로 미스터리소설 쓰는 이 작가라고 합니다."

나는 말하며 손을 내밀었다. 우리는 악수를 나눴다. 강정훈의 손아귀 힘은 딱 기분 좋게 강했다.

"캬, 미스터리 소설가셨군요. 실은 저도 미스터리소설이나 드라마를 좋아해서 여기 앉아 수시로 봅니다."

강정훈은 말하면서 내 얼굴을 보았다. 초롱초롱한 눈빛이 조금은 부담스러웠다.

"뭐, 예전에 제가 직접 휘말린 사건에 비하면 요즘 미스터리소설은 조금 심심하지만 말입니다. 하하하!"

강정훈이 웃으면서 한 말은 내 주의를 끌었다.

"과거에 어떤 사건에 휘말리셨나 보군요?"

"바로 그렇습니다."

강정훈의 얼굴에 약간 진지함이 깃들었다.

"아직도 결말을 모르는 그런 사건이지요."

강정훈의 시선은 내게 박힐 것만 같았다.

"혹시 관심 있으신가요?"

"궁금하군요. 어떤 사건인가요?"

"하하하, 지금부터 말씀드리지요. 저희 수암산장, 특히 209호에 얽힌 재미있는 이야기를."

카운터 청년 강정훈은 고개를 위로 젖혔다. 그리고 약 10년 전 있었던 일을 말하기 시작했다.

[2005년 5월 2일]

1

5월 2일 오후 1시 경, 수암산장 209호에서 시체가 발견되었다는 신고가 접수되었다. 시체를 발견한 사람은 강정훈으로 수암산장 2층 여관의 관리를 맡은 23세 청년이며, 수암산장의 주인인 강경훈의 아들이다.

시체를 보고 몹시 당황한 강정훈은 수 분 가량을 낭비하고 나서야 경찰에 신고했다. 산 아래 파출소에서 순경과 경장이 먼저 출동했고, 원로경찰서에서 강력1팀과 과학수사팀이 출동했다. 과학수사팀은 참혹한 사건 현장인 209호에서 악전고투 중이다. 강력1팀 팀장인 남기문과 형사 나영희는 최초 발견자인 강정훈을 상대로 사정 청취 중이며 빈방인 201호에서 진행하기로 했다. 남기문 형사는 강정훈의 이름, 나이, 직업, 연락처, 주민등록번호까지 수첩에 적은 뒤 시체를 발견하기까지의 경위를 물었다.

강정훈은 떨리는 손을 주무르며 증언을 시작했다.

"음, 오늘 오전에 있던 일부터 시작해야겠군요. 오늘 오전에 두 팀이 찾아왔었죠. 그러니까 1층 식당이 아니라 2층 여관 올라가는 카운터로 말입니다. 손님들은 대부분 1층 수암산장 식당을 찾아오는 단골이고, 2층 여관 이용객은 그리 많지 않아서 확실히 기억하고 있지요. 분명 11시에 녹색의 우중충한 점퍼 입은 남자 한 명, 11시 10분에 불륜 커플인지 부부인지 미묘한 남녀 커플 두 명이 찾아왔습니다. 11시에 온 사람은 가장 깊숙한 안쪽 방을 요구하더군요. 그래서 209호를 줬습니다. 11시 10분에 온 불륜 커플은 콕 찍어서 208호를 빌려 달라더군요. 그래서 그렇게 해주었습니다. 아, 그리고 나머지 방은 전부 빈방이었습니다."

"혼자 온 사람은 오전 11시에 209호, 남녀 커플은 오전 11시 10분에 208호란 말씀이죠?"

나영희 형사가 물었다.

"예, 확실합니다. 저는 1층 카운터에 앉아서 TV로 영화를 보고 있었는데 TV 바로 옆에 시계가 있었으니까요. 그런데 잠시 뒤 11시 40분쯤 되자 208호에 묵는 선글라스 낀 여자 손님과 209호의 우중충한 녹색 점퍼 사내 분이 내려왔습니다. 거의 동시예요. 제가 무슨 일이시냐고 묻기도 전에 여자가 불평을 쏟아내기 시작했습니다."

"무슨 불평이었죠?"

"청소가 제대로 되어 있지 않다, 침대 시트에 누우면 온몸이 간지럽다, 뜨거운 물은 왜 또 나오다 안 나오다 하냐, 기분 망쳤다, 도저히 못 있겠다……. 그 여자 손님이 불평을 끝도 없이 하더라고요. 뒤에 선 209호의 남자 손님도 질린 것 같았습니다. 뭐, 저희 아버지는 손님이 무슨 핑계를 대든 환불을 요구하면 무조건 환불해 주라고 하셨습니다. 그래서 저는 그 여자 손님에게 이렇게 말씀드렸죠. '그럼 환불해 드릴까요?' 라고요."

"음."

"그랬더니 여자는 더 짜증을 내더군요. 쫓아낼 생각이냐, 우리 자기가 지금 208호에 자고 있는데 이럴 수가 있느냐는 둥 하고 말입니다. 제가 어쩔 줄 몰라 하며 무조건 저자세를 취하자 그 208호 여자도 기세가 좀 누그러지더군요. 뭐, 특별히 참는다, 재수 없어, 하면서 발을 쿵쿵 구르고 나갔습니다."

"음, 혹시나 해서 묻는 거지만, 숙박계 같은 건 없죠?"

남기문이 물었다. 208호 여자, 209호 남자 하는 식으로 설명 들으려니 좀 복잡하기도 했고 이름을 확인할 필요가 있었기 때문이다.

"에이, 요즘 숙박업소에서 숙박계 적으라는 사람도 있나요?"

강정훈은 유들유들하게 웃으며 손사래를 쳤다. 하지만 남기문과 나영희가 강정훈의 얼굴을 노려보듯 물끄러미 바라보자 강정훈은 얼른 손바닥으로 이마를 쳤다.

"아, 다만 확실히 기억나는 게 있습니다. 정말 귀중한 정보가."

강정훈이 검지를 세우며 말했다. 강정훈의 기대와는 달리 형사들의 시선은 강정훈의 검지로 몰리지 않았다. 남기문은 얼굴을 더 가까이 들이밀었다.

"뭐든 좋으니 편히 말씀해 보십쇼."

"아, 그 사람들 옷차림과 외모 말입니다. 208호 여자는 30대 초반에 선글라스 쓰고 뒷머리가 약간 긴 뱅 헤어였습니다. 그리고 왠지 얄미운 선글라스에 어째 입매도 얄미워 보였죠. 연극 무대에 나오는 깐깐한 부잣집 아가씨 같은 느낌이었습니다. 그리고 208호 남자도 208호 여자랑 비슷한 30대 초반의 나이이고 평균 체형에 안경 쓰고 빨간색 등산 점퍼를 입고 있었습니다. 점퍼의 지퍼를 목까지 쭈욱 올렸던데, 좀 더운 차림이었죠. 묘하게 긴장된 표정이었고, 주위를 살피고 목소리를 내지 않는 사람 같았습니다. 그리고 209호의 말 없는 남자도 나이 대는 30대 초반 정도였습니다. 그리고 좀… 우울한 녹색 점퍼에 등산 가방치곤 작은 가방을 메고 있었는데, 전체적으로 우울하고 고독한 사내 스타일이었습니다."

"잘 들었습니다. 하지만 이름이 꼭 필요한데."

남기문 형사는 수첩을 툭툭 두들기며 아쉬워했다. 그리고 재차 질문했다.

"일단 마저 듣도록 하죠. 그래, 그 이후에는 무슨 일이 있었죠?"

"아, 예. 저는 진상 손님인 208호 선글라스녀한테 시달려서 그런지 힘이 축 빠진 상태였습니다. 우울한 209호 녹색 점퍼 남자는 선글라스녀가 나가자 그 뒤를 잇듯 비척비척 걸어 나갔죠."

"흠."

"그리고 208호 선글라스녀는 밥을 먹었는지 안 먹었는지 모르겠지만 다시 제 앞을 지나가더군요. 계단을 올라가면서 저와 눈이 한 번 마주쳤는데, 그녀는 한 번 더 재수 없어 하면서 방으로 돌아갔습니다. 뭐, 저는 그 여자가 무서워서 눈도 못 마주쳤죠. 208호 선글라스녀가 올라간 뒤로 우울한 209호 남자도 소주병 부딪치는 소리 나는 비닐 봉투를 들고 자기 방으로 올라갔습니다. 아, 매점은 없지만 1층 음식점 한쪽에서 컵라면이나 소주 따위는 팔거든요. 이때 시각이 11시 55분이었을까요? 조금 불확실한데 나중에 CCTV를 확인해 보십시오."

"그다음은요?"

"12시 50분 무렵, 선글라스녀가 빨간 점퍼랑 팔짱을 끼고 내려오더군요. 208호 열쇠를 제게 던지더니 환불 따윈 필요 없어요, 하고는 가버리는 거 있죠? 내 이거 더러워서, 원!"

강정훈이 투덜거렸다. 그때의 분함이 되살아났는지 손바닥에 주먹을 가져다 치고 진상 고객들 때문에 나라가 망한다는 둥 연신 분함을 표출했다. 나영희 형사가 강정훈을 진정시키기 위해 몇 마디 맞장구치는 시늉을 하자 강정훈은 기가 더 살아서 목청이 커졌다. 강정훈은 자신이 살면서 당한 진상 이야기를 모조리 꺼낼 기세였다.

"증언이나 마저 하시죠."

보다 못한 남기문이 얼굴을 들이밀고 중단시켰다.

"아, 아, 네. 어디까지 했더… 라? 아, 12시 50분에 208호의 빨간 점퍼 남자와 얄미운 선글라스녀가 사라졌습니다. 저는 한숨을 내쉬고 느릿느릿 2층 계단을 올라갔죠. 일단 208호를 정리해야 했으니까요. 얼마나 어질러져 있으려나 하고 가는데 의외로 208호는 매우 깨끗했습니다. 침대 시트가 약간 흐트러졌을 뿐 쓰레기 하나 버린 게 없었죠. 그런데 어딘가에서 좀 안 좋은 냄새가 솔솔 풍겨오더군요. 저희 수암산장 객실에서 향기가 난다고는 하지 않겠습니다만, 그래도 이질적인 냄새가 나면 저는 바로 알 수 있습니다. 그런데 208호에서 나는 냄새는 아니었어요. 그럼 이 냄새는 어디서 나는 것인가 하고 어리둥절해하다가 209호로 갔습니다. 유일하게 투숙객이 있는 방이었으니까요. 209호 문가에 가까이 가니 정말로 어떤 냄새가 나면서 코끝을 쑤시더군요. 냄새를 의식하기 시작하자 좀 짜증이 나는 냄새였습니다."

강정훈은 잠시 말을 멈추고 얼굴을 일그러뜨렸다.

"저는 209호 문 앞에서 어정거리며 어쩌면 좋은가 하고 생각했습니다. 그러니까, 문을 두들기고 냄새 좀 어떻게 하시라고 하는 게 옳은지, 아니면 일단 기다려야 하는지……. 그래서 핸드폰으로 아버지한테 물었죠. 그랬더니 아버지가 경을 치는 목소리로 물었습니다. 혹시 투숙객이 혼자냐, 그 투숙객을 209호에 묵게 한 것이냐, 209호에서 냄새가 나느냐……. 저는 다 맞다고 했습니다. 그러자 아버지가 화를 내시더군요."

"화를?"

남기문이 강력팀장의 목소리로 되물었다. 그의 단단한 얼굴에 의문이 가득히 채워졌다. 수첩에 메모 중인 여형사 나영희는 다음에 나오는 말을 한마디도 놓치지 않을 기세였다.

"네. 그게… 아버지가 저한테 2층 여관을 맡기실 때, 209호에는 절대 투숙을 허락해서는 안 된다고 하셨거든요. 그걸 까먹은 겁니다. 아니, 전적으로 제 탓은 아닙니다. 그… TV에 정신이 팔려 있어가지고. 혹시 〈아이덴티티〉라는 영화 보셨습니까? 저번에 재방송으로 보다가 마저 못 봤는데 이번에 다시 하는 게 반가워서……."

강정훈이 뒤통수를 긁적였다. 남기문의 얼굴에 의문이 더해졌다.

"무슨 특별한 이유라도 있습니까?"

"아, 일단 제가 관리하는 것이 산속의 산장이고, 그 영화에 나오는 모텔도 외딴 여관이거든요. 그래서⋯⋯."

"아니, TV 속 영화에 정신이 팔린 특별한 이유를 묻는 게 아닙니다. 209호에는 절대 투숙을 허락해서는 안 된다는 이유가 뭐냐고 물은 겁니다. 이유가 뭡니까?"

남기문의 질문에 강정훈은 뒤통수를 깊이 벅벅 긁었다.

"5년인가 6년 전인가 좀 거시기한 일이 있었거든요. 형사님들은 아실지도 모르겠습니다만, 209호에서 무슨 자살 미수 사건이 있었다고 해요. 한 남자가 울부짖으며 연탄불을 피우고 자살하려고 했었죠. 그때 208호에 투숙하던 커플이 이상한 냄새가 난다고 뛰쳐나왔습니다. 난리를 피우니 저희 아버지가 혼비백산해서 209호 문을 따고 들어갔었죠. 덕분에 겨우 자살 미수에 그쳤습니다. 그날 이후로 저희 아버지는 2층 여관업을 아예 관두려고 했습니다. 연탄불 자살 미수가 뭐 대수냐고 하시겠지만, 그 냄새며 연기며 불붙은 침대며⋯ 무시무시했었나 봅니다. 하지만 막상 2층 여관을 닫으려니 막걸리 걸치고 쉬었다 가는 단골손님들이 몹시 아쉬워하시더군요. 아버지는 고뇌하시다가 결국 군 복무를 마치고 노는 저한테 운영을 맡기신 겁니다."

"그랬군요."

남기문이 혀를 찼다. 남기문은 이 사건을 처음 들었다. 원로

경찰서로 발령 받기 직전의 사건이었기 때문이다. 더 묻고 싶은 게 있었지만 일단은 당장 눈앞의 사건이 중요했다.

"하여튼 계속하시죠."

"예, 어디까지 했죠? 아, 핸드폰으로 아버지한테 혼나는 중이었죠. 네, 저는 아버지한테 잔뜩 혼이 났습니다. 당연하죠. 아버지의 눈에는 그날 혼비백산한 경험이 생생할 테니까요. 아버지는 반쯤 혼이 나가서 허둥거리며 제 탓을 하느라 바빴습니다. 그래서 저는 제 선에서 해결하겠다고 말하고 핸드폰을 끊었습니다. 저는 우선 209호 문을 세게 두들겼습니다. 아주 강하게요. 불안감이 가슴속에서 휘몰아쳤거든요. 그런데 아무리 세게 문을 두들겨도 대답은 없고 문 안쪽에서 냄새가 점점 더 심하게 나는 것 같아서 별생각 없이 문손잡이를 돌렸습니다. 그러자 부드럽게 열리더군요. 그랬더니, 와, 그 냄새는 평생 못 잊을 겁니다."

강정훈은 몸을 떨었다. 그리고 눈을 허공에 고정시킨 채 자신이 보고 맡은 것을 묘사하기 시작했다.

"제가 209호 문을 열었을 때 악취는 선명했습니다. 마치 눈에 보일 정도로 악취가 두껍게 방 안에 깔려 있었죠. 어쩌면 두꺼운 커튼이 쳐진 창문 때문인지도 모릅니다. 두툼한 붉은색 커튼은 햇살을 대부분 막아내고 붉게 빛나 보였습니다. 햇살과 커튼 덕분에 방 안이 어두운 와인색으로 물들었죠. 마치 끔찍한 악취를 더 잘 느낄 수 있도록 돕는 것 같았어요. 하여간 저는 코를 틀어막고 한 번 더 누구 있느냐고 물었습니다. 하지만 대답은 없었어요. 이런 악취 속에 사람이 있을 리 없죠. 저는 이 안에 사람이 있을 리가 없다고 확신했습니다. 저는 헛구역질을 하며 방 안으로 신발을 벗고 들어가자마자 일단 커튼을 걷었습니다. 그리고 창문 잠금쇠를 돌려서 풀고 창문을 힘껏 열어젖혔습니다. 그제야 수암산의 5월 공기가 들어왔죠. 저는 그때만큼 수암산의 공기가 고마운 적이 없습니다. 저는 그대로 창밖에 고개를 내밀고 심호흡을 몇 번 했습니다. 하아!"

강정훈은 잠시 말을 멈췄다. 그 뒤에 그가 본 것이 너무나도 끔찍한 광경이었기 때문이리라.

"빠짐없이 설명해 줘야 합니다."

남기문이 재촉했다.

"아, 알겠습니다."

강정훈이 침을 꿀꺽 삼키고 마저 이야기했다.

"저는 악취의 근원이 꼭 닫힌 화장실이라고 생각했습니다. 거기 말고는 냄새가 흘러나올 곳이 없었거든요. 그래서 저는 심호흡을 하고 화장실 문을 단숨에 열었습니다. 지금도 욕지기가 치밀어 오르는군요."

강정훈은 숨이 가쁜 사람처럼 짧게 숨을 끊어 쉬며 말했다.

"좁은 화장실의 욕조 안에는 팔과 다리, 목이 없는 시체가 있었습니다. 악취는 절단면 주위에서부터 뿜어져 나오는 듯했습니다. 지금까지 추리소설이나 미스터리 관련 서적을 많이 읽어본 저지만 살면서 그렇게 적나라한 광경은 처음 보았습니다. 머리와 팔다리가 없는 시체라는 것이 그토록 무서운 것인 줄 처음 알았습니다. 당시의 저는 충격 때문에 제정신이 아니었습니다. 경찰에 신고해야 한다는 생각과 아버지에게 또 불호령을 듣겠구나, 하는 생각이 어지럽게 뒤엉켰죠. 결국 경찰에 신고한 것은 시체 발견으로부터 족히 몇 분은 지난 뒤였습니다. 그 시간 동안 저는 정신이 거의 나가서 기억도 잘 나지 않습니다. 그리고 그 뒤로는 형사님들이 아는 그대로입니다."

"객실 문을 열고, 창문을 열고, 화장실 문을 연 것… 말고 그 밖에 현장에 손댄 것은 없겠죠?"

"네. 객실 문, 창문, 화장실 문을 제외하면 전혀 손대지 않았습니다. 시체가 있는 화장실 문 앞에 서서 뜬눈으로 멍하게 있었던 것 같습니다."

"현장에 대한 것을 묻기 전에 당신이 지금 한 증언에 대해 증명해 줄 것이 있습니까?"

"설마 제 알리바이를 묻는 건 아니겠죠?"

"형식적인 질문입니다."

"추리 드라마 보면 가볍게 묻는 것처럼 하면서 꼬치꼬치 캐묻던데요."

"하하, 이번만큼은 정말로 아닙니다, 강정훈 씨. 만약 강정훈 씨가 범인이라면 시체를 저렇게 처리할 이유도, 경찰에 신고할 이유도 없겠죠. 산장 주인 아들이 범인이라면 아예 야밤에 산속에 파묻거나 하는 방식을 택했겠지요."

태연하게 범인의 입장에서 생각하는 남기문 형사의 말에 강정훈은 안도감과 두려움을 느꼈다.

"그, 그렇지요. 형사님 말씀대로입니다. 제가 살인을 할 이유는 어디에도 없습니다.”

“바로 그겁니다. 강정훈 님은 그저 최초 발견자이며 용기를 낸 신고자일 뿐입니다. 한데 유일한 최초 발견자라서 말입니다. 강정훈 씨의 증언에 힘을 더하려면 강정훈 씨가 시체 발견하기까지의 경위를 입증해 줄 무언가가 있으면 좋겠군요.”

“아, 아하하, 형사님 말씀 알아들었습니다. CCTV가 다 찍고 있었다면 충분할까요?”

남기문과 나영희가 강정훈의 증언을 확보하는 동안, 강력1팀의 다른 형사들은 수암산장 주인의 증언을 확보한 뒤 CCTV 영상을 확보하는 중이다.

“뭐, 나중에 우리가 다 보겠지만, 그래도 강정훈 씨가 가장 잘 알 테니 강정훈 씨한테 묻도록 하죠. CCTV는 총 몇 대이고 어디서 어디까지 기록하고 있습니까?”

“CCTV 카메라는 총 넉 대입니다. 그중 둘은 수암산장 1층 음식점에 달려 있습니다. 세 번째 CCTV는 1층 카운터 위에 설치되어 있어서 카운터에 앉아 있는 저와 올라가는 계단 일부를 찍습니다. 반쯤은 제가 일하는지 안 하는지 감시하는 용도죠. 마지막 하나는 2층 계단 위, 복도를 향하는 방향으로 설치되어 있습니다.”

남기문은 고개를 끄덕이며 들었다. 2층 여관 카운터와 올라가는 계단을 찍는 세 번째 CCTV 카메라, 그리고 계단 위에서 곧게 뻗은 2층 복도를 찍는 네 번째 CCTV 카메라, 이 두 가지가 핵심일 터였다.

"일단 CCTV 내용을 확인하기 전에 몇 가지 더 대답해 주시죠. 209호와 208호 말고 다른 투숙객은 전혀 없었습니까?"

"네. 오늘이라면 208호의 선글라스녀와 빨간 점퍼 커플, 그리고 209호의 우중충한 녹색 점퍼 사내를 제외하면 전혀 없었습니다."

"오늘이 아닌 이전에는 어떻습니까?"

"최근 며칠 동안은 아무도 없었습니다. 원래도 하룻밤 자고 가는 사람은 많지 않았습니다. 하산해서 산 아래에 있는 싸구려 모텔을 이용하지, 어중간하게 높은 위치에 있는 수암산장에서 묵는 손님은 많지 않았어요. 거기다가 전에 말씀드린 그 자살 미수 사건 이후로 저희 아버지는 2층 여관은 일부러 관리를 소홀히 했고, 손님은 확 줄었습니다. 지금은 제가 맡고 있지만 저도 제대로 2층 여관을 관리하고 있다고는 말하기 어렵군요. 뭐, 결국 1층에서 막걸리를 너무 많이 마시고 곯아떨어진 사람이거나 수암산장에 대해 잘 모르는 불륜 커플이 찾아오거나 하는 드문 경우뿐입니다."

"그 밖에 달리 수상한 것은 못 봤습니까?"

"달리 수상한 것도 없었습니다."

"확실합니까?"

"저는 하루 대부분의 시간을 이 카운터에 앉아서 보냅니다. 라면도 여기서 먹고 TV나 책도 여기서 보지요. 뭐, 더 확실히 하고 싶으시다면 CCTV를 확인해 보시죠. 제 말이 맞을 겁니다."

"흐음."

남기문은 더 물을 것이 없었다. 남기문은 강정훈에게 일단 1층에 내려가서 기다리라고 했다.

"현장으로 가지."

남기문이 나영희에게 말했다.

사건 현장인 209호에서 뿜어져 나오는 악취는 강해지지도, 약해지지도 않은 채 꾸준함을 유지했다. 흠뻑 피를 머금은 작은 붓을 콧속에 넣고 살살 굴려대는 것 같은 피비린내는 악취 그 자체였다.

"시체는?"

남기문이 입과 코를 막은 채 물었다.

"욕조에."

마스크를 쓴 과학수사팀장 곽명태가 화장실에서 말했다. 다른 요원들은 욕조에서 가급적 멀리 떨어진 곳 위주로 현장 감식 진행 중이었다. 남기문은 마스크를 꺼내서 손에 든 채 코와 입에 가져다 대고 꾹 눌렀다. 나영희는 마스크를 빈틈없이 착용한 뒤 들어갔다. 나영희의 얼굴은 창백했다.

욕조에는 알몸의 머리와 팔다리가 없는 남자 시체가 있었다.

"남자 시체로군."

"음."

과학수사팀장 곽명태는 인상을 강하게 찌푸렸다. 머리와 팔다리가 없는 몸통뿐인 시체. 눈으로만 봐서는 나이 대 짐작조차 어렵다.

"도대체 어떻게 죽어야 이렇게 참혹한 모습이 되는 거야?"

남기문이 물었다.

"불분명해. 일단 절단된 단면을 보면 톱에 의한 것 같다. 피가 튄 걸 보아하니 죽인 다음에 절단한 건 아니야. 분명 아주 강한 수면제를 먹이고 그대로 톱질한 것 같아. 그리고 화장실에 튄 혈흔이나 몸의 상처를 보건대 저항의 흔적은 없어 보여. 방어흔 같은 것이 전혀 없으니……. 저항 가능한 상태의 인간을 톱으로 죽인 건 아냐. 이건 99% 수면제로 재우고 절단했을 가능성이 높아."

"다른 곳에서 죽이고 절단한 뒤 여기로 가지고 와서 화장실 벽과 바닥에 피 칠을 했을 가능성은?"

"극히 낮아. 0%는 아니지만, 그렇게 칠해서는 이런 혈흔이 나오지 않아."

"죽은 지 얼마나 된 시체지?"

"한 시간에서 두 시간 정도일까. 방 안이 워낙 후덥지근해서 사후 진행이 제법 빠르군."

5월 2일의 수암산은 건조한 초여름 바람이 제법 불었지만, 209호 객실 창문이 닫혀 있고 습기 먹은 석고와 나무 냄새 나는 객실은 묘하게 사우나같이 후덥지근했다.

"그렇군. 흉기는?"

"당연히 톱이지. 손으로 쥐고 썰 수 있는 것, 그리고 흉기는 이 방에서 발견되지 않았어."

"과연. 그런데 톱질해서 실제로 뼈까지 자를 수 있나?"

"음, 충분히 가능하지. 팔이 뻐근하겠지만."

"그런가? 그럼 신원을 확인해야 하는데 무리지?"

"이 시체론 무리지."

"읍."

뒤에서 조용히 듣고 있던 나영희가 갑자기 구역질을 했다. 남기문이 얼른 양변기 뚜껑을 올려주었다. 나영희는 양변기에 얼굴을 들이밀다시피 한 채로 요란하게 토했다. 곽명태는 쯧쯧 소리를 냈고, 남기문은 등을 두드려 주었다.

"자넨 복도에서 좀 쉬게."

"괘, 괜찮습니다. 다들 일하는데 저만 쉴 수는……."

"그럼 CCTV 판독 진행이나 좀 보고 있던가. 이상한 게 보이면 알려주고."

"네에……."

창백한 얼굴의 나영희는 상사의 배려를 거절하지 않았다. 팔다리, 머리가 없는 남자의 시체. 나영희도 형사로서 시체를 여러 번 보아왔지만 이 정도로 집요하게 절단된 시체는 처음 본 것이다.

남기문도 화장실에서 나가며 곽명태에게 물었다.

"피해자의 유류품은 다 확인했나?"

"머리카락 따위의 미세 증거는 죄다 수집했는데, 방 청소가 거의 이루어지지 않아서 피해자 것인지 아닌지……."

"그런 증거 말고, 피해자 신분증이나 지갑, 옷 같은 건?"

"우선 침대 위에 지갑이 놓여 있었어. 핸드폰은 박살난 채로 발견되었고. 피해자가 입고 있었을 옷과 메고 온 가방은 발견되지 않았다. 아, 그리고 소주가 몇 병 발견되었는데 한 모금도 마시진 않았더군.”

“흐음… 혹시 지갑 내용물도 살펴봤나?”

이 질문은 곽명태가 아닌 다른 형사에게 했다. 질문을 받은 형사가 고개를 끄덕였다.

“예. 지갑에 현금이 약간 들어 있고, 신용카드 두 장, 그리고 주민등록증이 나왔습니다. 주민등록증에 나온 이름은 고경수, 72년생, 남자, 거주지도 적혀 있었습니다. 이 근처 상현동 상현 아파트 7동 707호.”

“좋았어.”

남기문은 주먹을 불끈 쥐었다. 일단 피해자의 신원을 파악해 냈다. 머리통, 팔다리가 없는 시체를 보았을 때는 남기문도 섬뜩함과 좌절감을 느꼈다. 하지만 지금은 아니다. 피해자의 이름을 알아내자 의욕이 샘솟았다.

“그나저나 피해자의 옷과 가방이 사라졌다고 했나?”

“예, 발견되지 않았습니다. 아, 마지막으로 209호 열쇠, 그것은 침대 아래에 떨어져 있었습니다.”

209호 객실 열쇠가 침대 밑에 떨어져 있었다니. 설마 밀실 살인 같은 건 아니겠지, 하는 생각이 남기문의 머릿속을 스쳤다. 하지만 이내 고개를 저었다. 최초 발견자 강정훈에 의하면 209호 객실 문은 잠겨 있지 않았다.

“창문은 어땠나?”

남기문은 곽명수에게 물었다. 곽명수는 부하 과학수사 요원을 보았다. 그 요원은 창문을 가리키며 그대로입니다, 라고 답했다.

"설마 잠겨 있었나?"

남기문이 물었다.

"그렇습니다."

"흐음."

창문은 일반적인 미닫이 창문이고, 창문의 잠금장치는 평범한 것이었다. 크레센트 방식의 자물쇠. 자물쇠를 옆에서 봤을 때 d 모양일 때가 잠금 상태이고, 이걸 돌려서 p 모양으로 만들면 열린 상태가 되는 흔한 잠금장치였다.

"분명 아까 강정훈은 문이 잠겨 있지 않았다고 했다. 그런데 창문도 잠겨 있었다면……."

남기문은 불길한 예감이 들었다. 그것은 '밀실 살인'이라는 예감.

물론 수암산장 209호의 문은 발견 당시 잠겨 있지 않았다. 창문이 잠겨 있고 열쇠가 침대 옆에 떨어져 있었다고 해도 문이 잠겨 있지 않았다면 그것은 밀실이라고 볼 수 없다. 하지만, 하지만… 남기문은 뭐라 말하기 힘든 불안감에 가슴이 두근거렸다.

"말 나온 김에, 문과 창문에서 지문은?"

"현출되지 않았습니다. 손수건 따위로 닦아낸 모양입니다."

"음, 그 밖에 다른 건? 혹시 그냥 지나칠 만한 빈틈 같은 건 없었나?"

"빈틈이라면 이거 말씀이십니까?"

"어? 있었어?"

"빈틈이라기보다는 구멍인데요. 창틀 오른쪽 위에 작은 구멍이 하나씩 있습니다. 옆방을 보니까 객실마다 있더군요."

"무슨 용도야?"

"무슨 케이블 선이 지나가는 구멍 같은데요."

"아, 그거군. 케이블 TV용 케이블 선이나 인터넷 랜선 같은 거 지나가는 구멍인가?"

남기문은 창틀을 보았다. 오른쪽 창틀 오른쪽 위에 구멍이 뚫려 있다. 케이블 TV가 설치된 여관, 아니면 인터넷 쓰는 대학생이 많은 대학가 고시원의 창문 있는 방에 흔히 있는 구멍이었다. 딱 케이블 선 따위가 지나가기 적당한 굵기였다. 구멍은 예전부터 뚫려 있던 게 분명했다. 짙은 회색의 먼지가 긁어도 안 떨어질 정도로 단단하게 붙어 있다.

"가느다란 케이블 선 하나 굵기의 구멍이라……. 요 작은 구멍으로 독침 따위를 쐈을 리도 없고, 그렇다면……."

"역시 밀실 살인사건인가 보군요."

나영희가 말했다. 남기문은 화들짝 놀라서 뒤돌아봤다. 창문의 맞은편 문 앞에 나영희가 서 있다. 방금 구토한 사람답게 창백하고 무표정한 얼굴이다. 남기문은 놀란 게 멋쩍어서 힐난조로 물었다.

"아니, 자네 언제 왔나?"

"CCTV 영상 기록 보는 중인데, 직접 보셔야 할 것 같아서요."

"방금 자네, '역시 밀실 살인사건인가 보군요'라고 했는데, 그건 무슨 소리야?"

"그것도 CCTV 영상을 직접 보시면 압니다."

2

남기문과 나영희는 수암산장 1층 음식점으로 갔다. 그곳 계산대의 옆 컴퓨터에 DVR과 모니터가 설치되어 있다. 다른 형사가 CCTV 영상을 이미 백업해 두었다고 나영희가 말했다. 남기문은 나영희와 함께 CCTV 화면을 다시 확인했다. 디지털이긴 하지만 구형인 CCTV 카메라가 찍은 영상을 싸구려 LCD 모니터를 4등분 분할해서 보려니 더없이 화질이 열악했다. 남기문은 혀를 찼다.

"일단 이전 시간대부터 보자."

남기문이 나영희에게 말했다. 수암산장의 사장과 종업원들은 멀찍이 떨어져서 조마조마한 심정으로 보고 있었다.

"일단 일주일 전부터 빠르게 돌려보겠습니다."

나영희가 마우스를 능숙하게 조작하여 화면을 되감았다. 모텔 2층 복도를 찍고 있는 카메라는 CAM04였다. CAM04는 계단 바로 위에 붙어서 복도 방향을 비추고 있었기에 201호에 가장 가깝고 209호에 가장 멀었다. 강정훈이 앉아 있는 카운터와 계단 한쪽을 비추는 것은 CAM03. CAM01과 CAM02는 식당을 찍고 있었다.

"일단 4번 캠만 화면에 꽉 차게 나오도록 하고, 일주일 전부터 해서 빨리 감아봐."

남기문이 말했다. 나영희는 지시에 따랐다. 지난 일주일에 걸친 2층 여관 복도 모습이 싸구려 LCD 모니터에 표시되었다.

"손님이 정말 없군."

남기문이 나영희에게 속삭이듯 말했다. 4월 말에서 5월 초면 날씨가 좋을 때니 숙박 객이 몇 명은 있을 텐데 손님이 영 없었다. 혹시 녹화 영상을 조작한 게 아닐까 하는 의심이 남기문의 머리를 스쳤지만 그건 또 아니었다.

이따금 객실 관리와 청소를 위해 들락거리는 강정훈의 모습이 몇 번 보였다. 복장과 걷는 모습이 조금씩 다 차이가 나는 것을 보면 조작된 영상은 아니었다.

즉, 208호와 209호를 찾는 손님은 전혀 없었다. 적어도 5월 2일까지는.

"5월 2일, 여기서부터 오늘 날짜인가?"

"네. 여기서부턴 정상 속도로 가겠습니다. 우선 11시 무렵부터 CAM03입니다."

오전 11시, CAM03이 찍는 카운터에서 209호 열쇠를 받은 우중충한 녹색 점퍼 사내가 보였다. 209호에서 발견된 지갑과 신분증을 보건대 그의 정체는 고경수이리라. 고경수는 계단을 올라갔다. 그리고 카운터를 보는 강정훈이 10분 뒤라고 했지만 실제 영상 상으로는 8분 뒤 정체불명의 커플이 나타났다. 커플은 208호 열쇠를 받고 계단을 올라갔다.

"여기서 잠깐, CAM04입니다."

나영희가 화면을 조작해서 11시 정각에 고경수로 추정되는 우울한 녹색 점퍼 사내가 209호로 들어가는 모습, 그리고 11시 10분 경, 정확히는 11시 8분에 빨간 점퍼와 선글라스녀로 구성

된 커플이 208호로 들어가는 모습을 보여주었다.

"좋아, 다음!"

그 다음 30분 정도는 조용했다. 2층 복도는 텅 비어 있었다.

11시 40분, 209호와 208호의 두 방문이 거의 동시에 열렸다. 두 문이 부딪칠 듯했다. 북쪽의 객실과 남쪽의 객실은 엇갈리게 배치되어 있었지만, 객실 문짝은 크고 복도는 좁았기에 두 개의 문이 동시에 열릴 경우 복도 한가운데에서 맞물리며 부딪칠 수도 있으리라.

문을 연 사람들도 조금 놀랐는지 209호와 208호의 두 문짝이 잠시 머뭇거렸다. 두 개의 문 모두 복도에 수직으로 열려 있었기에, CCTV CAM04로는 문을 연 사람들의 얼굴은 문에 가려져 보이지 않았다.

그러나 곧 208호 선글라스녀의 몸이 먼저 복도로 나왔다. 왠지 짜증이 머리끝까지 치솟은 듯 문을 세게 닫고 성큼성큼 복도를 걸어 나왔다. 209호의 우울한 사내는 209호 문고리를 잡고 선글라스녀의 뒷모습을 잠시 보다가 곧 문을 닫고 나왔다.

"아, 이 뒷부분은 강정훈의 증언과 이어지겠군. 그 진상 어쩌고 한 부분 말이야."

"네. 다시 CAM03으로 전환하겠습니다."

CAM03이 비추는 1층 카운터. 강정훈은 무방비하게 앉아 TV를 보고 있었다. 미스터리 관련 영화를 보고 있었다고 하던데, 한 손으로 입가를 가린 채 몰입해서 보는 꼴이 우스워 보였다. 카운터 옆 계단에서 성큼 내려온 208호 선글라스녀가 앉아 있는 강정훈을 향해 뭐라고 마구 떠든다. 강정훈은 손사래를 치며 뭐라고 변명하는 듯 보인다. 기세에 눌려서 어쩔 줄 몰라 하는 것이 역력해 보였다.

CAM03 화면 외곽 쪽에 우울한 녹색 점퍼 사내의 다리가 보인다. 계단을 내려온 그는 선글라스녀 뒤를 지나가 빠져나가고 싶어 하는 것 같기도 하고 싸움 구경을 하는 것 같기도 하다. 고경수로 추정되는 우울한 녹색 점퍼 사내는 잠시 그 상태로 머뭇거린다.

선글라스녀는 신경질을 끝내고 바깥으로 나가 버린다. 입 모양은 잘 보이지 않았지만 나가기 직전 '재수 없어'라고 한 것 같다. 그 뒤를 잇듯이 녹색 점퍼가 나간다. 수암산장의 모든 CCTV가 그러하지만, CAM03은 특히 얼굴 식별이 어려웠다.

10분쯤 지나서 선글라스녀는 다시 돌아왔다. 우울한 녹색 점퍼도 비닐봉지를 들고 뒤를 이었다.

"잠깐, 1번 캠이나 2번 캠으로 전환해서 두 사람이 어디에 있었는지 비춰볼래?"

"네. 아까 확인했습니다. 선글라스녀와 우울한 209호 남자 모두 1층 식당으로 갔습니다. 보시다시피 식당 한편에 매점이라고 할 정도는 아니고 몇 가지 주전부리를 파는 곳이 있는데요, 종업원 말에 의하면 208호 선글라스녀는 주스를 사서 그 자리에서 마셨고, 209호의 우울한 녹색 점퍼는 주섬주섬 소주를 몇 병 샀다고 하는군요. CAM01과 CAM02에 모두 나옵니다."

"음."

실제로 확인해 보니 그러했다. 허리에 손을 얹고 캔에 담긴 주스를 벌컥벌컥 마시는 208호 선글라스녀의 모습, 구부정하고 느릿한 몸으로 소주를 사는 209호 사내의 모습은 CCTV에 빈틈없이 찍혀 있었다. 하지만 고개를 숙인 채였고 화질이 좋지 않아서 이목구비 식별이 어려웠다.

"좋아, 그럼 다음."

"예. CAM04입니다."

다시 2층 복도를 비추는 CAM04. 이번에도 선글라스녀가 먼저 208호로 들어갔고, 조금 뒤에 209호로 우울한 녹색 점퍼가 들어갔다. 나간 사람들이 다시 각자의 방에 돌아온 시각이 11시 55분이다.

"여기서 다시 한동안 잠잠합니다. 약 55분 동안요. 그동안 2층 복도에는 아무도 지나간 사람이 없습니다."

"음."

3배속 빨리 감기로 확인했다. 2층 복도는 잠잠했다. 이 영상을 서에 돌아가서도 몇 번이고 다시 돌려볼 거라는 예감 때문인지 남기문은 벌써 눈이 피로해지고 신경이 날카로워진 것 같았다.

"12시 50분입니다. 208호의 문이 갑자기 벌컥 열립니다."

실로 그러했다. 선글라스녀는 화가 머리끝까지 뻗친 듯 208호 문을 거칠게 열어젖히며 복도로 나온다. 208호 문이 열린 직후 209호 문도 열린다. 209호 문과 208호 문은 일시적으로 복도에 수직이 되게 선다. 선글라스녀는 208호를 조금 천천히 닫은 뒤 209호의 열린 문 쪽으로 뭐라고 한다. 약간 화를 내는 것 같은데 정확히 뭐라고 말하는 건지는 알 수 없다.

잠시 뒤 피로해 보이는 208호 빨간 점퍼가 나오면서 208호 문을 닫았다. 선글라스녀가 뒤돌아보며 한 걸음 물러나자, 빨간 점퍼는 여전히 복도와 직각되게 열린 채인 209호 문 안쪽으로 약간 상체를 구부정하게 숙여서 뭐라고 말을 한다. 상체만 약간 안으로 숙였을 뿐 하체는 복도에 있었다. 즉, 빨간 점퍼는 209호 안쪽에 들어간 것은 아니다. 잠시 그러고 있던 빨간 점퍼는 다시 몸을 뒤로 빼고 약간 정중한 태도로 209호 문을 닫았다.

빨간 점퍼와 선글라스녀가 계단 방향으로 복도를 걸어간다.

"다시 CAM03입니다."

12시 50분, 선글라스녀는 1층에 내려왔다. 강정훈은 또 무슨 일인가 하는 표정으로 선글라스녀를 본다. 선글라스녀는 열쇠를 던지듯이 주고 나간다. 빨간 점퍼는 말없이 선글라스녀 뒤를 따랐다.

그렇게 208호 빨간 점퍼와 선글라스녀 커플은 수암산장을 떠났다.

"으음."

남기문이 신음했다.

"잠시 앉아 있던 2층 여관 관리인 강정훈은 청소를 위해 208호로 올라갑니다. 그러다 악취를 맡고 핸드폰으로 그의 아버지인 수암산장 사장에게 전화를 걸어 조언을 구합니다. 전화를 끊은 남기문은 마스터키로 209호를 엽니다. 그리고 화장실에서 시체를 발견하고 당황하다가 전화로 112에 신고. 신고한 시간은 오후 1시입니다. 이상입니다."

"돌겠군."

남기문이 중얼거렸다. 고경수가, 정확히는 고경수로 추정되는 209호의 우울한 녹색 점퍼 사내가 팔다리, 목이 잘린 시체로 발견되었다. 그런데 고경수가 있던 방에 들어간 사람은 보이지 않았다. 물론 고경수가 있던 209호에 들어간 사람이 단 한 명 있긴 하다. 죽은 고경수다.

눈으로 보고도 믿기 어려운 사실이지만, CCTV 영상 확인을 통해 강정훈의 증언이 사실이란 것은 확실해졌다. 하지만 그것은 믿기 어려운 일이 사실임을 증명해 줄 뿐이다.

남기문은 우선 헛웃음을 지었다. 그리고 나영희에게 물었다.

"어떻게 생각해?"

"CCTV 화질이 안 좋아도 너무 안 좋군요."

"하하하, 골치 아프게 되었군. 그리고 아까 자네는 나에게 직접 보셔야 한다, 역시 밀실 살인이다, 라고 했지. 그게 그런 의미였나?"

"네. 이제 보아서 아시겠지만 역시 가장 이상한 건 CAM04입니다. 209호에 투숙하던 고경수를 죽이고 토막 낸 범인이 들어가거나 나오는 모습이 전혀 찍혀 있지 않습니다. 그렇다고 고경수의 자살로 보긴 어렵죠. 머리통과 팔다리가 사라지게 하는 자살이라는 건 말이 되지 않으니까요. 그래서 저는 혹시나 창문을 통해 범인이 침입했을 가능성을 떠올리고 209호에 올라갔습니다. 하지만……."

"현장의 창문은 잠겨 있었지."

남기문이 말을 이어받았다.

"문이 잠겨 있지 않은 상태에서 열쇠가 침대 옆에 떨어져 있었다는 사실 때문에 나는 이것이 밀실 살인일 가능성이 절대 없다고 판단했다. 하지만 CCTV 영상을 돌려보니 내 생각과는 다르군. CCTV에 보이지 않는 이면을 생각해 봐야겠어. 현장 수사만으로 범인을 특정해 내는 것은 불가능할지도 모르겠군."

"하지만 이 CCTV에 왜, 어떻게 범인의 모습이 찍히지 않았느냐는 의문만 해결하면 사건은 의외로 빠르게 해결될지도 모릅니다."

"미스터리소설의 경우는 트릭 하나만 깨면 바로 진상이 코앞에 다가오지. 하지만 여긴 현실이고 의문은 그뿐만이 아니야."

남기문이 이를 갈듯이 말했다.

"209호에서는 가방도 없어졌어."

"가방이요?"

"아, 자넨 구토 때문에 유류품을 못 보고 나갔지. 209호에서 유류품을 체크하는데 고경수의 가방이 사라져 있었어. CCTV 영상을 보라고. 고경수가 11시 40분경 209호에 체크인 했을 때는 등산용 가방을 등에 메고 있었어, 분명히. 그런데 209호에는 발견되지 않았어. 그렇다고 가방을 메고 중간에 어디 나간 것도 아니야. 11시 40분에 소주를 사러 내려왔을 때는 가방 없이 내려왔어. 아, 참! 그리고 피해자의 옷도 사라지고 없는데, 범인은 피해자의 옷을 가방에 넣어서 가지고 간 것으로 보여. 정리하자면 이 사건에서 의문점을 세 개로 압축할 수 있지. 첫째, 고경수로 추정되는 209호의 우울한 녹색 점퍼 사내를 죽인 놈은 누구이며, 왜 그토록 잔인하게 죽였나? 둘째, 범인이 CCTV 카메라에 찍히지 않고 209호에 침입한 방법은 무엇인가? 셋째, 고경수가 가지고 있던 가방은 어디로 사라졌으며 누가 가져갔는가?"

남기문은 의문점을 정리했지만 시원한 기분은 들지 않았다. 초여름 날씨가 갑갑하게만 느껴졌다.

남기문과 나영희는 1층 음식점에서 일하는 수암산장 사장인 강경훈과 종업원들을 상대로도 사정 청취를 했으나 수확은 없었다. 강경훈은 다른 경찰한테 이미 증언을 했다고 슬슬 피하려들다가 남기문이 강하게 밀어붙이자 그제야 입을 열었다. 그나마도 강정훈이 한 증언과 겹치거나 그것만도 못했다. 남기문이 묻는 질문에 잘 대답하다가도 아들 탓하기 바빴다.

"아휴, 나는 아무것도 몰라요. 이런 일이 생길까 봐 아들한테 209호는 빌려주지 말라고 했는데."

사장 강경훈이 곁에 있는 강정훈의 팔을 팔꿈치로 툭 쳤다. 강정훈이 입을 비죽였다.

남기문은 헛기침을 하고 재차 질문했다.

"그럼 한 가지 더. 209호 보니까 창틀 오른쪽 위에 구멍이 나 있던데, 그 구멍은 정확히 뭡니까?"

"그거요? 그거야 TV랑 연결하는 케이블 선 끼워 넣는 구멍이죠. 옥상에 케이블 단자함이 있는데… 이래저래 안 좋은 일들도 있고 손님도 줄고 해서 여관 영업을 그만둘 요량으로 객실에서

TV를 싹 다 뺐어요. 그런데 그 이후에 또 사정이 바뀌어서 2층 여관을 아들한테 맡기고 계속하게 됐지요. 하여간 그래서 창틀에 난 구멍들은 지금은 그냥 빈 구멍입니다."

"그렇군요."

현장에서의 수사는 이것으로 일단락되었다. 시신은 원로대학병원으로 옮겨졌다. 검시 및 부검, 신원 확인은 남기문이 유가족을 만나본 뒤 처리하기로 했다.

3

강력1팀 팀장 남기문은 팀에 속한 부하 형사들에게 지시를 내렸다.

형사 몇몇은 수암산 근방의 CCTV를 모조리 뒤졌다. 하지만 수암산과 그 근방에는 CCTV가 마땅한 게 없었다. 그래서 등산객을 상대로 장사하는 산 아래 상점과 음식점까지 발품을 팔며 증언을 모았다.

다른 형사 몇몇은 피해자로 추정되는 고경수의 행적 파악, 중요 참고인인 정체불명의 커플을 찾으려 동분서주했다. 다른 몇몇은 통신사에 고경수의 발신 내역을 의뢰하여 마지막으로 통화한 곳이 어딘지 알아내려 했다.

남기문은 수첩을 펼쳐 메모한 것을 다시 읽어본 뒤, 고경수의 집 주소와 연락처를 알아냈다. 그리고 세상에서 가장 중요한 일, 흡연을 하기 위해 라이터와 담배를 들고 잠깐 나갔다.

한편, 나영희 형사는 자기 책상에 앉아 컴퓨터를 켰다.

나영희는 수암산장 사장이 말해준 5, 6년 전에 발생한 사건에 대해 조사했다. 그리고 데이터베이스에서 조금 묘한 기록을 찾았다. 2000년 당시 수암산장에서 있었던 자살 미수 사건에 관한 기록이었다.

놀랍게도 그것은 이강찬에 관한 기록이었다. 엄밀히 따지자면 경찰청 데이터베이스에 이강찬의 이름이 나온 것은 그가 자살 미수를 했기 때문이 아니었다. 엄밀히 말해 자살 미수죄라는 것은 없으므로.

다만 연탄불을 피울 때 침대며 이불까지 불에 탔는데 작은 화재를 일으킨 것으로 인해 신고가 들어갔고, 경찰의 조사를 받게 된 것이다. 그리고 기록에 의하면 신고자가 고경수였다. 즉, 고경수는 당시 208호에 묵고 있었고, 이강찬은 209호에서 연탄불 자살을 시도했다. 그리고 첨부된 기록에 의하면 이강찬은 당시 조울증을 앓고 있었다.

나영희는 즉각 남기문에게 이 사실을 보고했다. 담배와 커피로 망중한을 즐기던 남기문은 어이없어했다.

"뭐야, 그럼 2000년 수암산장 209호에서는 연탄불 자살 미수 사건이 있었고, 그 자살 미수자는 고경수의 연적이던 이강찬, 그리고 지금 2005년에는 정체불명의 엽기 살인이 발생했는데 그 피해자가 고경수라는 건가?"

"네. 고경수와 이강찬 두 사람 사이에 뭔가 연관이 있는 것 같은데 무슨 연관이 있는 것인지……."

"뭐, 일단 고경수의 유일한 유가족에게 갈 건데 가는 김에 물어보지."

＊　　　＊　　　＊

남기문과 나영희는 고경수의 주민등록증에 적힌 주소로 출동했다. 주소는 상현동 상현아파트 7동 707호. 고경수는 아내인 홍숙자와 단둘이 살고 있었고, 두 사람 사이에 자식은 없었다.

출발 전에 남기문이 전화로 방문을 통보해 두었고, 홍숙자가 묻는 내용은 모두 대답해 주었다. 더 자세한 내용은 직접 방문해서 이야기하기로 했다.

"정말 괴롭군. 신원 확인을 어떻게 시키지?"

핸들을 잡은 남기문은 입맛이 썼다. 홍숙자에게 고경수의 시체를 보여주고 자기 남편이 맞는지 물어야 했으니까.

"저, 그런데 그 시신은 정말로 고경수의 시신일까요?"

"그럼 누구의 시신이란 건데?"

"그건 모릅니다. 하지만 목이 없는 시체라는 게 걸려요. 발견된 것은 지갑 속의 주민등록증뿐이고요. 다른 사람의 시체일 가능성은 전혀 없을까요?"

"음, 자네 말은 범인이 피해자의 목과 팔다리를 자른 것은 어떤 원한 때문이 아니라 시체의 신원을 확인하지 못하게 하려는 실용적인 행위였다는 건가?"

남기문은 진저리를 치며 물었다. 미스터리소설의 단골손님,

목 없는 시체 트릭. 시체의 신원 확인에 필요한 머리통을 소실시킴으로써 수사를 교란시키는 트릭이다. 너무나도 전형적이고 진부하며, 과학수사 시대에는 잘 통하지도 않는다. 하지만 나영희의 입장에서는 진부하게 느껴지지도 않는지 눈을 부릅뜨고 고개를 끄덕였다.

"바로 그겁니다, 범인의 트릭. 얼굴과 지문을 제거하기 위한 수단으로 아예 머리통과 팔다리를 통째로 잘라갔다는 것."

"흠, 글쎄. 목과 팔다리를 잘라도 신원을 확인할 방법은 있지 않은가. 가령 혈액형이나 DNA 검사만 해봐도 알 수 있을 텐데. 클로즈드 서클에서라면 목 잘린 시체가 혼동을 줄 수 있지만 경찰이 수사를 맡으면 변사체 신원 확인은 어렵지 않지. 뭐, 가장 빠른 건 역시 유가족이 시신을 보고 확인해 주는 거지만. 아, 이 아파트인가?"

두 사람은 목적지에 도착했다. 상현아파트는 전형적인 배산임수 위치에 세워진, 보기 드물게 깨끗한 60평의 아파트였다. 30대 부부가 단둘이 살기에는 다소 호화스러웠다.

707호 앞에 선 남기문이 지체 없이 초인종을 눌렀다. 그러자 대답 없이 문이 열렸다. 홍숙자가 현관에서 두 형사를 맞이했다. 그녀는 차분하고 얌전한 미인상에 귀를 조금 덮는 단발머리를 하고 있었다.

홍숙자는 형사들을 주방 식탁에 앉히고 커피를 내왔다. 남기문은 최대한 정중하게 다시 한 번 고경수의 죽음에 대해 알렸다. 아파트에 오기 전 서에서 전화로 사실을 알렸을 때도 그렇고 지금도 홍숙자는 크게 슬퍼하는 기색이 없었다.

"마음이 떠나서 그런지 슬프지도 않네요."

홍숙자는 흐릿하게 웃었다. 아직 젊은 그녀는 웃을 때만 얼굴에 주름이 조금 생겼다.

"오늘 오전, 등산 가방에 짐을 챙겨서 나가더라고요. 어디로 가느냐고 물어도 산에 간다고만 하고."

"짐이요? 무슨 짐을……?"

"그게 지금 생각하면 좀 이상하네요. 가끔 벌초하러 갈 때 가지고 가는 낫, 톱, 심지어는 사놓고 한 번도 쓴 적 없는 사냥용 나이프 같은 걸 챙겨 갔으니……. 아, 싸구려 우비도 여러 장 챙겨 갔어요."

"호오……."

"그때까지만 해도 저는 그이가 마음이 안 좋아서 조상님 묘소에 가서 머리 좀 식히고 오려나 했어요. 그런데 집에서 가까운 수암산으로 간 거였다니."

홍숙자의 눈이 조금 붉어졌다.

"몇 시에 나갔습니까?"

"아침밥 먹고 잠시 뒤인 오전 9시쯤이요."

고경수가 수암산장에서 방을 빌린 시각은 오전 11시 정각이었다.

"그랬군요. 음, 오전 9시에 떠난 이후로 전화나 문자가 온 것 있습니까?"

"전혀 없었어요."

"혹시 고경수 씨께서는 생전에 누군가에게 원한을 산 적이 있습니까?"

"원한… 이랄까요. 우리 남편이 크게 싸운 사람이라면 딱 한 사람이 있어요."

"누굽니까?"

"강찬 씨요, 이강찬."

홍숙자가 양주 진열대 옆을 가리켰다. 양주 진열대 옆에는 사진이 담긴 액자가 여러 개 있고 일부는 벽에 붙어 있었다. 남편 고경수의 대학 시절 사진이 대부분이었는데, 그중에 이강찬과 함께 찍은 사진도 있었다. 이강찬뿐만이 아니었다. 고경수, 이강찬, 홍숙자가 함께 찍은 사진도 몇 장 있었다. 홍숙자를 가운데에 두고 고경수와 이강찬이 좌우에서 어깨동무를 한 사진이 특히 눈에 띄었다. 고경수와 이강찬은 키와 체형, 심지어는 얼굴형까지도 매우 비슷해 보였다. 고경수와 이강찬을 보며 남기문이 눈을 가늘게 떴다.

"조금 부끄러운 이야기지만, 사진 속 두 사람과 저는 삼각관계였어요."

홍숙자의 얼굴에 붉은 기가 돌았다.

"결국 제가 결혼하기로 한 사람은 지금 남편인 고경수 씨지만."

"크게 싸운 적이 있었다고 하셨는데, 혹시……."

"맞아요. 저를 사이에 두고 두 사람이 크게 싸운 적이 있습니다."

"어느 수준의 싸움이었습니까?"

홍숙자는 미간을 찌푸리며 뭐라 말해야 좋을지 말을 골랐다.

"멱살잡이를 하거나 한 적은 없어요. 하지만 사람이 죽기 직전까지 갔던 일은 있는데, 이걸 어떻게 말씀드려야 할지……."

"가령 2000년 5월 수암산장에서 있었던 이강찬 씨의 자살미수 사건 같은 것 말입니까?"

남기문이 정곡을 찌르자 홍숙자는 흠칫 놀랐다. 그리고 안도하는 표정을 지었다.

"다 알고 오신 모양이군요. 하긴, 경찰이시니. 모두 다 말씀드리죠. 2000년 5월 1일이었어요. 결혼을 약속한 저와 고경수 씨는 기념으로 수암산장에서 하룻밤 묵고 오기로 했지요. 분명 수암산장 208호였어요. 거기까진 다 좋았죠. 그런데……."

"그런데?"

"설마 이강찬 씨가 뒤를 쫓아왔을 줄은."

홍숙자는 한숨을 내쉬었다.

"대략 10분 정도 떨어진 거리에서 이강찬 씨가 우리 두 사람을 뒤따라온 거였어요. 그리고 이강찬 씨는 맞은편 방인 209호를 빌려서 들어가더군요. 당시의 이강찬 씨는 정신적으로 불안정해서 정신과 상담을 받고 있었다고 해요. 그런데 제가 고경수 씨와 결혼하기로 하자 그만 통제력을 잃어버린 거지요. 그리고는 '약혼을 취소하지 않으면 자살할 거야!'라고 소리치고……. 남편이 어떻게든 잘 달래서 이강찬 씨를 209호 안으로 다시 들여보냈지요. 저는 남편에게 하산하자고 했지만, 남편은 이강찬만 두고 가자니 불안하다며 208호에 그대로 머무르기로 했어요. 그런데 아나나 다를까, 그날 밤 209호에서 이강찬 씨는 혼자 소주를 마신 뒤 미리 가방 속에 가지고 온 연탄에 불을 붙였어요. 침대 위에 연탄을 올리고 그대로 불을 붙였나 봐요. 연기와 냄새가 심하게 나서 남편이 209호 문을 쾅쾅 두드리고 소리치고, 아래에 있던 산장 주인도 혼비백산해서 뛰어올라 오고……. 다행히 불은 그대로 잡혔고 크게 다친 사람은 없었지만요. 남편과 이강찬 씨는 경찰서에 가서 무슨 진술서인지를 쓰고 풀려났어요. 그날 이후로 이강찬 씨가 우리를 찾아와서 행패를 부리거나 하는 일은 없었습니다."

"그런 일이 있었군요."

남기문이 말하면서 나영희 쪽을 한 번 슬쩍 보았다. 이제 남기문과 나영희는 2000년 5월에 발생한 사건에 대해서는 확실히 알았다.

"그날 이후로는 전혀 교류가 없었습니까?"

"아뇨. 이강찬 씨가 결국 남편과 저에게 사과했어요. 그 이후로도 가끔 지나가다 만난 적이 있고요. 이강찬 씨는 정신과 치료를 받은 이후로 완전히 안정을 되찾았거든요. 그때 정신과 의사가 그림을 그리든 소설을 쓰든 하라고 권유했는데, 이강찬 씨는 그날 이후로 노력 끝에 소설가로 등단했다고 해요. 지금도 혼자 살면서 추리소설을 쓰고 생활한다고 들었어요."

"추리소설이라……. 유명한 사람이라면 저도 들어봤을 텐데."

"뭐, 그렇게 유명한 사람은 아닐 거예요. 다만 지금의 이강찬 씨는 길거리에서 만나도 흥분하거나 하지 않고 서로 안부를 주고

받는, 안정되고 정상적인 사람이라는 것만은 확실히 알아주세요."

홍숙자가 단호하게 말하고 입술을 앙다물었다. 이강찬을 정신 이상자 취급하지 말아줬으면 하는 기색이 역력했다.

"음, 그렇다면 그 이강찬 씨의 주소나 연락처를 알고 계십니까?"

"그게… 정확한 주소는 몰라요. 하지만 연락처는 저장되어 있어요."

홍숙자가 핸드폰을 조작해서 번호를 찾아냈다. 나영희가 이강찬의 번호를 수첩에 옮겨 적었다.

"저어, 형사님, 그런데 제 남편이 죽은 게 확실한가요?"

홍숙자가 물었다.

"무슨 말씀이신지……."

"머리와 팔다리가 없다고 하셨죠?"

"아, 그게… 확인을 해주셔야 합니다. 전화로 말씀드렸지만, 음……."

남기문은 연신 말을 더듬어야 했다. 머리와 팔다리가 없는 시체를 보고 남편이 맞는지 확인해 달라고 부탁하는 것은 베테랑인 그조차 말을 더듬거리게 했다. 대학 병원에서 시체 검시를 맡을 검시관과 부검의조차 난감해할 시체를 이렇게 얌전한 여인에게 보이기가…….

"검시든 부검이든 뭐든 허락합니다. 대신에 때가 되면 알려주세요."

홍숙자의 입가에 냉소 비슷한 것이 걸렸다.

"때가 되면… 이라는 말씀은?"

"부검을 실제로 진행하기 전에 그때 알려 달라는 의미입니다. 직접 참관하고 싶군요."

"아, 저… 그렇게까지는……."

"다만 지금 시점에서 말씀드리자면."

홍숙자가 단호하게 말했다.

"그 시체는 제 남편 고경수가 맞습니다. 저는 부검에 동의합니다. 오늘은 이만 돌아가 주세요."

홍숙자는 고개를 깊이 숙였다. 남기문과 나영희 또한 고개를 깊이 숙인 뒤 자리를 떠났다.

＊　　　＊　　　＊

남기문과 나영희가 탄 자동차가 상현아파트 단지를 막 빠져나오려 할 때 남기문의 핸드폰에 차례로 전화가 걸려왔다.

첫 번째 전화는 지문 분석 결과에 관한 연락이었다. 209호에서 수거한 소주병을 포함한 증거품들로부터 아무런 지문도 현출되지 않았으며, 고의로 닦아낸 흔적만 확인했다는 결과였다. 남기문은 예상대로라고 생각하며 전화를 끊었다.

두 번째 전화는 부하 형사 중 한 명의 전화였다. 고경수가 마지막으로 통화한 장소를 알아내기로 한 형사였다. 그 형사의 보고에 의하면 고경수의 마지막 발신 위치는 상현아파트 단지 내부였다. 그리고 통화한 시각은 5월 2일 오전 9시경. 통화 시각과 홍숙자의 증언을 통해 가늠하건대 아마 고경수는 식사를 하고 짐을 챙긴 뒤 아파트를 떠나면서 누군가의 집에 전화를 한 모양이다.

그리고 발신 기록에 의하면 고경수가 마지막에 전화를 건 누군가는 이강찬이었다.

"고경수는 오늘 오전 9시 집을 떠나면서 과거의 연적 이강찬에게 전화를 걸었다. 왜일까?"

"이강찬에게 가서 묻는 게 빠를 것 같은데요?"

나영희는 우선 이강찬의 핸드폰 번호로 전화를 걸었다. 하지만 핸드폰이 꺼져 있다는 답변이 들려왔다.

"좋아, 그럼 직접 가서 물어보자."

한편, 강정훈은 수암산장 209호 문 앞에 홀로 서 있었다.

강정훈은 형사들의 이야기를 충분히 엿들었고, 최초 발견자로서 느낀 부분이 많았다. 강정훈은 자신이 사건의 진실을 어느 정도 깨달은 것 같은 기분이 들었다.

"가만있어 봐. 209호 화장실이 피투성이고 팔다리와 머리가 없는 시체가 발견되었지. 그런데 팔다리와 머리는 발견되지 않았고 가방도 사라졌다."

강정훈은 머릿속이 간질거리는 게 느껴졌다.

"그리고 CCTV. CAM04는 2층 복도를 찍는데 범인이 209호를 들어가거나 나가는 모습이 찍히지 않았지. 그리고 이 사실들을 종합하면… 그렇다면……?"

강정훈은 눈을 크게 뜨고 주먹으로 손바닥을 탁 소리 나게 쳤다.

"어쩌면 범인은……!"

4

"엄청 우울한 동네네요."

나영희가 말했다. 남기문은 고개를 끄덕였다. 이강찬의 거주지는 상현동에서 북동쪽으로 차를 타고 30분쯤 올라가면 나오는 재개발된 달동네였는데, 낡은 판잣집을 헐고 그 위에 값싼 원룸 빌딩과 원룸형 빌라 몇 채가 지어져 있었다. 1인 가구의 증가로 원룸 빌딩을 지으면 수익이 좋을 거라는 판단 자체는 나쁘지 않았지만, 치밀한 계획 없이 무턱대고 시작한 재개발이라 지어진 건물들은 무질서해 보였다. 하늘은 우중충한 회색빛이었고, 재개발된 달동네의 전체적인 색조도 그러했다.

차를 끌고 안쪽까지 가기는 곤란해서 남기문은 적당한 위치에 차를 세웠다.

"희망빌라 404호라……."

남기문이 중얼거렸다. 남기문과 나영희는 차에서 내렸다. 희망빌라로 걸어가면서 두 사람은 주위를 둘러보았다. 차를 세운 곳에서 희망빌라까지 CCTV는 딱 한 대 있었다. 전선이 너무나도 복잡하게 뒤엉킨 가로등에 붙어 있는 CCTV가 전부였다. 가로등의 높은 곳에는 CCTV가, 낮은 곳에는 무단 투기한 쓰레기 봉투들이, 그리고 CCTV와 쓰레기의 중간 위치에는 '쓰레기를 무단 투기하지 마시오. CCTV 촬영 중' 이라는 노란 스티커가 붙어 있었다. 이런 쓰레기 무단 투기 감시용 CCTV가 차라리 여러 대였다면 모를까, 한 대 가지고는 큰 쓸모를 기대하긴 어려워 보였다.

"여기가 희망빌라네요."

나영희가 건물을 먼저 찾았다.

"흠, 자네 눈에는 여기가 희망차 보이나?"

"그냥 이름만이라도 좋게 지은 거겠죠."

두 사람은 현관으로 들어가 우편함을 살펴보았다. 404호 우편함에 각종 공과금 지로용지가 담겨 있었다.

"404호가 이강찬네 집이 맞아요."

"좋아."

엘리베이터가 없어서 형사들은 가파른 계단을 걸어 올라갔다. 4층 404호 문 앞에서 남기문은 헛기침을 했다. 그리고 문을 쾅쾅 두드렸다.

"이강찬 씨! 안에 있습니까?"

문을 두드려도 대답은 없었다. 남기문은 별생각 없이 문손잡이를 돌렸다. 원래는 그러면 안 되는 것이지만 덜컥 문이 열렸다. 그것도 꽤 활짝.

"…열렸네?"

남기문이 더 놀랐다. 보아하니 문은 애초에 잠기지도 않았을 뿐만 아니라 문이 꽉 맞물려 닫히지 않았던 모양이다. 나영희는 이래도 되느냐는 표정으로 남기문을 보았다. 영장은커녕 거주자 허락도 없이 멋대로 문을 열었다.

"아니, 뭔 문이 손잡이 좀 돌렸다고 이렇게 활짝 열려?"

남기문은 애꿎은 문을 향해 투덜거렸다. 투덜거리면서 남기문은 좌우를 슬쩍 살폈다. 그리고 에이, 하고는 불 꺼진 404호 안으로 들어갔다. 나영희는 이의를 제기하거나 말리는 대신 따라 들어갔다. 그 순간,

짤그락!

"아, 젠장!"

희망빌라 404호 안으로 두 걸음도 들어가기 전에 남기문이 사고를 쳤다. 현관 바로 앞에는 티 세트와 전기 포트가 놓여 있었다. 남기문이 그걸 들어가면서 걷어차고 말았다.

"조심 좀 하세요!"

놀란 나영희가 그녀답지 않게 남기문을 타박했다. 남기문이 혀를 차며 말했다.

"티 세트를 이렇게 현관 앞에 가져다 두는 경우가 어디 있어?"

남기문은 현관 불을 켜고 티 세트를 관찰했다. 만져보니 티 세트는 차가웠다.

"이런 고급 티 세트는 실제로 자주 쓰기 꽤 귀찮은 물건인데, 이건 꽤 여러 번 사용한 것 같은데?"

"그러게요. 게다가 찻잔이 두 개."

"이강찬에게 연인이 있던 걸까. 근데 티 세트가 왜 현관에 있는 거야?"

"혹시 연인이 있었는데 헤어지고 쓰레기 버리는 날에 내다 버리려고 현관에 둔 거 아닐까요?"

두 사람은 속닥거리며 티 세트를 원상태로 정리했다. 남기문은 더 안으로 들어가 수색하고 싶은 마음이 없지 않았지만 그건 불법이다. 수색 도중 어떤 결정적 증거품을 발견해도 불법적인 증거 수집으로 증거품에서 제외될 수 있었다.

두 사람은 다시 404호 밖으로 나왔다.

남기문은 나영희에게 다시 한 번 이강찬 핸드폰으로 연락을 해보라 시켰다. 핸드폰이 꺼져 있다는 응답만 들려왔다.

"쯧, 귀찮게 됐네. 여기서 좀 더 기다려 보자."

"네. 그래도 다른 사건이 없어서 다행이에요."

"아, 그렇지. 음, 다른 사건이 없어서 천만다행이야."

남기문은 진심으로 그렇게 생각했다. 마침 이 사건을 제외하면 맡은 사건이 없는 덕분에 수사 속도는 꽤 빨랐다. 아직 의문점은 많지만 일단 부검 결과만 나오면 의문은 상당 부분 해결될 터였다.

부검 결과가 나오면 최소한 한 가지는 확실히 자명해진다. 피해자로 추정되는 고경수가 실제로 고경수인지, 아니면 나영희 형사의 의견처럼 209호에서 발견된 시체는 사실 고경수가 아니라 다른 사람인데 고경수의 지갑만 209호에 남겨진 것인지 알 수 있을 터였다.

"어, 어?"

문간에 있던 나영희 형사가 비틀거리더니 복도에 어깨를 기댔다.

"괜찮아?"

남기문이 물었다.

"네, 현기증이 좀……."

나영희 형사의 얼굴이 몹시 창백했다. 얼굴이 창백하면서도 열이 났다. 입술이 말라 있고 손은 떨렸다. 가벼운 탈수와 저혈당 증세다. 그러고 보니 수암산장 209호에서 토하고 쉬지도 못한 채 계속 남기문을 따라다녔다.

"이런, 몸 상태가 안 좋아 보여. 자네는 돌아가서 쉬는 게 낫겠군."

남기문은 걱정스러움과 한심함을 동시에 느꼈다. 물론 걱정스러움은 나영희를 위한 것이고 한심함은 자신 때문이다. 남기문은 스스로가 배려 없게 느껴졌다. 약간의 분노까지 느꼈다. 그리고 그런 자신을 향한 분노와 나영희를 향한 안타까운 마음이 동시에 드는 이유가 나영희가 '여자' 형사이기 때문이라는 것도 남기문은 잘 알고 있었다.

그리고 그렇게 생각한 순간, 남기문의 머리에 무언가가 스쳤다.

'어쩌면… 범인은… 범행 동기는… 사건에는 늘 여자가… 분노에 안타까움까지 겹쳐서……?'

생각이 이어지려는 그때, 남기문의 핸드폰이 울렸다. 기억에 없는 번호다. 남기문은 짜증이 치밀었다.

"예, 누구십니까?"

"아, 저, 혹시 남기문 형사님?"

목소리를 들어보니 생각이 났다. 수암산장 카운터를 맡고 있는 청년 강정훈이다. 연락처를 수첩에만 적어두고 핸드폰에는 입력해 두지 않았다.

"아, 예. 무슨 일이십니까?"

"저, 알아낸 것 같습니다."

"알아내다니, 뭘요?"

"범인하고 그 트릭 말입니다."

"무슨 말씀이신지……."

"하여간 산으로 올라와 주십쇼. 일단 범인과 트릭만은 간파했습니다. 전화로는 말씀드리기 어렵고 직접 뵙고 말씀드리지요."

*   *   *

남기문은 홀로 수암산을 올라갔다. 나영희 형사는 몸 상태가 너무 좋지 않아 원로경찰서에서 쉬게 했다.

남기문은 수암산장의 서쪽 현관으로 들어갔다. 차로 올라올 수 있는 곳까지는 차로 왔지만, 하루에 산을 두 번이나 왕복하는 것은 형사의 체력으로도 무척 지치는 일이었다.

"아, 오셨군요."

카운터에 앉아 있던 강정훈이 일어났다.

"예. 급하게 불러서 오긴 왔는데, 뭐라고 하셨더라? 범인과 트릭을 알아냈다고 하셨던가요?"

"그렇습니다, 형사님."

강정훈의 눈이 초롱초롱하게 빛났다. 남기문은 최초 발견자가 부른다고 실제로 산을 올라온 자신을 한심스럽게 여겼다. 그리고 한편으로는 정말로 이자가 진실을 알아냈을까 하는 궁금증도 존재했다.

"실제로 탐정 취미가 있는 줄은 몰랐군요."

"수사가 잘 안 풀리고 있는 거 아닙니까? 와달라고 하니 실제로 산까지 올라오시고."

"…수사는 순조롭게 진행 중입니다."

"어쩌면 제 이야기가 더 큰 도움이 될지도 모릅니다. 들어보시겠습니까?"

"하아, 일부러 왔으니 들어나 봅시다."

"예. 산을 올라오시느라 힘드셨죠? 이거 음료수라도."

"그럼 사양하지 않고."

남기문은 강정훈이 준 캔에 담긴 탄산음료를 벌컥벌컥 들이켰다. 강정훈은 남기문이 다 마실 때까지 못 기다리겠다는 듯 얼른 입을 열어 말했다.

"제 추리가 틀림없다면 209호에 시체를 남겨둔 범인은 209호의 고경수 자신입니다!"

탄산음료가 남기문의 목에 걸렸다.

5

탄산음료를 코로 뿜은 남기문은 강정훈의 말을 되묻기까지 꽤 걸렸다. 강정훈은 걸레로 바닥을 닦았고 남기문은 손수건으로 코를 닦았다.

"방금 뭐라고 했죠?"

남기문이 다시 물었다.

"아, 제대로 들으신 겁니다. 고경수가 범인입니다."

강정훈은 걸레를 구석으로 휙 던졌다.

"아니, 고경수를 피해자로 추정 중인 거 모릅니까?"

"흠, 고경수의 신분증이 209호에서 시체와 함께 발견된 것뿐이죠. 그나마도 머리와 사지가 절단되어 신원 확인이 사실상 불가능한 시체로 말입니다."

"그건 그렇지만, 어째서 고경수라고 단언하는 거죠?"

"아, 단언이라고 해도 좋을지……. 이런, 일부러 형사님을 여기까지 오시라 해놓고 꼬리를 빼는 것 같군요. 일단 저는 세 가지 이유에서 고경수가 범인이라고 의심했습니다. 의심하게 된 이유 세 가지는 다음과 같습니다. 첫째, CCTV 상에서 2층 209호로 들어가는 범인의 모습이 찍히지 않았다. 엄밀히 말하자면 찍히지 않았다는 소린 틀렸습니다. 범인은 사실 찍혔죠. 단지 시체가 되어 남겨진 것처럼 보일 뿐. 제 추리에 의하면 남겨진 시체는 완전히 다른 사람이고 시체를 남겨둔 사람은 209호의 고경수 본인입니다. 하지만 이 사실을 깨닫지 못한 시점에서 말하자면 209호에 들어가서 사람을 죽이고 머리와 팔다리를 절단한 범인이 보이지 않는다는 사실이 의심을 사기에 충분하다는 겁니다. 이 의심을 풀어줄 정답은 하나뿐이겠죠. 둘째, 머리와 팔다리가 사라진 대신 신분증만 남았다. 이 부분은 형사님들도 충분히 의심했을 거라고 생각됩니다만, 머리통과 팔다리 없이 손상된 몸통만 발견된 이상 신원을 확인하기가 꽤 어렵죠. 그런 상황에서 신분증이 남아 있으면 일단 그 신분증과 몸통을 연결시켜 수사하게 마련이죠. 하지만 저처럼 미스터리소설을 좋아하는 사람은 오히려 역으로 머리 없는 시체만 보면 의심이 마구 샘솟습니다. 셋째, 가방이 사라지고 없다. 저는 남겨진 시체의 몸통과 신분증이 아니라 사라진 가방이야말로 사건의 핵심이라고 생각합니다. 209호에서 가방이 사라진 건 범인이 꼭 가져가야 했기 때문… 이겠지요. 가방을 가지고 가야만 트릭이 완성되기 때문이라는 의미입니다. 위의 세 가지 이유로 저는 일종의 위장 살인 가능성을 떠올렸습니다. 그리고 이 세 가지 의심을 풀 수 있는 하나의 정답을 알아냈다는 강한 확신이 들어서 형사님을 부른 것입니다."

"잘 들었습니다. 강정훈 씨는 정말로 209호에 남겨진 몸통이 고경수가 아니라는 가정하에 추리를 펼친 것으로 들리는데, 그럼 묻지요. 그럼 고경수가 어떻게 범인이란 말입니까?"

"예. 그럼 시간 순서대로 가볼까요? 일단 범인 고경수는 피해자를 찾아갑니다. 그리고 죽입니다. 살해 현장은 아마도 이곳 수암산장이 아니라 다른 장소였을 겁니다. 어쩌면 피해자의 집일지도 모르지요. 고경수의 원한 관계를 조사하시면 이 한 명의 피해자와 실제 살인 현장을 쉽게 찾으실 수 있을 겁니다."

강정훈의 말에 남기문은 귀가 솔깃했다. 하지만 내색하진 않앉다.

"고경수는 실제 살인 현장에서 피해자의 팔과 다리, 머리를 절단합니다. 그리고 절단 과정에서 '피'를 뚜껑 있는 통에 담고 머리와 팔다리는 일단 방치한 채 피와 몸통 부분만 챙깁니다. 그다음 고경수는 수암산장으로 옵니다. 왜 여기로 오냐고요? 그게 실은 저희 아버지가 형사님들 다 돌아가신 뒤에 저에게 살짝 전한 말이 있습니다. 2000년 5월에 있었던 자살 소동에 관한 이야긴데요, 이게 일부러 숨기려 한 건 아닌데……."

"고경수가 2000년 5월에 이미 이곳에 온 경험이 있다는 사실 말입니까?"

"아, 알고 계셨군요? 저희 아버지가 형사님들이 계실 때 그 사실을 말하지 않은 것은 2000년 당시 사건이 저희 아버지 마음에 큰 충격을 줬거든요. 저희 아버지 마음이 보기보다 여리셔서……."

"됐고, 추리나 마저 해보시죠."

"네. 고경수가 이곳을 자신의 트릭을 위한 장소로 고르고 다시 온 것은 실질적인 이유와 조금 감상적인 이유가 있었을 겁니다. 감상적인 이유부터 보자면, 2000년 5월에 209호에서 자살 미수 사건이 있었고, 그 사람이 자신의 친구였기 때문이 아니었을까요? 그때의 강한 인상이 머릿속에 남았기 때문에, 그리고 이 수암산장의 사장 머릿속에도 그 인상이 남아 있을 것이기 때문에 자신의 죽음을 위장할 트릭의 장소로 이 수암산장 209호를 택했다는 것, 그리고 실질적인 이유를 보자면 아무래도 과거에 와봤으니 이 산장에 투숙객이 극도로 적다는 사실을 알고 있기 때문이겠지요. 과거뿐만 아니라 가끔 등산하는 사람의 카페나 블로그에 올라오는 글을 봐도 수암산장 2층이 텅텅 비어 있다는 걸 알 수 있었을 겁니다. 그러니 209호에서 타인의 시체로 자기 자신의 죽음을 위장하는 살인 트릭을 완수하기에 더없이 좋은 장소였을 겁니다. 뭐, 과거와는 달리 2005년 현재 CCTV가 설치되어 있다는 사실을 알고 온 건지 모르고 온 건지는 애매하지만요. 어쨌거나 고경수는 자신의 등산 가방 속에 피와 몸통을 넣고 이곳으로 왔습니다. 그리고 가장 안쪽 방이자 추억의 장소인 209호를 빌립니다. 그리고 209호에 오자마자 시체를 두고 가면 의심스러울 겁니다. 그래서 소주를 사면서 시간을 조금 끌다가 화장실에 피와 몸통을 버립니다. 물론 피를 화장실 벽이며 욕조며 바닥에 뿌리고 바릅니다. 209호를 살인 현장으로 위장하기 위함이지요. 그리고 범인 고경수는 209호 화장실에 피와 몸통을 두고 나갑니다."

남기문은 화장실에 묻은 혈흔이 위장으로 칠한 것은 절대 아니라는 사실을 지적할까 하다가 관뒀다. 남기문은 강정훈의 추리를 마저 듣고 싶었다. 그래서 질문했다.

"그럼 밀실과 2층 복도를 촬영하는 CAM04에 나가는 모습을 들키지 않고 탈출한 것 또한 설명 가능합니까?"

"물론입니다. 지금 막 설명하려고 했고, 그 부분까지 설명 가능하므로 형사님을 부른 겁니다. 사실 고경수가 2층 복도를 통해 나오는 모습이 찍히지 않았다는 사실에만 집중하고 집요하게 의문을 품는다면 너무나도 쉽고 간단한 방식으로 209호를 탈출할 수 있습니다. 2층 복도 CCTV에 찍히지 않고 말입니다."

"믿기지 않는군요. 혹시 창문을 통해 나갔다고 말하려는 겁니까?"

"어? 알고 계셨군요!"

강정훈의 말에 남기문은 눈살을 찌푸렸다. 그리고 고개를 저었다.

"뭔가 착오가 있는 것 같은데, 209호 창문은 잠겨 있었습니다. 창문은 수동으로 잠그는 미닫이 창문입니다. 자물쇠 방식은 잠갔을 때 알파벳 d 모양의 크레센트 자물쇠였습니다. 고경수가 진범이고 209호에서 창문으로 나갔다면 누구도 창문을 잠글 수 없습니다."

그러자 강정훈은 훗훗 하고 웃으며 손가락을 까딱거렸다. 탐정 만화 속 얄미운 탐정과 똑 닮은 행동이다.

"형사님, 일반적으로 안 되는 걸 가능하게 하니까 트릭이라고 하는 겁니다. 고경수는 트릭을 써서 창문을 잠근 겁니다. 제 추리를 듣고 실제로 가능한지 209호에 올라가 확인해 보죠."

강정훈은 자신만만했다. 남기문은 좀 더 진지하게 경청하기로 했다.

"밀실 파훼는 고전적입니다. 첫째, 창틀 위편으로 난 구멍, 그리고 잠기지 않았을 때는 p 모양이었다가 잠갔을 때 d 형태가 되는 크레센트 잠금장치, 그리고 추가적인 준비물로는 튼튼한 실이 필요합니다. 튼튼한 실의 양쪽 끝을 잡아서 두 줄로 잡은 뒤 열려 있는 상태의 p 모양이 된 잠금쇠에 몇 바퀴 걸어둡니다. 그리고 실의 두 끝을 창틀 위의 케이블 구멍에 넣어서 바깥으로 빼둡니다. 그다음 고경수는 가방을 등에 멘 채로 창문을 열고 밖으로 나가죠. 아, 창틀에 흙이 묻지 않은 건 신발을 비닐로 감아서 묶었기 때문입니다. 미리 발싸개 따위를 준비해 왔겠지요. 창틀에 선 고경수는 창문을 닫고 창틀 오른쪽 위의 케이블 구멍으로 빠져나온 실의 두 끝을 붙잡아요. 그리고 그대로 실의 끝을 위로 잡아당깁니다. 그러면 p 상태의 잠금쇠는 그대로 들어 올려지고 d 형태로 잠기게 되죠. 문은 이미 닫힌 상태인데, 잠그지 않은 이유는 범인이 실제로 창문으로 나갔기 때문에 문이 잠겨 있으면 창문이 우선 의심 받으므로 의심을 늦추기 위해서였겠죠. 창틀의 케이블 구멍과 실, 추리만화 몇 권의 지식만 있어도 쓸 수 있는 꽤 고전적인 밀실 창조입니다. 창밖에 서서 밀실을 만든 범인 고경수는 그대로 창밖으로 뛰어내립니다. 2층 높이니까 부담되진 않지요. 고경수는 그대로 산 아래로, 타인의 시선을 피하기 위해 정규 등산로가 아닌 쪽으로 도주합니다. 이상입니다.”

강정훈의 자신만만한 추리에 남기문은 할 말을 잃었다. 지적할 지점들이 있어서 입이 근질근질했다.

“지적하거나 질문할 것들이 좀 있는데, 일단 가장 중요한 것부터 물어볼까요? 고경수가 이 모든 범죄의 진상이라면 동기는 뭡니까?”

“동기는 제 추정이 궁금하시다면 말씀드릴 수 있지만, 그 이

전에 짚고 넘어갈 것이 있습니다. 저는 경찰이 아닙니다. 그러므로 수암산장 바깥의 의문과 진실들에 대해서는 추정 말고는 할 수 있는 게 없습니다. 오히려 범행 동기 같은 거야말로 경찰의 역할이겠지요."

강정훈의 슬쩍 꼬리를 빼는 화법이 남기문은 마음에 들지 않았지만, 강정훈의 지적이 틀린 것은 아니었다. 강정훈은 남기문에게 사건의 범인과 트릭에 대해 간파했다고 했지 동기에 대해서는 알아냈다고 하지 않았다.

"다만 제 추정을 말씀드리자면 원한이나 금전, 치정 등의 이유로 살인을 하고 자기 자신의 존재를 삭제하기 위함이 아니었을까요? 고경수가 무슨 심리로, 무슨 이유로 살인했는지에 대해서는 현 시점에서 형사님도 알기 어려울 거라 생각합니다만."

"과연……."

남기문은 고개를 끄덕였다.

"그럼 조금 더 강정훈 씨의 추리를 비판해 보죠."

"어떤 부분 말입니까?"

강정훈의 얼굴에 경계심이 떠올랐다.

"증거는?"

남기문이 툭 내뱉듯이 물었다.

"네?"

"증거 말입니다. 강정훈 씨 당신 추리를 입증할 만한 증거는? 증거라는 건 범인의 범행을 입증할 뿐만 아니라 수사관의 추리를 입증할 때도 필요한 겁니다. 강정훈 씨의 추리, 즉 고경수가 범인이며 트릭을 통해 빠져나갔다는 가설이 사실임을 증명할 근거가 있습니까?"

"음, 그렇군요. 하지만 CAM04에는 209호에 침입한 괴한의 모습이 찍히지 않았습니다. 그 찍히지 않았다는 사실로는⋯⋯."

"불충분합니다, 그것만으로는. 범인 모습이 따로 안 찍혔다는 사실이 그 자체로 당신의 추리가 옳다는 근거가 되진 않습니다."

"하지만 형사님, 209호에서 고경수는 실제로 사라졌잖습니까? 몸통만 남겨놓고."

"그것도 강정훈 씨의 주장일 뿐이죠. 고경수가 범인이고 발견된 몸통이 다른 사람이라는 것은 강정훈 씨의 증거가 뒷받침되지 않은 주장일 뿐입니다. 그리고 지금 시점에서 경찰은 팔다리, 머리 없는 몸통이 고경수라는 판단하에 수사 중입니다. 뭐, 부검 결과는 아직⋯⋯."

그때였다. 남기문의 휴대전화가 울렸다. 검시에 입회하러 간 형사였다. 남기문이 전화를 받자 강정훈이 귀를 가까이 하고 엿들었다. 남기문의 휴대전화 수신음이 커서 강정훈의 귀에도 제법 잘 들렸다.

"아, 팀장님, 검시가 예정보다 일찍 끝났습니다."

"시체는 고경수가 맞나?"

"물론입니다. 209호에서 발견된 몸통은 틀림없이 고경수입니다. 다만 혈액에서 알코올 성분과 다량의 수면제가 검출되었습니다. 그리고 사망 추정 시각은 오늘 정오 무렵으로 좁혀졌습니다."

남기문은 전화 너머의 목소리에 고개를 연신 끄덕였다. 그리고 더 자세한 이야기는 서에서 하자는 말을 남기고 전화를 끊었다.

"가봐야 할 것 같군요. 일단 좋은 제보 감사드립니다."

남기문은 평안한 어조로 말했다. 반면에 강정훈은 말을 더듬게 되었다.

"아, 아뇨. 그보다 통화 내용이 들려서 말입니다만, 시체가 고경수라고……."

"남의 통화 내용을 엿들으시면 곤란합니다. 하지만 맞습니다. 209호에서 발견된 시체는 고경수 본인이 맞습니다."

"믿을 수 없… 아니, 확실한가요? 머리와 팔다리가 없는데 어떻게 알아낸 건지……."

"아, 그거 말입니까? 물론 혈액형과 DNA의 대조, 그리고 의료 기록 등으로. 경찰은 변사체를 발견한 이상 신원은 반드시 밝혀냅니다. 극히 예외적인 경우를 제외하면 말이죠. 하지만 이 경우에는 예외적인 경우가 아니었습니다. 그 시체 몸통은 고경수가 맞습니다."

"그럼 제 추리는 완전히 빗나갔군요."

강정훈은 몹시 아쉬워하면서 미안한 표정을 지었다. 강정훈은 자신이 정말로 답을 알아냈다고 믿었기에 원로경찰서 강력1팀 팀장을 전화로 부른 것이다. 진심으로 미안해하며 어쩔 줄 몰라 하는 강정훈을 본 남기문은 쓴웃음을 지었다.

"괜찮습니다. 뒷부분은 경찰에게 맡기십시오. 다음에 보죠."

남기문은 그 말만 남기고 산을 내려갔다.

[다시 2016년 5월 2일]

강정훈이 이야기를 마쳤다.

"저어, 그 뒤로 어떻게 됐죠?"

내가 물었다.

"모릅니다."

강정훈은 콧김을 길게 뿜었다. 아쉬움을 뽑아내듯이.

"그날 이후로도 남기문 형사님을 몇 번 뵙긴 했습니다. 궁금증을 못 이긴 제가 경찰서에 무작정 찾아간 적도 있고, 5월이면 남기문 형사님과 나영희 형사님이 1층 식당에서 식사를 하고 가시기도 합니다. 하지만 아무리 물어도 그 이후에 어떻게 되었는지에 대해서는 말씀해 주지 않았습니다. 하지만 제가 남기문 형사님을 불러 추리하기 '이전'에 관한 정보는 숨김없이 가르쳐 주셨습니다. 제가 작가님께 제가 직접 듣지 못한 부분까지 술술 말씀드릴 수 있는 것도 다 그 덕분이지요. 하지만 정말로 궁금한 것은 그 '이후'입니다. 저의 추리가 틀린 이후의 결말 말입니다. 10년이 지난 지금도 진실은 알 수 없고 매듭이 엉성하게 지어진 신발 끈을 보는 것 같은 기분입니다."

강정훈의 얼굴에 그늘이 드리워졌다.

"다만 확실한 건 제 추리가 틀렸다는 것, 사건이 미해결로 남아 있다는 것, 그리고 범인은 여전히 잠적 중이라는 것입니다."

"범인이 아직도 잠적 중이라고요?"

"네, 아직도."

"범인이 잠적 중이라면 죽은 고경수의 아내인 홍숙자 씨는 원통해서 밤잠도 못 이루고 있겠군요."

"아, 그것도 이상한 부분입니다. 실은 홍숙자 씨도 사라진 모양입니다. 남편의 장례식과 보험금 수령이 끝난 뒤 홍숙자 씨 또한 집을 팔고 행방불명되었다고 합니다. 저는 제가 독자적으로 알아낸 정보로 홍숙자 씨의 지인 분들을 찾아 만나보기까지 했는데요, 그분들 말씀에 의하면 홍숙자 씨는 모든 것을 처분하고 현금화한 뒤 부산으로 떠났다더군요. 그리고 다시는 찾을 수 없다고 합니다. 허, 참."

"확실히 수상하군요."

"네. 파고들면 들수록 수상한 것뿐입니다. 그렇다면 진실은 뭔지……."

강정훈이 나를 바라봤다.

"그러고 보니 추리작가라고 하셨죠? 작가님께서는 제가 들려준 이야기를 통해서 뭔가 알아낸 게 있으십니까?"

"하하하, 추리작가를 너무 과대평가하시는군요. 미궁에 빠진 사건 이야기를 듣고 추리를 해내는 건 무립니다."

"그래도 뭔가 힌트 같은 거라도."

강정훈이 나를 똑바로 바라보았다. 눈빛은 진지했다. 그는 진지하게 힌트를 요구하고 있었다. 나는 외면한 채 말했다.

"무슨 말씀을. 오히려 제가 힌트를 얻어야 할 입장 같은데요. 209호에서 오늘 하루 묵어도 되겠습니까? 소설에 쓸 영감을 얻을 수 있을지도 모르고."

"아, 209호는······."

"괜찮습니다."

"그럼 숙박료는 받지 않겠습니다."

"아뇨, 그럼 제가 곤란합니다. 오히려 부탁드리는 거니 당연히 숙박료를 내야지요."

나는 상대방이 뭐라 하기 전에 오만 원 권 지폐 두 장을 지불했다.

"저··· 일박치곤 너무 많은데······."

강정훈의 말을 무시한 채 나는 2층으로 올라갔다.

209호는 내 기억 그대로였다.

[나의 고백]

내 이름은 이강찬이다.

나 이강찬은 2000년 5월 2일, 이곳 수암산장 209호에서 연탄불 자살을 시도했다. 하지만 술에 취해 있어 화재만 일으키고 자살에는 실패했다.

그리고 2005년 5월 2일, 나는 한 남자를 죽였다.

죽은 남자의 이름은 고경수다.

나는 죽는 그 순간까지 내가 저지른 짓, 그리고 나와 함께 범죄를 저지른 공범에 대해서는 말하지 않기로 다짐했다. 그러나 나의 유일한 공범자가 사고로 죽었고, 나는 모든 것을 매듭짓기 위해 이 글을 쓴다.

이 글은 '나의 고백'이다. 나의 고백에는 모든 진실이 담겨 있음을 맹세한다.

이 고백의 글은 다른 사람이 아닌 오직 수암산장 2층 여관의 카운터를 맡고 있는 강정훈 씨에게 헌정하는 바이다.

모든 걸 밝히기에 앞서 가장 중요한 사실을 말하고자 한다.

나는 홍숙자를 진심으로 사랑했다. 홍숙자와 고경수가 결혼을 한 이후에도 그녀를 계속 사랑했다.

고경수는 홍숙자를 나로부터 빼앗았다. 고경수가 지닌 특유의 열정으로. 홍숙자는 조용하고 우울한 나보다 고경수를 택했다. 그에 대한 좌절감 때문에 나는 미쳐 버렸다.

그리고 나는 그들의 오붓한 산행을 미행했다. 연탄불 자살 같은 극도로 유치한 방식으로 내 열정을 드러내려 했다. 물론 소용없었다. 경찰서에서 고경수는 내 귀에 속삭였다. '진정 좀 해. 그런 짓을 하면 할수록 홍숙자와 멀어질 뿐이야'. 그의 말에 정신을 차린 나는 치료를 받았다.

고경수와 홍숙자는 결혼했고, 나는 더 이상 발광하지 않았다. 고경수가 홍숙자를 행복하게 해주길 바랐다. 나는 나의 정신을 가지런히 하고 내면의 울분을 토해내기 위한 수단으로 추리소설을 택했다. 그래서 나는 얼마간 내 분수에 맞지 않는 추리작가 노릇을 하며 살았다.

그렇게 수년이 지났다. 그리고 수년 동안 고경수는 나와 홍숙자, 모두를 배신했다.

고경수는 평상시에는 열정과 상식을 두루 갖춘 사람이지만 술만 마시면 극도로 폭력적으로 변하는 자였다. 그것을 나도, 홍숙자도 알지 못했다. 고경수는 찬장에서 비싼 술을 꺼내 퍼마시며 홍숙자에게 폭행을 가했다. 때때로 찬장 옆 사진들을 손으로 가리키며 홍숙자와 나를 모욕하기도 했다.

"나랑 결혼했으면서 왜 그리 행복하지 않는 거야? 결국 돈 보고 나랑 결혼했지?"

고경수는 울부짖듯이 외쳤는데, 그것이 하루 이틀 일이 아니었다고 한다. 아아, 내가 정신적인 결함을 지녔듯이 사실은 고경수 또한 결함을 지니고 있었던 것이다. 당시의 나는 몰랐다. 홍숙자와 결혼함으로써 나에게서 승리한 고경수는 술을 마시면 과거의 연적이던 내 이름을 들먹이며 홍숙자를 괴롭혔다.

홍숙자는 고경수의 폭행을 묵묵히 당했는데, 그 이유는 아이러니하게도 나 때문이었다. 나와 홍숙자, 고경수 세 사람이 삼각관계였다는 사실은 홍숙자의 친구와 가족 모두 알고 있었다. 그리고 연탄불로 자살을 시도하는 비정상적인 나 대신에 정상적인 고경수와 결혼했다는 사실도 모두가 알고 있었다. 그런데 믿고 결혼한 고경수 또한 술에 취하면 극도로 폭력적이고 비정상적인 인간이라는 사실을 모두가 알게 하는 것은 홍숙자 입장에서는 죽음처럼 괴로운 일이었다. 몸과 마음이 모두 고통스러운 와중에 홍숙자는 꾹 참고 남편에게 고통을 받아왔다.

내가 이러한 사실들을 알게 된 것도 그런 폭력이 있던 어느 밤이었다. 한밤중에 누군가가 문을 두드렸다. 문을 열자 홍숙자가 문 앞에서 울고 있었다. 내가 입을 열기도 전에 홍숙자는 술에 취한 고경수에게 맞다가 도망쳐 왔다고 고백했다. 무슨 소린지 더 자세히 말해보라고 하자 홍숙자는 현관 안쪽에 주저앉은 채로 그동안 있던 일을 말하기 시작했다. 마치 나쁜 어른에게 매 맞은 소녀가 울면서 일러바치듯 했다.

"미안해요, 강찬 씨. 달리 말할 사람이 없었어요."

나도 현관 쪽에 같이 주저앉았다. 나는 홍숙자를 위로했다. 우리 두 사람은 현관에 앉아 이런저런 이야기를 나누었다. 고경수와는 별 상관없는 이야기들, 가령 희망빌라라는 건물 이름이 참 예쁘다는 등의 이야기.

홍숙자는 새벽에 집으로 돌아갔다. 술에서 반쯤 깬 고경수는 귀가한 홍숙자에게 무릎을 꿇고 잘못을 빌었다고 한다. 하지만 며칠 뒤 자정 무렵이 되어 고경수는 또 엉망으로 취해서 같은 짓을 반복했다.

그날 이후로도 홍숙자는 여러 번 찾아왔다. 나는 홍숙자가 찾아오게 될 현관 옆에 홍숙자의 어깨를 덮어줄 담요와 티 세트, 전기 포트를 가져다 놓을 정도가 되었다. 전기 포트의 긴 전깃줄은 집필실 콘센트에 닿았고, 우리는 현관에 앉아 그대로 차를 마셨다. 나는 하루 대부분의 시간을 집 안에서 보내기 때문에 티 세트와 전기 포트를 현관에 가로막듯이 둔 채 그녀가 오는 날을 기다릴 수 있었다.

보답이 있는 기다림이었다. 물론 홍숙자가 내 집으로 오는 날은 홍숙자가 고통을 심하게 받는 날이라는 뜻이다. 그 사실은 나 자신에 대한 분노와 그녀에 대한 안타까움을 동시에 느끼게 했다.

"이혼을 하면 어떨까?"

어느 날 내가 물었다. 오직 그녀를 위한 제안이었다고 거짓말할 마음은 없다. 그것은 나를 위한 제안이기도 했다. 하지만 홍숙자는 고개를 저었다.

"이미 잡은 물고기를 놔주진 않을 거예요. 나는 당신 이강찬 씨로부터 빼앗은 승리의 기념물이기도 하니까."

"그랬던가."

그때 나는 결심했다.

"당신만 괜찮다면… 그를 죽이는 건 어떨까?"

홍숙자는 어깨를 흠칫 떨었다. 하지만 거절하진 않았다.

＊　　　＊　　　＊

모든 계획은 내가 세웠다. 범행 도구, 이른바 수암산장에 입고 갈 옷과 착용할 가발, 선글라스 따위는 홍숙자가 구매했다.

그리고 홍숙자는 고경수를 곁에서 조종했다. 고경수가 술에 취해 홍숙자를 괴롭히고 난 이후 며칠 동안은 그에 대한 반동 때문인지 홍숙자의 말을 잘 들어주곤 했던 것이다.

"5월 2일은 우리가 처음으로 단둘이 잤던 날이야. 추억의 장소로 가지 않을래? 이번에는 이강찬 씨도 부르자. 전처럼 불을 지르거나 하진 않을 테니까."

홍숙자의 제안에 고경수는 선선히 동의했다. 역시 고경수는 나를 질투하고 시기했다. 그랬기 때문에 나 이강찬에게 있어 굴욕의 장소가 되는 수암산장에 아내를 데리고 나가서 만나는 일을 허락한 것이다.

어떤 의미에서 보면 가장 중요한 부분이 출발 직전에 이루어졌다. 나는 홍숙자에게 단단히 일러두었다. 반드시 고경수로 하여금 눈에 띄는 색상의 점퍼를 입고 오게 하라고.

그래서 고경수는 빨간 점퍼를, 나는 녹색 점퍼를 입게 되었다.

5월 2일 오전 9시경, 고경수는 자신의 핸드폰으로 나의 집에 연락했다. 수암산장에서 보자는 약속 확인 전화였다. 고경수가 나의 집에 전화하지 않았다면 경찰이 나와 고경수를 연관 짓기 더 어려웠겠지만 이런 부분은 아무래도 좋았다. 모든 게 끝나면 나는 잠적할 예정이므로.

나는 수암산장으로 올라갔다. 예상보다 내 체력이 많이 떨어져 있어 넉넉하게 미리 도착한다는 것이 아슬아슬하게 오전 11시 전에 도착했다.

오전 11시, 나는 209호로 들어갔다. 홍숙자와 고경수는 11시 10분에 도착해 208호로 들어갔다.

이 시점의 나는 209호의 녹색 점퍼, 208호의 고경수는 빨간 점퍼를 입었다. 다소 혼동되기 쉬운 부분이므로 여기서 다시 강조해 둔다.

나는 209호에서 적당히 짐을 풀고 몸을 풀었다. 그동안 208호에서는 홍숙자가 이미 행동을 개시했다. 산을 오르느라 목이 탄 고경수에게 미리 만들어서 담아 온 칵테일 음료를 건넨 것이다. 물론 그 칵테일 음료에는 알코올과 수면제가 들어 있다. 수면제

는 내가 예전에 치료 받을 때 먹고 남은 신경안정제 성분의 수면
제다. 정확히는 남은 수면제 전부이다. 그 정도 분량이면 몇 모
금 마시는 순간 영화에서처럼 기절하듯 잠이 든다.

그렇게 고경수는 잠이 들었다. 그리고 다시는 깨어나지 못했다.

11시 40분, 계획된 시간이다. 좀 더 확실히 하기 위해 객실
안에서 노크 소리로 신호를 했다. 수암산장에 CCTV가 설치되
어 있지만 낡고 먼지가 꼈으며 당연히 녹음 기능이 없다는 정보
는 다른 등산객들이 블로그나 카페에 올린 후기 등을 통해 미리
입수해 둔 상태였다. 산장 바깥과 주변 정보는 내가 미리 몇 번
사전 답사를 해 확인해 두었다.

노크 신호를 주고받은 209호와 208호의 두 방문이 11시 40분
에 동시에 열린다.

이 부분이 핵심이다. 우리가 2층 복도의 CCTV를 계산하여
문을 동시에 열었다는 것. 수암산장 2층 여관은 복도는 좁은 편
인데 객실 문은 큰 편이다. 너무 활짝 열지 말고 가급적 복도와
직각에 가깝게 두 개의 문을 열 경우 2층 복도 CCTV로부터 가
려지는 '벽'이 생겨난다.

209호와 208호의 문짝을 통해 만들어진 이 벽을 통해 209호
의 나는 208호의 홍숙자로부터 고경수를 건네받는다. 이 과
정이 가장 다급하고 어려운 부분이었는데 우리는 성공했다.
CCTV 영상을 되감아 본 사람들은 209호와 208호 객실 문이
동시에 열리자 머뭇거렸다는 식으로 보았지만 실제로는 서로 놀
라서 머뭇거린 게 아니었다. 그 문짝 너머에서 과감하게 208호

의 고경수를 209호로 옮기느라 시간이 걸린 것이다.

208호의 홍숙자가 먼저 문을 닫고 복도를 걸어가고 나는 고경수를 방 안에 방치한 채 한 발 늦게 내려갔다. 당시의 마음 같아서는 즉시 고경수를 죽이고 시체를 처리하고 싶었지만 의심을 최대한 덜 사기 위한 계획을 그대로 수행하기로 했다.

먼저 계단을 내려간 홍숙자는 강정훈을 상대로 짜증을 부렸다. 가발과 선글라스를 쓴 그녀는 과감하게도 평소와는 전혀 다른 면모의 까다로운 여인 흉내를 완벽하게 해냈다. 뒤에 서 있던 나는 머뭇거리다가 뒤를 따라갔다. 매점은 없지만 1층 음식점에서 컵라면과 소주 따위를 판다는 걸 알고 있었기 때문이다.

홍숙자는 한쪽에서 음료수를 마시며 긴장된 목을 축였고, 나는 소주를 산 뒤 209호로 돌아갔다. 물론 나는 소주를 구매하기만 하고 마시지 않은 채 209호에 방치했다. 물론 지문은 완벽하게 닦았다.

이때 시각이 11시 55분.

나는 고경수를 발가벗기고 화장실로 끌고 간 뒤 천천히 살해하기 시작했다.

옛 친구나 연적을 죽인다는 슬픔은 없었다. 내가 사랑하는 여인을 괴롭힌 자를 죽인다는 분노 따위도 없었다. 그저 계획대로 했다. 살해할 땐 미리 챙겨 온 톱을 이용했다.

화장실 욕조에서 우선 고경수의 목을 산 채로 땄다. 피가 많이 튀었다. 나는 기세를 살려 그의 목을 절단하려 했으나 나도 모르게 멈칫했다. 피에서 나오는 악취가 생각보다 심했기 때문이다. 시체는 썩기 시작했을 때 냄새가 심할 거라고 막연하게 생각한 내 오산이었다.

나는 얼굴을 찡그린 채로 시체를 절단했다. 이건 꽤 중노동이었다. 뼈를 자르는 건 생각보다 힘들었고, 피 냄새는 내가 생각한 비린내 이상이었다. 목과 팔다리 절단을 마무리하자 챙겨 온 톱날의 이는 완전히 상해 있었다.

나는 톱과 고경수의 머리, 팔다리를 미리 준비해 둔 비닐에 잘 포장해 가방에 넣었다. 그러고는 세면대에서 온몸에 튄 피를 씻고 고경수의 옷과 빨간 점퍼를 입었다. 나 이강찬이 처음에 입고 온 우중충한 녹색 점퍼와 옷은 고경수의 가방에 모두 넣었다. 그리고 나는 고경수의 가방을 멨다.

이때의 내 인상착의에 대해 부연 설명을 할 필요가 있을 것 같다. 나는 처음에 녹색 점퍼를 입고 올 때 가지고 온 가방을 가슴 쪽으로 메고, 그다음 빨간 점퍼를 착용한 뒤 지퍼를 목까지 올렸다. 주위 사람이 보기에 더워 보이는 모습이지만 녹색 점퍼를 입은 때의 가방을 빨간 점퍼 '속'으로 감추어 지니려면 이렇게 해야 했다. 그 뒤 나는 고경수의 가방을 정상적으로 빨간 점퍼를 입은 등에 멨다.

이렇게 해서 나는 빨간 점퍼로 변신했다.

나는 고경수의 핸드폰을 부숴 버렸고, 고경수의 지갑과 열쇠는 지문만 닦은 뒤 적당히 침대에 던지듯이 놓았다. 지갑은 제대로 침대 위에 올라갔고 열쇠는 바닥에 떨어졌다. 굳이 열쇠를 다시 줍기 싫어서 그냥 방치해 뒀다.

나는 일련의 과정을 11시 55분부터 12시 50분까지 약 55분 동안 해냈다. 이때의 나는 탈진 직전이었다. 하지만 쉬거나 방심할 수는 없었다.

12시 50분. 이 부분도 중요하다. 209호와 208호의 객실 문이 다시 거의 동시에 열렸다. 물론 노크 신호로 동시에 열 수 있었다. 동시에 열린 두 개의 문으로 다시 한 번 2층 복도 CCTV 카메라를 가리는 사각의 벽이 생겨났다.

이때 209호의 나는 재빨리 객실 문의 벽에 숨어서 208호로 쏙 들어갔다. 그리고 홍숙자는 208호 문을 살짝 닫은 뒤 209호에 대고 뭐라고 말했다. 마치 이 끔찍한 여관에 대한 불평을 209호의 녹색 점퍼 사내랑 나누는 것처럼. 사실 209호에는 시체, 그것도 화장실에 방치된 몸통뿐이므로 홍숙자의 행위는 마임이다. 30초쯤 뒤에 208호에서 내가 나간다. 나 또한 209호 쪽에 허리를 숙여가며 뭐라 말하는 척한다. 다분히 CCTV를 의식한 행동이다.

빨간 점퍼로 변장한 나와 여전히 선글라스와 가발을 착용한 홍숙자는 계단을 내려갔다. 오전 11시 10분 무렵 수암산장 2층 계단을 올라가던 빨간 점퍼와 지금 오후 12시 50분 무렵의 빨간 점퍼는 완전히 다른 사람이다. 하지만 열악한 CCTV 카메라 화질과 카운터를 맡은 강정훈의 눈은 그 차이를 제대로 느끼지 못했다. 홍숙자가 객실 열쇠를 카운터에 던지고 나가자 나는 곧바로 뒤따랐다.

13시, 강정훈은 209호의 시체를 발견하고 경찰에 신고했다.

경찰이 출동했다.

경찰이 출동하는 동안에도 나와 홍숙자는 바빴다. 나는 고경수의 옷가지 따위를 홍숙자에게 맡겼다. 홍숙자는 집으로 돌아가 샤워를 하고 옷과 변장 도구 따위를 숨겼다. 조만간 경찰의 연락이 올 것이 명백하기 때문이다. 그리고 나는 고경수의 머리와 팔다리, 망가진 톱이 담긴 가방만 가지고 도주했다. 시간은 충분히 있을 거라고 판단했고, 실제로도 그러했다.

경찰이 수암산장에서 CCTV를 되감아보거나 하면서 시간을 소모할 동안 나는 부산으로 도주했다. 수배가 내려지지 않은 상태였기에 어렵지 않았다.

홍숙자는 남아서 잠시 사태를 관망했다. 경찰은 209호에서 발견된 시체가 고경수라는 것을 빠르게 확인했다. 발견된 몸통이 고경수의 것이 확실하다고 밝혀지는 순간, 홍숙자는 보험금을 수령할 수 있게 되었다.

결국 일련의 트릭을 요약하자면 수사 지연과 보험금 수령 때문이라고 할 수 있다. 내가 고경수를 살해한 것은 나와 홍숙자가 부산으로 도피해서 새 삶을 영위하기 위해서다. 행복한 새 삶을 위해서는 도피 시간 확보와 보험금 수령은 꼭 필요한 절차이며, 이 기괴한 트릭의 목적이라고 할 수 있다.

남기문 형사는 홍숙자에게 고경수가 죽었다는 사실을 알려왔다. 홍숙자는 남기문 형사의 질문에 적당히 거짓으로 증언했다. 부검에 동의하고 그 결과 시체가 고경수의 것임을 확인할 수 있었다. 그리고 얼마 뒤 홍숙자는 전 재산을 현금화한 뒤 떠났다.

친한 친구들에게만 부산으로 떠난다고 하고 연락처는 남기지 않았다.

나와 홍숙자는 부산의 미리 만나기로 한 장소에서 만났다. 원래는 재회의 순간 함께 고경수의 머리와 팔다리를 함께 버릴 예정이었다. 하지만 부패가 빨라서 나만의 자의적 판단으로 만나기 전에 미리 버렸다. 돌과 함께 헝겊과 노끈으로 꽁꽁 싸맨 뒤 어느 해안 도로 아래로 던져서 유기했다. 새벽이었는데 정확히 어떤 지점인지는 기억이 나지 않는다. 내 기억력이 나빠서이기도 하지만, 잘라낸 고경수의 머리통과 팔다리는 음식물 쓰레기 수준의 가치도 없기 때문이다.

나와 홍숙자는 계획대로 재회했고, 우리 두 사람은 부산에서 정말로 행복한 새 삶을 살았다.

풀리지 않은 미스터리에 대해서는 대부분 설명한 것 같다. 굳이 남은 의문을 하나 꼽자면 그것은 다음의 질문일 것이다.

'왜 굳이 수암산장에서 살인을 저질렀나? CCTV가 전혀 없는 으슥한 산속으로 유인해서 살해하는 편이 더 낫지 않았을까?'

이 부분을 설명하려 한다면 살인 동기의 근원이 되는 절절한 감정을 이해해 줄 것을 요구해야 한다. 상식적인 사람들은 나의 심리를 전혀 이해하지 못할 것이다. 그럼에도 말하자면 나는 그저 매듭짓고 싶었다.

2000년 5월의 그날, 내가 수암산장에서 차라리 고경수를 주먹으로 두들겨 패고 홍숙자를 납치하거나 했다면 어땠을까? 그랬다면 고경수는 홍숙자를 괴롭히지 못했을 것이다. 고경수에 의한 홍숙자의 괴롭힘은 나에게 분노와 안타까움을 주었다.

그날 수암산장에서 과격하게라도 홍숙자를 빼앗지 않은 나 자신에 대한 분노와 고경수와 결혼하기로 한 홍숙자에 대한 안타까움. 이 분노와 안타까움을 이해한다면 나의 살인 동기를, 하필 수암산장이라는 장소에서 살인을 저지른 이유를 완벽하게 이해한 것이다.

고경수는 죽었다. 내가 죽였다. 고경수는 다시는 홍숙자를 괴롭히지 못할 것이다. 나는 더 이상 나 자신에게 분노하지 않고 홍숙자에 대해 안타까워하지 않는다. 홍숙자와 부산에서 시작한 새 삶은 거짓이 아니라 진심으로 행복했다.

2015년 겨울, 홍숙자는 죽었다. 눈이 내리는 날 높은 계단에서의 낙상 사고 때문이었다. 그토록 허무하고 어이없는 사고사에 나는 모든 기력을 잃었다. 자살을 생각했지만 아직 '매듭' 지어지지 않은 일이 딱 하나 남아 있다는 사실을 떠올렸다.

2016년 5월 2일 현재 나는 최후의 매듭짓기를 위해 수암산장을 찾아왔다. 그리고 209호에서 모든 진실이 담긴 '나의 고백'을 작성했다. 나는 내가 여기 오길 잘했다는 생각이 든다.

다시 한 번 강조하지만 이 '나의 고백'은 오직 강정훈 씨를 위한 것이다. 이것을 공개하느냐 마느냐는 강정훈 씨의 손에 맡긴다.

강정훈 씨, 이 끔찍한 미스터리를 오래도록 기억해 준 이여, 안녕히.

[매듭]

'나의 고백' 작성을 마친 이강찬은 수암산장 209호에서 등산화 끈으로 자살을 시도했다. 카운터를 보고 있던 강정훈은 아무래도 이상한 기분이 들어 209호 문을 두드렸고, 대답이 없자 억지로 문을 열어 그의 자살을 막았다. 강정훈이 이강찬을 발견했을 때는 호흡은 있으나 의식은 없는 상태였다. 이강찬은 즉시 병원에 옮겨졌지만 여전히 의식불명이다.

연락을 받은 남기문 형사는 수암산장으로 뛰어 올라와 물었다.

"강정훈 씨, 혹시 209호에서 수상한 것을 발견하지 못했습니까? 가령 유서라든가."

남기문 형사가 강정훈의 얼굴을 똑바로 노려보며 물었다. 분명 남기문 형사는 이미 진상을 모두 꿰뚫고 있으리라.

하지만 강정훈은 209호에서 발견하고 보관 중인 이강찬의 '나의 고백'에 대해서 말하지 않았다.

페이퍼 하트

김재희

연세대학교 졸업, 추계예술대학교 문화예술경영대학원 영상시나리오학과 석사학위를 받았다.
디자이너로 일하다 시나리오작가협회 산하 작가교육원에서 수학하였다.
시나리오작가협회 뱅크 공모전 수상, 엔키노 시놉시스 공모전에서 대상을 받았으며
강제규 필름에서 시나리오 작가로 활동하였다.
2006년 데뷔작『훈민정음 암살사건』으로 '한국 팩션의 성공작'이라는 평가를 받으며
베스트셀러 작가가 되었다. 역사 미스터리에 몰두,『백제결사단』,『색, 샤라쿠』,
『황금보검』 등을 출간하였다. 낭만과 욕망의 시대 경성을 배경으로
시인 이상과 소설가 구보가 탐정으로 활약하는『경성 탐정 이상』(2012)은 출간되자마자
SBS 드라마화가 결정되면서 화제를 불러일으켰으며, 그해 한국추리문학 대상에 선정되었다.
『봄날의 바다』로 범죄 피해자, 가해자를 소재로 서정스릴러를 썼으며,
『경성 탐정 이상 2』를 2016년에 발표하였다.
현재 한국추리작가협회에서 이사로 활동하고 있으며,『경성 탐정 이상 3』과
김성호 프로파일러 시리즈『섬, 짓하다』후속작『층간 이웃(가제)』을 집필하고 있다.

이도연은 모르는 번호로부터 메시지를 받았다.

[어떻게 말해야 될까. 나를 기억하고는 있을까. 나, 서은주야. 고등
학교 1학년 3반 서은주.]

이렇게 시작된 메시지는 도연이 어떻게 답해야 할까 고민하는
한 시간 동안 이어져 나갔다.

[네가 현장 추적이라는 시사 프로그램에 범죄심리학자로 인터뷰하
는 모습 보고 얼마나 감격스러웠는지 아니? 역시 도연이는 다르구나
했어. 고등학교 때 네가 공부를 얼마나 잘했는지 내가 잘 알잖아.]

도연은 답을 하지 않고 메시지가 날아오는 대로 지켜보기만
하였다. 사무실에서 논문을 작성하는 중이었는데 전혀 집중이
되지 않았다.

[너, 카야 스코델라리오라는 영국 영화배우 알아? 스물다섯밖에 안

된 여자 배우인데 눈빛이 아주 죽여줘. 마치 너 고등학교 때 모습을 보는 것 같다고나 할까?]

도연은 컴퓨터 인터넷 화면으로 이동하여 '카야 스코델라리오'를 검색하였다. 갈색 머리에 눈이 크고 눈빛이 강렬한 여배우의 사진들이 나왔다. 도연은 잠시 휴대폰을 내려놓고 화장품을 열어서 얼굴을 거울에 비춰보았다. 그리고 고개를 갸웃하였다. 이렇게 눈빛이 강렬하던 때가 있었던가. 거울 속 도연의 눈빛은 약간 피로하고 매우 차분해 보였다.

도연은 고등학교 1학년 열일곱 살 때를 잠시 더듬어보았다. 20년 전의 기억은 잘 살아나지 않았다. 대학교 시절부터 무수히 많은 심리 치료를 받으면서 그녀는 정신과 의사나 심리 치료사에게 단 한 가지를 부탁하였다.

웬만하면 과거의 아픈 기억을 잊고 싶어요.

최면 치료를 받으면서까지 기억을 잊으려 애썼고, 결과적으로 과거의 일을 기억해 내는 게 어렵게 되었다. 치료의 목적이 망각에 있어서인지 그녀는 과거 학창 시절의 일들을 잘 기억하지 못하였고, 가끔 동창들이 전화로 연락을 해와도 질문에 쉽게 대답하지 못하였다.

[도연아, 만나고 싶어. 대학교 방학 아냐?]

이런 식으로 메시지가 여러 번 30여 분 간격으로 왔을 때, 도연은 드디어 휴대폰을 들어서 전화를 걸었다. 두어 번 신호가 가자 상대방이 전화를 받았다.

―도연아, 나 서은주. 니가 나오는 방송 프로그램 담당 피디에

게 전화를 걸어 물어봤지만 네 연락처 안 알려주어서 고등학교 행정실 통해서 간신히 알아냈어. 나 기억나지? 만나고 싶어. 나 여의도에 있는 보험사에 근무하는데 퇴근하면 네가 근무하는 대학교까지 저녁 8시 30분까지는 갈 수 있어. 당장에라도 만나고 싶어.

도연은 거절하려고 하였지만 이상하게 과거의 기억에 끌리는 마음이 들어 일단 허락하였다. 과거에 대하여 조금은 들어보고 싶은 호기심도 있었다.

대학교 근처에 위치한 핸드드립 커피숍에는 서은주가 먼저 나와 있다. 헤이즐넛 향이 가득한 커피숍 안에 은주는 20년 전 그대로의 얼굴로 자리에 앉아 있다. 동그란 안경, 갈색 긴 생머리, 그리고 자그마한 몸매, 얼굴에는 여전히 미소가 가득하였다. 세세한 기억은 잊어도 그녀의 외모는 정말 꿈에라도 본 것처럼 선연하게 기억이 났다. 도연의 심정을 대변하는 듯이 서은주가 말하였다.

"어머나, 도연아, 너 정말 하나도 안 변했다."

도연은 어색한 기분이 풀리면서 은주의 맞은편에 앉았다.

"너도 그래, 은주야."

도연은 천천히 입을 열었다. 커피를 한 모금 마시자 마음이 한결 부드러워졌다.

"미안해. 이렇게 20년 만에 막무가내로 찾아와서. 걱정 마. 보험 가입하라는 그런 거 아냐. 내가 근무하는 콜센터는 고객 불만 사항 처리해 주는 곳이니까."

은주는 커피로 목을 축이고 쿠키 한 조각을 베어 먹고 나서야 수줍은 표정으로 말하였다.

"나 여기까지 지하철 타고 오면서 얼마나 심장이 벌렁거렸는지 알아? 마치 첫사랑 만나는 것 같았다니까."

"배고프지? 아직 저녁 안 먹었지?"

"아냐. 이 정도면 돼. 이렇게 만난 걸로 반가워. 넌 결혼 아직 안 했지? 인터뷰 기사 찾아봤어."

"넌 언제?"

"나는 아들 하나 뒀지. 말 지독히 안 들어. 내년에 고3 올라가. 내가 카야 스코델라리오라는 영화배우를 어떻게 알겠어? 우리 아들이 좋아 죽는다니까."

마침 카페에서는 토리 켈리의 'Paper Heart'가 흘러나오고 있다. 잔잔한 발라드가 흐르면서 커피숍 안엔 훈훈한 기운이 감돌았다.

"도연아, 나 회사에서 5년 근속으로 양양 쏠비치리조트 1박 2일 숙박권이 나왔거든. 같이 가자. 남편은 지방 건설 현장에서 일하고 아들은 학원을 빠질 수가 없어. 그런데 정말 누구랑 갈까 진지하게 고민하던 시점에 바로 네가 TV에 나왔다는 거 알아? 데이트 폭력에 관하여 정말 시원하게 말해주던데. 어떤 경우에도, 어떤 관계에서도 폭력은 용납되지 않는다고. 그때 너에게 연락해 보고 너와 같이 여행을 가자고 마음먹었다. 한 4개월 전이었나?"

도연은 시원하게 제안하는 그녀가 싫지 않았다. 그렇잖아도 좀 쉬면서 혼자서라도 여행이라도 갈까 생각하던 중이다.

*   *   *

일주일 후, 도연은 은주가 운전하는 소나타 차량 보조석에 앉아 있다.

차창 밖으로는 서울에서는 볼 수 없던 눈꽃이 나무 위에 살포시 내려앉아 있다. 눈 덮인 나무들은 십장생 병풍에 그려진 각진 나무들처럼 비현실적으로 보였다. 마치 한 폭의 아름다운 그림 같았다.

도연은 그간 불편하였던 현실이 잠깐 떠올랐다. 친구를 죽인 용의자에 관한 진술 보고서를 보고 나서 범행을 저질렀을 가능성에 관하여 방송사와 인터뷰를 하고 나자마자 지속적으로 협박 전화를 받았다. 도연의 인터뷰 내용이 재판에서 불리하게 작용한다면서 용의자가 가만두지 않겠다고 협박을 해온 것이다. 재직 중인 대학교 게시판에 도연에 관하여 비판하는 글을 올리기도 하였다. 도연은 그간 범죄심리학을 연구하면서 범죄자들을 인터뷰하고 관련 시사 프로그램에 나오면서 여러 차례의 협박성 전화를 받았지만, 최근에는 그런 일들이 피로하기만 하였다. 그 중에서도 발신 번호 표시 제한으로 걸려오는 전화가 가장 꺼림칙했다. 지난번에는 이상한 전화도 받았다.

-도연 씨예요?

전화를 한 남자는 다정하게 몇 마디 인사를 하더니 다짜고짜 당장 만나서 룸에 가자고 제안하였다. 도연이 깜짝 놀라 룸이 뭐냐고 물었더니 남자는 모텔이라고 하였다.

도연은 소스라치게 놀라 전화를 끊었다. 누가 전화번호를 이상한 곳에 올렸는가 하는 데 생각이 미치자 기분이 싸해졌다.

깊게 생각에 잠긴 도연을 은주가 깨워냈다.

"지금은 예전처럼 양양 가는 길이 멀지 않아. 춘천까지 고속도로 타고 가면 되고 구불구불한 미시령 고개도 넘을 필요가 없어. 그냥 직선 터널 여러 개만 지나면 금방 도착해. 두 시간 좀 넘으면 양양, 속초라니까."

그녀의 말대로 두 시간이 좀 넘자 해안 도로를 시원하게 달리고 있다. 은주는 검은색 코트에 회색 캐시미어 머플러를 하고 고어텍스로 만든 유행하는 롱부츠를 신고 있었다. 은주의 여성스럽고 깔끔한 옷차림에 비해 도연은 패딩 점퍼에 청바지, 운동화를 신고 있었다.

"노래 원하는 거 있음 말해. 틀어줄게. 블루투스라 휴대폰에서 검색이 돼."

"아니, 괜찮아."

"낙산사 들렀다 가자. 그냥 쏠비치호텔로 가도 할 일이 없잖아. 속초시장도 좀 들러보고. 낙산사 갈 때까지 드라이브 즐기면서 바다라도 감상해. 나는 꿈만 같다. 너와 여길 다 오고 말이야."

어느덧 그녀가 모는 차는 낙산사로 향하는 고갯길을 올랐다. 차를 주차해 놓고 도연은 은주와 함께 절을 향해 올랐다.

"너 여기 기억나니?"

주차장 앞에 위치한 낙산비치호텔 앞에서 그녀가 도연에게 물었다.

"낙산비치호텔?"

"어, 우리 고등학교 1학년 때 수학여행 온 곳이잖아."

도연은 고개를 저었다.

"잘 안 나. 그랬었니?"

"하긴 시간이 많이 흘렀으니까. 그때는 무척이나 아름다운 곳이었는데 지금은 재개발 들어가서 폐장했대."

아닌 게 아니라 비치호텔은 군데군데 유리창이 깨지고 벽면은 시커멓게 세월의 때를 입고 있었다.

홍련암 올라가는 길에서 내려다본 바다는 파도가 심하게 요동치면서 밀려들어 왔다 나갔다를 반복하고 있었다. 수백 마리의 갈매기가 절벽에 위태롭게 앉아 있는 모습이 눈에 들어왔다. 갈매기들은 거품이 일어나는 바닷물 위에 가뿐하게 앉아 있었다. 파도가 들이쳐 포말이 하얗게 일어나는 절벽을 수십 명의 사람들이 내려다보고 있다.

"춥다. 그때도 참 바람이 차다고 여겼는데."

은주는 빙그레 웃으면서 도연을 보았다. 순간 그녀의 얼굴이 무척이나 쓸쓸하게 여겨졌다.

왜 쓸쓸해 보일까. 도연은 은주의 속내를 잠시 엿본 듯하였다.

낙산사를 둘러보고 나서 속초시장으로 갔다. 시장 안은 관광객들로 붐비고 있었다. 이름 모를 물고기가 가득하였고, 길거리 음식이 다양하게 팔리고 있었다.

"이 물고기 알아?"

서은주는 자배기 안의 얼굴에 혹이 뿔처럼 솟아 있고 꼬리는 얄팍하게 빠진 올챙이 형태 비슷한 물고기를 가리켰다. 아귀나 곰치처럼 무척 험상궂게 생겼지만 잘 팔리는 모양인지 집집마다 들여놓고 있었다.

"아니, 처음 보는데. 아귀 아냐?"

"서울에서 안 먹어봤구나?"

"응. 첨 봐."

"알도치라고, 여기 동해에서 잘 잡히는 물고기야. 알도치탕 먹어보면 제법 고소하다. 이렇게 못생겼어도 맛은 착하다고나 할까."

물고기를 구경하다가 닭강정과 씨앗호떡 등의 먹을거리를 사 들고 쏠비치리조트로 들어왔다. 호텔 동으로 가서 숙박권을 카운터에 제시하고 바다 전망이 보이는 404호 방을 얻었다.

카드 키를 가지고 4층으로 올라갔다.

"숙박권하고 여기 스파 이용권 두 장 받았어. 저녁 먹기 전에 같이 스파 사우나나 가자."

"스파?"

"어, 여기가 바닷물로 온천을 만들어서 피부에 좋고 스트레스 해소에도 제격이래. 내 소원이야. 같이 가자. 오랜만에 보는 사이라 좀 쑥스럽겠지만."

도연은 공중목욕탕을 가지 않았다. 남에게 벗은 몸을 보여주는 것을 싫어했다. 하지만 속초, 양양까지 수고롭게 운전을 한

은주에게 무턱대고 거절하기가 힘들었다.

"그럼 조금만 하자."

도연은 지하에 있는 스파로 은주와 같이 내려갔다. 저녁이라 그런지 사람이 얼마 되지 않았다. 도연은 천천히 옷을 벗어 락커에 두고 스파에 딸려 있는 노천탕으로 나갔다. 허브 온천탕에 들어가 앉아 있는데 은주가 몸을 수건으로 가리고 들어왔다.

"물 참 따뜻하다. 어때?"

"기분 괜찮은데."

"참, 나 음료수 좀 사 올게."

은주가 나가는데 수건으로 여며둔 뒤태가 살짝 벌어지면서 허리 부분의 수술 자국이 언뜻 보였다. 허리의 수술 자국은 양쪽 대칭으로 6센티미터가 넘어 보인다. 자국이 희미해져서 이제는 자세히 보지 않으면 모르고 지나칠 수도 있겠다 싶었다.

잠시 후, 은주는 아이스커피 두 잔을 사 왔고, 따뜻한 물에서 차가운 음료가 들어가니 별미처럼 느껴졌다.

"등 뒤로 상처 있던데. 허리 부분에."

도연이 조심스레 물었다.

"봤어? 그냥 아무것도 아냐. 디스크라서 수술한 지 꽤 됐어."

은주는 아무것도 아니라는 듯 넘기며 미소를 지어 보였다.

"일이 힘들지는 않아? 범죄자들 인터뷰하는 일도 자주 있는 것 같던데."

"가끔은 항의 전화 올 때도 있어. 재판에 불리하게 인터뷰했다고. 그것도 일의 연장 선상이야."

"넌 담대하게 보여서 너무 좋다. 나는 콜센터에서 불만 고객 처리할 때 스트레스 많이 받거든. 정말 죽고 싶다니까. 우리 목욕 끝내고 자기 전에 술 좀 마시자. 오랜만에 스트레스 좀 풀고 싶어서 그래. 괜찮겠지?"

도연은 조용히 고개를 끄덕여 보였다.

목욕 후에 한식당에서 도연이 저녁을 간단하게 샀다. 리조트 밖으로 나가서 근처 해변 횟집에라도 갈까 하였지만 은주는 리조트에서 술 마실 데를 찾아보자고 하였다. 카운터의 안내로 리조트 건물 지하에 위치한 바로 갔다. 한적한 바에는 남녀 몇 커플이 자리하고 있었다.

은주는 양주를 시켜 술을 못 마시는 도연을 타박하면서 한 잔 두 잔 마셔대더니 결국 과음을 하였다. 스트레이트로 벌써 몇 잔을 마셨는지 모를 지경이다.

"은주야, 그만 마셔. 몸 힘들어져."

"아니, 괜찮아. 'Paper Heart'라는 노래 알아? 외국 여가수가 부른 건데. 그 노래처럼 나도 종이 심장을 가졌나 봐. 늘 심장이 찢어질 것처럼 아파오니까."

"무슨 고민이라도 있는 거야? 겉으로는 힘들어 보이지 않아."

은주는 도연을 직시하면서 입가를 비죽이며 미소를 띠었다.

"그래? 밤바다 보러 가지 않을래? 정신 좀 깨고 싶다."

바에서 계산을 치르고 바다로 나갈 수 있는 테라스 문 쪽으로 향하였다. 테라스 문을 나가서 둥글게 펼쳐진 리조트 정원을 걸어 바다로 접근하니 모래사장으로 들어가는 철문이 잠겨 있다. 밤 9시 이후에는 개방을 안 한다고 적혀 있다.

"그냥 여기 벤치에 앉아서 정신 좀 차리자."

도연은 비틀거리는 은주를 정원 벤치에 앉혔다. 차가운 바닷바람이 뺨을 할퀴었다. 온몸에 오소소 한기가 들었다. 주변에는 사람이 한 명도 없었다. 갑작스러운 추위에 모두 일찌감치 객실로 들어가 버린 듯했다.

"난 니가 싫어. 넌 항상 아무렇지도 않게 보이니까."

은주가 차갑게 말을 던졌다. 도연은 놀란 눈으로 그녀를 직시하였다.

"무슨 소리야?"

그녀의 차디찬 말투가 뜬금없었다.

"너 때문에 아파하는 사람 외면하는 데 도사잖아."

"응?"

"내가 이곳에 너를 데리고 온 이유를 정말 모르니 따라왔겠지만 아까 낙산비치호텔을 아무렇지도 않게 보는 너를 보니 가증스럽더구나. 난 그 호텔보다 더 시꺼멓게 가슴속이 엉망진창으로 무너져 버린 지 오래됐는데."

"은주야."

"내 이름 함부로 부르지 마. 귀한 이름이야. 아픔을 딛고서 다시 태어난 이름이란 말이야."

도연은 입을 다물었다. 그녀가 설명을 해주기 전에는 이 상황을 이해할 수가 없었다.

"고등학교 수학여행. 넌 아마 지금도 니 잘못이 없다고는 말

못 하겠지."

"난 오래전 기억, 잃어버린 게 많아. 좀 우여곡절이 있어서 심리 치료에 최면 치료까지 많이 받았어."

"그래, 그런 간단한 단어들로 모든 게 포장되고 덮어진다면 얼마나 좋겠니?"

도연은 잠시 머뭇거렸다. 이대로 모르는 척 서울로 갈 수 있다면, 은주가 말하려는 것을 듣지 않고 그냥 도망쳐 버릴 수만 있다면…….

하지만 그녀는 도연이 빠져나가려는 것을 눈치라도 챘는지 심하게 다그치면서 목소리를 높였다.

"너 정말 기억나지 않니? 네가 나를 시켜서 채연이에게 마구 욕하게 하고, 술 먹이고, 정신을 엉망으로 만들어서 결국 걔가 창밖에서 뛰어내린 거잖아?"

"뭐라고?"

"기억이 나지 않는단 말이지? 그러니까 심리학 박사다 뭐다 하면서 태평하게 잘만 살고 있지."

"난, 난 정말 기억이 안 나. 아니, 혹시 수학여행으로 아까 그 호텔……."

"그래, 우리가 수학여행으로 온 데가 낙산사 앞에 있는 낙산비치호텔이야. 아까 우리가 지나친 데 말이야. 폐장한 호텔 말이야."

"그래, 그랬지. 그런 것 같아. 하지만 정말 미안해. 나 대학 시절을 겪으면서 정말 심적으로 괴로워서 이것저것 상담도 받고, 정신과 약도 먹고 치료받으며 과거 기억을 잊고 새롭게 시작하려고 부단히 노력해서, 그래서 그래."

"넌 팔자도 좋구나. 누군가에게는 평생 고통스러운 기억이 누군가에게 단순히 잊어버렸다는 한마디 말로 사라져 버리다니 말이야."

도연은 머리를 쥐어뜯는 듯한 고통을 느끼면서 힘들게 입을 열었다. 조금씩 단편적으로 생각나는 것들이 있었다.

"그, 그래, 기억나. 채연이 말이야. 창가에서 뛰어내린 아이. 새벽에 발견되었고, 수학여행 일정 취소되고, 모두 돌아와서 경찰 조사 받았잖아. 채연이 어머니가 우시던 모습 기억나."

분명히 채연이가 4층 베란다에서 뛰어내렸고, 죽었던가 하여 경찰들을 만나 조사를 받았다. 분명했다.

"그래, 그 아이, 죽었어! 죽었다구! 너 때문에 죽은 거야! 넌 항상 강렬한 눈빛과 예쁜 외모, 카리스마로 애들을 장악했지. 네게서 풍기는 그 분위기에 나도 채연이도 모두 끌렸다구. 하지만 너는 뭔가 마음이 엉키면 친구들을 무던히도 괴롭혔어. 수학여행에서는 채연이가 장기자랑에서 소극적으로 나왔다고 무척이나 갈구고, 힘들게 하고, 술을 퍼먹이고, 왕따시키고 그랬단 말이야. 아니, 수학여행 전에도 괴롭혔지. 채연이는 그냥 네 심심풀이 밥이었단 말이지. 채연이는 너만 바라보는 해바라기였는데 말이야. 채연이는 혹시 네가 수학여행 중에는 잘해줄 줄 알고 기대하고 갔는데 니가 친구들 시켜서 왕따시키고, 욕하고, 때리고, 밀치고, 난리를 쳐대니까 결국 그날 밤 베란다로 나가서 뛰어내렸어! 그런데 그걸 기억 못 한다구?"

도연은 두 손으로 얼굴을 감쌌다. 어떤 대꾸도 할 수가 없었다. 추악한 자신의 과거를 정면으로 바라볼 용기가 나지 않았다. 서은주는 매섭게 몰아붙였다.

"네가 영국 영화배우 같은 예쁜 얼굴로 속에 악마를 품고 있는 게 얼마나 혐오스러웠는지 알아? 알도치 봤지? 시장에서 그 생선은 겉은 그렇게 추해도 맛은 순수하다구. 너와 정반대야. 너는 그런 천사 같은 얼굴로 친구들을 휘어잡고 결국 한 명을 그렇게 만들었다구! 영혼을 파괴했단 말이야! 그 예쁘던 악마의 얼굴도 결국 나이가 드니 이렇게 평범해지는데 왜 우리는 그때 겉은 인형이고 속은 마귀 같은 네가 하는 말에 꼼짝을 못 했던 거지?"

은주는 일갈을 하였고, 도연은 기어이 눈물을 흘리며 사정하였다.

"은주야, 더 이상 말하지 말자. 이 말을 하려고, 나를 괴롭히려고 데려왔다면 목적은 달성한 거야. 하지만 더 이상은 나도 너무 힘들어. 이 상황이 싫다고."

"그래? 하지만 내 말 끝까지 들어!"

은주는 잠시 뜸을 들이다 막무가내로 말을 쏟아부었다.

"넌 나를 자괴감에 빠지게 했어. 네가 잘 사는 꼴을 TV에서 보고 얼마나 자괴감이 들었는지 알아? 나는 지금까지 이렇게 힘겨워하는데 너는 우아한 독신 여교수에 TV 프로에 나오는 유명인까지 되고 말이지. 너와 내 처지가 뒤바뀌어야 하는데. 안 그래? 너에게 가장 큰 괴로움을 안겨주고 싶어! 너, 이상한 전화 안 받았어? 네 전화번호, 남자들이 조건 만남 여성 찾는 사이트에 올려놨어. 항상 시간 많으니 언제든 콜하라고."

도연은 벌떡 일어났다. 더 이상 들어줄 수가 없었다. 이건 정말이지, 폭력이었다. 그녀는 지금 자신을 위험에 빠지게 만들어 버렸다.

"그 사이트에서 번호 지워. 안 그러면 너 경찰 조사 받게 만들 수 있어."

서은주는 코웃음을 쳤다.

"그래? 그렇게 해줘. 나도 20년 전 수학여행 사건 다시 불 테니까. 그때는 다른 애들이 덮어쓰고 채연이 혼자만의 그릇된 판단으로만 끝났지만 이젠 그렇게 안 돼. 뒤에서 애들을 조종하고 왕따시킨 네가 벌을 받을 차례야! 알았어? 학교 폭력, 요즘 엄청난 범죄라던데, 니가 가해자였다는 게 밝혀지면 너 TV에 나올 수나 있을까?"

도연은 온몸이 분노와 공포로 떨렸다.

그동안 범죄자들을 숱하게 만났지만, 이렇게 직접적으로 자신을 위협하고, 협박하고, 과거의 잘못으로 옭아매고, 신변을 이상한 사이트에 올려 힘들게 한 사람은 없었다. 그동안 객관적으로 사건을 바라보고 그들의 삶에 관조하는 입장으로 참석하고 있었지만 지금은 달랐다. 자신이 주인공으로 괴롭힘을 당하고 있다. 서은주는 비웃는 듯 눈웃음을 쳤다.

"왜? 싫어? 너는 피해자가 되면 안 돼? 넌 영원히 가해자로 남아야 돼? 그게 너야. 너, 동창들한테서 연락 없지? 애들이 너 피하거든. 더러운 네 성격 다 기억하고 있으니까."

도연은 말없이 뒤로 돌아섰다. 어떻게든 객실로 들어가야 했다. 다행히 카드 키를 가지고 있었다. 스파에서 옷 갈아입는 게 늦어지는 은주에게서 받아 든 것이다. 은주를 남겨두고 리조트로 돌아왔다.

도연은 엘리베이터를 타고 객실로 올라가 옷을 갈아입고 잠에 빠져들고자 하였다. 은주가 들어올 것을 생각해 문을 도어 스토퍼로 약간 벌어지게 고정시켜 놓았다. 오늘은 잠을 자고 내일 택시를 불러서 버스 터미널로 가서 서울로 올라갈 생각이다. 짐을 모두 챙겨놓았고 언제든 나갈 준비를 마친 후 침대 속으로 파고들었다. 그러나 마음이 쿵쾅거리고 불안하였다.

잠이 도무지 오지 않아 냉장고에서 미니 위스키를 빼 들어 그대로 입에 퍼부었다.

괴로웠다. 여행을 와서 이렇게 고난을 당할 줄은 꿈에도 몰랐다. 그래도 조금이라도 눈을 붙이고자 하였다.

도연은 몸을 돌려서 창 쪽을 보며 잠을 청하는데 누군가 들어오는 기척이 났다. 도연은 모른 척 눈을 감았다. 분명 그녀일 것이다.

눈을 감고 있지만 정신은 산만한 그런 가성 혼수 같은 상태에 빠져들었다. 도연은 이름 모를 사람들이 나오는 꿈을 꾸었다. 분명히 꿈에서 연예인이라고 하는데 그들을 TV에서 본 기억은 없다. 그리고 채연이라고 하는 소녀가 다가왔다. 얼굴이 흐릿해서 보이지 않는 그 소녀가 교복을 입은 채 한 걸음씩 다가왔다. 도연은 소름이 끼쳤다. 얼른 자신이 잘못했다고 빌었다. 채연은 지그시 도연을 보더니 뒤돌아서 어디론가 가버렸다.

자는 것도 깨 있는 것도 아닌 상태에서 괴로움에 시달리다가 머리가 깨질 듯이 아파 얼른 일어나 침대에 앉았다.

위스키의 숙취로 인해 머리가 어질어질하였다. 일어나 스탠드를 켰다. 은주는 어디로 갔는지 보이지 않았다. 도연은 화장실로 가보았으나 그녀는 없었다. 테이블에 놓인 휴대폰을 보니 새벽 1시다. 은주의 코트와 부츠가 보이지 않았다. 어디로 갔는지 걱정되어 도연은 휴대폰으로 은주에게 전화를 걸어보았다. 진동으로 해놓은 벨 소리가 객실 내에서 들렸다.

구석에 그녀의 핸드백이 보인다. 핸드백을 열어보니 휴대폰이 들어 있다.

휴대폰도 놓고 어디로 간 걸까. 핸드백 속에 약 봉투가 보인다. 꺼내보니 약봉지 겉에 데파코트, 자낙스, 쎄로켈 등의 약 이름이 깨알같이 인쇄돼 있다. 조울증에 쓰이는 약이라는 것을 도연은 잘 알고 있었다. 정신이 번득 들었다. 어서 나가봐야겠다는 직감이 들었다. 도연은 패딩 점퍼를 걸치고 지갑과 휴대폰을 주머니에 쑤셔 넣은 다음 카드 키를 들고 객실을 나왔다. 엘리베이터를 타고 로비로 내려왔다.

"은주야! 서은주!"

도연은 호텔 로비를 돌면서 그녀를 찾았다. 사람들이 도연을 쳐다보았다. 도연은 로비 커피숍에 은주가 없다는 것을 확인하고 재빨리 호텔 밖으로 나왔다. 차디찬 겨울 바닷바람이 도연의 뺨을 매섭게 휘갈겼다.

"넌 나를 자괴감에 빠지게 했어. 네가 잘 사는 꼴을 TV에서 보고 얼마나 자괴감이 들었는지 알아? 이렇게 나는 지금까지 힘겨워하는데 너는 우아한 독신 여교수에 TV 프로에 나오는 유명인까지 되고 말이지. 너와 내 처지가 뒤바뀌어야 하는데. 안 그래? 너에게 가장 큰 괴로움을 안겨주고 싶어! 너, 이상한 전화 안 받았어? 네 전화번호, 남자들이 조건만남 여성 찾는 사이트에 올려놨어. 항상 시간 많으니 언제든 콜하라구."

은주가 한 말이 귓가에 메아리치며 뒷덜미에 소름이 끼쳤다. 더불어 차가운 바람에 온몸에 한기가 느껴졌다. 도연은 미친 듯이 테라스 문으로 나가서 리조트 정원의 계단을 내려가 철책으로 막아진 해안가를 둘러보았다, 하지만 고즈넉한 가로등 길 아래로 사람이 서성이는 모습은 보이지 않았다.

어디로 간 걸까?

도연은 다시 리조트 로비로 되돌아왔다. 로비 카운터로 가서 도움을 청해야겠다고 마음먹었다. 도연은 다급한 얼굴로 카운터를 향해 가다가 이상한 기분에 카운터 가기 전 벽면에 위치한 화장실로 들어갔다. 밖에서 설핏 보인 화장실 파우더 룸에 낯익은 부츠와 검은색 코트가 눈에 들어왔다. 코트와 부츠는 잘 보이라는 듯이 가장 왼편에 위치한 테이블에 가지런히 놓여 있다. 도연은 급하게 화장실로 들어가 둘러보았다. 모두 비어 있는데 한 곳이 문이 잠겨 있다. 도연은 잠긴 문을 주먹으로 쾅쾅 두드렸다.

"은주야! 은주야! 문 좀 열어봐! 안에 있는 것 알아!"

그러나 화장실 안에서는 기척이 없었다. 도연이 몸을 구부리고 문과 바닥 사이로 화장실 안을 들여다보니 사람이 쓰러져 있는 것 같은 모습이 보인다. 화들짝 놀란 도연은 카운터를 향해 달려갔다.

"저기, 화장실 안에 제 친구가 쓰러져 있는 것 같아요. 문 좀 열어주세요."

놀란 남자 직원이 화장실을 열 수 있는 만능 키를 가지고 카운터 밖으로 나왔다. 화장실로 들어가 문을 따고 보니 은주가 화장실 문고리에 캐시미어 머플러를 매고 다른 쪽 끝에 목을 동여맨 채 기절해 있다.

"제발 도와주세요!"

남자 직원은 도연과 함께 은주를 밖으로 끄집어내 목에서 머플러를 제거하고 심폐소생술을 시작하였다. 남자 직원이 제세동기를 가지러 나간 사이 도연은 은주의 가슴을 지속적으로 압박하면서 입에 숨을 불어넣었다. 은주가 기침을 하면서 몸을 들썩였다. 도연이 가슴팍에 귀를 대보니 심장이 두근거리고 숨을 쉬고 있다.

"은주야! 은주야! 일어나 봐! 정신 차려봐! 제발!"

20여 분 후에 응급 구조대와 남자 직원이 제세동기를 들고 들이닥쳤다. 도연은 정신이 든 은주와 함께 파우더 룸 의자에 앉아 있었다.

"괜찮으신 겁니까? 병원에 안 가보셔도 됩니까?"

"괜찮아요. 잠깐 정신을 잃은 것뿐이에요."

응급구조대는 철수를 하고 남자 직원이 매서운 눈으로 쳐다보면서 말하였다.

"두 분, 지금 당장 저희 호텔을 떠나주셨으면 합니다."

도연은 다급하게 사정하였다.

"죄송하지만 갈 데가 없어요. 지금 새벽인데. 제가 무슨 일이 있어도 옆에서 지켜보고 있을게요."

"정 그러시면 오늘까지는 머무시는데 다만 각서에 사인해 주셔야겠습니다. 어떠한 사고가 일어나도 저희 호텔 측에 책임을 묻지 않는다는 내용입니다."

도연은 잠시 후 직원이 내미는 서류에 얼른 사인을 해주었다. 그리고 은주를 부축해서 객실로 돌아왔다.

"은주야, 약을 먹긴 한 거야? 어떻게 먹으면 돼? 잠깐, 술이 완전히 깨야 먹을 수 있어."

"술은 깼어. 걱정 마. 약하고 물 좀 가져다줘."

도연은 은주의 약을 찾아서 물과 함께 주었다. 은주는 도연이 건네는 약을 집어 들고 물과 함께 넘겼다.

"언제부터 이렇게 아픈 거야?"

은주는 피식 웃으며 도연을 보았다.

"너 때문에 채연이 죽고 나서."

도연은 난감하였다. 눈을 감고 그대로 침대로 가서 걸터앉았다.

"내가 어떻게 해주면 좋겠니, 은주야?"

"아니, 채연이 살아 돌아올 수는 없잖아."

"약은 그때부터 먹게 된 거야?"

"아니, 나중에. 결혼하고 나서 애 낳은 후부터. 후우."

서은주는 기억을 더듬었다. 채연의 사건 이후 병원 신세를 진 다음 전학을 갔고, 새로운 학교에서 항상 친구들을 외면하면서 학교에 다녔다. 단 한 명의 친구도 없이 무척 외로운 학창 시절을 보냈다.

졸업 후 취업을 하고, 남편을 만나고, 아들을 낳을 때만 하더라도 기분이 저조한 것을 그저 성격이려니 했다. 하지만 출산 후 산후우울증으로 고생하였고, 이내 육아로 집에 갇혀 살면서 좀 더 심해졌다. 약을 먹었다 끊었다 간헐적으로 복용하였고, 아들을 기르며 화내는 일이 많았다. 친정 엄마가 육아를 도와주어 간신히 애를 키웠고, 아들을 중학교에 보내놓고 나서 다시 직장에 나갔다. 하지만 체력이 달리는지 직장 스트레스에 시달리는지 다시금 기분이 무척 저조해졌다. 처녀 때와는 비교도 안 되게 세상 끝으로 나를 밀어 넣는 것처럼 마음이 울적하고 외롭고 힘들었다. 죽고 싶다는 생각을 하면서도 꾸역꾸역 직장에 나가면서 남편과 싸우게 되는 일이 많아졌고, 남편이 지방으로 전근을 가게 되면서 사이가 멀어졌다. 그리고 결국은 이혼을 하게 되었다.

은주는 처음에는 남편이 없어도 씩씩하게 잘 살고 홀가분할 줄 알았다. 하지만 아들이 곁에 있음에도 혼자 동떨어져 있다는 외로움은 여전하였다. 그즈음 친정 엄마가 돌아가셨다.

홀로 외딴섬에 뚝 떨어진 것 같은 우울한 생각이 온 머릿속을 지배하였다. 결국 종합병원에 가서 약을 주기적으로 타서 먹었지만 거르는 날도 많았고, 결국에는 더 이상 안 되겠다, 이렇게 살다가는 죽겠다 싶을 때 생각해 낸 게 바로 도연이었다.

나를 아프게 만든 계기를 만든 그녀. 그녀에게 복수하겠다는 일념에 용기를 내서 여기까지 오게 만든 것이다. 그녀에게 연락할 때에도 몇십 번이나 망설이다가 간신히 메시지를 보낸 것이다.

"약을 거르지 마. 거르면 더 힘들어."

도연의 말이 은주를 먼 기억 속에서 끄집어냈다.

"꾸준히 먹어야 돼. 그게 도움이 돼. 그리고 일상생활을 그대로 유지하고 일단 운동부터 시작하도록 해. 머리를 비워야 도움이 돼."

도연은 은주의 눈을 바라보며 손을 맞잡고 조언을 해주었다. 그녀의 눈에 눈물이 맺혔다.

"그때에도… 그때에도… 이렇게 해주었으면 좀 좋아."

도연은 고개를 숙였다. 그와 동시에 눈물이 떨어졌다.

"미안하다. 내가 남에게 큰 상처를 주고 모두 억지로 잊어버렸어. 나만 편하자고."

도연은 유년기에 이웃 아저씨에게 성폭행당한 기억을 지우고자 성인이 되어 심리 치료의 일환으로 기억 망각을 택하였지만 그 때문에 고등학교 시절 남에게 가한 폭력도 깡그리 잊어버린 것이다.

폭력은 폭력을 낳는다.

이는 영원히 이어지는 공식이다. 누군가 용감한 자가 그 쓴 뿌리를 뽑아내 폭력이 대물림되는 것을 단칼에 쳐내야 드디어 끝나는 것이다. 도연은 용감한 자가 되기보다는 비겁한 도망자가 되었다. 그리고 결국 그 결과를 이렇게 맞닥뜨리게 된 것이다.

"나 피곤해. 좀 자고 싶어."

"그래, 내가 곁에 있어줄게. 눈 좀 붙여."

도연은 은주를 침대에 눕히고 자신은 옆 침대에 앉았다. 불안하였지만 한편으로는 후련한 느낌도 들었다. 늘 궁금하기만 하던 과거와 이렇게 마주 보고 있는 것은 불편하지만 시원하게 여겨지는 면도 있었다. 하나하나씩 업을 닦아내는 그런 마음이라고나 할까.

도연은 가방에서 책을 꺼냈다. 〈떠난 후에 남겨진 것들〉이라는 책으로 망자가 떠나고 난 후 유품 정리를 해주는 유품 정리사가 쓴 에세이집이다. 책에 고통은 삶에 다달이 지불하는 월세라고 나와 있었다.

왜 아닐까. 삶이 고통 없이, 아픔 없이 이뤄질 수 있는 것인가.

누군가에게 아픔을 주는 것이 멈춰질 수 있는 것일까.

도연은 책에 몰입하였다. 침대에 편하게 누워 협탁 전등 버튼을 눌러서 방 불을 끄고 스탠드만 켰다. 한참을 책을 읽다 옆 침대를 보니 은주는 잠이 들었는지 몸을 옆으로 돌아누운 채 미동도 없다.

방금 전의 소동이 언제 있었냐는 듯 갑자기 고요한 밤이 다가온 것 같다.

왜 잠이 들어버린 것일까. 어떻게 새벽에 그 일을 겪고도 잠들 수 있는 것인가?

도연은 얼른 몸을 일으켰다. 은주가 곁에 없다. 책을 읽다가 그대로 잠이 들어버린 것이다. 급하게 밖으로 나왔다. 1층 로비로 가서 파우더 룸으로 들어갔다. 옷이나 부츠는 보이지 않았다. 화장실도 잠겨 있지 않았다. 도연은 화장실을 나가서 카운터로 다가가려다 남자 직원이 아직도 근무하고 있는 것을 보고 주춤 물러났다. 그리고 호텔 정문을 빠져나왔다. 오전 6시 30분이다. 해가 뜨려는지 하늘의 한쪽이 새빨갛게 변해 있다. 바닷가로 달려갔다. 철책 문이 열려 있다. 열린 철책 문으로 비집고 들어가 보니 해안가에 한 사람이 앉아서 떠오르는 해를 지켜보고 있다. 여자의 발 바로 앞까지 파도가 밀려왔다 나갔다를 반복하고 있다.

도연은 그에게 다가갔다. 서은주다. 은주는 눈에 회한을 가득 담아서 도연을 바라보았다.

"나 남편하고 이혼했어. 그이가 결국 떠났어. 내가 감정적으로 거칠게 화를 내고 죽겠다고 자살한다고 늘 난리를 피우는 게 지긋지긋하대. 아들도 이제는 나를 경멸해. 근데 그거 알아? 이렇게 연락도 없이 밖에 나와 있으면 아들은 그래도 걱정하는 문자라도 보내주는데 이제 남편 문자는 없어. 양육비만으로 의무를 다하고 있다고 생각해. 처음에는 남편이 떠나면 더 잘 살 줄 알았는데 삶이 이상하게 더 끔찍해. 어디다 내 속을 말할 데가 없어. 너무도 괴로운데 말할 곳이 한 군데도 없어. 그게 더 나를 힘들게 해."

도연은 은주의 손을 잡아주었다.

"간밤에 위험한 일은 넘겼잖아. 네가 그렇게 가면 남겨진 아들은 어떻게 해. 그러니 앞으로는 그런 마음 먹지 마."

은주는 입가에 미소를 보였다.

"오늘 새벽 문득 무슨 일이든지 할 수 있을 것 같다는 생각이 들었어. 저렇게 파도가 거세게 바위를 향해 밀려왔다가 마구 들이닥쳐 할퀴는데 바위는 꿈쩍도 안 하잖아. 나도 그렇게 세상 고난이 들이닥쳐도 꿈쩍도 안 하고, 파도에 밀리지 않고 그렇게 살아볼 수도 있을 것 같아. 저 바위처럼."

도연은 눈가에 눈물을 담아서 그녀를 보았다. 그리고 그 옆에 앉았다.

"미안해. 미안해. 내가 진심으로 사과할게. 제발 다시는 그러지 마."

은주는 희미한 미소를 지으며 고개를 저었다.

"걱정 마. 아침 약 먹었어. 좀 이따 아들하고 통화도 할 거야. 앞으로는 기분도 더 나아지겠지."

밀물이 은주의 발을 적시려는 순간 도연은 얼른 그녀를 일으켜 뒤로 물러나게 하였다.

"해 좀 봐. 벌건 게 너무 예쁘지. 우리도 저렇게 떠오르는 때가 있었는데. 그때는 세상이 그렇게 두렵지는 않았는데."

"미안해, 채연아. 언제 이름을 바꾼 거야?"

은주는 깜짝 놀라서 도연을 바라보았다.

"개, 개명했어. 탈출하고 싶어서. 그 이름에서. 내가 채연인 줄 어떻게 알았어?"

"수학여행에서 죽은 사람은 없었잖아. 다만 다쳐서 요양 병원에 입원한 애가 있다는 것은 기억해. 그리고 스파에서 네 수술 자국……. 고생 많이 했겠구나. 그런데 나 때문에 그렇게 되게 해서 정말 미안해. 내가 앞으로 도울 수 있는 일은 도울게. 그리고 다 잊어도 눈빛은 잊을 수가 없더구나. 채연이 눈빛이 기억났어. 네 눈을 오래도록 바라보니."

도연은 왜 채연이 죽었다고 기억하는지 이유를 알 수 있었다. 최면요법을 시행하는 정신과 의사는 과거의 괴로운 기억을 되새기게 하는 사람을 아예 죽여서 완전하게 사라지는 것으로 유도하겠다고 말하였다.

그래서 채연이라는 인물은 기억 속에서 죽음으로 인식되었다. 수학여행 때 베란다에서 뛰어내렸고, 새벽에 발견되어 죽은 것으로 인식되게 하였다. 그래서 도연은 채연을 죽음이라는 장막으로 가리고 결국 기억에서 영원히 몰아냈지만 이렇게 다시 실존 인물을 대면하게 되면서 눈빛만으로 그녀를 기억해 낸 것이다.

도연과 은주는 나란히 걸어서 리조트로 향했다. 그때 은주가 제안하였다.

"바닷물에 발이라도 담가보고 싶어. 왠지 그러고 싶어."

도연은 뒤돌아서는 그녀를 따라서 신발을 벗고 맨발로 뒤따랐다. 그녀의 발이 먼저 바닷물에 적셔들고 나서 도연도 발을 담갔다. 차가운 바닷물이 발목까지 잠겼다. 그리고 바닷물은 이내 다시 썰물이 되어 조용히 빠져나갔다. 다음번 파도는 발목 위까지 적셨다. 은주는 발을 내준 채 바닷물을 마주하고 단호한 눈빛으로 하늘 높이 떠오르는 해를 뚫어져라 보았다.

"언제나 늘 그 자리에 바다와 해와 모래는 이렇게 펼쳐져 있는데 왜 우리는 시시각각 마음이 달라져야 하는 거지?"

도연은 말없이 서은주의 손을 잡고 강하게 밀려오는 파도를 피해 뒤로 물러섰다. 그리고 천천히 걸으면서 해안가를 빠져나갔다. 젖은 발바닥에 모래가 덕지덕지 붙어 있다. 해변으로 통하는 문으로 와서 에어건으로 모래를 털고 나서 신발을 신었다. 이상하게 발이 그렇게 시리지 않았다. 은주의 손에서 전해지는 온기 탓인가.

"우리 이제 서울로 가자. 갈 수 있을 것 같아. 도연아, 고마워. 여행에 같이 와줘서. 나 혼자 왔으면 아마 돌아가지 못했을 거 같아. 이렇게 용기를 얻게 해줘서 고맙다."

도연은 고개를 끄덕이며 대답 대신 미소를 환하게 지어 보였다.

＊　　　　＊　　　　＊

체크아웃을 하고 짐을 트렁크에 챙겨놓을 때까지도 은주는 아무 말 없이 조용히 있었다. 은주가 차를 운전해 리조트를 빠져나왔다. 라디오를 틀어 뉴스를 듣다가 그녀가 제안하였다.

"강릉에 커피거리가 유명하대. 안목해수욕장에 있다는데 한번 가보자."

차창 밖으로 쾌청한 날씨를 올려다보던 도연은 말없이 고개를 끄덕였다.

안목해변은 이른 아침이라 사람이 거의 없었다. 화려한 커피숍들이 즐비한 가운데 도연과 은주는 바닷물이 철썩철썩 밀려드는 해변 벤치에 조용히 앉았다. 손에는 따뜻한 커피가 들려 있다.

"채연아, 종종 힘들고 외로울 때면 나한테 연락해. 내가 도와줄게. 나도 고등학교 때 견딜 수 없는 고통에 친구들을 괴롭히고 힘들게 했던 것 같아. 너도 지금 고통을 이겨 나가기 위해 몸부림하는 거야. 이겨 나갈 수 있어. 시간이 나아지게 만들어주니까. 지금은 죽을 것같이 아파도."

은주는 고개를 끄덕였다.

"이제 은주라고 불러줘. 그냥 새 이름으로 너에게 불리고 싶어. 과거의 기억은 나도 잊을 수 있게."

"그래, 은주야."

"그 사이트에서 네 번호 지운 지 며칠 됐어. 이제 연락 안 올 거야. 이상한 사람들한테서."

은주는 그 말을 마지막으로 조용히 커피를 마셨다. 도연도 커피를 한 모금 마셨다. 향이 강한 아라비카 커피가 입안을 감아 돌면서 기분이 가라앉게 해주었다. 종이 심장은 찢어질 것처럼 약하지만 여러 겹을 덧대어서 붙이다 보면 결코 약하지 않을 것이다. 도연은 은주에게 또 다른 겹의 종이가 되어서 그녀를 지지해 주고자 하였다. 누군가가 내미는 잠깐의 손길만으로도 사람은 온기를 느끼고 마음의 상처를 딛고 일어설 수 있을 테니까.

조합인간

김주동

악몽이란 환상이 현실이 되려 할 때,
악몽에 관한 상상을 즐겨 하고 이것을 문자로 옮긴다.
「동성로」로 데뷔한 이후 비슷하지만 다른 소설들을 발표했다.

K출판사에서 일한 지도 벌써 3일이 지났다.

대학 졸업 후 변변한 직장도 잡지 못한 채 집에서 글만 쓰려니 식구들에게 여간 눈치가 보인 게 아니었다. 그랬기에 이런 제안을 망설이고 있는 자신이 터무니없게 느껴졌다.

편집장의 제안은 이러했다.

이제부터 K출판사에 머무르면서 글을 써보라는 제안이었다.

그러니까 시리즈를 인터넷에 올린 지는 약 2개월 전부터이다. K출판사에서 낸 광고를 보고 올리기 시작했다.

K출판사의 광고 내용은 대략 이랬다.

인터넷상에서 인기가 높던 소설가 이정민이 갑작스럽게 교통사고로 죽어 그가 연재하던 '불의 바람'을 4부로 부득이 끝마쳐야 하는데 출판사에서는 이례적으로 그 시리즈를 계속 써나

갈 새로운 작가를 찾는다는 내용이었다.

그렇게 송우는 소설가 이정민의 뒤를 잇기 위한 도전을 시작했다. 처음엔 미미했지만 송우가 쓴 시리즈는 다른 경쟁자들을 따돌리기 시작했고, 시간이 흐를수록 그 차이는 점점 벌어졌다. 그는 승승장구했고, 결국 그 누구도 자신의 자리를 넘보지 못하게 되었다. 그래서 매일 아침 어제와는 다른 조회 수를 확인하며 기쁨의 미소를 휘날리고 있을 때 K출판사에서 연락이 왔다.

편집장이 전하는 사장이 했다는 말은 대략 이러했다.

시리즈를 지금처럼 써주면 되고, 이제껏 올린 시리즈도 모두 책으로 출간될 것이며, 거기다 새로 출간되는 책에는 인터넷상에서는 볼 수 없던 내용들이 수록되는데, 이를테면 그림, 지명과 인명의 색인 따위라는 설명이었다.

설명 끝에 편집장 이경철이 제안 하나를 했다.

"출판사에 머물면서 글을 쓰는 건 어때요? 부담 갖지 말고. 우리가 베푸는 호의라고 생각해요. 어차피 개인 작업실이 없는 마당에 작업에만 몰두할 수 있는 공간이 필요하지 않습니까?"

송우는 부담스러웠지만 결국 승낙했다. 소설 쓰기에만 몰두할 수 있는 개인 작업실이 생긴다는 건 결코 나쁘지 않은 일이다.

송우는 출판사에서 따로 마련해 준 독방에서 글쓰기에 매진했다. 밤늦게까지 글을 쓴 뒤 다음 날 오전까지 잠을 자기 일쑤였다. 그렇기에 식사 시간은 특별히 정해져 있지 않았다. 배가

고프면 책상 옆에 붙어 있는 버튼을 누르면 그만이었다. 그러면 10분 내로 식사가 방으로 들어왔다.

오후 시간이면 송우는 바람을 쐬러 베란다로 나와 지나가는 차들을 내려다보면서 느긋한 한때를 보냈다. 담배에서 피어나는 연기를 보면 절로 행복하다는 생각이 들었다. 새어 나오는 웃음을 참을 수 없을 정도였다. 백수이던 자신의 신세가 한순간에 바뀐 것이다. 그는 이 행복이 오랫동안 지속되길 빌었다. 어쩌면 그렇게 걱정할 필요는 없을 것이다. 소설 쓰기에 더욱더 열심히 매진한다면 이 행복은 이변이 없는 한 보장될 것이다.

고마운 마음에 사장님을 만나 감사 인사라도 전하고 싶었지만 편집장은 전혀 마음 쓸 것 없다고 했다. 사장님은 너무 바빠 개인 시간을 내기도 힘들다면서. 대신 기똥찬 소설만 써주길 바란다고 당부했다. 송우는 흔쾌히 그러겠다며 웃었다.

책상에 앉아 키보드를 보며 송우는 두 손을 비볐다. 어떤 작가들은 글을 쓰기 전 시합에 임하는 운동선수처럼 유별난 징크스를 가지고 있다고 한다. 이를테면 머리를 감지 않는다든지, 손을 씻는다든지, 손톱을 깎든지 말든지 따위의 예사롭지 않은 징크스들을. 하지만 송우는 그런 징크스가 없었다. 작가라면 언제 어디서든 술술 이야기가 나와야 하는 것이다. 한낱 그런 징크스에 의지할 수는 없었다. 막힘없이 키보드를 두드리고 있는 마술 같은 자신의 손놀림을 보면서 송우는 흡족한 미소를 지었다.

그런데 K출판사에 들어온 이후로 아쉬운 것이 하나 있었다. 바로 자신이 쓰고 있는 시리즈의 조회 수를 예전처럼 확인할 수 없다는 것. 그 즐거운 눈요기를 뺏긴다는 건 고통스러운 일이었다. 이경철에게도 몇 번인가 그것을 볼 수 있게 해달라는 청을 넣었지만 매번 거절당했다. 당일의 조회 수에 얽매이다가 자칫 걸작을 놓칠 수도 있다는 이유에서였다. 그의 말은 그렇게 틀린 것도 아니었다. 매회 조회 수를 확인하다 보면 조금만 조회 수가 내려가도 조바심이 일어 당장 호기심을 끌 수 있는 자극적인 글을 쓰고 싶어진다. 그리 되면 당연히 걸작과는 멀어지게 마련이다. 송우는 점잖게 자신을 타이르며 구상한 대로 이야기를 밀고 나가려 했다. 혹 조회 수가 형편없이 떨어진다면 출판사 측에서 무슨 말인가 있을 것이다.

그러던 어느 날, 불길하게만 느끼고 있던 일이 현실로 닥치고야 말았다. 이경철에게서 그 말을 들었을 때 송우는 눈앞이 캄캄했다. 요 며칠 새 조회 수가 형편없이 추락했다는 것이다. 송우는 낙담했다.

"아무리 걸작도 좋지만 이렇게까지 조회 수가 추락하는 마당에 그저 수수방관하고만 있을 수가 없어서… 게다가 실력 있는 경쟁자까지 나타났으니……."

이경철은 송우의 눈치를 살피며 그렇게 말을 얼버무렸다.

"어떻게 하든 다시 조회 수를 끌어올릴 테니 두고 보세요. 어떤 애송이가 애쓰는 모양인데, 제가 누굽니까? 곧 따라잡을 테니까 걱정 붙들어 매세요."

"그럼 저도 마음을 놓지요. 그리고 사장님도 송우 씨를 믿고 계십니다."

사장이란 말에 송우는 순간 할 말을 잃었다. 이렇게까지 자신을 챙겨주는 사장을 실망시킬 수는 없었다. 기필코 예전의 인기를 회복하리라. 두고 봐라!

하지만 이경철이 나가고 난 뒤에도 송우는 하얀 문서만 멍하니 보고 있었다. 입안이 무섭게 타고 머리가 무거웠다. 최악의 경우 K출판사와의 재계약은 물 건너갈 수도 있었다. 이럴 때일수록 여유 있게 생각해야 하는 법이다. 그는 스스로에게 할 수 있다는 용기를 심었다. 두근거리는 기분으로 키보드를 치기 시작했다.

그렇게 또 2일이 지났다. 3일째 되던 날, 송우는 이경철을 눈 빠지게 기다렸다. 정오였다. 기적이 일어나기만을 바랐다. 그런데 이경철의 표정은 시무룩했다. 이런 표정을 기다린 게 아닌데. 송우는 실패를 직감했다.

"조회 수가 올라올 생각을 않는군요. 당신의 노력과는 별개로."

송우는 실망감에 어찌할 바를 몰랐다. 며칠간의 노력이 물거품으로 돌아가다니.

"그렇게 실망하지 말아요. 난 김 작가의 실력을 믿으니까. 우린 이대로 김 작가를 포기하지 않을 겁니다."

송우는 퍼뜩 정신이 들었다.

"앞으로의 얘기는 달라질 거예요. 극의 진행을 위해 어쩔 수 없이 미루어둔 흥미진진한 부분들이 곧 등장합니다. 그때가 되면 조회 수가 다시 올라갈 거예요. 이건 일시적인 현상에 불과해요."

"우리도 그렇게 믿습니다."

송우는 이경철이 무척이나 고맙게 느껴졌다.

그날 밤, 오랜 시간 글쓰기에 매달렸기에 송우는 배가 고팠다. 그래서 버튼을 눌렀다. 식사가 들어왔다. 야참으로 들어온 식사는 햄버거와 콜라였다. 송우는 군침이 돌아 주저 없이 그것들을 입속으로 집어넣었다. 그런데 음식을 다 먹어치우고 나자 갑작스레 졸음이 몰려오기 시작했다. 배를 채웠으니 다시 소설을 써야 하는데. 이렇게 자버릴 수는 없는데.

하지만 자신의 의지와는 달리 그의 눈은 무겁게 감겨왔다. 왜 이러는 걸까. 다리에는 힘이 남아 있지 않고 당장 무너져 내릴 듯했다. 침대까지 걸어간다는 것도 무리였다. 의자에서 미끄러져 바닥에 엎어진 그는 벌러덩 드러누웠다. 누군가가 자신을 해치려고 온대도 다시는 일어날 수 없을 듯했다. 더 이상 잠의 유혹을 거부할 수가 없었다. 사람인 듯 보이는, 형체가 불분명한 것들이 크게 꿈틀거리는 듯했다. 그것들을 향해 말을 하려 했지만 입 밖으로 말이 튀어나오지 않았다. 송우는 그만 눈을 감고 깊은 잠 속으로 빨려들었다.

송우는 어렴풋한 빛에 눈을 떴다. 자기 방이다. 그 사실에 안도감이 밀려왔다. 침대에서 일어나는데 머리가 무거웠다. 순식간에 현기증이 일었다.

그런데 그가 자신의 변화를 눈치챈 것은 그로부터 정확히 5분 뒤 전신 거울 앞에서였다. 전에는 글쓰기에 방해된다고 없던 거울이다. 어쨌든 그는 거울 앞에서 자신의 모습을 확인했고, 확연하게 달라진 외모에 할 말을 잃었다.

물결치는 가르마 상태의 머리는 이마 위에서 나풀거리고 있고 전보다 더 우뚝 선 코는 낯설게만 느껴졌다. 게다가 푹 파인 볼은 눈매를 더욱 선명히 보이게끔 했다. 얇은 입술엔 하얀 크림이 발라져 반짝거리고 있다. 검지로 입술을 가볍게 쓸다가 볼로 향했다. 볼에는 자르르 윤기가 흐르고 있다. 달라진 헤어스타일하며 주름 하나 보이지 않는 매끈한 목까지. 사람의 피부라고 말하기가 망설여질 정도이다. 다른 누군가의 얼굴을 만지고 있는 듯했다. 송우는 자신의 변화에 심히 당황했다.

그때 이경철이 웃는 낯짝으로 불쑥 들어왔다. 송우가 도대체 어찌 된 노릇이냐고 물으려는 찰나 이경철이 팔을 휙휙 휘저으며 말했다.

"신경 쓸 거 없어요. 당신은 이제 완전히 다른 사람으로 태어났으니까."

"그게 무슨……."

"요즘은 작가도 외모가 출중해야 합니다. 아시겠습니까?"

그러면서 이경철은 송우의 팔꿈치를 꽉 잡더니 나지막하게 말했다.

"내일부터는 바쁠 테니 그리 알아요."

송우가 무슨 일이냐고 물으려 했지만 이경철은 내일이면 알게 될 거라고만 말하고 쏜살같이 방을 나가 버렸다.

다음 날 오전, 송우는 위아래 검은 양복을 말쑥하게 빼입고 늘씬한 몸매로 고급 자동차에 몸을 실었다. 그 옆에는 물론 이경철도 있었다. 송우는 모든 게 어리둥절할 뿐이다. 일이 어떻게 돌아가는지 알아야 했지만 알 길이 없었다. 그저 이경철이 시키는 대로 할 뿐이다.

그들이 도착한 곳은 시내의 어느 대형 서점 앞이었다. 송우가 차에서 내려 서점을 바라보자 서점 입구에 거창하게 플래카드가 붙어 있다.

"우리 시대의 작가 김송우 초청 사인전."

송우의 눈이 휘둥그레졌다. 놀란 그가 이경철을 보았다.

"오늘 처음으로 책이 출간되었는데 기념 사인 정도는 해줘야 되지 않겠습니까? 팬들을 배려하는 입장에서 말이지요."

어찌 됐든 송우가 서점 문을 열고 막 들어서는데 어디서 튀어나왔는지 몇 명의 여성이 그 주위를 빙 둘러쌌다. 오른편 벽에는 그의 사진들이 하나같이 지금의 모습으로 붙어 있다. 송우가 돌연 왼손으로 머리를 쓸어 올리자 여성들의 탄성이 흘러나왔다.

서점 안내원이 인도하는 층으로 올라간 송우는 서점에서 마련해 준 목재 테이블 의자에 앉았다. 여성들은 하나같이 '불의 바람'을 가슴에 품고 사인을 받기 위해 달려왔다. 모두들 송우의 외모에 반한 눈치다. 사인을 받고 그냥 돌아서기가 아쉬웠는지 어떤 여성은 가벼운 포옹을 원했고, 또 다른 여성은 볼에 가벼운 키스까지 원했다. 여성들과 함께 사진도 여러 번 찍었다. 옆에서 잠자코 지켜보던 이경철이 너무 헤퍼서는 안 된다고 주의를 주었다. 여성들 틈에 남자도 몇 명 끼어 있다. 그들은 사인을 받아 가면서 물어보곤 했다. 어떻게 몸매 관리와 피부 관리를 하는지. 송우는 어찌 답할지 몰라 머뭇거리다가 이경철을 바라보았다.

"크게 관리하는 건 없어요. 다 운이 좋은 거지요, 뭐."

이경철이 능글맞은 얼굴로 말했다.

이렇게 해서 오늘 송우가 팔아치운 책은 그날 서점 최고의 매출을 기록했다.

이러한 상황에서도 송우는 우울했다. 자신은 작가이다. 그런데 이게 다 무슨 쇼란 말인가! 이런 남모를 고민을 하면서 며칠 동안 글도 쓰지 못한 채 시간만 죽이고 있었다.

복도 이쪽에서 저쪽까지 몇 번인가를 거닐다가 때마침 화장실에서 나오는 어떤 여자와 마주쳤다. 아담한 체구에 청초한 느낌을 주는 여자다. 귀 뒤로 넘긴 머리카락이 동그스름한 얼굴을 부드럽게 감싸고 있고 쌍꺼풀이 깊은 눈을 가늘게 뜨고 있다. 언뜻 자신을 바라보는 여자의 눈길이 차가워 보였다. 일반 직원인 듯 보였는데 경멸과 비웃음이 뒤섞인 미소를 보내는 듯했다. 송우는 여자의 그런 태도가 기분 나빠 자신을 스치는 여자를 불러 세웠다.

"왜 그렇게 보는 겁니까?"

여자는 고개도 돌리지 않고 싸늘하게 말했다.

"작가라면 작가답게 처신하시죠. 당신은 연예인이 아니에요."

그렇지 않아도 그 일 때문에 신경이 날카롭던 송우는 자신도 모르게 목청을 높였다.

"누구는 그런 게 좋아서 이러는 줄 압니까? 저도 제가 작가라는 것쯤은 잘 알고 있습니다!"

송우의 그 말에 여자가 흔들리는 듯했다. 여자가 돌아섰다.

"난 당신이 이런 걸 즐기는 줄 알았어요."

"이봐요, 난 어엿한 작갑니다, 작가. 글로 말할 수 없는 작가가 얼마나 서글픈지 그건 겪어보지 않은 사람은 모르는 법이죠."

여자가 송우 곁으로 바짝 다가왔다.

"그렇다면 당장 여기서 나가요! 도망쳐요!"

"도망을… 왜요? 나가고 싶을 때 당당히 나갈 겁니다."

여자가 안타까운 눈길을 보냈다.

"그때는 너무 늦어요. 지금 가야 해요."

송우는 언뜻 여자의 말을 이해할 수 없었다.

"만일 원하시면 제가 도와드릴게요."

송우는 어안이 벙벙해서 멍청하게 서 있었다. 여자는 지갑에서 자신의 명함을 꺼내 송우에게 건넸다.

"이리로 전화해요."

여자는 순식간에 돌아섰고, 어느새 복도 코너를 돌고 있다.

송우는 명함을 보았다. 이정희. 송우는 여자가 사라진 복도 끝을 다시 보았다.

그렇게 돌아서서 자신의 독방으로 돌아오고 있는데 못 보던 누군가가 복도 끝에서 자신을 보고 있음이 느껴졌다. 두꺼운 청바지에 시커먼 구두를 신은 남자다. 지저분한 수염은 아무렇게나 자라나 있고 얼굴은 넓적했다. 숱 많은 머리는 헝클어져 있다. 송우와 눈이 마주친 남자는 뒤편으로 난 비상계단으로 내려갔다.

독방으로 돌아와서도 송우는 줄곧 그 여자가 한 충고를 머릿속으로 되씹었다. 그녀의 말을 이해할 수 없기는 마찬가지였다. 답답할 노릇이다. 그때였다. 이경철이 들어왔다. 그는 언제부턴가 노크하는 걸 무시하고 방으로 들이닥치기 일쑤였다. 그 점을 송우가 따졌지만 이경철은 눈도 끔뻑하지 않았다. 그는 환하게 웃고 있었다.

"축하합니다, 송우 씨. 대박입니다, 대박!"

송우는 얼떨떨한 얼굴로 기뻐 어쩔 줄을 몰라 하는 이경철을 보았다.

"엄청난 판매고를 올렸어요. 베스트셀러가 된 겁니다. 축하합니다, 송우 씨."

송우는 뚱한 얼굴로 대꾸했다.

"뭐, 제가 한 게 있어야 말이죠."

"그런 말이 어딨습니까? 송우 씨가 그만큼 신경을 썼으니까 이렇게 일이 잘 풀린 거 아닙니까?"

송우는 대꾸하지 않았다. 사실 그리 나쁜 기분도 아니었다.

"계속 써주세요. 독자들은 다음 시리즈를 눈 빠지게 기다리고 있으니까요. 아, 그리고 사장님 말씀인데, 이젠 예전처럼 글에만 몰두하세요. 독자들에게 이 잘생긴 얼굴을 비치는 것도 좋지만 진정 독자를 위하는 길은 그런 서비스가 아니라 열심히 글을 쓰는 거겠지요. 그래서 독자들의 궁금증을 해소시켜야 합니다. 그게 진정 독자들을 위하는 길이겠지요. 안 그렇습니까?"

송우는 체증이 내려가는 기분이 들었다. 얼굴을 팔고 다닌다는 데 대해 여간 신경 쓰이는 것이 아니었는데 이제는 그럴 필요가 없게 된 것이다.

"계속 열심히 써주세요. 책 한 권 분량이 되면 그 즉시 출간해야 하니까."

이경철의 이 부탁만큼 송우를 흡족하게 하는 일은 없었다.

이경철이 나가고 난 뒤 그는 컴퓨터 앞에 앉았다. 손이 근질근질했다. 생전 처음 보는 여자의 충고 따위는 잊은 지 오래였다. 송우는 손바닥을 마주 친 뒤 떨리는 기분으로 키보드에 가지런히 손을 올렸다.

"그럼 한번 시작해 볼까나~"

송우는 이발사가 자신 앞에 놓인 머리를 두고 가위를 쳐들 때의 심정으로 꾹꾹 자판을 누르기 시작했다. 하얀 문서를 뚫고 글자들이 싱싱하게 튀어 올랐다. 가위가 싹둑 머리카락을 베어 바닥에 뿌리듯 그의 작품 속 주인공 역시 칼날을 쳐들어 적의 머리를 베어 바닥에 피를 뿌렸다. 주인공은 적을 뒤로하고 쳐든 칼을 천천히 내린다. 붉은 핏물이 칼날을 적신다. 바람 소리 외에는 오로지 정적만 흐른다. 고꾸라진 적의 칼이 주인을 잃고 바닥에 박혀 있다. 주인공은 이렇듯 적들을 물리쳐 간다. 주인공의 험한 여정은 시끄럽게 방 안을 울리는 키보드 소리에 맞춰 계속된다.

그렇게 얼마나 썼을까? 오랜만에 시간이 흘러가는 걸 잊고 썼다. 이마에는 땀이 맺히고, 가슴은 감동으로 꽉 차고, 손가락엔 묵직한 느낌이 감돈다. 송우는 의자 뒤로 몸을 젖힌 뒤 만족스러운 한숨을 내쉬었다. 오늘처럼만 쓴다면 며칠 내로 책 한 권이 뚝딱 나올 것이다.

그러면서 그의 글쓰기는 계속되었다. 밥 먹는 시간도 잊고 무수한 별들이 하늘을 메웠다 사라질 때까지 그는 쓰고 또 썼다. 나팔 대신 키보드 두드리는 소리로 주인공을 찬양했다. 뻐근한 손가락을 주물러 가며 그는 키보드를 두드렸다. 피아노 건반을 두드리듯 손가락들이 춤을 췄다. 주인공은 지금 어느 여인의 노래를 듣고 있다. 송우는 주인공과 동화되어 여인의 노래에 도취되었다. 한 줄기 부드러운 선율은 저 하늘의 사라지고 있는 별똥별을 찬미했다. 주인공은 여인의 허리를 감싸 안고 드넓은 대지의 풀밭으로 기어들었다. 마음 깊이 퍼져드는 음악에 송우는 정신을 빼앗겼다. 자신만의 세계에 발을 들여놓은 지 오래였다. 그는 깊은 무의식을 헤매면서 거대한 리비도를 마음껏 분출했다.

송우는 새벽녘에야 잠자리에 들었다. 정말 홀가분했다. 푸근한 마음으로 콧노래를 흥얼대며 잠들었다. 정오가 되어서야 무거운 눈꺼풀을 떴다. 하지만 곧바로 일어나지 않고 이불 속에서 꼼지락댔다. 곧이어 배가 고파왔고, 그는 버튼을 눌렀다.

식사는 보기에도 먹음직스러워 보였다. 상에 차려진 음식들을 해치우는 데만도 한 시간은 족히 걸릴 듯싶다. 음식의 반도 채 먹지 못했는데 배가 불러왔다. 갑작스러운 포만감 때문에 괴롭기까지 했다. 다시 버튼을 눌렀고, 누군가가 들어와서 남은 음식들을 내갔다.

송우는 베란다에서 담배를 피우면서 여유를 부렸다. 담배 연기가 공중으로 치솟았다. 지나가는 사람들과 차들을 구경하고 있자니 방에서 인기척 소리가 났다. 돌아보니 이경철이다.

"어떻게, 일은 잘돼갑니까?"

"그럼요. 조만간 책 한 권이 또 나올 것 같아요."

"아, 그래요. 거참, 잘됐군요."

송우가 베란다에서 방으로 들어오니 이경철이 들고 있던 책을 송우에게 내밀었다. 못 보던 책이다. 송우가 책을 받아 쥐었다. 순간 송우는 감격에 벅찼다. 양장본 '불의 바람'이다. 표지엔 멋있는 그림이 휘날리고 있다. 말을 타고 있는 기사였는데 그 기사는 언뜻 나폴레옹을 연상시켰다.

"이번에 나온 책입니다. 마음에 드십니까?"

"그럼요! 표지도 멋있고 종이 질도 이만하면 수준급인데요. 책에 수록된 그림도 하나같이 고풍스럽고… 정말 마음에 듭니다."

송우의 칭찬에 이경철이 우쭐한 표정으로 말했다.

"요즘은 양장본을 찍어내는 추세죠. 같은 내용이라도 양장본이 더 잘 나가니까. 이 책도 잘 나갈 겁니다."

송우는 책장을 이리저리 넘겼다. 책장에서 솔솔 풍겨 나오는 향긋한 냄새에 기분이 좋아졌다.

"이 양장본엔 특수 향수를 썼죠. 냄새가 그만일 겁니다."

"정말 그런데요."

송우는 책에서 코를 떼지 못했다.

이경철이 나가고도 송우는 한동안 책을 손에서 놓을 수 없었다. 그는 책 겉장에 힘껏 키스했다. 책을 펼쳐 책장을 어루만졌다. 벅찬 감동을 억누르며 슬며시 책을 덮어 책장에서도 눈에 가장 잘 띄는 곳에 꽂았다. 글을 쓰고 싶은 욕구가 다시 불타올랐다.

그렇게 몇 시간을 컴퓨터 앞에서 작업하고 난 뒤 송우는 복도로 나왔다. 언뜻 화장실 쪽으로 시선을 던졌다가 그곳에서 만난 이정희를 떠올렸다. 그 여자가 한 경고가 우습게 여겨졌다.

복도 코너를 여러 번 돌다 보니 뜻하지 않게 편집실 근처에 닿았다. 그런데 그때 막 편집실에서 어떤 여자가 나왔는데 송우는 그 여자에게서 시선을 떼지 못했다. 다름 아닌 이정희였다. 여자의 얼굴은 창백해 보였다. 송우는 그저 지나칠 생각으로 가까이 다가갔는데 경계하는 눈초리로 불쑥 이런 말을 던지는 게 아닌가.

"지금은 안 돼요. 30분 후에 전화로 연락 줘요. 그때 만나요. 알겠죠?"

'무슨 소린가? 내가 탈출이라도 할 거라고 생각한 건가?'

사실 송우는 그럴 생각이 전혀 없었다. 여자는 오해를 하고 있는 게 틀림없었다. 그게 아니라고 말하려 했지만 여자는 어느덧 등을 보이며 저만치 가고 있다. 여자가 사라진 복도 코너에서 잠시 뒤 이경철이 나타났다. 그는 잰걸음으로 송우에게 다가왔다.

"여기서 뭐 하십니까?"

"바람이나 쐬려고⋯⋯."

대충 그렇게 얼버무리자 이경철이 핀잔을 주었다.

"이럴 시간이 어디 있습니까? 한 자라도 빨리 쓰셔야지. 송우 씨의 작품을 기다리고 있는 수많은 독자들을 생각하세요."

송우는 그렇게 뚝 던지고 가버리는 이경철에게 짜증이 솟구 쳤다. 다 알아서 쓸 것을 이렇게 간섭하다니.

송우는 천천히 걸음을 떼어 자신의 방으로 돌아오다가 도중 에 이경철과 이정희가 휴게실에 같이 있는 것을 목격했다. 이경 철은 여자에게 종이컵을 내밀고 있었다. 그런데 여자는 매몰차 게 그것을 거절하고 뒤돌아섰다. 이경철이 무안해서 얼굴을 붉 혔다. 여자가 휴게실을 나오자 이경철은 쓰레기통에 종이컵을 던져 버렸다.

송우는 독방으로 돌아와 컴퓨터 앞에 앉았다. 방금 전 본 것 이 떠올랐다. 이정희는 이경철의 호의를 거절했다. 그들은 대체 어떤 관계일까. 그들이 어떤 관계이든 자신과는 상관없는 일이 건만 송우는 쉽사리 그 생각에서 자유롭지 못했다. 마음을 잡 고 글을 쓰려 했지만 생각은 다시 그 여자에게로 향하고 있었 다. 그녀는 30분 후에 연락하라고 했다. 그녀가 전에 한 경고가 떠올랐다. 송우는 전화를 해야 할지 말아야 할지 망설였다. 하 지만 그는 자신이 전화를 할 것이라는 예감에 사로잡혔다. 시계 를 보았다. 앞으로 10여 분. 책상에 손가락을 튕기며 그는 얼굴 을 괸 채 갈등에 빠졌다.

결국 약속 시간이 채 되기 전에 그는 이정희에게 전화를 걸었다. 신호가 규칙적으로 흘러갔다. 여자는 받지 않았다. 끊어버릴까. 그 순간 그녀가 받았다. 그녀는 대뜸 전에 만난 화장실 앞으로 나오라고 하고는 전화를 끊었다. 갑작스러운 통보에 송우는 어안이 벙벙했지만 여자의 말에 따랐다.

그런데 화장실 앞으로 갔지만 주위에는 아무도 없었다. 그때 화장실 쪽에서 갑작스레 튀어나온 손 하나가 그의 등덜미를 잡아끌었다. 그는 그 손에 이끌려 화장실 안으로 들어갔다. 들어서고 보니 여자 화장실이라는 걸 깨달아 재빨리 나가려 했지만 이정희가 말렸다.

송우가 항변했지만 이정희는 대꾸도 않고 네 개의 칸막이 문 중 가장 끝에 위치한 문으로 그를 데려간 뒤 변기 쪽으로 밀어붙였다.

"도대체 왜 이러는 겁니까?"

송우가 따졌지만 이정희는 묵묵부답이다. 다만 자신의 오른쪽 어깨에 걸린 조그만 가방에서 책 한 권을 꺼냈다. 양장본 '불의 바람'이다.

송우는 이해할 수 없다는 표정으로 이정희를 보았다. 그녀가 책을 내밀었다. 책을 받기는 했지만 뭘 어쩌라는 건지 송우는 답답하기만 했다. 그러자 여자가 냉랭한 목소리로 책을 들춰보라고 요구했다. 바보 같은 짓을 한다는 생각에도 송우는 그저 여자가 시키는 대로 했다. 대충 한번 훑어본 다음 책을 덮었다. 그러자 여자가 다시 요구했다.

"천천히, 꼼꼼히 살펴봐요. 뭔가 이상한 점을 발견할 테니까."

송우는 귀찮은 얼굴로 다시 책을 펼쳤다. 이번에는 첫 장부터 제대로 살폈다. 그러고 나서야 뭔가 잘못되었다는 걸 깨달았다. 그는 다급한 마음에 다음 장을 넘겼다.

"이건 내가 쓴 게 아니잖아!"

송우는 목청을 높이며 재빨리 표지를 보았다. 제목은 '불의 바람'이고, 저자 역시 자신이 맞았다. 그럼에도 이 책은 송우 자신이 쓴 것이 아니었다.

이정희가 차분하게 송우에게 말했다.

"당신이 들고 있는 이 책이 지금 시중에 나와 있는 책이에요."

송우는 떨리는 손길로 계속 책장을 넘기며 내용을 확인했다. 송우는 혼란스러웠다.

"사실 당신이 쓴 글은 하나도 출간되지 않았어요. 어떤 사람 인지는 몰라도 하여튼 다른 사람이 쓴 글이 출간됐어요."

"그 사람이 누굽니까?"

"나도 몰라요. 하지만 분명한 사실은 그 사람이 당신의 이름을 도용하고 있다는 사실이죠."

"어떻게……."

송우는 믿을 수 없다는 얼굴로 책을 보다가 반박하기 시작했다.

"이경철이 나한테 '불의 바람'을 줬습니다. 그건 내가 쓴 거 하고 똑같았습니다."

"그래요?"

조롱하는 투다.

"못 믿겠다면 보여주죠."

"그럴 필요까진 없어요. 이경철이 줬다는 '불의 바람'은 당신을 속이려고 준 걸 거예요. 어쨌든 서점에 나가 있는 책은 당신이 들고 있는 이 책이니까."

송우는 현기증이 일어 벽에 몸을 기댄 채 무거운 한숨을 내쉬었다. 그는 희미하게 눈을 뜬 채로 이정희를 보며 말했다.

"그런데 왜 내게 이런 걸 알려주는 겁니까? 착각 속에 살게 내버려 두지."

"이 일은 당신만 겪은 게 아니에요."

"뭐라고요?"

잠깐 다른 곳으로 시선을 둔 이정희가 송우를 뚫어져라 보았다. 그녀의 입가가 조용히 떨리고 있다.

"이정민이요. '불의 바람'의 최초 원작자."

송우는 놀라지 않을 수 없었다.

"그 사람은 내 애인이었어요. 자신이 이름이 도용되는 걸 알고 사장을 만나러 갔다가 다시는 돌아오지 않았죠."

"그는 교통사고로 죽었다던데……."

"아니요!"

이정희가 단호하게 말했다.

"사장 짓이 틀림없어요."

송우는 그녀의 생각이 지나친 게 아닌가 하고 생각했다. 하지만 지울 수 없는 의혹이 드는 건 어쩔 수 없었다.

그때였다. 누군가가 화장실로 들어와 바로 옆문을 열었다. 변기 뚜껑을 쳐드는 소리가 이어졌다. 그리고 옷을 내리는 소리,

간헐적으로 들리는 오줌 소리. 그들은 꼭 숨을 죽이고 있었다. 변기 물 내려가는 소리가 시끄럽게 뒤를 이었다. 잠시 뒤 문을 열고 나가는 구두 굽 소리가 들렸다. 그들은 서로의 얼굴을 쳐다봤다.

화장실에서 40대 초반의 여자가 급히 나왔다. 그 여자는 즉시 화장실 옆에 서 있는 이경철에게로 갔다. 그런 뒤 그에게 사실을 확인시켰다. 화장실 안에 틀어박혀 있는 두 사람을.

이정희와 헤어지고 독방으로 돌아온 송우는 그녀와 나눈 대화를 떠올렸다. 이정민은 피살되었다. 사장을 만나러 갔다가. 송우는 그녀의 말을 믿고 싶지 않았지만 드는 불안감은 어쩔 수 없었다.

송우는 책장에서 '불의 바람'을 뽑아 들었다. 책을 들췄다. 자신이 쓴 글과 글자 하나 다르지 않았다.

'이정희가 거짓말을 한 게 아닐까?'

하지만 그녀에게는 그럴 만한 이유가 없었다.

그렇다면 그 방법밖에 없었다. 서점으로 가서 자신의 두 눈으로 직접 확인하는 방법이다.

방 밖으로 나간 그는 복도를 걸으면서 다른 사람들의 눈에, 특히 이경철의 눈에 띄지 않으려고 주의를 기울였다. 1층으로 내려와 현관문을 나서는데 수위가 날카로운 눈길로 그를 보고 있다. 그는 재빨리 출판사를 빠져나와 지나가는 버스에 올라탔다.

그가 내린 곳은 가장 먼저 눈에 띄는 어느 서점이었다. 서점

문을 열고 들어가 주인 여자에게 책의 이름을 댔다.

"아, 그 책이요. 잠시만요."

여자가 책이 얹혀 있는 테이블로 갔다. 그런데 빈손으로 돌아왔다.

"손님, 어쩌죠. 책이 다 팔려서 지금은 없는데. 오늘 주문 넣으면 내일쯤 들어오니까 죄송하지만 내일 한 번 더 나오세요. 여기 연락처를 써주시면……."

송우는 주인 여자의 말이 채 끝나기도 전에 서점을 뛰쳐나왔다. 그렇게 몇 군데 더 서점을 돌아다녔는데 모두 다 팔렸다는 것이다. 송우는 기진맥진했다. 무서운 판매율이 아닐 수 없었다. 이렇게 잘 팔리는 책의 저자가 자신이 아니라니. 그놈은 대체 누구란 말이냐. 송우는 심장이 죄어 들어오는 듯했다.

정신없이 서점을 찾아 뛰어다닌 끝에 송우는 어느 조그마한 서점에 이르렀다. 그곳에서 그는 '불의 바람'을 볼 수 있었다. 반가웠다. 그런데 이럴 수가. 책이 비닐로 꽁꽁 싸여 있는 것이다. 그는 급한 마음에 책을 집어 비닐을 마구 뜯기 시작했다. 책을 넘겨 첫 페이지의 첫 문장을 확인하려는 찰나였다. 누군가가 와락 책을 뺏었다.

"책을 보려면 돈을 내야지, 이렇게 비닐을 뜯어서야 쓰나?"

서점 주인이다. 송우는 주머니에서 지갑을 꺼내려 했다. 그런데 지갑이 없다. 독방에서 급히 나오다 지갑을 깜빡한 모양이다. 서점 주인은 그럼 그렇지 하는 험상궂은 표정으로 이중 턱을 늘인 채 거만하게 팔짱을 끼고 있다. 그는 책 도둑이라도 잡은 양 의기양양한 얼굴이다. 송우는 그에게 사정했다.

"이보세요, 지갑을 두고 왔는데 첫 페이지만 확인할게요."

"지금 무슨 소릴 하는 거야? 책을 변상해야지. 이렇게 뜯어놓으면 누가 사 봐? 빨리 변상해!"

"부탁입니다. 그리고 난 이 책을 쓴 사람입니다. 김송우요. 모르세요? 여기 적혀 있잖아요. 한 번만 보게 해주세요."

서점주인은 어리둥절한 눈초리로 표지를 보았다. 이름이 맞긴 맞았다.

"그걸 누가 믿어?"

"아, 진짜라니까요. 이 글을 쓴 김송우가 맞다니까요."

"정말이요?"

"제가 왜 거짓말을 해요? 그럴 이유가 없잖아요."

서점 주인은 어떻게 할까 망설였다. 그때 송우는 서점 주인에게서 책을 뺏어 표지를 넘겼다. 거기엔 떡하니 송우의 사진이 붙어 있었다. 뽀얀 피부에 부드럽게 미소 짓고 시선은 비스듬히 측면을 향하고 있다. 신비한 느낌을 풍겼다.

"맞잖아요."

서점 주인은 사진 속 인물과 앞에 서 있는 인물을 비교하고 나서야 송우의 말을 믿었다.

"그렇다고 공짜로 책을 볼 수는 없는 법이지. 설령 이 글을 쓴 사람이래도 돈을 내야 하는 거 아니요? 그리고 자신이 쓴 책을 왜 이런 식으로 보려는 거요?"

"그건 저도 복잡해서 몰라요. 하여튼 첫 장만 확인할게요."

그제야 서점주인은 계면쩍은 얼굴로 책을 내밀었다.

송우는 책을 받아 쥐고 급히 표지를 넘겼다. 그런데 그때 귀에 익은 목소리가 그들의 등 뒤에서 들렸다.

"아까 전부터 듣고 있었는데… 주인 양반, 내가 이 사람 대신 그 책값을 내면 안 되겠소?"

서점 주인과 송우가 동시에 그 말을 한 사람을 보았다. 서점 주인이 말했다.

"거참, 희한한 일도 다 있네. 뭐, 난 상관없으니 마음대로 해요."

송우는 빙긋이 웃고 있는 그 사람을 보고는 할 말을 잃었다. 이경철이었다.

이경철은 주인에게 다가와 지갑을 열어 만 원짜리 지폐 한 장을 꺼내 계산을 치렀다.

어떻게 여기까지……. 송우는 이경철이 무슨 속셈으로 이러는 건지 알아내야 했지만 우선은 손에 쥐고 있던 책의 문장을 확인하기 바빴다. 첫 문장부터 자신이 쓴 것과 달랐다. 이정희의 말이 사실이었던 것이다. 송우는 숨이 막혔다. 간신히 책을 덮고 이경철을 보았다. 대체 어찌 된 일인지 해명을 요구하는 눈길로.

대답 대신 이경철은 송우의 팔을 잡고 서점 밖으로 그를 데리고 나가 준비된 차에 오르게 했다. 송우 옆에 앉은 이경철이 운전사에게 K출판사로 가자고 명령했다. 송우가 따졌다.

"대체 어떻게 된 일입니까? 어째서 내가 쓴 거하고 다릅니까?"

이경철이 흥분한 송우의 팔을 움켜잡았다.

"곧 알게 될 테니 조용히 좀 있을 순 없는 거요?"

"뭘 알게 되는데요?"

송우가 이경철의 팔을 뿌리쳤다.

"이러지 말고 내 말 좀 들어요. 우선 제안을 하나 하겠는 데……."

송우는 버럭 소리를 질렀다.

"뭘 또 제안하겠다는 겁니까?"

이경철은 느긋하게 미소를 지으며 말했다.

"좀 진정해요. 내가 다 얘기해 줄 테니까."

송우는 창 쪽으로 눈길을 돌려 버렸다.

"흥분하지만 말고 내 말을 들어요. 지금 김 선생 이름을 빌려 서 누군가가 글을 쓰고 있는데, 난 이 일을 김 선생이 잠자코 모 른 척 넘어갔으면 해요."

"뭐라고요? 그걸 지금 말이라고 하는 겁니까?"

이경철은 송우의 항변을 무시하고 자신의 용건만 말했다.

"사인회도 이제 곧 다시 열 거요. 독자들에게 당신 얼굴은 계 속 보여줘야 하니까."

송우는 코웃음을 쳤다.

"내 얼굴을 팔 생각인가 본데, 난 그럴 생각이 추호도 없습 니다."

"할 수 없다?"

이경철이 아니꼬운 표정으로 반문했다. 송우는 고집스럽게 이 경철을 노려봤다.

"진심이요?"

송우는 대답하지 않았다.

이경철은 다리를 흔들면서 송우를 지켜봤다. 한동안 둘은 말이 없었다. 그 무거운 침묵을 깬 건 이경철이었다.

"당신 뜻이 정 그렇다면 진상을 말해줘야겠군. 단도직입적으로 말하지. 당신이 인터넷에 올린 시리즈는 하나같이 조회 수가 형편없었어."

송우는 뜻밖의 말에 놀라지 않을 수 없었다.

"다시 말해줄까요? 당신 글은 하나같이 인기가 없었어. 처음으로 인터넷에 응모한 글부터 지금의 글까지… 모두 다 하나같이 똑같았어."

송우는 믿을 수 없어서 대들었다.

"처음 인터넷에 응모했을 때 내 시리즈 조회 수가 가장 높았지 않습니까? 그래서 당신들이 날 뽑은 거고. 그 후에도 몇 번을 제외하고는 그럭저럭 인기가 좋다고 하지 않았습니까?"

이경철이 씩 웃었다.

"무슨 말을 하는 거야? 당신 글은 인기가 없었다는데. 당신 시리즈는 응모 때부터 조회 수가 바닥을 기었지만 그건 우리한테 중요한 문제가 아니었어. 그런 거야 숫자 조작을 통해 충분히 해결할 수 있으니까. 왜, 내 말이 믿어지지 않아요?"

말문이 막힌 송우가 간신히 물었다.

"그럼 왜 날 뽑았습니까? 인기도 없었다면서."

"그거야 인터넷에 오른 응모자들의 사진을 보고 그중 외모가 가장 낮다고 판명된 사람을 뽑은 거지. 그게 바로 당신이었고. 조금만 손을 보고 다듬으면 꽤나 괜찮을 외모가 될 것 같았으니까."

무거운 눈꺼풀을 떠서 거울 앞에 섰는데 바뀐 외모 때문에 놀란 때가 송우의 뇌리를 스쳤다.

"생각이 나는 모양이죠?"

이경철이 짐짓 점잔을 빼면서 물었다.

힘없이 송우가 물었다.

"그럼 도대체 뭐 때문에 이런 일을 벌인 겁니까?"

"당신 대신 글을 쓰는 사람은 대중 앞에 서질 못하기 때문이지."

"왜요?"

"아직은 때가 이르니까."

"뭐가 이르다는 겁니까? 혹 그 사람 얼굴에 끔찍한 흉터라도 있는 겁니까?"

이경철이 껄껄댔다.

"흉터까진 아니지만 확실히 잘생긴 외모는 아니지. 어쨌거나 너무 좌절 마세요. 내 보잘것없는 생각에 당신은 글을 잘 쓰는 것 같으니까. 하지만 생각해 봐요. 사람들이 읽지 않으면 그게 다 무슨 소용이오? 팔리지 않으면 그게 다 무슨 소용이겠어? 돈이 되지 않으면 의미가 없지. 우리 같은 장사치들이야 원래 이런 족속인데 어떻게 하겠어?"

송우는 달리는 차에서 뛰어내리고 싶은 심정이다. 창문 틈으로 바람이 밀려들었다. 그 바람도 분노로 달아오른 송우를 잠재울 수는 없었다. 그 즉시 '불의 바람'을 쓰는 놈을 만나고 싶어 이경철에게 요청했다.

"지금 말고 좀 더 있다가 만나요. 곧 모습을 드러낼 테니까."

"아니요. 차에서 내리는 즉시 만나게 해주세요."

"아 참, 성미도 급하시긴······."

드디어 차가 K출판사 앞에 섰다. 그들이 차에서 내리기 전 이경철이 송우에게 물었다.

"그래, 내 제안은 어떻게 할 생각이지요? 꾹 입 다물고 있을 거요?"

송우는 대꾸하지 않았다.

"이렇게 고집을 부려도 결국은 받아들여야 할 거야. 이제 고생스럽게 글 쓸 필요도 없어. 그저 얼굴만 팔면 돼. 그럼 그 대가로 돈도 나갈 거고… 그리 손해 보는 일도 아닌데, 어때?"

송우의 침묵에 이경철이 중얼거렸다.

"빨리 답을 줘야 할 거야."

독방으로 돌아온 송우는 혼란에 빠졌다. 차에서 들은 이경철의 말을 어떻게든 부정하고 싶었다. 울분이 솟아올랐다. 그는 거울 앞에 섰다. 꼭두각시 인형. 자신의 얼굴을 보자 분노가 치솟았다. 이제껏 이용만 당한 셈이라니. 입 다물고 있으라고? 웃기고 있군.

송우는 이정희에게 전화를 했다. 앞으로 어떻게 할지 물어보고 싶었다. 설령 그녀가 해결책을 가지고 있지 않더라도 누군가

와 말을 하지 않으면 미쳐 버릴 것 같았다.

"정희 씨예요?"

말이 없다. 몇 초 뒤 누군가의 목소리가 흘러나왔다. 남자다. 송우는 얼른 전화를 끊으려 했다.

―여자를 만나고 싶은 모양이지? 애써 전화할 필요가 있을까?

송우는 목소리의 주인공이 누구인지 알 것 같았다. 이경철이다. 송우는 순식간에 전화를 끊었다. 듣기도 싫은 목소리다. 그때 이정희가 걱정되었다. 어떻게 됐을까. 여길 벗어나야 한다는 그녀의 말이 떠올랐다. 하지만 혼자 도망간다는 것이 마음에 걸렸다. 그런데 그 순간 문이 활짝 열리면서 이경철이 나타났다. 놀랍게도 이경철의 뒤에는 이정희가 서 있었다. 이정희는 두려움에 찬 눈길로 송우를 보고 있다.

"왜 이렇게 놀라시나? 혹 어디라도 갈 모양이지?"

그때도 이정희는 송우를 간절히 뚫어져라 쳐다보고 있었다. 그 눈길은 '도망'을 소리치고 있었다. 송우는 이경철에게 달려들었고, 방 밖으로 뛰쳐나갔다. 급습을 받은 이경철이 배를 움켜잡고 쓰러졌다.

이정희의 손을 잡고 달아났지만 현관문을 몇 미터 앞에 두고 그들은 몇 명의 남자들에게 붙잡히고야 말았다. 그리고 송우는 이정희와 헤어져 자신의 독방에 감금되었다. 송우는 바닥에 주저앉았다. 자신 역시 '불의 바람'의 최초 원작자인 이정민처럼 죽을지도 모른다는 생각이 엄습했다. 그는 굳게 잠겨 있는 문을 무력하게 바라보았다. 어느덧 그의 시선은 거울에 가 있었다. 자신의 얼굴을 혐오에 차서 바라보았다. 그러다가 책상에 놓여 있는 면도날로 눈이 갔다. 어떻게 이런 생각이 들었는지 스스로도 놀랐다. 막상 생각을 행동으로 옮기려니 망설여졌지만 철저히 이용당하는 것보다는 나았다. 그는 책상으로 가서 면도날을 집어 들어 다시 거울 앞에 섰고, 마음속으로 하나, 둘 숫자를 세어나갔다. 손에 힘을 주고 눈을 꾹 감았다. 그러고는 면도날을 쳐들어 오른쪽 볼을 그어버렸다.

송우는 낯선 방에서 눈을 떴다. 형광등 불빛에 정신이 어지러웠다. 삐걱대는 철제 침대에서 일어난 그는 벽에 몸을 기댔다. 맞은편에 전신 거울이 붙어 있다. 얼굴엔 붕대가 감겨 있다. 볼을 면도날로 그은 일이 생각났다. 흉터가 남을 것이지만 그런 건 아무래도 상관없었다.

밖에서 인기척 소리가 나더니 누군가가 문을 열고 들어왔다. 두꺼운 청바지에 검은 구두를 신고 있다. 수염으로 덥수룩한 턱을 어루만지고 있다. 문득 그를 어디서 봤다는 느낌이 들었다.

"따라와!"

매몰차게 남자가 말했다. 송우는 어찌할 바를 몰랐다.

"따라오라는데 뭘 꾸물대는 거야?"

그제야 송우는 침대에서 일어났다.

남자는 송우를 엘리베이터가 있는 곳으로 데려갔다. 문이 열리고 그들은 올라탔다. 송우가 안쪽 벽에 기대서자 남자가 버튼을 눌렀다. 끝 층이다. 사장이 있는 층이다.

'사장을 만나러 갔다가 다시는 돌아오지 않았죠.'

문득 이정희의 말이 떠올랐다. 문에 비친 남자의 모습이 흐릿하게 퍼져 보인다. 굳은 얼굴이다.

엘리베이터에서 내린 송우는 남자 뒤를 따랐다. 남자는 사장실을 지나쳤다. 송우는 당황했다. 어디로 데려가는 걸까.

복도 끝에 위치한 어느 방 앞에서 남자는 걸음을 멈추고 묵묵히 뒤따르는 송우에게로 홱 고개를 돌렸다. 방문에는 '직원 외 절대 출입 금지'라는 푯말이 붙어 있다. 남자는 아랑곳 않고 문을 열었다.

"들어가."

남자가 옆으로 비켜섰다. 송우는 방으로 발을 들여놓았다. 침침했다. 검은 장막이 방 한가운데 드리워져 있다. 어디선가 직직대는 소리가 들린다. 갑자기 사방이 환해졌다. 송우는 팔로 눈을 가렸다. 팔을 내리자 장막이 옆으로 걷히고 있다.

공간이 드러났다. 큼직한 사각 기계가 떡하니 놓여 있는데 묵직한 느낌의 회색 기계로 그다지 크지는 않았다. 언뜻 세탁기를 연상시켰다.

그때 가라앉은 남자의 목소리가 등 뒤에서 들려왔다.

"이렇게 만나게 되어 반갑군요."

송우가 돌아섰다. 처음 보는 사람이다. 수염이 듬성듬성한 턱이 튼튼해 보인다. 희끗희끗한 머리를 쓸어 넘기며 소리 없이 웃고 있다. 갈색 정장 차림으로 덩치가 좀 있는 남자다. 두 손은 앞으로 얌전히 모은 채다.

"사장 최성구요. 반갑소."

송우는 두려운 한편 반감이 생겼다.

"당신 얼굴을 좀 자세히 보고 싶었는데 참 아쉽네그려."

천천히 거니는 그를 송우가 지켜봤다.

"육체가 돈이 된다는 사실을 모르지 않을 사람이 얼굴에 칼을 대다니……."

"당신한테는 돈이 될지 몰라도 나는 아닙니다."

최성구가 실소했다.

"어쨌든 유감이야. 멋진 얼굴을 볼 수 없어서. 사실 당신 얼굴은 당신 게 아니었지. 그런데 그 얼굴을 엉망으로 만들 생각을 하다니. 따지고 보면 당신 건 아무것도 없었어. K출판사에 들어온 이후부터."

그는 송우를 지나쳐 기계 앞에 가 섰다.

"우리의 제안을 거절한 걸로 아는데. 하지만 난 당신을 그냥 보내지는 않을 거요. 다시 한 번 기회를 줄 생각이니까."

"전 그럴 생각이 없습니다. 전 입이 가벼운 놈입죠."

가소로운 눈길로 송우를 본 그가 말했다.

"아, 그리 빨리 결정 내릴 건 없어. 시간은 아주아주 많으니까. 지금부터 하는 내 말을 잘 들어요."

최성구는 사랑스러운 손길로 기계를 어루만졌다.

"이놈이 어디에 쓰일 것 같소?"

송우가 기계를 바라보았다. 둥그런 버튼 몇 개가 눈에 띈다. 투명 유리를 통해 내부를 볼 수 있었다. 기계 뒤편으로 나온 빨갖고 파란 전선이 컴퓨터와 연결되어 있다.

"이경철이 말로는 '불의 바람'을 쓰는 작가를 만나보고 싶다고 했다는데… 당신의 이름을 빌려 쓰는 작가, 얼굴에 남모를 콤플렉스가 있어 대중 앞에 나서지 못하는 작가, 지칠 줄 모르는 열정으로 자신의 운명을 잊어버리려고 애쓰는 작가, 그 비극의 천재 작가를 만나보고 싶다고 들었는데?"

긴장한 낯빛으로 송우는 최성구를 보았다. 그가 기계를 향해 팔을 쳐들었다. 기계에 시선을 두고 있던 송우가 다시 그를 향했다. 세탁기같이 생겨먹은 기계가 어쨌다는 건가.

"아직도 눈치채지 못한 거요?"

송우의 동공이 커졌다. 송우는 믿을 수 없어 피식 웃으며 말했다.

"지금 이 기계를 두고 말하는 겁니까?"

최성구가 싱긋 웃으며 고개를 끄덕였다.

"지금 농담합니까? 이따위 기계가 글을 쓴다고요?"

"그렇소. 엄밀히 말하면 쓰는 게 아니라 만들어내는 거지만."

말문이 막힌 송우를 보고 최성구는 껄껄댔다.

"놀랄 만도 할 거요. 처음엔 그런 반응을 보이는 게 당연하지. 교만한 인간들에겐 말이야."

그의 신랄한 말은 계속됐다.

"작가들은 창작의 고통에 대해 떠들어대지. 어린애들처럼 말이야. 제발 자기들의 고통을 알아달라고 떼쓰지. 하지만 창작은 고통과는 거리가 먼 소리요. 난 그 사실을 잘 알지. 그럼 작품

은 어디에서 나오는 것이냐? 피를 짜내는 고통이냐? 아니지. 그
럼 고통이 아니라면 대체 뭐야? 모방인가? 미메시스인가? 그럴
듯한 소리지만 실은 그것도 아니야. 그럼 어디서 나오느냐? 대
체 어디서 나오는 거냐? 모방이 아니라면 말이야. 마음의 눈으
로 그린 모방이 아니라면 말이야. 그럼 도대체… 그건 바로… 그
래, 그거야. 조합! 위대한 조합에서 나오는 거지."

최성구가 핏대를 세웠다.

"이 기계가 바로 그 위대한 조합을 성취해 낸 거요. 아시겠소?
이 기계는 '조합기계'로 불리지. 조합기계는 매시간 작품을 만
들어내고 있어. 엄청난 속도가 아니요?"

송우는 귀가 멍하면서 속이 메슥거렸다.

"로얼드 달의 '위대한 자동 문장 제조기'가 현실이 된 거요.
여기 있는 버튼 하나하나가 다 중요한 거요. 기존의 글을 이 기
계에 연결된 컴퓨터에 입력시키지. 입력된 글은 기계로 전송되고
기계는 전송된 글 다음으로 가능한 상황을 모조리 검색해 내
요. 그러면 시리즈 같은 글은 쉽사리 만들어지고. 단행본은 어
떨까? 그것 역시 어려운 일이 아니오. 기존의 글을 믹스하는 거
지. 전에는 완전히 다른 열 가지 장르의 글에서 조금씩 발췌해
서 조합해 낸 초보적인 단계에 머물렀지만 지금은 많이 발전했
지. 이제는 단순한 베끼기가 아닌 유사 상황을 만들어낼 줄 아
는 정도에까지 이르게 되었으니까. 소설의 어느 상황을 검색한
뒤 그와 유사한 상황을 찾아내어 새 글에 이용하는데, 보통 열
권 정도의 스토리를 조합하면 그 열 배의 스토리가 만들어지는

탁월한 능력을 보여주고 있소. 하지만 아직은 만족할 만한 단계는 아니오. 지금은 흥미 위주의 얘기만 만들어내지만 앞으로는 인간의 심오한 인생관이나 철학을 담아낸 글도 만들어내야 하니까. 말이 기계지 곧 인간, 스스로 사고하며 창조하는 인간, 즉 조합인간으로 불릴 거요."

최성구의 말은 계속되었다.

"사실 인간들은 변덕이 심해. 특히 작가란 놈들은. 지들이 엄청 잘난 줄 알아. 하지만 기계는 그렇지 않지. 절대로 변덕 따위는 부리지 않거든. 마감일도 척척이야. 지금부터 작가가 하는 일은 이놈이 만들어낸 얘기들을 베껴 쓰기만 하면 되는 거요."

송우를 여기까지 데려온 남자가 들어왔다.

"소개하지. 기존의 글을 컴퓨터에 입력한 사람들 중 한 사람이오. 또한 K출판사에서는 해결사라고도 불리지. 각종 힘들고 어려운 일들을 척척 해결해 내니까. 그저 정 씨라 불러요."

남자의 거만한 눈초리가 송우를 훑었다.

"다시 제안하는데 어떻게 할 거요? 그저 모른 척 있을 거요? 아직은 이걸 공개하기엔 일러. 감동을 받고 재미를 느낀 책을 기계가 만들어냈다는 걸 알았을 때 사람들이 느껴야 할 상처는 클 테니까. 혹 기계가 만들어냈다는 이유로 인간들이 반감을 가지면 큰일이니까. 아무리 재밌어도 팔리지 않으면 다 필요 없지. 하지만 공개할 때가 그리 멀지 않았다는 것만큼은 틀림없는 일이오. 자, 어떻소? 그때까지만 입을 다물고 있는 게."

송우는 어떻게 해야 좋을지 몰랐다. 정 씨는 지저분한 수염을 뜯고 있다.

"이정민도 나와 같은 제안을 받았겠군요?"

최성구가 말했다.

"아, 이정민. 그 불쌍한 친구. 인간들의 마지막 자존심."

"근데… 거절했나요?"

"그건 당신이 더 잘 알 텐데?"

송우의 목이 뻣뻣해 왔다.

"당신은 어떻게 할 작정인지……."

그때 윙 소리가 울리며 기계가 작동을 시작했다. 프린터가 돌아가며 글이 새까맣게 찍힌 종이가 튀어나왔다.

"미발표의 '불의 바람'이군. 어떻소. 한번 읽어보는 게."

최성구는 막 뽑혀 나온 따끈따끈한 종이를 송우에게 내밀었다. 송우가 종이를 내려쳤다. 종이가 바닥으로 떨어졌다. 그것을 주우며 최성구가 말했다.

"한번 읽어봐. 재미가 그만일 테니까."

송우는 고개를 숙였다.

"왜, 자존심이 허락지 않는 모양이지? 그럼 이건 어때? 그렇게 자신만만하다면 이 기계와 내기를 한번 해볼 생각은? 그러니까 누구의 글이 더 대중의 호응을 끌어낼 수 있을지 말이오. 아니, 어느 글이 더 작품성을 가지고 있는지 말이오. 인간과 기계의 대결이라……. 거참, 재밌겠는걸. 어때? 한번 해보지 않겠소?"

송우는 어떤 답도 하지 못했다. 기계는 계속해서 작동하고 있다. 최성구가 종이를 집어 든 뒤 큰 소리로 읽기 시작했다. 송우는 귀를 틀어막고 싶었다.

"정말 완벽해!"

흡족한 얼굴로 최성구가 소리쳤다. 그는 송우 가까이 다가
왔다.

"잘 생각한 거야. 이놈과 대결한다는 게 결코 쉬운 일은 아
니지."

송우는 힘없이 뒤돌아섰다.

사장실을 나와 다시 엘리베이터에 몸을 실었다. 문이 닫히는
데 그 사이로 검은 발 하나가 불쑥 튀어나왔다. 정 씨다. 그의
눈빛엔 위협과 경멸이 뒤섞여 있었다. 송우의 체념한 표정을 본
그가 천천히 발을 뺐다.

독방으로 되돌아온 송우는 바닥에 주저앉았다. 막막했다. 그
는 이 방에서 더 이상 할 일이 없었다. 그 기계와는 상관없이 계
속 글을 쓸 수도 있었지만 그 일이 전혀 내키지 않았다. 이 방에
서는 아무도 그의 글을 읽어줄 사람이 없다는 걸 잘 알고 있기
때문이다.

K출판사에서 하릴없이 시간만 때우던 그는 종종 이정희 생각
이 났지만 그녀를 볼 수가 없었다. 편집실 앞을 기웃거렸지만 허
사였다. 어떻게 됐는지 이경철에게 묻기도 힘들었다. 송우는 다
른 직원들처럼 이경철의 잡일이나 봐주며 가끔 사인회에 얼굴이
나 내밀었다. 비상구를 찾지 못하던 송우는 현재의 위치에 자신
도 모르게 점점 길들여져 갔다. 그러자 그를 감시하기 위해 따

라붙던 정 씨도 차츰 뜸해졌다. '불의 바람'은 그의 이름으로 인터넷에서 계속 연재되고 있었다. 그러던 어느 날 갑자기 그 연재소설이 실리는 사이트에 이런 광고가 떴다.

'김송우의 불의 바람은 작가의 개인 사정상 끝마치게 됐습니다. 이정민, 김송우를 이을 역량 있는 작가를 찾습니다. 김송우의 마지막 시리즈를 이어서 인터넷에 올려주세요. 최고의 조회 수를 기록한 응모자가 그들의 뒤를 잇습니다. 많은 응모 바랍니다.'

독자들 사이에서 김송우란 인물이 싫증 났을 거라는 판단하에 내려진 결정이었다. 언젠가는 이런 날이 올 것을 알고 있었기에 송우는 담담했다.

이경철과 시내에 나왔다가 편의점에 들렀는데 어떤 젊은 남자가 선반에 신문을 올려놓고 보고 있다. 신문에는 눈에 띄는 광고가 있었는데 바로 '불의 바람'을 쓸 새로운 작가를 찾는다는 광고였다. 남자는 그 광고를 뚫어져라 보면서 벌써 자신이 그 새로운 작가가 된 것처럼 흥분해서 볼이 발그스름했다. 남자는 장밋빛 미래를 떠올리며 두 눈이 열의로 반짝였다.

남자는 분명 자존심을 가진 수많은 인간 중 한 명일 거라고 송우는 생각했다. 하지만 그 자존심이 언제까지 지속될지에 대해서는 그 누구도 장담할 수 없을 것이다.

〈후기〉

이 소설은 K출판사의 조합기계가 만들어낸 첫 번째 소설이다.

로얼드 달의 자본에 침식된 작가들의 우울을 그린 'The great automatic grammatizator,' 로버트 패널의 인간을 정복하려는 인공 지능의 음모를 그린 SF소설 'The fire of wind,' 한국 추리작가 김주 동의 섬에 고립된 남자의 고뇌를 그린 '몰락' 등과 같은 이야기들이 뒤범벅되어 탄생된 소설임을 밝힌다.

늪

문정순
KBS 단편 드라마 「멍에」로 드라마 작가로 등단했다.
「흐르지 않는 세월」, 「침대」, 「겨울 허수아비」 등 방영했다.
추리소설 「달구 씨의 알리바이」, 「미로의 끝」, 「시처럼 음악처럼」, 「덫」 등 발표했다.

딩동딩동.

효진은 초인종을 누르고 옷매무새를 가다듬었다.

문밖에 서 있으면 늘 처연하다. 기다림은 참혹함을 준다.

기다림이 길어지면 들어오기를 거부당해 내쳐진 느낌이다.

가장 예민하던 사춘기 시절 더부살이하는 이종사촌 오빠에게 대들었다는 이유로 내쫓겨 문밖에 서 있던 기억이 났다.

깊은 밤이었고 오가는 사람도 없는 아파트 문 앞, 이웃에서 싸우는 소리가 나도 내다보지 않는 무심한 시절이었다. 다행히 한여름이어서 춥지는 않았지만 앞집에서 오목렌즈로 내다볼 수도 있다는 생각에 쭈그리고 앉아 있었다.

벽에 머리를 박고 죽고 싶었다.

기척도 없이 문이 열린다. 주현의 다정한 미소가 먼저 다가
왔다.

머릿속을 서물거리던 기억들이 서둘러 흩어졌다.

"아기가 방금 잠들었어요."

앞서 들어가는 주현의 뒷모습을 보며 효진은 마른침을 삼킨다.

뒤쫓아 들어가며 한순간에 눈동자를 180도로 굴려 집 안을
훑어 살폈다.

옅은 파스텔 톤 벽지에 아무것도 걸리지 않은 깔끔한 모습이다.

여주인의 단정함이 묻어난다.

거실 장과 맞은편의 소파, 그 옆 협탁 위에 아기를 안고 찍은
주인 내외의 사진이 있다.

"앉으세요."

가볍게 미소를 주고받으며 나란히 앉았다.

효진은 긴장감을 감추지 못한 모습이다.

"긴장… 되세요? 선배한테 얘기는 많이 들었어요. 잘 부탁 드
릴게요."

"…네."

"아침에 9시까지 와주시고요, 저녁엔 제 일이 일찍 끝나면 일
찍, 늦게 끝나면 늦게까지."

주현은 손사래를 쳤다.

"늦게라고 해도 밤늦게까지는 아니구요. 회식 같은 게 있어도
난 봐줄 테니 밤 9시 넘는 일은 없을 거예요. 그것도 한 달에
한 번 정도니까 미리 걱정하지는 마세요. 가깝게 사시는 친정어

머니가 와주시기도 할 거고, 일주일에 세 번 오는 도우미 아줌마도 있을 거예요"

"…아, 네."

"오늘부터 시작하는 걸로 할까요? 오셨으니 다른 약속이 있는 건 아니겠지요?"

"네, 편한 옷도 준비해 왔어요."

"역시 준비성도 있으시고."

주현은 만족한 듯 효진을 보더니 다이어리 수첩을 내밀었다.

"이건 육아 일기장이에요. 일기장이라기보다 관찰장이라고 해야 하나. 넉 달 동안 아기에 관한 것을 적어놓은 거예요. 참고하세요."

수첩을 받아 든 효진은 천천히 첫 장부터 읽었다.

부 이창석, 모 유주현, 아기 이서윤.

초음파 사진이 개월 수대로 붙어 있고, 그 앞에는 주현의 느낌이 적혀 있다.

태어나서부터 아기가 먹은 모유와 분유의 양, 첨가시킨 영양제 종류도 자세히, 그리고 방금 전에 잠든 아기가 자는 시간까지 적혀 있다.

처음부터 끝까지 빈틈없고 철저한 주현의 성격이 수첩에 점점이 박혀 있는 듯하다.

아기의 배냇짓을 비롯한 일거수일투족이 자세히 간결하게 적혀 있다. 글씨도 반듯하니 흐트러짐이 없다. 수준급인 미모에 모유 수유한 산모의 모습을 찾기 힘든 날씬한 몸매는 자기 관리가 철저함을 느끼게 한다. 시쳇말로 금수저 물고 나온 여자였다.

효진은 아기가 자고 있는 방으로 들어가 옷을 갈아입고 아기를 들여다봤다.

아기들이 태어날 때의 불그레한 살갗은 뽀얗게 바뀌어 있다.

배냇짓을 하느라 웃기도 하고 찡그리기도 한다. 아기 냄새가 좋다. 모성 본능을 일깨우는 냄새다. 미소가 절로 지어진다. 아기는 평화롭고 편안하게 자고 있다. 아기가 아기답지 않게 이목구비가 뚜렷하고 예쁘다. 모든 아기가 다 예쁘지만 객관적으로 사실 못생긴 아기들도 있다. 예쁜 아기를 만난다는 것도 행운이다. 천사의 모습이 이렇지 않을까?

효진은 조용히 방을 나와 부엌으로 갔다.

싱크대 위에 아기가 먹은 젖병이 놓여 있는 것을 깨끗이 씻은 뒤 젖병소독기에 넣었다.

시키지 않아도 알아서 일을 하는 효진을 보며 주현이 만족한 듯 웃었다.

핸드폰이 진동음을 하며 몸을 흔들었다. 주현은 핸드폰을 들고 안방으로 들어갔다

"음, 잘 잤어요? 나도. 서윤이는 우유 먹고 자고 있어요. 왔어요. 인상은 좋아 보여요. 근데 좀, 아니, 아니에요. 더 두고 봐야겠죠. 지내다 보면 차차……. 선배가 극찬을 하면서 소개한 사람이니까 일단은 합격이에요. 네. 창석 씨도 수고하세요. 네.

네. 나도."

큰 소리로 말한 것도 아닌데 주현의 말소리가 효진의 달팽이관으로 들어왔다

통화를 끝내고 나온 주현이 멋쩍게 웃었다.

주현은 출근 준비를 하느라 바삐 지내며 외출도 자주 했다.

효진은 그런 주현을 지켜보며 말없이 자신의 할 일을 해나갔다.

일주일에 세 번 오는 도우미도 오지 못하게 했다.

굳이 그럴 필요가 없다는데도 면 기저귀를 사다가 일일이 삶아가며 채워줬다.

유축해 놓은 모유를 데워 먹일 때도, 분유를 타 먹일 때도 자신의 아기인 양 정성을 다했다. 이유식 먹일 월령이 되지 않은 아기의 이유식 메뉴도 수십 가지 마련해 두었다.

집 안 청소는 물론이고 주현이 먹을 음식까지 척척 만들어 주었다.

눈에 거슬리는 말이나 행동도 하지 않았다. 매사에 조심스러우면서 무슨 일이든 성의를 다하는 모습이다. 말수가 적은 것도 마음에 들었다. 수다스러우면 일일이 대꾸해 줄 일이 걱정되기도 했다. 그런 효진을 보며 주현은 내심 소개해 준 선배가 고마웠다.

그녀의 친정 엄마 소 여사는 일주일에 두 번쯤 딸네 집에 온다.

소 여사는 변호사인 딸에 대한 자부심이 후안무치의 경지에

있는 사람이다.

소 여사는 천생이 법조계에 뿌리를 둔 가문의 딸이다. 아버지도, 남편도, 오빠도, 하나뿐인 외동딸 주현도 법조계에 몸담고 있다. 뼛속까지 귀족인 사람이다. 기품이 있으면서도 아름답고 지성미가 넘친다. 그런 그녀가 단 한 가지 일에 속절없이 속물이 되곤 한다.

"내가 사위도 법조계 집안 판사를 얻고 싶었는데 어디서 근본도 모르는 불쌍놈에 돈도 없고 생긴 것만 번지르르해 가지고 마음에 드는 구석이라곤 하나도 없어."

소 여사는 딸네 집에 들러 같이 지내면서 효진의 깔끔한 살림 솜씨와 육아에 들이는 정성, 눈에 거슬리지 않는 언행에 큰 점수를 주었다. 입의 혀처럼 굴면서 단 한 번도 응대에 소홀함이 없는 효진을 만만해하더니 가끔 사위의 험담을 털어놓았다. 그럴 때마다 효진은 귀 기울여 듣고 동조의 미소를 잠깐 보이다가 이내 평상심으로 돌아왔다. 누구에게도 내보일 수 없는 자신의 푸념을 들어주면서도 동요도, 동정도 없이 입을 꾹 다물어주고 있는 효진을 믿기 시작한 것이다. 소 여사는 점점 효진을 좋아했다. 자신에게 걸맞다 싶은 고급스러운 요리로 자신의 품격을 높여주고 앞에 있으면 여왕이 된 듯한 기분을 느끼게 해줘 어느 하나 나무랄 데가 없기 때문이다. 그런 데다 금쪽같은 자기 손녀를 자기 엄마보다 더 지극 정성으로 보살피는 것에 흡족해했다. 사위에 대한 불만은 있어도 손녀딸 서윤이는 세상에 다시없는 손녀이다. 서윤이를 볼 때마다 한두 번씩 꼭 하는 소리가 있다.

"어쩜 이렇게 유 변호사 아기 때와 똑같을까?"

"보고 있으면 모성 본능이 막 살아나는 것 같아."

"우리 유 변호사 키우던 시절로 돌아가는 것 같아 회춘하는 기분이야."

"젖몸살하느라 우유만 먹인 게 한이 되는데 유 변호사는 모유를 주니 얼마나 다행인지……."

주현이 출근하면서부터 바로 큰 사건을 맡아 일찍 들어오는 날이 없었다.

자연히 효진의 퇴근은 늘 늦어졌지만 한 번도 불만이나 불평을 말하지 않았다.

주현이 많이 늦는 날엔 서윤을 데리고 자기도 했다. 누가 서윤이 엄마인지 분간이 가지 않을 정도였다. 소 여사가 딸네 와서 서윤이를 안으려고 하면 손부터 씻고 오라고 일침을 놓았다. 어리둥절해하면서도 손녀를 위하는 일이라 흔쾌히 따랐다.

어느 날 저녁 무렵, 퇴근 준비를 하자 소 여사가 강력하게 권했다.

"출퇴근하지 말고 아예 입주로 바꾸는 건 어때, 효진 씨? 사위가 외국 나가 있으니 안 될 것도 없잖아. 넉 달에 한 번 들어오면 보름 정도 있다 가니까 보름 동안만 출퇴근하고 나머지는 그냥 같이 지내요. 간단한 짐 싸가지고 들어와. 나도 맘이 놓이고, 우리 유 변호사도 일 편하게 하고, 서윤이도 좋고. 급료는 내가 더 주라고 할게. 아니, 당연히 더 줘야지."

잠시 많은 생각으로 머릿속이 시끄럽다. 대책 없이 망설여졌다.

"왜? 싫어? 안 돼?"

"아니, 그런 건 아니지만……."

"뭐 문제 있어요?"

"저도 그렇게 하면 편하지요. 대신 사모님이 저 볼일 있을 때 서운일 봐줄 수 있으세요?"

효진의 볼일은 한 달에 한 번 조용한 산사를 찾는 일이다.

풍경 소리가 잔잔히 산속을 배회하는 산사의 법당 구석에 앉아 못다 피우고 죽은 아기의 천도를 위해 기도했다. 자신의 의지와 관계없이 저질러진 일이지만 오랜 시간 가슴앓이를 해야 했다. 보증금도 없는 원룸에 몸을 누이고 두문분출의 시간을 보냈다. 그러던 어느 날 지독한 두통 때문에 약을 사러 나가다가 옆방의 중년 여인과 마주치게 되었다.

"이 방에 사람이 살긴 했네."

눈을 묘하게 뜨고 효진을 쳐다보았다.

"아이고, 이러고 있을 때가 아닌데. 아기 원혼이 매일 울고 있어."

효진은 놀라 그녀를 경계하면서도 귀를 세우고 서 있었다.

"아기가 옷 한 벌도 못 얻어 입고 비닐봉지에 담겨 자갈밭에 버려졌다고 울고 있어."

"뭐라고요?"

옆방의 중년 여인은 신이 내려 신점을 보는 여자였다.

그 소리에 효진은 온몸에 소름이 돋았다.

비닐봉지에 담겨 내 아기가 울고 있다고.

그 뒤로 그녀는 매달 산사를 찾아 기도를 드리고 있었다.

"그럴 수 있지. 유 변호사 쉬는 날은 쉬게 해줄 테고, 이번 소송이 중요한 건이라 우리 유 변호사도 신경 덜 쓰게 하고 싶네."

"변호사님이 그렇게 하라고 하실까요?"

"말이라고? 밤에 푹 자야 바깥일 잘 볼 수 있다면서, 나더러 서윤이 데리고 잘 수 없냐고 한걸."

사실 효진은 퇴근 시간이 늦어지는 날이 늘면서 차라리 입주해 아이를 보면 좋겠다는 생각을 했다. 매사에 열과 성을 다하다 보니 체력이 부족함을 느꼈다.

효진의 호칭이 달라졌다. 주현은 효진이 세 살 많다고 언니라고 부르고, 소 여사는 효진 씨에서 이모야로 바뀌었다. 세 여자는 뜻밖에도 의기투합이 잘되었고, 주현이 쉬는 날은 같이 어울려 맛있는 것도 해 먹고 헤어 숍에 가서 같이 머리도 했다. 주변에서 그녀들을 모녀 사이로 보았다. 가끔 맥주를 마시면서 조금씩 자신들의 속내를 내보이기도 했다.

"나 정말 궁금해서 물어보는 건데, 그 나이에 결혼도 안 하고 좋은 학벌로 육아 도우미를 하는 이유가 뭐야?"

소 여사는 늘 효진에 대해 궁금했지만 그동안 묻지 않던 말을 조심스럽게 꺼냈다.

"결혼할 뻔했지요."

"결혼이 깨졌어요?"

"나보다 더 좋은 조건의 여자를 만나야겠다며 자기 인생에서 사라져 달라고……."

"뭐 그런 나쁜……. 요즘 세상이 어떤 세상인데, 19세기 신파람."

"나쁜 남자를 만났군요. 몰염치한 사람이었나 보네요. 그런 인간은 도덕적인 잣대만으로 죄를 묻지 말고 사회적으로도 철저하게 매장으로 응징할 수 있는 세상이 돼야 하는데."

"그래서 순순히 헤어졌단 말이야?"

"언니가 외곬에 지고지순이었겠지. 같이 지내다 보니 참 순수하고 무슨 일이든 최선을 다하는 사람이란 걸 알겠던데."

"그래, 맞아. 이모는 착해서 버림받은 거야."

어른들은, 특히 엄마는 착하게 살면 끝이 좋을 거란 말을 자주 했다.

뭐 한다고, 뭐가 생긴다고 늘 착하게 살라고 했는지, 남에게 작은 불편이라도 주면 안 되는 줄 알고 살았다. 아낌없이 주는 것만이 진정한 사랑이라고 생각했다. 궁색한 집안 사정으로 동생들에게 대학 입학의 순서를 양보하고 학비를 보탰다. 맏이로서 그래야 하는 줄 알았다. 가장도 아니었지만 어머니가 허드렛일을 해서 근근이 먹고살았기에 숙명처럼 받아들이고 살았다. 생계를 도맡아 책임지지는 않았지만 직장과 아르바이트를 해서 번 돈으로 동생들의 학비를 대야 했다.

막내가 대학을 졸업한 뒤 늦깎이로 대학에 들어가 동아리에서 복학생인 그를 만나서도 그 숙명은 계속되었다.

그는 강원도 깡촌 출신이었다.

변변한 밭뙈기도 없이 입에 풀칠이나 하고 살면 그보다 더 큰 행복이 없는 부모님 밑에서 자랐다. 가난을 물리치고 출세하려면 이를 물고 공부만 해야 했다. 그게 살길이었다. 그렇게 산 그를 만나 물색없는 측은지심이 발동해 학비도 용돈도 다 퍼주며 만났다. 운이 좋은 건지 조금만 열심히 해도 장학금을 놓치지 않던 효진은 자신의 등록금은 장학금으로 충당하고 그의 등록금은 아르바이트를 해서 대주었다. 삼 개 국어를 능통하게 할 수 있는 능력 덕에 번역 일만 해도 그를 돕는 게 어렵지 않았다. 그에게 몸도 마음도 다 주며 3년을 만났다. 그가 졸업하고 직장을 잡았을 때는 곧 결혼할 수 있다고 큰 희망에 부풀어 지냈다.

생활비 조금 내놓고 모든 것을 남자에게 쓰고 있는 그녀를 식구들이 돌아가며 원망하고, 힐책하고, 나무라고, 꾸짖었다.

"내가 벌어 공부시켰으면 나도 할 도리 다 했어. 이제 나도 내 인생 살아야지, 언제까지 뒷바라지나 하라고 볼 때마다 내 목을 조여?"

눈엣가시로 여겨 괴롭히는 가족들과 등을 지고 독립했다. 아니, 독립을 했다기보다 그가 살고 있는 원룸으로 들어갔다. 결혼할 거란 찰떡같은 믿음으로 망설임 없는 선택을 했다. 한동안 둘은 충동적으로 일어나는 욕심을 절제하지 못하고 오랜 세월 옭아맨 금욕의 빗장을 풀어 거침없이 생활했다. 먹고 싶은 것, 입고 싶은 것, 하고 싶은 것들을 원 없이 하면서 지냈다. 광란의 파티에 서서히 흥미를 잃어갈 즈음 그는 제정신으로 돌아온 사람처럼 변해갔다. 말수가 적어지고 퇴근이 항시 늦었다. 뭔가 서늘한 기운이 느껴지고 어떤 땐 그 차가움에 화들짝 놀라곤 했다. 대화가 끊기고 얼굴을 마주 보는 일조차 뜸해질 무렵, 효진의 임신이 확인되던 날 그는 감추고 있던 얼음 칼을 꺼냈다.

"나, 너랑 결혼 못 해. 아니, 안 해."

차디차고 날카로운 칼끝이 효진의 몸을 찔렀다. 효진은 아무 말도 하지 못하고 가느다란 신음마저 삼켜야 했다. 효진의 몸에서 철철 피가 흐르는데도 그는 아랑곳하지 않았다.

"나 이렇게 시시하게 살 수 없어. 너 같은 여자하고 얽혀서 내 인생을 이렇게 끝낼 수는 없어."

피 같은 눈물이 낭자하건만 그는 더욱 매몰차게 칼을 휘둘렀다.

"아기는 없애. 아기로 내 발목 잡을 생각 마."

"우우우우······."

목울대가 더 이상 참지 못하고 소리를 토했다. 그는 비수를 꽂은 채 뒤도 돌아보지 않고 나갔다. 효진은 오랫동안 소리 죽여 울었다. 그렇게 나간 그는 돌아오지 않았다. 다시 보고 싶지 않다며 질척거리지 말고 자신의 인생에서 사라져 줄 것을 애걸했다. 효진은 자신이 그의 원룸에 있는 한은 그가 돌아오지 않는다는 것을 알았다. 그의 거처에 자신이 얹혀살았으니 그 집에서 나오는 게 맞다 싶었다. 짐을 정리해 그의 원룸에서 나오면서 전화를 했다.

"사라져 줄게요. 아기는 지울 수 없으니 내가 키우겠어요."

"누구 인생 망치려고 작정했냐? 내가 눈 시퍼렇게 뜨고 있는 한은 절대 용납할 수 없어."

당장 만나자는 말에 가방을 끌고 나간 공원 벤치에서 그가 내민 음료수를 마시고 정신을 잃었다. 깨어나 보니 친구가 하는 산부인과에서 중절 수술을 시키고 얼마간의 돈이 든 봉투를 두고 그는 가버렸다.

효진은 지우고 싶은 어리석은 상흔을 끄집어내 복수를 위한 전의를 가다듬었다.

주현은 그녀의 복수에 자신의 도움이 필요하다면 일조하겠다고 약속했다.

세 여자는 가족처럼 지내면서 조금씩 편해졌다. 하지만 효진은 넘을 수 없는 장벽의 존재를 잊지 않고 말이나 행동, 생활에 있어 한도를 지키는 기준은 변하지 않았다. 그녀의 그런 태도를 오히려 주현과 소 여사는 자기 주제를 잘 아는 지혜로운 여자라며 좋아했다.

효진은 서윤이 돌보는 일에 게으름을 피우지 않았다. 아기의 모습을 보고 싶어 하는 아빠에게 보낼 동영상도 매일 찍어주었다. 아기는 옹알이가 많아지면서 눈도 맞추고 자주 웃어주었다. 먹이고, 재우고, 씻기고, 기저귀를 갈아주면서 대리만족을 하는 듯했다. 자신의 아기가 살아 있다면 손잡고 아장아장 공원을 산책하거나 놀이동산에도 놀러 갔을 것이다. 효진은 시간이 나면 서윤을 유모차에 태우고 아파트 안을 산책했다.

숲을 이룬 작은 동산을 뒤로하고 지어진 아파트는 대단위 단지는 아니었다.

공기도 좋고 조용하며 아늑했다. 북쪽인 뒤엔 작은 동산이 있고, 동쪽과 서쪽엔 후문, 남쪽엔 정문이 있는 다섯 동의 작은 아파트 단지였다. 동네와 조금 떨어져 있어 아랫동네 사람들도 일부러 올라오지는 않았다. 입주민만이 오고 가기 때문에 왕래하는 사람이 제한되어 있었다. 아파트까지 마을버스가 다니게 된 것도 얼마 되지 않은 한적한 곳이다.

입주민들은 어느 정도 수준을 갖춘 부류이다. 돈 있고 지성 있네 하는 사람들의 형태를 보면 그들이 대략 어떤 부류의 인간들인지 감이 온다.

"아기가 예뻐요."

유치원복을 입은 아이의 손을 잡고 지나가던 여자가 서윤을 보며 말했다.

"고맙습니다."

마치 자신의 아이에 대한 칭찬인 양 즐겁다.

서윤이가 자신의 아이인 것처럼 행동했다.

예쁜 서윤이를 자랑하듯 유모차 나들이가 잦아졌다.

"B동 후문 쪽으로는 가지 말어."

"왜요?"

"내리막길이라 유모차 끌고 나가기엔 위험해."

"아랫동네로 가는 지름길이긴 한데."

"마을버스가 지나다니고 나서부터 더 위험해졌어."

"알겠어요."

유모차 나들이가 잦아지자 소 여사가 다짐을 해두었다.

"B동 후문은 사실 경비초소도 두지 않았고 입주민의 편의상 울타리를 걷은 곳이야."

변칙적으로 학생들이나 아랫동네 쪽으로 급히 가야 하는 사람들만 오가는 곳이라 사람의 왕래가 많은 곳이 아니다. 출퇴근, 등하교 시간 외에는 사람의 발길이 뜸한 곳이었다.

효진은 B동 후문 쪽으로 몇 번 가보았다.

주현은 맡은 사건이 마무리 단계가 되어 재판을 기다리고 있었다. 사무실에서도 주현의 능력에 고무된 분위기였다. 90% 승산이 있다며 재판 준비에 바쁜 나날을 보내는 중 좋지 않은 소식이 왔다. 매일 오던 전화가 안 온다며 걱정하던 차라 주현은 노심초사할 수밖에 없었다. 재판에 영향을 줄까 봐 로펌 대표도 전전긍긍했다.

주현의 남편이 가 있는 곳은 이라크 남부 바스라주 항구도시 알파우 사업장이다. 이라크 정부가 대대적인 IS 소탕전에 나서면서 이라크 전 지역으로 교전이 확대되고 있어 치안 문제로 현지 사업을 포기하는 한국 건설사들이 늘고 있는 상황이었다. 회사에서는 이라크 항만청으로부터 7억 2,000만 달러에 공사를 수주해 방파제를 짓고 있었다. 이라크 정부군과 IS와의 내전으로 이라크 치안 상황이 악화되면서 치안이 허술한 틈을 타 공사 현장에서 폭력 사태가 자주 발생하고 있었다. 현지에 있는 직원들이 수난을 겪고 있는 것을 가족들은 자세히 알 수 없었다. 매일 주고받는 전화나 문자를 통해 현지의 안위를 짐작할 뿐이다. 소식을 듣고 득달같이 소 여사가 달려왔다.

"전화가 안 돼? 라인도 안 돼?"

"네. 며칠 전부터 전원이 꺼져 있어요."

"회사에서는 뭐라고 해?"

"현지 상황을 파악 중이라고만……."

"걱정 말어. 별일이야 있겠어? 천것이라 명은 길 거야."

소 여사는 아차 싶어 입을 굳게 다물었다. 주현은 짧게 탄식하며 방으로 들어갔다.

"아휴, 모레가 재판인데 심란해서 잘하려나 모르겠네."

회사에서 연락이 왔다. 현지 주민들이 자신들도 일하게 해달라고 시위를 벌이며 직원들을 감금한 상태라는 것이다. 회사 측에서 협상팀을 꾸려 보낸다고 했다. 현재 인명 피해는 없으나 기물 파손 등 재산 피해가 있으며, 직원 전원이 무사한 것으로 전해졌다. 내전으로 인한 것이 아니라 한시름 놓았다. 회사의 협상 결과를 기다리며 주현은 재판에 임했다.

날씨가 비라도 내릴 듯 하늘이 낮게 내려앉았다. 유모차 나들이를 하기엔 적절하지 않았다. 효진은 유모차를 끌고 B동 후문 쪽으로 갔다. 아이들의 하교 시간이 되지 않아서인지 지나다니는 사람조차 없다. 내리막길에 유모차를 세우고 한참을 서 있던 효진은 핸드폰 벨소리에 주머니에서 전화기를 꺼내다가 놓쳐 땅에 떨어뜨렸다. 소 여사에게서 온 전화였다. 서둘러 몸을 굽혀 전화기를 주우려고 급히 유모차의 방향을 돌리다가 발을 접질려 넘어졌다. 넘어지면서 유모차 손잡이를 놓고 말았다. 유모차도 효진도 내리막길 아래로 내려갔다. 때마침 지나던 마을버스에 유모차와 효진이 부딪치면서 튕겨 나갔다. 버스를 세우고 운전기사와 승객 몇 명이 내렸다. 운전기사는 머리를 감싸고 주저앉았다. 승객 중 한 사람이 119로 전화를 했다. 순식간에 아수라장이 되었다. 유모차 안의 서윤이는 잠시 우는 소리가 들리더니 잠잠해졌다. 효진도 튕겨 나가떨어지면서 정신을 잃고 쓰러졌다. 언덕 위에서는 전화벨이 계속해서 울렸다. 승객 중 한 사람이 뛰어가 전화기를 받았다.

–아니, 전화 주인은 어디 가고, 전화 받는 사람은 누구세요?

"지금 여기 사고가 났는데 아무래도 이 전화 주인인 것 같아요."

–사고요? 거기 어디예요?

"여기 아파트 B동 후문입니다."

–유모차 끌고 있던 여자가 사고 난 건가요?

"네, 지금 119에 전화했습니다."

주현의 아파트에 들른 소 여사는 효진과 서윤이 없어 전화를 한 것이다.

수없는 상상을 하면서 허겁지겁 뛰어 B동 후문으로 갔다.

어떻게 난 사고란 말인가. 누가 얼마나 다쳤단 말인가. 위험하다고 가지 말라고 했는데 이게 무슨 일이란 말인가. 제발 서윤이는 무사해야 할 텐데.

자세히 물어보지도 못한 채 한달음에 달려갔다.

119 응급차가 와서 효진과 서윤을 싣고 있다.

"우리 서윤이, 우리 서윤이, 우리 아기 많이 다쳤나요?"

응급 요원들에게 매달리며 서윤이의 상태를 보러 가다가 제지당했다.

"가족이세요? 가까운 큰 병원으로 갈 테니 따라오세요."

소 여사를 황망히 밀쳐내고 응급차가 떠났다.

택시를 간신히 잡아타고 응급실에 들어서자 금방 본 응급 요원이 의사와 이야기를 하고 있다. 소 여사가 다가가자 어정쩡한 모습으로 외면한다.

"우리 아기 어디 있어요?"

"심폐소생술도 해보고 최선을 다했지만 병원 도착 직전에 그만……."

"안 돼! 안 돼요! 살려내요! 살려주세요!"

재판을 끝내고 나오던 주현은 소 여사의 전화를 받고 병원으로 향했다.

재판으로 긴장한 탓인지 머리가 깨질 것같이 아팠다.

"서윤이가… 서윤이가… 빨리 와."

말끝을 흐리고 울먹이는 소 여사의 목소리가 깨질 것 같은 머릿속을 강하게 조여왔다.

"아니야. 아무 일도 아닐 거야. 이건 꿈이야. 악몽이야."

꿈이기를 간절히 갈망하며 병원에 도착했다.

정문 앞에서 소 여사가 기다리고 있다.

"어떡하니, 주현아? 서윤이 아까워서… 불쌍해서……."

두 다리가 후들거리고, 온몸의 기운이 전부 빠져나가는 것 같다. 끝내 꿈이 아니고 현실이라는 게 실감됐다. 벽에 기대어 잠시 숨을 골랐다. 온몸이 부들부들 떨려왔다. 한 걸음도 옮기기 힘들 정도로 기운이 없다. 입안이 바짝 말라 혀가 움직이지 않았다. 말이 제대로 나오지 않는다. 소 여사의 모습도 금방 쓰러질 듯 초췌했다.

"도대체 어떻게 된 거예요?"

"네 아버지가 지금 경찰과 이야기 중이신데, 땅에 떨어진 핸드폰을 주우려다 언덕에서 굴렀는데 마침 지나가는 마을버스와 부딪쳤나 봐."

"그쪽은 유모차 끌고 가지 말라고 몇 번이나 주의를 줬는데."

설상가상, 엎친 데 덮친 격으로 남편은 연락 두절이라 무사히 있는지도 모르는 상태이다.

아기는 이미 명을 다했다. 주현은 소 여사의 부축을 받으며 걸음을 옮겼다. 가슴이 미어지고 쉽게 받아들여지지 않는 일이지만 지척거리고 있을 수만은 없었다. 가족같이 지냈고 서윤이에게 최선을 다한 육아 도우미에게 죄를 물을 수는 없다며 그냥 조용히 덮고 넘어가자는 가족들의 중론을 따르기로 했다. 서윤이의 일을 시어른들에게 알리면 남편이 연락되지 않는 상황을 말씀드려야 해서 추후 아들이 직접 알려드리는 것으로 결정했다.

효진이 의식을 회복한 것은 서윤이의 장례가 끝나고 사고 처리도 마무리된 뒤였다.

효진의 다친 정도는 심각하지는 않아도 중상이었다. 갈비뼈 두 개가 금이 갔고, 발은 인대가 끊어졌다. 온몸은 타박상으로 군데군데 멍이 들었다. 머리를 감싼 두 팔도 금이 가고 출혈과 부종이 심했다. 버스에 부딪쳐 튕겨 나갈 때 다행스럽게도 머리를 감싸 큰 충격은 피했지만 뇌출혈로 인해 고인 피를 제거하는 수술을 하고 여러 바늘 꿰맸다. 자칫 목숨을 잃을 수도 있었다.

"아기는요? 서윤이는요?"

의식이 돌아온 뒤 제일 먼저 서윤이의 안부를 물었다. 간호사는 말없이 고개를 저었다. 효진은 눈을 질끈 감았다. 그리고 가늘고 긴 숨을 내쉬었다.

"수가 사나워서 나쁜 일이 일어난 거예요. 너무 자책하지 마세요. 회복에 도움이 안 돼요. 환자분도 이만하신 게 다행이다 생각하세요."

나이가 좀 있어 보이는 간호사가 효진의 손을 잡고 위로했다.

효진은 눈물을 흘리면서 괴로워했다.

회사의 협상팀이 현지에 가서 폭동을 일으키고 직원들을 감금한 주민들과 원만한 타협을 보았다. 핸드폰을 돌려받아 모두들 가족들에게 전화를 했다.

창석도 서윤이의 동영상을 며칠 보지 못한 것이 가장 고통스러웠다.

"걱정 많이 했지? 이제 괜찮아. 다 해결됐어."

－어디 다친 곳은 없어요?

"응, 자기들 주장 받아달라는 거지, 우릴 해치려고 그런 게 아니라 감금만 한 거였어."

－다행이에요.

"별일 없지? 서윤이 잘 있지? 동영상을 하나도 안 보냈네. 근데 말이야, 나 생전 꿈이란 걸 꾼 적이 없는데 며칠 전에 서윤이 꿈을 꿨어."

－무슨 꿈인데요?

"서윤이가 내가 안으려니까 버둥거리면서 날 밀쳐내는 거야. 꿈인데도 얼마나 서운하던지."

주연은 순간 가슴이 미어졌다. 울컥하여 말을 잇지 못했다.

눈자위가 뜨거워지면서 눈물이 솟구쳤다.

"아니, 우는 거야? 무슨 일 있어?"

서윤이의 방긋방긋 웃던 모습이 눈에 선한데 이제는 다시 볼 수 없다는 것에 가슴이 아팠다.

통통한 볼살도, 고물고물 작은 손가락도 다시는 만져볼 수 없다는 것에 억장이 무너진다.

주현은 자신의 아픔과 고통, 허무함에 함께해 주기를 바라며 서윤이의 사고 소식을 전했다. 전화기를 통해 전해지는 남편의 좌절과 분노, 낙담을 위로할 길이 없다. 창석은 과실치사로 벌을 받게 했어야 하지 않느냐며 조용히 일을 덮은 장인을 원망했다. 정계 진출을 앞두고 있어 피치 못한 결정이었을 거란 것에 더 화를 냈다. 주현은 당장에라도 귀국하겠다는 창석을 겨우 말렸다. 곧 휴가로 올 수 있으니 그리하지 말라 간곡히 만류했다. 기존의 정기 휴가가 다음 달로 내정되어 있었다.

효진은 주현의 만류와 병원 측의 좀 더 치료가 필요하다는 말도 듣지 않은 채 퇴원했다. 속죄하는 마음으로 서윤이의 왕생극락을 기원하며 조용히 지내겠다고 짐도 꾸려 주현의 집을 나왔다.

풍경 소리가 산을 휘돌아 효진이 누워 있는 작은 뒷방을 찾아왔다가 기척이 없어 돌아가곤 한다. 육신의 아픔보다 더 겹겹이, 켜켜이 쌓인 마음의 고통이 매일 밤 뒤척여도 효진을 떠나지 않았다. 그동안 들인 공으로 면죄부를 받았다지만 마음이 편치 않으니 살아 있는 것이 지옥이었다. 주현의 집을 나와 산사의 작은 뒷방에 심신의 고달픔을 내려놓고 매일매일 허기진 마음으로 지냈다. 속세의 모든 연결고리를 끊어낸 숨죽인 죄인의 시간이었다.

상처를 부둥켜안고 오랫동안 안절부절못한 효진은 불현듯 미련을 털고 일어났다. 속죄에 필요한 얼마간의 시간이 이제 지났음을 상기했다. 온몸의 여기저기 쑤시고 결리던 것은 많이 가셨다. 문을 열고 툇마루에 나와 앉는다. 산속의 싱그러운 공기가 자신을 불러내 다독여 위로해 주는 듯하다. 세상이 어떻게 돌아가고 있는지, 얼마만큼의 시간이 지났는지 헤아림에 현기증이 난다. 산속의 나무들이 한층 더 짙푸르러졌다. 동자승을 나무라던 주지스님의 꾸짖는 횟수가 줄어들었다. 그 정도의 시간이 지났음이다. 단절된 그동안의 시간을 되돌리려 핸드폰을 켜고 충전시켰다. 철저하게 버림받은 삶이 글자로 효진의 가슴에 점점이 와 박힌다. 엄마의 전화 한 통. 세상에 유린당한 흔적이 아프다.

핸드폰을 접고 법당 쪽을 바라봤다. 분주하고 부산한 모습이 눈에 들어온다.

천천히 내려가니 스님이 반가이 맞아주었다.

"이렇게 움직여도 되겠어요?"

"네. 그런데 오늘 무슨 날인가요?"

"소 여사 사위가 출국 전에 따님 기도를 하기 위해 온다는군요. 아버지도 따님을 보내드려야지요."

"스님, 우리 아기도 오늘 기도하게 해주세요."

"그러실래요? 그럼 그렇게 하시지요."

효진의 느슨하게 늘어진 세포들이 생기 있게 되살아난다.

부스스하고 추레한 자신의 모습과는 이율배반적이다.

절 옆에 있는 주차장에 차가 들어서고 창석과 주현이 내리는 모습이 보인다.

주현은 가지고 온 보따리를 공양간으로 들고 들어갔다.

창석은 법당 쪽으로 오다가 그 앞에 서 있는 효진을 보고 놀라 멈칫했다.

자신의 눈을 의심하듯 다시 쳐다보다가 조심스럽게 효진에게 다가섰다.

창석의 얼굴이 하얗게 변하고 괴물처럼 우그러졌다.

"우리 아기도 서윤이 옆에 있어요. 우리 아기도 좋은 곳으로 가라고 기도해 주세요."

"뭐, 뭐라고? 혹시 서윤이 육아 도우미? 그럼……?"

효진의 입가에 차가운 미소가 번졌다.

타인의 눈

양수련

'계간 미스터리'에 바리스타 탐정 환을 주인공으로 한 「14시 30분의 도둑」을 발표하면서
미스터리 소설을 쓰기 시작했다. 「현관 앞 방문객」, 「유령작가」, 「뱅여」, 「G빌라」,
「그는 왜 나를 궁지로 몰았을까」 외 다수가 있으며, 「그리고 예외는 없다」, 「호텔마마」가
KBS 라디오독서실 드라마로 방송되기도 했다.
어른 동화 『용화에서 숨바꼭질하다』, 대중예술입문서인 『시나리오 초보작법』,
『시나리오 Oh! 시나리오』 외 다수.
모바일영화시나리오공모 대상, 제6회 대한민국영상대전 우수상을 받았다.

호돈의 지팡이가 내 허리를 쿡쿡 찌른다. 잠이 든 사이 눈을 도둑맞았다는 남자의 얘기를 진짜인 양 늘어놓은 다음이다. 딴에는 흥미진진한 얘기라고 들려준 것이겠지만 나는 귀담아듣지 못했다. 그런 어처구니없는 얘기가 어디 있냐고 호응해 주지 못했다.

나는 다른 것에 정신을 팔고 있었다. 도로 하나를 사이에 두고 내가 사는 오피스텔과 마주해 있는 아파트. 네모난 창이 덕지덕지 붙어 있는 아파트의 베란다 어느 창가에 내 시선은 꽂혀 있었다.

식겁해하는 내 반응을 은근 기대했겠지만 나는 놀라기는커녕 단말마의 신음 소리조차 내지 않았다. 분기 어린 그의 지팡이가 내 허벅지를 거칠게 공격한 건 그래서였다. 뭘 하느라 대꾸가 없는 거냐고. 말로 해도 될 일이다.

호돈은 자신이 살고 있는 곳의 공간 구조와 물건의 위치를 전부 외운다. 내가 있는 위치를 확인하는 것만으로도 내가 무엇을 하는지, 무슨 생각을 하는지 짐작한다. 열두 평쯤 되는 그의 공간에서 그 모르게 내가 할 수 있는 딴짓이란 뻔했다.

그의 앨범이나 책 같은 사사로운 것들을 허락 없이 들춰보는 정도. 아니라면 도로 건너편에 있는 아파트 베란다 창가를 멍하니 쳐다보는 것. 내가 말해주지 않음에도 호돈은 알고 있다. 다른 건 몰라도 남의 집을 훔쳐보는 짓 같은 건 하지 말라고 훈계한다. 그런 일만은 하지 않는다고 나는 적반하장이다.

호돈의 수다가 길어지자면 내 시선은 길 건너 베란다로 도망친다. 그곳에 숨어 멍 때리고 있다가 그의 지팡이가 내 몸에 닿으면 화들짝 놀라고 만다. 그가 기대한 식겁한 내 행동은 그때서다. 그가 휘두르는 지팡이에 익숙해질 만도 한데 좀처럼 그렇게 되지 않는다.

호돈의 화도, 그의 지팡이에 방심하는 나도 이유는 하나다. 건너편 아파트 베란다. 어쨌거나 그의 지팡이 공격에 나는 심장이 쿵 하고 발작 아닌 발작을 일으킨다.

"내가 남들보다 좀 긴 팔을 가졌어. 닿지 않을 거란 방심은 하지 말라고."

호돈은 능청을 떨었다. 그의 눈을 대신하는 접이식 지팡이가 그의 손에 항상 들려 있다는 것을 간과했다.

"내 몸이 외부 자극에 유난히 예민해서 그런 겁니다. 딴짓하고 있던 건 아니라고요."

소스라친 비명을 내지르고 나서 하는 내 변명은 구차하다. 속내를 들킨 것만 같은 창피함에 부인하고 본다.

"예민해서라고? 내가 하는 얘기에 전혀 집중하지 않았잖아."

날카로운 호돈의 언성이 내게 달려든다.

"무슨 말을 했는지 다 알거든요."

사과할 마음 따위 없다. 호돈에게 시각 장애가 있다는 것을 알면서도 나는 종종 그 사실을 잊는다. 그는 나보다 더 많은 것을 보았고, 경험했으며, 훨씬 더 많은 것을 기억에 담고 있다. 그래서다. 그가 앞을 보지 못하는 사람이라는 것을 번번이 까먹는 이유 말이다.

호돈과 내가 서로의 집을 오가며 지낸 지 벌써 일 년이 가까워 온다. 이사할 집을 구하기 위해 내가 찾은 동네에 그가 살고 있었다. 당시는 물론 내가 살게 될 오피스텔 옆집에 그가 살고 있다는 것을 몰랐다.

이사한 첫날, 기쁨에 젖어 동네 골목길을 구석구석 돌아다녔다.

"오피스텔의 모퉁이를 돌면 초록색 간판의 편의점이 나올 거야. 오십 보 정도를 더 가면 빨간색 휘장이 드리워진 중국집이 있을 테고. 그곳에선 초록색 자장면을 팔지. 배달은 죽어도 안 하는 곳. 배달도 해주면 좋으련만."

내 발길이 닿자면 처음 본 골목임에도 나 혼자 추측한 편의점도, 중국집도 그곳에 오롯이 들어앉아 있었다. 신들린 듯한 자신을 나는 또 시험했다.

"중국집 맞은편으로 안경을 쓴 제빵사가 운영하는 빵집이 있고… 모녀가 운영하는 야채 가게가 있고, 그 모퉁이를 돌면 원통의 미끄럼틀 출구를 가진 어린이집이 있고……."

근거도 없는 내 추측이 내가 있는 그곳에 그대로 펼쳐졌다.

도달하게 될 곳에 대한 정보를 미리 읽어내는 초능력 같은 것이 내게 생긴 건 아닐까? 과거의 어느 시간 내가 이곳에 있었던 것은 또 아닐까? 나의 기시감은 경이롭고 색다른 경험이었다. 나의 눈과 뇌 그 어느 쪽이 기억하는 것이든 상관없다. 그들 모두 내 기억의 일부라는 것은 틀림없는 사실이니까.

가끔은, 아주 가끔은 내 발길이 처음 와 닿은 곳임에도 익숙한 곳이 있게 마련이다. 오래전 내가 살던 곳에 온 것처럼 그리움이 넘실대는 그런 곳. 새로 이사한 호돈의 동네가 내게는 딱 그랬다.

내 전생의 기억이 기시감으로 나타난 것이다. 그는 호들갑떨지 말라고 했지만 말이다. 전생의 나는 적어도 장님은 아니었던 모양이다. 생전 처음인 동네가 이리도 익숙하다니. 거창하게 전생의 기억을 들먹이지 않더라도 이사한 동네는 내가 상상한 그 이상으로 정겨웠다.

나와 인연이 있는 동네. 혼자만의 착각과 기쁨에 빠져 눈을 휘두르며 걷는 그때였다. 누군가와 심하게 부딪쳤다. 죄송하다는 말과 함께 부딪친 상대를 본 순간, 나는 말문이 턱 막혔다.

낯선 남자가 길바닥에 맥없이 나동그라져 있다. 주인을 잃은 선글라스와 지팡이가 길바닥에 널브러져 있다. 지팡이를 찾기 위해 허둥대는 그의 불안과 공포를 나 또한 느꼈다. 그의 선글라스와 지팡이를 대신 챙겼다. 길바닥을 더듬는 그에게 다가가 조용히 팔을 내밀었다.

내 팔을 잡으려던 그는 내가 들고 있는 자신의 지팡이가 손에 잡히자 화를 냈다. 내게 지팡이를 마구 휘둘러 댔다. 선글라스 쓰라고 붙어 있는 눈인 줄 아냐. 안과 갈 때만 달고 다니라고 있는 줄 아냐. 내게 온갖 독설을 기관총처럼 쏘아댔다.

그가 지금의 호돈이다. 당시의 그는 그야말로 건드리기만 해도 터져 버릴 것 같은 시한폭탄이었다. 사람들은 힐끔 볼 뿐 우리를 그냥 지나갔다. 그를 돕겠다고 나서는 행인은 없었다. 난봉꾼처럼 구는 그의 행동에 눈살을 찌푸리거나 에둘러 갔다.

그는 성질을 있는 대로 길바닥에 부려놓았다. 한참을 그러고는 망연자실한 사람처럼 골목에 털썩 주저앉아 버렸다. 안타까운 사람은 나뿐인가. 집까지 안전하게 안내하겠다고 용기를 냈다. 하지만 그는 온몸이 마비된 것처럼 꼼짝하지 않았다. 절망의 늪이 그의 엉덩이를 잡아당기고 있었는지도 모를 일이다.

앞을 보지 못한다는 것, 그것은 방향이 조금만 틀어져도 목적한 길에서는 한참 벗어났다. 극한의 두려움은 거기에 있었다. 한 걸음만 떼어도 가던 길과는 전혀 다른 길로 간다는 것. 집을 나서는 순간, 전쟁터를 누비는 일이다. 총알이 빗발치고 사상자와 시체가 나뒹구는 전쟁터. 목숨을 잃는 것은 잠시잠깐이다.

집에서라고 안전할 순 없다. 앞을 볼 수 없다는 것은 집에서도 집 밖에서도 전쟁이다. 정신을 아무리 바짝 차려도 길을 잃는 건 한순간이기에. 잠자리에 누워서도 다리의 긴장감은 사라지지 않는다. 마음을 다지는 일은 수시. 수시로 마음이 무너져 내리니. 그의 두려움을 내가 공감하지 못하면 또 누가 한단 말인가. 그를 집까지 데려다주었다. 나와 같은 오피스텔. 그것도 옆집. 그 사실만은 말하지 않았다.

그날 이후, 그와 마주하게 되는 일은 없었다. 복도를 지날 때마다, 그의 현관문을 지날 때마다 집에 홀로 침잠해 있을 그의 어둑한 그림자가 뇌리를 스쳐 갔다. 그의 집 호수가 붙어 있는 문을 보고 있자면 어둠이 나를 덮쳤다. 도망쳐야 했다.

버스로 세 정거장쯤에 있는 안과를 찾았다. 내 눈이 자꾸 침침해지는 것 같다고 털어놓았다. 의사는 눈에 피로가 와서 그런 것이라며 눈을 쉬어주라고 조언한다. 수시로 눈을 감고 나는 생각에 잠겼다. 옆집의 그처럼 어둠 안에 들어앉았다. 안과 의사의 말처럼 눈은 편안해졌다. 이물감이 사라지고 마음도 평온해지는 듯했다.

복도를 긁는 호돈의 지팡이 소리도 평온하게 들렸다. 그는 지팡이로 복도 바닥을 톡톡 치거나 미끄러뜨리며 다닌다. 그가 지나가는 모습을 발견할 때면 나는 조용히 서서 그가 그의 집으로 안전하게 들어가는 것을 확인하고서야 돌아선다.

호돈의 눈은 지팡이에 붙어 있다. 지팡이로 사물을 인지하는 그는 내게 낯익다. 사실 말이지, 처음 본 동네로 이사를 오겠다고 망설일 것도 없이 부동산 계약서에 도장을 찍은 것도 그래서

다. 처음 온 동네가 전혀 낯설지 않다는 것. 전생의 기시감이 작용해서라면 그렇다고 해도 상관없는 일이다. 그의 지팡이 소리가 평화롭게 들리기 시작하면서 나는 그와 진정한 이웃이 됐다.

호돈은 나와 달리 소위 가방끈이 긴 사람이다. 미국 유학을 했다는 그의 말을 처음엔 믿지 않았다. 그의 말을 신뢰하게 된 것은 이국적인 건물을 배경으로 노란 머리의 남자와 함께 찍은 사진을 본 다음이다. 그는 모른다. 시각을 잃기 전에 그가 읽었음 직한 영문으로 된 서적 갈피에서 내가 그 사진을 찾아냈고 또 훔쳐봤다는 것을. 내 행동을 그가 볼 수 없으니 나는 그냥 시치미 뚝.

눈을 도둑맞고 호돈은 안마사가 됐다. 지금은 기업체에서 헬퍼로 일한다. 시각 장애 일급이라면 선택의 폭은 그다지 넓지 않다. 내가 다시는 하고 싶은 않은 그 일을 그가 대신하는 것만 같다. 예전의 나로서는 할 수밖에 없었다는 게 더 합당할 것이겠으나 그에게 안마사는 왠지 적당치 않은 일 같다.

서른 중반의 그가 남은 생을 안마사로 보내기에는 너무나도 아까운 능력을 갖고 있다는 것이다. 적어도 내 생각은 그랬다. 과거에 그가 무슨 일을 했는지 물어보지는 않았다. 짐작건대 내가 생각할 수 없는 대단한 일을 했을 것이다. 회사 동료들의 건강을 돌보는 안마사가 대단한 일이 아니라는 뜻은 아니다.

육체를 사용하는 모든 노동은 경건하고 신성하다. 내가 하려고 하는 얘기는 이게 아니다. 호돈이 앞을 보지 못해도 뭐든지 할 수 있고, 뭐든 이뤄낼 수 있는 사람이라는 말을 하려는 것이다. 그것을 어떻게 아냐고? 꼭 먹어봐야만 맛을 아나. 내가 막 말을 배우기 시작한 아이처럼 온갖 것을 묻더라도 그가 답해주지 못하는 경우는 없다.

그는 침착하고 인자한 스승처럼 내 호기심의 갈증을 모두 해갈시켜 준다. 내가 생각하는 것 그 이상으로 놀랍도록 정확하게 말이다. 호돈이 나보다 경험도, 지식도 풍부하다는 걸 나는 확실히 안다.

"그나저나 눈은 언제부터 못 보게 된 거예요? 어쩌다가 그렇게 됐어요?"

일 년 가까이 알고 지냈으면서 나는 왜 한 번도 물어보지 않았을까? 그의 실명에 대해서. 다른 것은 미주알고주알 잘도 캐고 다녔으면서 말이다.

"자고 일어나 보니 눈앞이 깜깜했어. 내가 잠든 사이에 누군가 내 눈을 훔쳐 갔지."

호돈은 자고 일어나 보니 전기가 나갔더라는 식으로 가볍게 대꾸했다.

눈을 도둑맞았다는 이야기는 살다 살다 처음이다. 그게 무슨 말도 안 되는 소리냐고 나는 실없이 웃어넘겼다. 당혹감은 뒤늦게였다. 눈을 도둑맞았다는 얘기가 사실일지도 모른다는 생각이 든 것이다.

"농담인 거죠?"

설마 하는 심정으로 되물었다.

"농담이면? 내가 밤만 있는 세상에 살고 있다는 건가? 그것도 몇 년씩이나? 그게 더 말이 안 되잖아. 내가 관 속에 들어앉아 있는 것도 아닌데……."

나는 할 말을 따로 찾아야 했다. 나와는 반대의 삶을 살고 있는 그에게 어둠은 끝없는 절망의 늪이다. 못 보다가 보는 것과 보다가 못 보게 되는 것은 단언컨대 천지만큼의 차이이다. 그럼에도 호돈은 눈을 도둑맞은 사람의 얘기에 담담하다.

"너도 조심해. 언제 그 눈을 도둑맞을지 몰라. 남의 집 베란다 훔쳐보는 짓도 그만 좀 하고."

"안 훔쳐봤다니까 왜 자꾸 그래요?"

나는 가재미눈으로 그를 흘겨본다. 그런다고 그가 내 눈 흘김을 볼 수는 없겠지만.

호돈은 한 번 말을 하기 시작하면 금방 끝나지 않는다. 내 귀가 먹먹해지고, 나는 또 딴짓을 한다. 길 건너 아파트 베란다 창가를 바라보는 일. 그의 지팡이가 내 허벅지를 또 공격해 온다. 나는 처음 당하는 일인 양 또 소스라치게 놀란다.

"그나저나 뭐 하느라고 며칠씩 통 코빼기도 안 보인 거야?"

호돈이 나를 찌른 지팡이를 접으며 물었다.

"도서관에 있거나 집에서 영화를 보거나 하면서 시간을 보냈죠. 특별할 것 없는, 그야말로 평범한 일상이요."

"정말로 그렇게 지루하게 보냈다고? 그러지 말고 대체 뭘 하고 다녔는지 속 시원하게 한번 털어놔 봐."

별일 없이 지냈다는 내 말을 호돈은 믿지 않았다. 그리고 그 여자에 대해 먼저 말을 꺼낸 건 그였다. 그 여자가 어떻게 지내

고 있는지 말해보라며 나를 귀찮게 했다. 그가 말하는 그 여자
는 그와 내가 살고 있는 오피스텔 건물 맞은편 아파트에 산다.
내가 그의 이야기를 듣다가도 넋 놓고 쳐다보던 베란다의 바로
그 집에. 아니라고 부인해도 그는 나를 훤히 꿰고 있다.

언젠가 하루는 내 집에 오고 싶어 하는 그를 초대했다. 창문
가에 세워둔 망원경을 그가 볼 수 없을 것임에 나는 신경 쓰지
않았다. 자스민 차를 좋아하는 그를 위해 물을 끓였다. 야릇한
그의 웃음소리가 귀에 닿았다. 내 집에 망원경이 있다는 것을
확인한 터였다. 능글맞게도 웃어댔다. 깜깜한 눈에도 그것으로
내가 뭘 하는지 다 안다는 듯이.

"뭘 상상하는 거야? 형이 생각하는 그런 일은 안 한다고요.
혼자 사는 여자의 아파트를 훔쳐보는 일 따위는 절대 하지 않는
다고."

나는 정색했다. 그게 화근이었다. 호돈은 내가 무슨 말을 해
도 그 부분에 관해서는 믿지 않았다. 요사스러운 눈길로 나를
주시했다. 이상한 일이다. 그가 나를 볼 수 없다는 것을 알면서
도 그 여자에 관한 이야기만 나오면 그의 느물느물한 눈빛이 느
껴졌다. 실눈을 뜨고 능치는 그가 내 행동과 음흉한 속내를 꿰
뚫고 있는 것은 아닌가. 들키지 말아야 할 속내를 들켜 버리고
만 사람처럼 나는 적잖이 뜨끔했다.

호돈은 보지 못하는 게 아니다. 보이지 않는 척하는 것이다.
그의 일급 시각장애인증에도 불구하고 내 생각이 맞다고 나는
주억거린다.

"수줍어하기는… 나도 다 해본 짓인걸, 뭐."

뜻밖이다. 나보다 많이 배우고 유학까지 다녀온 호돈이 남의 집을, 그것도 여자가 혼자 사는 집을 훔쳐봤다는 것은. 거짓인지 진실인지 알 수 없는 그의 고백이 나를 잠시 혼란으로 내몰았다. 도무지 상상이 되지 않는다.

"설마, 형이 그랬을라고요. 내가 아는 형은 그런 행동을 할 사람이 아냐. 그렇다고 뭐, 내가 그랬다는 것도 아니지만. 암튼 오해는 금물이야."

이미 들켜 버린 속내임에도 나는 발뺌한다. 남의 집을 훔쳐보는 일은 내가 저지른 일 중에 가장 나쁜 짓이다.

"알았어. 오해."

호돈이 고개를 까닥거리며 말했다.

"아니라잖아요. 내가 그 여자의 집을 훔쳐보는 거, 형이 봤어요? 봤냐고요? 보지도 못했으면서 왜 함부로 남을 의심하냐고요."

"알았다고. 눈이나 조심해. 밤사이 도둑맞지 말고."

그는 실실거렸다. 내가 나쁜 짓을 한다고 확신하는 게 분명했다. 그게 나를 더욱 화나게 만든다. 내가 진실로 안 했다면 무심하게 넘기고도 남을 말이다. 발뺌을 하면 할수록 나는 파렴치한이 되어갔다. 눈이나 조심하라는 충고가 마음에 와 닿을 리 없다. 그것은 내게 보내는 그의 조소다.

자다가 눈을 도둑맞는 사람이 있기나 한지. 호돈의 이야기는 그저 우스개일 뿐이다. 그 앞에서 언행을 조심해야겠다는 생각은 지울 수 없다. 그토록 다짐을 했음에도 어처구니없는 일은 또 벌어졌다. 나도 모르는 사이 그 여자에 관한 것들을 늘어놓았다. 망원경으로 내가 매일 훔쳐보는 그 여자에 대해.

마음을 감추기에는 그 여자에게 가버린 내 마음이 너무 컸다.

"그 여자한테서 빛이 나요. 어둡다가도 그 여자가 나타나기만 하면 커튼 사이로 햇살이 내비치는 것처럼 온 사방이 다 훤해지는 거죠."

나는 망원경을 통해 그녀를 봤다는 말은 하지 않는다. 그녀를 직접 본 것처럼, 직접 만난 것처럼 각색해서 들려준다. 그렇더라도 그녀에 대한 내 마음만은 진짜다.

"오늘도 그 여자를 만났어? 그 여자랑 뭐 했어? 대체 그 여자를 언제 만난 거야?"

그 여자 얘기만 나오면 호돈은 흥분한다. 내가 더 들떠 있어서 눈치채지 못했지만.

여자를 만난 건 꽤나 오래되었다. 봤다는 표현이 더 어울릴 것이다. 부동산 앞에서 나를 스쳐 간 그 여자 또한 내가 계약서에 도장을 찍는 데에 한몫했다.

"처음인 듯 처음 아닌 이 동네에 발을 디디고 오거리의 횡단보도를 건너는 중이었어요. 내 곁을 비껴가는 그녀가 곁눈으로 들어와서는 나를 홀연히 세우고 말았죠. 그 짧은 시간이 몇 분처럼, 아니, 아예 멈춘 것 같았어요. 횡단보도 중앙에 멍청하게 서 있었죠. 신호등이 바뀌었는데 그것도 모르고……. 오래전부터, 내가 태어나기 전부터 기다려 온 여자라는 생각이 뜬금없다 싶으면서도 강력했죠."

말은 내가 더 많았다.

"운명이라고 생각했겠군."

"그렇죠. 운명."

"착각이야."

호돈의 반응이 어째 시큰둥하다. 아니, 싸늘했다. 나를 시샘하는 것이리라. 나는 까무잡잡한 피부와 짧은 단발머리에 윤기가 자르르 흐른다거나, 종종거리며 걷는 모습은 또 얼마나 귀여운지 모른다거나, 샤워를 끝내고 젖은 머리에 터번을 두른 채로 다니는 그녀의 탐스러운 나신을 직접 봐야 한다거나 하는 여자의 생김새나 행동을 제외하면 나와 얽힌 것은 처음부터 끝까지 각색해서 전했다.

"그녀가 머무는 곳은 단순한 아파트가 아니에요. 천상이나 다름없죠. 그녀의 잠든 모습은 천사가 따로 없어요."

블라인드가 유리창을 차단한 경우에라도 그녀는 내 시선 안에 있었다. 호돈이 내게서 듣는 그녀의 이야기는 망원경을 통해서 본 그것이 전부가 아니다. 나와 커피를 마시고, 공원 데이트를 즐기고, 사서인 내가 일하는 도서관에서 나와 데이트를 즐기는 그녀에 관한 것이다.

장막이 필요한 순간이 오면 나는 말하기를 일순 거부했다. 뜸을 들였다. 그것이 호돈의 호기심을 자극하고 부추긴다는 것을 안다. 그녀와 나의 밤에 관한 이야기를 들려주고 나면 수습할 수 없는 일이 내 앞에 놓이기도 했다.

"그녀를 우리 집으로 초대하면 어때? 네가 말한 그녀의 후광을 볼 수는 없겠으나 그녀의 향기를 맡고 그녀가 내 곁을 스치는 감촉은 나도 느껴볼 수 있지 않겠어? 내가 손님 대접을 거하게 할 테니까. 네 운명을 지지하는 마음으로. 어때? 한번 초대해. 응?"

"싫어."

말이 끝나기도 전에 호돈은 예의 그 지팡이로 사정없이 나를 휘갈긴다. 여자에 대해 과하게 떠들어댔음을 그제야 깨닫는다. 그녀가 바쁘다는 핑계로, 내 집에도 아직 초대하지 못했다는 이유로 그의 초대를 나중에, 라고 얼버무린다. 그가 찬바람 쌩하게 등을 돌렸다.

호돈의 기분을 풀어줄 수 있는 것 또한 그 여자에 관한 이야기라는 것을 나는 안다. 나만의 비밀이 걷잡을 수 없이 과하게 포장되어 털려 나가는 것도 그 때문이다.

"그녀를 보고 있자면 어렴풋하면서도 또렷한 기억이 떠올라요. 아주 오래된, 그것도 전생의 전생에서부터 이어져 온 인연 같다고나 할까요."

"전생 좋아하네. 네 두 눈이 그냥 그 여자를 기억하는 것뿐이라고. 쳇."

호돈은 투덜거리고 비아냥댔다.

"눈에도 본 것을 저장하는 세포가 따로 있는지는 모르겠지만 그렇다고 해도 눈도 엄연히 내 몸의 일부잖아요. 재밌는 발상이긴 하네요. 눈이 기억하는 일이라는 거."

"내가 의학자도 뇌 연구가도 아니지만 눈의 기억을 증명하라면 힘든 일도 아니지. 세포에도 기억이 담긴다는 셀룰러 메모리 증후군[Cellular Memory]이란 의학적 용어가 확실히 존재하니까. 네 눈빛을 보면 나도 알 수 있거든. 네 말투가 네 눈빛을 대신하고 있다는 걸 알아둬."

"나를 질투해요? 내가 좋아하는 여자 때문에?"

"천만에."

아니라고 했지만 호돈은 나를 질투하고 있는 게 분명했다. 내 눈빛을 볼 수 있다는 것도 진실이 아니다. 그럼에도 그가 봤다고 말하면 나는 왠지 그의 말이 사실처럼 느껴진다. 의학 지식이라고는 전혀 없는 내가 호돈의 지식을 갖고 왈가왈부하기는 턱없다. 유학까지 하고 온 그의 말은 모두 내겐 사실이고 진실이다.

내 음흉한 속을 언젠가는 그가 꿰뚫고 말 것이다. 이미 그런 것인지도 모르겠다. 암튼 그 여자에 관한 얘기는 나 자신을 황홀하게 만든다. 그녀가 등장하는 나의 소설 같은 이야기를 주고받을 수 있는 사람은 호돈뿐이다. 더는 하지 말아야지 작정했다가도 대화의 막다른 곳에 이르면 그녀의 얘기는 여지없이 나왔다. 호돈의 호기심 또한 끝이 없다.

이야기의 강도가 높아질수록 내가 스토커처럼 그녀를 훔쳐봤다는 사실에는 둔감했다. 그녀에 대한 얘기를 잠시라도 멈추자면 호돈의 지팡이가 나를 또 그냥 두지 않았다.

"혼자만의 생각에 또 빠졌어. 키스는 했어? 아, 맞다. 밤을 같이 보내는 사이라고 했지. 하기는 뜨거운 청춘이 손만 잡고 밤을 허투루 보냈을 리는 없지. 십 대들도 그렇게는 하지 않을 거야."

그렇게 하지 않을 거라는 말을 내뱉는 호돈에게서 나는 그의 비애를 순간 느낀다. 내가 예민하게 받아들이고 있는 것인지도 모르지만.

재치 넘치는 그가 풀이 죽어 있는 것을 보자면 나까지 기분이 꿀꿀해진다. 화제를 바꿔야 한다. 나는 그의 호시절 이야기를 들먹였다. 한때 그가 작곡가로 왕성한 활동을 했었다는 것은 한참 나중에야 안 사실이다. 그의 표현대로라면 하루아침에 눈을 도둑맞기 전까지, 아니, 그 이후에 그는 더욱 유명해졌다. 비운의 작곡가라는 타이틀이 그에게 붙어서였다. 인터넷만 검색해도 알 수 있는 내용인데 나는 시각을 활용하는 일에는 영 서툴렀다.

"연애는 지겹도록 했지. 양다리, 문어 다리, 아마 지네 다리쯤 될걸."

호돈의 허세는 금방 터져 나왔다.

"실망인걸요. 지네 다리쯤 되면 팬 미팅이지 그게 무슨 연애예요?"

나는 그의 말을 걸고넘어졌다. 그의 허세가 더욱 작렬하도록.

"연애와 여자는 내게 영감 덩어리야. 곡 하나를 완성하고 나면 누에고치에서 비단실을 뽑아내듯 또 다른 영감 덩어리에서 새로운 곡조들을 뽑아냈지. 여자? 내 주위에 여자들은 항상 있었어. 나의 뮤즈가 되기를 그들은 간절히 원했으니까."

그의 입꼬리가 승천한다.

연애도 뭣도 아니라고 나는 깎아내리기를 반복했다. 밝힌 만큼 일어서는 오기가 그에게 있다. 다행이다. 시각 장애는 그의 오기에 아무런 영향을 끼치지 못해서.

"그 여자들은 말이야, 나의 두 번째 여자가 됐든 세 번째가 됐든 상관하지 않아. 나의 뮤즈만 된다면 백 번째 여자라도 영광으로 알고 받아들였을 거야."

"여자가 바뀐다고 설마하니 매번 좋은 곡이 나왔을까요?"

"무슨 소리! 여자마다 그녀 특유의 곡조와 색깔이 있거든. 한 번만 만나봐도 나는 알 수 있어. 그녀의 곡조를 완벽하게 잡아낼 수 있지. 가끔 어떤 여자는 어려워서 한 번으로 안 되는 경우도 있긴 하지만……. 아무튼 내 청춘이, 나의 낮이 네 밤보다 화려했다는 것만은 틀림없는 사실이야. 그게 내 호시절의 전부였냐고? 설마."

호돈이 코웃음을 날렸다. 나는 모르는 그 무엇이 더 있다는 듯이. 그가 털어놓지 않는 과거 따위는 궁금하지 않다. 다만 그가 안마사로 여생을 보내기에는 아까운 사람이라는 생각에는 변함이 없다.

작곡은 귀만 있어도 되는 일 아닌가. 너무 일찍 포기한 것은 아닌가. 작곡을 하는 일이 아니어도 그가 할 수 있는 다른 일이 분명 있었을 것이다. 안마사는 천천히 선택해도 되는 거였다. 준비되지 않은 급작스러운 실명이 그의 판단까지 흐리게 만들었는지도 모를 일이다.

그러나 무엇보다 내 주된 관심사는 여자였다. 나의 그녀. 도서관에서 사서로 근무하는 시간을 제외하면 내 나머지의 시간은 온통 그녀에게 할애됐다. 나보다 일찍 출근하는 그녀에게 인사하고 퇴근해 돌아온 그녀에게 또 반가운 인사를 건넨다.

나 혼자서 하는 배웅과 마중. 매일 망원경을 통해 그녀와 만나고 나 홀로 진도를 나갔다. 혼자만의 착각과 환상의 세계. 그렇더라도 그녀가 없는 내 일상을 나는 생각조차 할 수 없다. 그녀가 일하는 모습도 볼 수 있다면 좋으련만.

아이들과 주부를 상대로 책을 내주고 돌려받는 일은 예전만큼 호기롭지 못했다. 안마만 빼면 뭐든 다 해보고 싶었는데……. 눈이 있어야만 할 수 있는 일을 찾았다. 눈으로 마주한 도서관은 작더라도 내게는 어마어마한 세계였다.

뭔가를 보지 않고서는 견딜 수 없는 사람처럼 미친 듯이 서가의 책들을 섭렵했다. 나의 뇌가 무한히 변신에 변신을 거듭하는 것을 느끼면서. 놀이터가 따로 있지 않았다. 도서관은 나의 상아탑이고 나의 미래였다.

날마다 새로운 책이 내 손에 들어왔다. 내 지식은 상위 가지를 향해 황금처럼 뻗어 나갔다. 그리하여 내가 찾아낸 내 인생 최고의 직업이 사서였다. 그 최고가 바뀌었다. 밤이고 낮이고 그녀가 궁금했다. 보고 싶었다.

호돈도 마찬가지였다. 그녀에 대해 내가 아무런 말도 꺼내지 않으면 그는 치근댔다. 그녀와 무엇을 했는지 대답하지 않고는 견딜 수 없게 만들었다. 그녀가 어떤 옷을 입고 있었는지 물었고, 만나서 무엇을 했는지를 물었다.

그녀에 관한 그 어떤 것도 말하지 않겠다는 내 다짐은 무너질 수밖에 없었다. 나 또한 내가 훔쳐보고 있는 그녀에 대해 말할 곳이 필요했다. 입을 다물고 있자면 내 입이 먼저 근질근질했다. 꾸며낸 얘기라는 것을 들키지 않기 위해 신중하게 말을 걸러냈다.

호돈에게 한 번 들려준 말은 모두 기억하고 있어야 했다. 그의 집중력은 뛰어났고 기억력은 굉장했다. 거짓으로 뭔가를 꾸민다는 것은 긴장되고 번거로운 일이다. 보지 못한다고 해서 호기심마저 죽어버리는 건 아니었다. 그녀에 대한 그의 관심이 과하다는 생각이 때때로 들기도 한다. 관심이 넘치도록 지나친 것은 여자의 집을 매일같이 훔쳐보는 나 자신이었음에도.

호돈이 그토록 듣고 싶은 이야기. 내가 내뱉지 못해 답답해하는 그녀에 관한 이야기. 그녀에 관한 한 우리는 불순하게도 죽이 잘 맞는 한 쌍이다. 그녀만큼 나와 그를 달뜨게 만드는 것도 없었다.

"그날은 그러니까, 일을 마치고 돌아오는 길이었어요. 눈사람 같은 풍채를 가진 모녀가 있는 야채 가게에 들러 감자와 당근을 사고, 정육점에 들러 카레에 넣을 고기도 조금 샀죠. 황금빛이 도는 카레는 내 식감을 자극하거든요."

"애들이나 먹는 걸 좋아하는군."

호돈은 시큰둥하니 말했다.

카레 말고도 내가 좋아하는 것은 또 있었다. 원색의 각종 야채가 들어간 샐러드. 빨간색, 노란색, 주황색 등의 파프리카는 물론 데친 녹색의 브로콜리와 보라색의 가지가 들어가 있는 샐러드. 색상에 허기진 사람처럼 강렬한 색상의 요리에 나는 곧잘

현혹됐다. 볼 수 있다는 것은 정말로 황홀한 일이다.

"여자! 여자! 여자! 노란 카레 따위 얘기는 듣고 싶지 않아. 그 여자와 뭘 어떻게 했는지 그거나 말해보라니깐."

호돈이 참지 못하고 목청을 높였다. 나 또한 그녀에 대해 말하고 싶어 견딜 수 없음에도 뜸을 들이고 있는 차였다. 가공된 이야기를 하자면 각고의 노력이 필요하다는 것을 깨닫는 중이라서. 그가 알아채지 못하도록 완벽하게 사실로 둔갑한 이야기를 들려줘야 한다.

"그러니까 내가 지금 하려는 얘기가 그녀에 관한 거예요. 정육점에서 고기를 사갖고 나오다가 약속도 하지 않았는데 그녀와 딱 마주쳤거든요. 텔레파시가 통한 거죠."

"웃기고 자빠졌네. 고기를 산 다음엔? 그다음엔 뭘 했지?"

"정육점에서 만난 우리가 뭘 했을 것 같아요? 맞아요. 형이 생각하는 그거. 내가 산 재료를 몽땅 갖고 그녀의 집으로 가서 우리는 함께 카레를 만들었어요. 내 등에 붙어서 얼굴만 앞으로 내민 그녀는 내가 음식을 만드는 내내 놀라움과 감동의 감탄사만 연발했어요. 그 모습이 또 얼마나 사랑스럽던지."

"그다음엔 뭘 했지? 카레만 먹고 그냥 온 건 아닐 테지?"

"영감이 충만한 형의 상상에 맡길게요."

호돈의 지팡이가 그의 사지와 함께 요동쳤다. 내가 말문을 닫자 그는 그다음을 상상하지 못했다. 볼 수 없게 된 이후로 그의 상상력이 조금씩 퇴보의 길을 걷게 된 것인지도 모른다. 그는 격분했고 광분했다. 어둠 때문이다.

"그녀를 향한 마음이 네 것인 줄 착각하지 말라고! 지금 달고 있는 그 눈이나 잘 간직하라고!"

호돈은 나를 보고 있었다. 내 착각이었다고 해도 그 순간만큼 그는 나를 똑똑히 보고 있었다. 그 일을 계기로 그 여자에 관한 이야기를 그와 공유하는 일은 정말이지 접어야 했다. 그를 이해할 수 있다고 여겼지만 사실 그의 내면에서 벌어지는 일을 나는 짐작할 수 없다. 내게는 잊힌 과거다.

나는 자신을 통제하지 못하는 호돈이 껄끄럽고 같이 있자면 또 불편했다. 그의 오피스텔을 찾는 일이 뜸했다. 가지 않았다. 그가 나를 찾아오는 일도 없었다. 그는 그 자신의 어둠 안에 침잠해 있을 것이다.

나는 내 세계에 열중했다. 그 여자의 일거수일투족을 망원경으로 살피는 일. 그녀와 상상의 연애를 즐기는 일. 나는 새로운 계획을 세웠다. 그녀가 집을 나서면 어디를 가는지 그녀 몰래 따라다니는 일. 내가 도서관에 있는 시간을 제외하면 나는 그녀의 지척에 있었다. 그녀가 자주 가는 마트, 빵집, 세탁소, 커피숍 등지의 공간에서 우리는 함께 머물렀다.

호돈 앞에서 써대던 나의 소설이 현실로 드러나기 시작했다. 그녀가 다니는 길목에 내가 먼저 가 기다렸다. 모퉁이를 돌아 치면 그녀와 부딪는 상상을 한다. 내 운동화를 밟은 그녀가 죄송하다고 사과했다.

"사과는 밟은 사람이 해야죠. 죄송하고 감사합니다."

"네? 그게 무슨 말씀이시죠?"

"괜찮다고요."

"아, 네."

웃는 그녀를 면전에 놓고 보기는 처음이다. 심장이 두 근 반 세 근 반으로 콩닥콩닥 뛰었다. 얼굴이 벌겋게 달아올라 정신이 혼미해졌다. 그 바람에 얼토당토않은 말을 하고 말았다.

"사, 사랑합니다."

황당한 표정을 지은 그녀가 고개를 외로 돌렸다. 섬섬옥수의 손으로 입을 가리고 웃는다. 내가 무슨 말을 했는지 그때까지도 깨닫지 못했다. 다만 그녀의 웃음 꼬리가 매화꽃처럼 나의 사방으로 번져갔다. 내 얼굴이 벌겋게 달아올랐다.

그녀의 매화꽃 같은 웃음을 처음 보는 게 아니라고, 기시감은 이번에도 달라붙어 내게 속삭였다. 나의 행동이 점점 과감해졌음은 두말할 것도 없다.

아래층 남자가 눈을 도둑맞았다는 소문이 떠돌던 것은 그 무렵이었다. 눈을 도둑맞은 남자의 얘기를 호돈이 아닌 다른 사람에게서 또 듣게 될 줄은 몰랐다. 그것이 사실이라면 경찰 수사가 이뤄져야 마땅하다. 눈을 훔쳐 간 도둑을 수배 중이라는 얘기는 어디에도 없었다. 그저 부풀려진 얘기일 뿐이라고 나는 그렇게 치부했다.

내 관심은 오로지 눈을 도둑맞은 남자가 아니라 내 마음을 온통 사로잡아 버린 그녀에게 있었다. 그녀와 인사를 나누고, 커피를 마시고, 대화를 나누고. 그럼에도 그녀를 집에 초대받는 일은 언감생심이다. 내 집으로 그녀를 초대하는 일도 마찬가지다.

망원경은 내 갈증만 부추겼다. 그녀의 아파트에 있는 남자라도 보게 되는 날에는 나 홀로 좌불안석이었다.

나는 완벽한 그녀의 포로다. 그녀에 대한 내 감정이 몰고 올 위험천만한 일 따위는 생각지 못했다. 그녀의 아파트에 있는 남자를 물어뜯지 못해 안달 난 늑대. 훔쳐보는 것으로 끝내어야 했다. 그조차도 해서는 안 되는 짓이기는 했지만.

호돈이 지팡이를 손에서 놓지 않는 것처럼 나 또한 망원경 앞에서 떠나지 못했다. 본다는 것은, 봤다는 것은 강력한 유혹이다. 총알이 빗발치는 전쟁터를 호돈만 누빈 게 아니다. 나 또한 봄으로 인해 하루하루를 위태로운 전쟁터에서 보냈다.

그녀의 베란다에 불이 꺼진 다음에도 대낮인 양 그녀는 내 머릿속에 불을 훤히 밝혔다. 전생에서부터 그리움을 안고 기다려 온 그녀. 내 운명의 그녀라고 확신한다. 그녀가 러닝머신을 뛰면 나 또한 그녀의 곁에서 뛴다. 자전거 페달을 밟을 때면 나도 자전거를 탄다. 그녀가 와인을 마시며 음악을 듣는 시간에도 나는 그녀와 함께한다.

"오늘은 출근이 상당히 이르군. 아침 회의라도 있는 거야? 자기를 배웅하고 난 다음에 나도 도서관에 갈 거야. 오늘도 행복한 하루가 되라고."

그녀의 움직임만으로 그녀의 모든 것을 나는 상상했다. 저녁이 되면 종일 고생이 많았다고 또 그녀를 격려했다. 편의점에서, 거리에서, 버스 정류장에서 잠깐씩 마주치고 안부를 전하는 것만으로도 그녀는 이미 나와 함께 살고 있는 사람이었다.

그녀가 주방에서 요리를 할 때면 음식 냄새가 망원경을 통해 날아들었다. 아파트에 그녀는 혼자다. 그녀를 찾아오는 사람은 현관 앞에 잠깐 머물렀다가 돌아가는 집배원이거나 경비원, 배달원 등이 전부다. 그녀의 아파트 인근을 배회하다가 깃털 달린 샛노란 모자를 쓰고 거니는 내 안과의와 만나기도 했다. 눈은 괜찮아졌냐며 그는 진료실 밖에서까지 내 눈을 걱정해 주었다. 내 안과의와 있자면 그녀의 아파트 인근에서 그녀와 마주친다고 해도 나는 꿀릴 것 없이 당당할 수 있다.

언감생심이라 여긴 그녀의 초대는 뜻밖이었다. 마트에서 우연히, 실제로는 내 각본에 의한 것이지만 만난 그녀가 내게 주말 일정에 대해 물어왔다. 나의 텔레파시가 그녀에게도 통했다. 그녀도 내게 마음이 있는 것이라고 나는 믿어버렸다.

"특별한 일 없으면 토요일 저녁 함께하는 건 어때요? 그냥 이런저런 얘기나 나누자는 것이니 부담은 갖지 않아도 돼요."

최대한 태연하려 애썼다. 그리고 토요일이 되기까지 내 시간은 참으로 더디 흘렀다. 토요일 아침이 됐는데도 오후 일곱 시까지 또 기다려야 하다니. 나는 기다리다 지쳐서 숨이 넘어갈 판이다. 훔쳐본다는 생각은 무뎌진 지 오래다. 나는 망원경으로 그녀를 쳐다보며 가지 않는 시간을 보냈다.

주방에서 시간을 보내는 그녀는 더할 나위 없이 참한 여자였다. 나는 망원경과 입고 갈 양복 사이를 오가며 들떴다. 한나절에 걸쳐 그녀가 준비한 요리를 맛있게 먹어줄 것이다.

그녀가 종아리까지 오는 치파오를 입고 베란다에 나와 섰다.

오후 네 시 무렵이다. 그녀는 베란다 난간에 기대어 턱을 고였다. 아파트 건물 밑을 살핀다. 약속 시간은 한참 더 있어야 한다. 내가 오기를 그녀는 벌써부터 나와 기다리고 있는 것인지도 모른다. 뭐라 설명할 수 없을 만큼 마음이 부풀었다.

초대받은 시간이 되자면 아직도 세 시간을 더 버텨야 했다. 점심 초대였다면 얼마나 좋았을 것인가. 치파오를 입고 나와 있는 그녀는 어느 때보다 단아하고 아름다웠다. 그 한편으로 섹시한, 선정적인 자극을 내게 선사했다. 옆트임이 깊은 치파오가 그녀가 다리를 움직일 때마다 입을 쫘악 벌렸다. 입을 헤벌린 나는 침을 꼴깍 삼킨다. 그녀의 뽀얀 허벅지가 반사판처럼 내게 빛을 쏴 보냈다. 입에 고인 입을 삼키려는 순간이다. 망원경 안으로 그녀의 시선이 불쑥 들어왔다.

훔쳐보는 것을 들킨 것 같아 나는 잽싸게 커튼 뒤로 몸을 숨겼다. 요동치는 심장을 양손으로 지그시 눌렀다. 망원경을 들키면 그간에 쌓아온 내 노력도 물거품이 될 터였다.

그녀에게는 각국의 전통 의상을 수집하는 취미가 있다. 그녀 자신이 직접 입고 때때로 지금처럼 즐긴다는 것을 내가 모르지 않는다. 기모노를 입은 적도 있고 이슬람 여인처럼 히잡을 머리에 두른 적도 있다. 스코틀랜드식 영국 전통 의상을 입거나 만화에 나오는 하이디처럼 고깔모를 쓰고 휴일을 보내기도 하는 그녀다. 그녀가 세계의 전통 의상을 연구하는 사람이냐고 묻는다면 아니다. 패션 디자이너냐고 묻는다면 그 역시 아니다. 그녀가 무엇을 하는 사람인지에 대해서는 아는 바가 없다. 출퇴근이

정해져 있는 직업을 가졌다는 것을 추측할 뿐.

커튼이 드리워진 그녀의 베란다로 불빛이 배어 나왔다. 내가 집을 나설 때가 된 것이다. 막상 가려니 내가 입은 양복이 후줄근해 보인다. 그녀와 어울려 보이지 않는다. 나는 망원경으로 그녀를 다시 훔쳐봤다. 나와는 격이 다르다. 좌절감에 자신감마저 잃고 만다. 그럼에도 그녀가 현관을 향해 쪼르르 달려가는 것을 본 나는 뜨악했다.

아직 출발도 안 했는데 누구지? 화들짝 놀란 내 눈이 휘둥그레졌다. 뒷걸음질을 치는 그녀가 거실로 쫓겨 들어오고 있다. 커튼에 비친 그녀와 또 다른 그림자의 움직임. 생각하고 자시고 할 틈도 없었다. 미친 듯이 허둥지둥 그녀의 아파트를 향해 내달렸다. 휘몰아치는 감정을 조심하라는 호돈의 충고에는 일찌감치 코웃음을 쳐준 터였다.

그녀가 위험에 빠졌다. 구해야 한다. 다른 생각은 없었다. 횡단보도의 신호등이 경고를 알리고 있음에도 멈추지 않았다. 급브레이크를 밟은 운전자들의 항의와 욕설을 뒤통수에 달고 또 뛰었다. 그리고 내 집에 온 것처럼 그녀의 현관문 손잡이를 돌렸다.

문은 잠겨 있지 않았다. 안으로 뛰어든 나는 거친 숨을 몰아쉬었다. 그 짬에도 내 두 눈이 부산스럽게 그녀의 아파트 곳곳을 휘둘렀다. 괴한이 납치라도 해 간 것일까? 그녀가 보이지 않았다. 아파트는 숨 막히게 조용하고 거친 숨소리는 내 입에서 쏟아져 나왔다.

베란다 창 앞에 널브러져 있는 누군가가 내 눈에 밟힌 건 그때였다. 놀랍게도 호돈이다.

"형이 여기는 어떻게 온 거예요?"

"…네가 오지 않으니까."

호돈의 말이 무슨 소린지 이해되지 않았다. 그렇다고 따질 상황도 아니었다.

"여자는 어디 있어요?"

"…갔어."

"어디로요? 형은 언제부터 여기 있었던 거예요?"

호돈의 말은 즉시 나오지 않았다. 내 답답증이 더 기다리지 못했다. 나는 조금 전 내가 열고 들어온 문으로 향했으나 열리지 않는다. 헉! 누군가 외부에서 막아버린 게 틀림없었다.

"그녀의 얘기를 들을 수 있어서 기뻤어. 네가 오지 않으니까 내 즐거움이 사라져 버린 거야. 그녀의 목소리를 직접 듣고 싶었어. 그녀의 체취를 곁에서 다시 느껴보고 싶었어. 그녀가 나를 초대했어. 혼자 찾아올 수 있겠냐고? 그걸 말이라고……. 오랜만에 내가 왔는데, 그녀가 가버렸어."

호돈은 머리를 바닥에 박은 채로 절규했다. 커튼 틈으로 비친 괴한의 그림자. 차량들 사이를 미친놈처럼 가로지르게 만든 장본인. 그가 바로 호돈이었다니. 그보다 실로 나를 혼란케 한 건 그의 '오랜만' 이란 소리였다.

"여기 사는 여자를 진즉부터 알고 있었던 거예요?"

"내가 처음부터 보지 못했던 건 아니니까. 용감한 남자가 미인을 얻는다고 했지만 그녀에겐 용감한 남자가 이미 곁에 있었지. 그렇다고 반하지 못하는 건 아니잖아. 나도 너처럼 그녀를 훔쳐보기 시작한 거야. 멀쩡한 눈이 있었으니까. 눈을 잃어서 고통스러운 게 아니었어. 어차피 내겐 꼴 보기 싫은 인간들로 가득 찬 세상이었거든. 내 절망은 그녀를 다시 볼 수 없다는 거야. 그런데 네가 나타났지. 나의 그녀에 대해 들려주는 네가. 그런 네가 발길을 끊고 그녀에 관한 얘기도 더는 들을 수 없었지."

"헉!"

"미치겠더군. 그녀의 목소리가 듣고 싶어서. 그녀의 냄새가 코끝에 달라붙어서. 나를 초대한다니, 보이지 않아도 이렇게 단숨에 찾아올 수 있을 거라고는 나도 생각지 못했어."

그는 허탈하게도 웃어댔다.

호돈이 반한 여자. 나 역시 반하고 만 내 운명의 그녀. 순간 맥이 풀리고 말았다. 할 말을 잃고 말았다. 그저 아파트 베란다 너머로 보이는 나의 오피스텔을 멍하니 바라보았다. 정신없이 뛰어나온 터라 불이 켜진 채다. 내가 없으니 빈집. 누군가 있다. 내 망원경을 만지고 또 그 망원경으로 나를 훔쳐보는 누군가가 내 집에 들어 있다.

내 집의 괴한이, 이렇게 불러도 되는지 모르겠으나 내 창가의 커튼을 젖히고 모습을 드러냈다. 거리가 있기는 하지만 나는 괴한을 알아볼 수 있었다.

"네가 느낀 기시감은 너의 전생 때문도 아니고 너의 운명 때문은 더욱 아냐. 이 동네, 그 여자가 낯익은 건 네가 내 눈을 가진 때문이지. 그녀의 남편에게 도둑맞은 내 눈. 이식받지 말았어야 했어."

그가 말도 안 되는 소리를 지껄이는 동안이다. 그녀의 아래층에 사는 남자. 세 정거장쯤 버스를 타고 가야 하는 곳에 있는 안과 병원의 의사. 깃털 달린 샛노란 모자가 그라는 것을 확인시켜 주었다. 진료할 때를 제외하면 항상 쓰고 다니는 우스꽝스러운 모자다.

내 집에는 왜? 내 동공이 수축과 이완을 번갈아 했다.

"그녀는 남편과 위아래 층에 따로 살면서 남다른 일상을 즐겼어. 그걸 내가 몰랐냐고? 천만에. 그녀에게 빠져들었고, 조금씩 내 모든 것이 엉망진창이 됐지. 한둘도 아닌 거야. 그녀에게 그만 홀딱 반해서……."

호돈의 말은 앵앵거려서 도무지 알아들을 수가 없다. 호돈의 눈을 벌하고 그의 눈을 내게 준 사람. 내 안과의였다. 내 오피스텔 창가에 선 내 안과의가 손날로 자신의 목을 날카롭게 그어 내렸다. 헉! 나는 내 목을 콱 움켜쥐었다.

20만 원은 어디로 갔을까?

윤자영

인천의 고등학교에서 생물 과목을 가르치고 있다.
학교에서 배운 과학 지식을 활용하여 추리소설을 쓰고 있으며, 물리학 지식을 이용한
단편소설 「피, 그리고 복수」로 제2회 '엔블록 미스터리 걸작선' 공모전에 당선되었다.
2015년 계간 미스터리에서 「습작 소설」로 신인상을 수상하며 등단하였고,
발표한 작품으로는 단편 「시험지 빼돌리기 대작전」과 장편 『십자도 시나리오』가 있다.

6학년 3반 교실 앞에 서 있는 문석환의 얼굴은 10월의 공작단풍처럼 붉어져 있었다. 목의 혈관은 크게 부풀어 있는 것이 단단히 화가 난 것을 알 수 있었다. 문석환은 6학년 3반의 짱으로 키가 거의 170㎝에 육박해 때로는 고등학생으로 보이기도 하였다. 문석환이 반 학생들을 향해 소리쳤다.

"어떤 새끼야? 빨리 안 내놔? 걸리면 죽는다! 좋은 말로 할 때 훔쳐 간 놈은 자수해라!"

3반 학생들은 문석환의 덩치 때문에 동급생이지만 아무도 대들려고 하지 않았다.

"범인이 없다 이거지? 그럼 지금부터 소지품을 검사하겠어. 승민아, 태권아, 앞쪽부터 빨리 뒤져봐."

문석환의 지시가 떨어지자 오른팔, 왼팔 격인 2인자 남승민,

3인자 조태권이 앞자리에 앉은 학생의 가방을 뒤졌다.

6학년 3반은 짱인 문석환과 남승민, 조태권의 말을 아무도 거스르지 않았다. 아니, 거스르지 못했다.

선생님도 하지 않는 소지품 검사에 참지 못하고 반장인 강윤진이 일어서서 소리쳤다.

"야, 문석환! 너무하는 거 아니야? 네가 뭔데 선생님도 하지 않는 소지품 검사를 해?"

반 아이들의 시선이 강윤진에게 갔다가 문석환의 반응이 궁금했는지 교실 앞쪽의 문석환에게로 이동했다.

"반장 넌 가만히 있어. 너도 아침에 내가 가져온 20만 원 봤을 것 아니야? 방금 전 5교시 체육 시간이 끝나고 지갑을 확인했을 때 없어졌으니 내 돈을 훔친 범인은 우리 반이고 체육 시간에 훔친 것이 분명해. 너뿐만 아니라 이 교실에 있는 모든 애들이 내 돈을 봤어. 그러니 모두가 범인의 가능성이 있어."

"네가 아침부터 돈 자랑을 했으니 모든 애들이 본 것은 사실이야. 하지만 어떤 간 큰 아이가 짱인 네 돈을 훔치겠냔 말이야. 어디 두고 못 찾는 거 아니야?"

문석환은 할 말이 있는지 반 학생들을 돌아보며 말했다.

"모두 잘 들어. 난 지갑을 실내화 주머니에 넣어두었어. 전부 실내화 주머니 스탠드 한쪽에 모아……."

문석환은 무슨 생각이 들었는지 동공이 커졌다.

"맞아! 줄넘기 시간이 끝나고 자유 체육 시간에 남자들은 축구를 했는데 대부분의 여자들은 체육이 싫어서 스탠드에 앉아 있었지. 그러니 너희 여자들 중에 범인이 있을 확률이 높아!"

여자들이 범인이라는 소리에 강윤진의 목소리 톤이 높아졌다. 강윤진은 반장이라는 직책으로 유일하게 문석환 삼총사에게 대항할 수 있는 인물이었다.

"헛소리하지 마! 우리 여자들이 스탠드에 앉아 있는 적이 한두 번이야? 그리고 너희 남자들도 축구하다가 물 마시러 스탠드를 지나 음수대로 갔잖아."

"그래, 너 말 잘했다. 그럼 여자들 빼고 남자들 중에서 체육 시간에 물 마시러 음수대로 갔던 사람 손들어."

아이들이 눈치를 보며 우물쭈물할 때 담임선생이 교실로 들어왔다. 담임교사도 심상치 않은 교실 분위기를 느끼고 소리쳤다.

"뭐야, 문석환? 왜 앞에 나와 있어?"

"선생님 잘 오셨어요. 방금 전 체육 시간에 제 돈 20만 원을 누가 훔쳐 갔어요. 지갑은 그대로인데 돈만 빼갔습니다. 지금 당장 소지품 검사를 해서 찾아야 해요."

20만 원이라는 큰돈을 잃어버렸다는 소리에 담임교사의 얼굴도 미묘하게 일그러졌다. 문석환은 지갑을 실내화 주머니에 넣어둔 점, 스탠드에 있던 여학생들이 의심스럽다는 점, 남학생의 일부도 물을 마시러 갔다는 점 등을 격앙된 목소리로 설명했다.

"알았다. 너희들도 들어가 자리에 앉아라."

문석환과 남승민, 조태권이 자리로 돌아가 앉았다. 모두 자리에 앉은 것을 확인한 담임교사는 책상을 한 번 세게 치더니 큰 목소리로 말했다.

"모두 눈 감아!"

웅성거리던 교실이 순간 조용해졌다. 하지만 이럴 때 꼭 실눈을 뜨는 학생이 있게 마련이다.

"너 뺀질이 강성근이, 눈감아! 지금부터 눈뜨는 사람은 범인으로 간주하겠다."

교실이 쥐 죽은 듯이 조용해졌다. 담임교사의 중저음 목소리가 교실에 울려 퍼졌다.

"지금부터 내 말 잘 들어라. 선생님이 지난 10년간 담임을 해왔지만 이런 큰 도난 사건은 처음이다. 일단 정황상 우리 반 학생 중에 범인이 있는 것이 확실한데 너희들에게 참 실망했다. 고로 20만 원은 큰돈이기 때문에 범인이 밝혀진다면 절도죄로 다스리겠다. 즉 학교에서 처벌하는 것이 아니라 경찰서로 바로 직행한다는 말이다."

반장인 강윤진은 담임교사의 공갈에 속으로 코웃음 쳤지만, 학생 대부분에게 공갈이 통했을지 모르겠다고 생각했다. 담임은 다시 한 번 손바닥으로 교탁을 탁 하고 내려치고는 말했다.

"하지만 지금 자수한다면 경찰서까지는 가지 않겠다. 눈 똑바로 감고, 자기가 돈을 훔쳤거나 돈의 행방을 아는 사람은 조용히 손들어라."

강윤진은 영화에서 본 '어처구니가 없네'라는 장면이 떠올랐다. 담임교사의 외모가 자신의 아버지와 비슷하다고 생각했는데, 하는 행동과 생각도 유치하기는 마찬가지였다.

"모두 눈떠라. 범인이 나오지 않는다 이거지? 그렇다면 내키지 않지만 소지품 검사를 실시하도록 하겠다. 문석환의 말대로라면 범인은 돈을 숨길 시간적 여유가 없었기 때문에 가지고 있을 확률이 높다. 모두 손을 책상 위에 올려놓고 가만히 있어라. 손을 움직이는 사람은 범인으로 간주하겠다. 반장과 부반장이 나와서 반장은 여학생, 부반장은 남학생의 소지품을 검사한다. 주머니부터 가방 속, 책 사이사이도 면밀히 검사해라."

강윤진은 바보가 아닌 이상에야 돈을 가지고 있을 리가 없다고 생각했지만, 돈의 행방을 확실히 해두는 것도 좋을 것 같아서 일단 앞으로 나갔다.

"잘 뒤져라."

한 시간에 걸쳐 소지품 검사와 사물함 등 교실 구석구석을 다 뒤졌지만 담임교사와 문석환의 기대와는 다르게 사라진 돈은 나오지 않았다. 담임교사는 다시 교탁에 서서 중저음의 목소리로 말했다.

"그럼 돈의 행방을 정확하게 하기 위해 체육 시간에 있었던 일을 조사하도록 하겠다. 평소 체육 시간에 실내화 주머니를 스탠드 한곳에 모아두고 체육 활동을 하지?"

반 학생들이 일제히 대답했다.

"네!"

"아까 석환이 말로는 모든 여학생이 스탠드에 앉아 있었다고 하는데 왜 그랬지?"

모두 꿀 먹은 벙어리처럼 있어 강윤진이 나섰다.

"오늘 체육 시간에는 줄넘기를 했는데 20분이 지나고 체육 선생님께서 자유 체육을 하라고 하셔서 남자들은 축구를 하고 여자들은 스탠드에 올라와 쉬었어요. 하지만 우리 여자들은 실내화 주머니에서 떨어져 있었어요. 그리고 몇 명의 남자도 물 마시러 왔다 갔다 했습니다."

담임교사는 곰곰이 생각하는 듯하더니 학생들에게 물었다.

"남자들 중에서 체육 시간에 물 마시러 간 학생들 손들어라."

선생님의 말에 다섯 명의 학생이 손을 들었다. 그때 손을 들고 있던 2인자 남승민이 교실 한쪽을 보고 소리쳤다.

"붕어 너도 물 마시러 갔잖아! 왜 손 안 들어?"

붕어는 김자겸의 별명으로 두꺼운 입술에 큰 눈망울 때문에 붕어로 불렸다. 붕어는 소위 말하는 왕따로, 머리 냄새 때문에 아이들이 멀리했다. 붕어는 그것도 괜찮은지 항상 홀로 앉아 연습장에 새나 나무를 스케치했다. 그런 외톨이 붕어는 삼총사의 좋은 먹잇감이었다. 아니, 그들에게 괴롭힘을 직접 당하기보다는 문석환이 다른 학생들을 괴롭힐 때 강제로 붕어의 머리 냄새를 맡으라고 해서 또 다른 굴욕을 안겨주었다. 붕어는 선생님을 보며 큰 입술을 움직였다.

"아니요, 선생님. 저는 스탠드 한쪽에서 그림을 그리고 있었어요. 물을 마시러 가지 않아서 손을 들지 않았습니다."

담임교사는 붕어 김자겸에게 물었다.

"그럼 너도 실내화 주머니가 있는 쪽에 갈 수는 있었겠네."

"네, 그렇지만 전 훔치지 않았어요."

그때 3인자 조태권이 일어서서 김자겸에게 말했다.

"다른 남자애들은 금방 물을 마시고 돌아왔지만 너는 스탠드에 혼자 오래 있었던 거네."

긴장했는지 김자겸의 목소리가 떨린다.

"나, 난 시, 실내화 주머니에서 머, 멀리 떨어져 그, 그림을 그리고 있었어."

조태권은 아랑곳하지 않고 교실을 둘러보고 학생들에게 말했다.

"오늘 체육 시간에 스탠드에 앉아 있는 붕어 본 사람 손 좀 들어봐."

여학생 대부분과 남자들도 꽤 손을 들었다.

"그럼 붕어가 뭐 하고 있었는지 본 사람 손 들어봐. 계속 그림 그리고 있었던 거 증명해 줄 사람?"

이번 질문에는 아무도 손을 들지 않았다.

"거봐, 네가 계속 앉아서 그림을 그렸다는 것을 아무도 증명해 줄 수 없어. 여자들은 모여 있으니 서로 감시가 되었을 것이고, 남자들은 금방 음수대에 갔다 왔으니 그럼 너밖에 범인은 없네."

붕어는 튀어나온 입술을 더욱 삐죽거리며 울상이 되었다. 조금 더 있다간 눈물이 터질 것 같아 강윤진이 일어서서 선생님께 말했다.

"선생님, 왜 가만히 계세요? 누구든 범인이 될 수 있는 상황이에요. 김자겸은 우리 여자들보다도 실내화 주머니에서 더 멀리 떨어져 있었어요."

선생님은 헛기침만 할 뿐 이렇다 할 말은 하지 않았다. 이때를 놓치지 않고 3인자 조태권이 나섰다.

"반장, 너 붕어가 계속 스탠드 그 자리에 앉아 있었다는 것을 증명할 수 있어?"

"증명할 수는 없지만 그렇다고 범인이라는 증거도 없잖아."

"붕어가 바보처럼 말 더듬는 것을 봐. 도둑이 제 발 저리고 있잖아."

"사람 모함 그만하시지. 너처럼 자기 발에 걸려서 넘어지는 바보는 아니니까."

조태권은 체육 시간에 여학생들이 모여 있는 스탠드 앞에서 자신의 발에 걸려 대자로 넘어졌다. 여학생들은 아까의 몸 개그가 생각이 났는지 '와!' 하고 웃었다. 얼굴이 다시 빨개진 조태권이 유치한 공격을 하였다.

"반장 너, 붕어 좋아하냐? 왜 편들고 그래?"

아이들의 시선이 모두 강윤진에게 향했다. 강윤진은 조태권을 매섭게 째려보았다. 그때 우당탕 의자가 쓰러지더니 붕어 김자겸이 교실 밖으로 뛰쳐나갔다. 너무 순식간이라 아무도 잡을 생각을 하지 못했다. 교실의 아이들은 웅성거렸는데 김자겸이 범인인 듯하다는 대화였다.

말이 없던 담임교사는 우렁찬 목소리로 주의를 집중시켰다.

"여기 주목!"

학생들의 눈이 모두 교탁 앞의 담임에게 향했다.

"하교 시간이 많이 늦었다. 모두 곧바로 집으로 돌아가길 바란다. 이상!"

담임교사는 교실 밖으로 나가 버렸고, 아이들은 웅성거리며 삼삼오오 교실을 나갔다. 반장 강윤진은 삼총사의 만행에도 가만히 있던 담임교사가 미워서 담임이 있는 교무실로 찾아갔다.

교무실로 들어선 강윤진을 본 담임교사는 종이컵에 탄 커피를 들고 자리로 돌아와 손짓으로 반장을 불렀다.

"반장, 무슨 할 말 있어?"

강윤진은 약간 높은 목소리로 말했다.

"선생님, 너무하신 것 아니에요? 남승민, 조태권의 행동을 왜 말리지 않으셨어요?"

담임교사는 커피를 한 모금 마시더니 말했다.

"선생님도 다 생각이 있어. 너희들이 대화하는 것을 관찰하면서 누가 거짓말을 하는지 보고 있었단 말이야."

"그래서 범인은 찾으셨나요? 자겸이가 뛰쳐나간 건 다 선생님 책임이에요."

자신의 책임이라는 말에 담임교사의 눈이 동그랗게 커졌다가 다시 차분한 목소리로 말했다.

"나도 상황이 그렇게 될지는 몰랐어. 그 점은 나중에 자겸이에게 사과하마. 물론 자겸이가 범인이 아니어야 하겠지만."

담임이 꼬리를 내리는데 더는 뭐라 말할 수가 없다.

"선생님은 자겸이가 범인이라고 생각하세요?"

"글쎄다. 한데 넌 여학생 중에 범인이 없음을 증명할 수 있어?"

"맞아요. 그건 확신할 수 있어요. 우리는 모두 모여서 EXO 이야기를 하고 있었거든요. 물을 마시러 간 학생도 없었고 대화에 참여하지 않은 학생도 없었어요."

"알았다. 이제 너도 빨리 집으로 돌아가라. 부모님 걱정하시겠다."

*　　　*　　　*

강윤진이 교문을 나와 골목길을 걸어가는데 누군가 뒤에서 불렀다.

"강윤진!"

소리가 나는 방향으로 고개를 돌리자 전봇대 뒤에 김자겸이 서 있다. 주위를 둘러보던 김자겸이 강윤진 앞으로 걸어 나왔다. 김자겸은 쭈뼛거리며 말했다.

"아까 도와줘서 고마웠어."

강윤진은 김자겸이 범인이란 느낌은 들지 않지만 확실하게 하기 위해 단도직입적으로 물었다.

"넌 범인 아니지?"

"당연하지. 난 도둑질 같은 거 안 해."

강윤진은 한시름 놓았다.

"여기서 나 기다린 거야?"

김자겸이 고개를 끄덕였다.

"윤진아, 시간 좀 있어? 저쪽 놀이터에서 잠깐 얘기 좀 할 수 있을까?"

강윤진이 고개를 끄덕이자 김자겸은 놀이터 쪽으로 걸어가더니 놀이터 한쪽에 있는 벤치에 앉았다. 강윤진도 벤치에 앉자 김자겸이 말을 꺼냈다.

"윤진이 너 범인이 누굴 것 같아?"

강윤진도 해답을 알 수 없어 말없이 발아래 작은 돌을 발로 찼다. 김자겸이 다시 말을 꺼냈다.

"아까 교실에서 소지품 검사 했을 때 돈이 나오지 않았잖아. 분명 스탠드와 음수대 사이에 있을 거야."

강윤진이 고개를 들고 김자겸을 보며 말했다.

"그럼 물 마시러 가던 누군가 실내화 주머니에서 재빨리 돈을 꺼내 그 사이에 숨겼다는 거지?"

"교실에서나 애들한테서 나오지 않았고, 체육 시간이 끝나고 모두 교실로 들어왔으니까 그럴 확률이 높지 않을까?"

"교실로 들어오면서 다른 곳에 숨겼을 수도 있잖아?"

"그건 어렵다고 봐. 아이들이 몇 명씩 모여 들어왔기 때문에 몰래 숨기기는 힘들었을 것이고, 스탠드에서 돈이 없어진 것을 안 문석환이 교실로 빨리 들어가라고 고래고래 소리 질렀잖아. 아마 스탠드와 음수대 사이가 될 거야."

강윤진은 밝은 표정으로 변하며 말했다.

"그럼 우리가 가서 돈을 찾아볼까?"

"아니, 범인을 잡아야지."

"어떻게 잡는다는 거야?"

김자겸의 큰 눈망울이 반짝 빛났다.

"범인은 자신의 범행 자리에 다시 돌아온다는 말이 있잖아. 돈을 찾기 위해서 다시 학교로 오지 않을까?"

김자겸의 말뜻을 이해한 강윤진은 고개를 끄덕였다.

"윤진이 너, 시간 되면 나랑 같이 학교로 가서 범인 기다릴래?"

강윤진은 부모님이 걱정하시겠다고 생각했지만, 담임교사도 모른 체하고 잃어버린 돈을 구실로 거들먹거리는 문석환도 보기 싫어 김자겸과 같이하기로 했다. 둘은 학교로 와서 스탠드와 음수대가 모두 보이는 별관 건물 앞 세종대왕 동상 뒤에 자리를 잡았다.

시간은 벌써 저녁 7시가 가까워지고 있었다. 해가 서쪽 하늘로 넘어가고 주위가 어두워지기 시작했다. 그때, 분위기가 어색한지 김자겸이 말을 꺼냈다.

"난 누가 범인이지 예상이 가."

강윤진이 놀라며 말했다.

"뭐라고? 범인을 안다고?"

"아니, 아는 것은 아니고 예상이 된다고."

"그게 그거지. 누구야?"

김자겸은 스탠드 쪽으로 시선을 고정한 채 말했다.

"두 가지 가설이 있어. 첫 번째는 문석환의 자작극이야."

강윤진도 그런 생각을 했다.

"그렇잖아도 나도 그 생각했어. 아무리 간이 커도 문석환의 돈을 훔칠 수 없잖아. 아마 그걸 구실로 우리 반 애들을 더 괴롭히겠다는 생각이겠지."

"한데 그 가설의 확률은 10% 미만이라고 봐. 난 두 번째 가설이 더 맞는다고 생각해."

강윤진은 김자겸이 이렇게 말을 잘했었나 하는 생각이 들었다.

"그럼 진짜 범인이 있다는 건데, 그게 누구야?"

김자겸은 잠시 뜸을 들이고 말했다.

"남승민, 조태권."

"뭐라고? 걔들은 문석환과 친하잖아. 훔칠 이유가 없어."

"나도 그렇게 생각해. 하지만 정황이 의심이 간다는 거야."

"그렇게 생각한 이유는 있겠지?"

"아까 체육 시간에 조태권이 여자들이 앉아 있는 스탠드 앞에서 이상한 괴성을 지르면서 자기 발에 걸려 넘어진 거 봤지?"

강윤진은 그때의 장면이 떠올라 웃긴지 손을 입에 올리고 웃었다.

"호호, 봤지. 얼마나 웃긴지 여자들 모두 웃었잖아."

"아마 운동장에 있던 모든 학생이 보았을 거야. 근데 자기 발에 걸려 넘어지다니 너무 바보 같지 않아? 실수인 것 같지도 않고, 개그 하는 것 같았잖아."

"그랬지. 근데 그게 돈 훔친 거랑 뭔 상관이야?"

"내가 한참 멀리 떨어져 있었잖아. 나도 그 모습이 우습다고 생각했는데, 옆으로 시선을 옮겨보니 남승민이 음수대에서 물을 마시고 돌아오고 있더라고."

무슨 생각을 했는지 강윤진의 눈동자가 빠르게 돌더니 말했다.

"그러니까 너는 남승민과 조태권이 문성환의 돈을 훔치기로 계획했고, 조태권이 우스꽝스럽게 넘어져 시선을 모으면 남승민이 재빨리 지갑에서 돈을 꺼낸다는 거지?"

김자겸이 고개를 끄덕였다.

"사람들의 눈이 많아 혼자서 실내화 주머니에서 꺼내기는 힘들었을 거야. 더욱이 너희 여자들도 옆에 있었으니까."

"그 말이 사실이라면 자겸이 너 대단한데? 마치 탐정 같아."

강윤진의 칭찬에도 김자겸의 시선은 계속 스탠드를 보고 있었다. 강윤진은 평소 물어보고 싶은 것을 용기 내어 물어봤다.

"근데 자겸아, 화내지 말고 들어봐."

"뭔데?"

"머리는 왜 감지 않는 거야? 그것 때문에 삼총사에게 계속 놀림당하잖아."

김자겸은 스탠드에서 시선을 거두고 강윤진을 보았다. 고민하는 눈빛을 잠시 보이더니 머리를 숙여 강윤진 앞으로 내밀며 말했다.

"냄새나나 한번 맡아봐."

강윤진은 꺼려졌지만 이렇게 하는 이유가 있을 거라 생각하고 코를 머리에 갖다 댔다. 생각과는 다르게 그렇게 심한 냄새는 나지 않았다. 아니, 냄새가 거의 나지 않았다. 김자겸이 고개를 들고 말했다.

"학기 초에 우리 집이 이사했어. 아직 집 정리가 되지 않아 머리를 며칠 못 감았어. 그리고 내 머리가 곱슬머리라 이렇게 푸석푸석하게 보이는 것이고."

김자겸은 다시 시선을 스탠드로 돌렸다. 강윤진은 왠지 미안한 마음이 들었다. 자신도 김자겸을 냄새나는 머리로 오해하고 있었기 때문이다.

"미안해. 오해하고 있었어. 그럼 아이들에게 말하고 삼총사에게도 말하지 그랬어. 왜 그렇게 괴롭힘을 참고 있었어?"

김자겸은 대수롭지 않은 듯 말했다.

"애들이 그럴 수도 있지."

강윤진은 김자겸이 크게 보이기 시작했다. 내일 여자애들에게라도 말해줘야겠다고 다짐하고 있을 때 김자겸이 낮게 속삭였다.

"드디어 왔어."

주위가 어두워 정확히 누군지는 모르겠지만, 남학생으로 보이는 그림자가 두리번거리더니 스탠드 바로 위 화단의 회양목 사이를 헤집고 다녔다. 아마 돈을 화단의 회양목 사이에 숨겨둔 것이리라.

"돈을 찾으면 바로 뛰어나가자고."

강윤진은 고개를 끄덕였다. 그림자는 몇 분 안 되어 돈을 찾았다. 김자겸이 뛰어나갔다. 그 뒤를 따라 강윤진도 뛰어나갔다. 가까이 가자 예상대로 그림자는 조태권이었다. 조태권은 깜짝 놀랐는지 몸을 움츠렸다가 다가온 사람이 붕어 김자겸임을 확인하고는 미소를 띠었다. 김자겸이 강한 어조로 말했다.

"네가 돈은 훔쳐놓고 나한테 뒤집어씌워?"

"아이, 뭐라는 거야? 붕어 너 죽어볼래?"

강윤진이 뒤에서 도왔다.

"우리 둘이 다 봤어. 네가 화단에서 돈을 찾은 것을 내일 선생님께 다 이를 테니 알아서 해."

강윤진이 나타나자 조태권의 얼굴이 흙빛으로 변했다. 그때 뒤에서 다른 목소리가 들렸다.

"뭐라는 거야, 얘네들?"

뒤를 돌아보자 남승민이 있었다. 한 손에는 커터 칼을 가지고 있었는데 드르륵드르륵 소리를 내며 다가왔다. 순간 위험을 느낀 김자겸은 강윤진을 자신의 뒤로 보냈다.

"하하하, 정의의 사도냐? 오늘 일은 못 본 걸로 해라. 그러면 다치는 일은 없을 거야."

"……"

칼날이 가로등 빛에 반사되어 반짝 빛났다. 김자겸은 강윤진을 자신의 몸으로 가린 채 말했다.

"알았어. 모른 척하지. 선생님한테는 안 이를게. 그런데 문석환은 너희 친구인데 왜 돈을 훔쳤어?"

남승민과 조태권이 눈이 맞더니 웃었다.

"뭔 소리야? 친구라니? 그런 새끼랑 너 같으면 친구 하겠냐? 우리도 억지로 따라다니는 거라고. 그 새끼가 얼마나 재수 없는데. 우리 집에 와서 내가 아끼는 장난감을 가져가더니 아직도 안 돌려주고 있단 말이야."

조태권도 한마디 거들었다.

"그 새끼가 나한테 빌린 돈이 만 원 가까이 돼. 그런데 빌린 돈을 달라고 하니 친구끼리 왜 그러냐며 머리를 한 대 때렸어.

그러니 우리는 그 돈을 받는 것뿐이야. 여기서 약속해. 너희, 절대로 선생한테 말 안 한다고."

김자겸이 고민하더니 말했다.

"그래, 담임선생한테는 절대로 말하지 않을게. 단, 문석환에게는 말해야겠어."

김자겸의 말에 남승민과 조태권의 인상이 구겨졌다. 남승민이 커터 칼을 위로 올리고 말했다.

"이 새끼가 장난하나? 문석환한테 말하면 그 새끼가 우리를 어떻게 할지 모른단 말이야? 다시 경고하는데, 아무한테도 말하면 안 돼. 알았어?!"

김자겸이 강윤진과 슬금슬금 뒤로 물러서며 말했다.

"아니, 그렇게 못 하겠는데?"

남승민이 커터 칼을 위로 번쩍 들고 둘에게 달려들었을 때, 바로 옆 구령대에서 누군가 뛰어나와 남승민의 손을 잡고 커터 칼을 빼앗았다.

"아이, 어떤 새끼야?"

남승민의 뒤에는 담임교사가 빼앗은 커터 칼을 들고 있었다.

"앗! 선생님……."

"구령대 뒤에서 너희들의 행동을 다 보고 있었다. 내일 부모님 모시고 오고, 절도죄와 커터 칼을 휘두른 폭행에 대한 처벌을 받을 줄 알아. 물론 너희들이 제일 무서워하는 문석환에게도 이 사실을 알릴 것이고."

더 이상 후퇴할 곳이 없는 것을 깨달은 남승민은 울음을 터뜨리며 선생님의 바짓가랑이를 잡았다. 조태권도 반대쪽 다리에 매달려 울부짖었다.

"엉엉~ 안 돼요, 선생님! 부모님은 몰라도 문석환에게는 말하시면 안 돼요."

"엉엉~ 맞아요. 선생님, 용서해 주세요. 문석환이 먼저 우리에게 나쁜 짓을 해서 그랬어요."

어이가 없었는지 담임교사가 물었다.

"얘들아, 문석환이 그렇게 무섭냐?"

"엉엉! 걔가 짱이잖아요."

"엉엉~ 걔는 복싱도 배웠어요."

담임교사는 탄식을 내뱉었다. 그때 김자겸이 나섰다.

"선생님, 이렇게 비는데 한 번만 용서해 주시죠?"

희망의 빛을 보았는지 남승민, 조태권이 김자겸에게 무릎을 꿇고 용서를 빌었다. 강윤진이 옆에서 거들었다.

"너희들, 이제 김자겸 놀리지 않을 거지? 머리에서 냄새도 나지 않는단 말이야."

"어, 그래. 미안했어. 다 문석환이 시켜서 그랬던 거야."

"그래, 이제 안 그럴게, 붕, 아니, 자겸아."

담임교사도 학급의 가장 큰 문제가 문석환이란 것을 느꼈다.

"그래, 돈을 훔친 사실은 용서해 주지. 그래도 말이지, 너희는 벌을 받아야 해. 교내 봉사 활동 각오해."

남승민과 조태권이 집으로 돌아가고 담임교사는 강윤진과 김자겸을 교무실로 데리고 왔다. 담임교사는 무슨 생각인지 문석환의 악행에 대해 물었다. 강윤진과 김자겸은 교실에서 일어났었던 문석환의 악행을 낱낱이 말했다. 담임교사의 얼굴에 심각함이 드러났다.

"그래, 알았다. 이제 많이 늦었으니 어서 돌아가라."

강윤진은 어리바리해 보이기만 하던 담임교사의 재빠른 행동에 놀라움과 미안한 마음이 들었다.

"선생님, 그런데 아까 어디 계셨길래 그런 긴박한 상황에 나오실 수 있었어요?"

담임교사는 강윤진을 한 번 보더니 책꽂이에서 책을 한 권 뽑아 책상 위에 올렸다. 책의 제목은 '셜록 홈즈'였다. 담임교사는 자리에서 일어서 창가로 가더니 운동장을 보며 말했다.

"소지품 검사 했을 때 돈이 나오지 않았고, 너희들의 말을 종합해 본 결과 범인은 돈을 스탠드에서 음수대 사이에 숨겼다고 예상할 수 있었어. 너희들을 집으로 보내고 나서 찾아보니 화단 회양목 사이에서 나오더군. 다시 돈을 넣어두고 어두워지기 시작했을 때, 학생들 집에 모두 전화해 집에 없는 학생들을 추렸지. 네 명이었는데, 바로 너 강윤진, 김자겸, 남승민, 조태권이었어. 그리고 증거를 잡기 위해 선생님 차에서 블랙박스를 꺼내 화단이 보이도록 카메라를 설치하고 구령대 안에 들어가서 지켜보고 있었단다. 조태권이 돈을 찾아가길래 슬슬 나오려고 하는데 자겸이와 윤진이가 와서 깜짝 놀랐지. 그래서 더 상황을 지켜보다가 나온 거야."

강윤진과 김자겸은 엄지손가락을 추켜세웠다.

"아무튼 빨리 돌아가라."

담임교사는 교무실 밖으로 나가는 김자겸을 불러 세웠다.

"자겸아."

강윤진과 김자겸이 뒤를 돌아보았다.

"자겸아, 아까 교실에서는 미안했다. 진범을 잡으려고 그랬던 거야. 윤진이도 고맙고."

며칠 후 6학년 3반엔 평화가 찾아왔다. 문석환의 악행으로 학교 폭력 자치 위원회가 열리고 징계를 내리려 하자 부모는 문석환을 전학시켰다. 어디 섬마을로 가서 정신 개조를 시킨다고 이사했다. 2인자 남승민과 3인자 조태권은 새로운 사람이 되어 다른 반으로부터 3반의 기사 역할을 하였고, 붕어 김자겸은 여전히 혼자서 좋아하는 그림을 그렸지만 같이 어울리기도 하였다. 그리고 제일 좋은 점은 5교시가 되어 졸릴 때쯤 담임교사가 해주는 셜록 홈즈, 뤼팽 등 추리소설 이야기였다.

포도대장의 애첩

이상우

소설가이며 언론인.
『바이오 킬러의 사랑』, 『악녀 두 번 살다』, 『안개도시』, 『신의 불꽃』 등 300여 편의 추리소설을 발표,
제3회 한국 추리문학 대상을 수상했다.
한국추리작가협회를 창설하여 18년간 한국추리작가협회장을 역임했다.
또한 『김종서는 누가 죽였나』, 『대왕 세종』, 『해동 육룡이 나르샤』 등을 발표,
역사 소설가로도 활약하고 있다.
한국일보, 서울신문, 국민일보, 일간스포츠, 굿데이 등에서 편집국장, 대표이사, 회장을 역임했다.
현재 한국추리작가협회 이사장직을 맡고 있다.

조선시대 광해군 말엽의 일이다.

포도대장 석영서(石榮瑞)의 소실 주 씨 부인 해월의 집은 장안에서 좀 떨어진 호젓한 곳에 있었다. 집은 크고 넓었으나 쓸쓸하기 이를 데 없었다. 서쪽을 향한 세 칸짜리 안채와 남쪽에는 사랑채가 있었는데, 거기에는 오갈 데 없다는 포도청의 젊은 나졸이 거처하고 있었고, 주 씨 부인 해월은 몸종 둘을 거느리고 살았다.

포도대장 석영서는 한 달에 두어 번 찾아오는 정도였다.

보름달이 오히려 처량하게 느껴지는 어느 날 밤이다.

석영서 포도대장이 오기로 했기 때문에 해월은 일찍 잠에 들지 않았다. 몸종 달래와 소서는 어딜 갔는지 아침부터 보이질 않았다. 아무리 찾아도 없기에 해월은 혼자 저녁을 지으면서 둘이 오기만 하면 혼내야겠다고 속으로 몇 번이나 중얼거렸으나 저녁을 먹고 나서도 끝내 나타나지 않았다.

해월은 거울을 벽에 기대놓고 얼굴을 들여다보았다. 그전보다는 주름이 늘고 피부도 확실히 늙어 보인다. 해월은 이맛살을 찡그렸다. 흉하다. 상긋이 웃어본다. 잔잔하고 하얀 이가 제법 예쁘다.

해월은 머리를 빗고 화장을 했다. 그러면서도 귀는 대문을 향해 있었다. 화장을 마칠 무렵 대문을 여닫는 소리가 들렸다.

해월은 재빨리 켜둔 초롱을 들고 나갔다. 그러나 아무도 들어온 기적이 없다. 바람이 거세게 불었다. 해월은 바람 소리였나 보다 생각하며 다시 방으로 들어왔다. 그러곤 이불을 펴기 위해 벽장문을 드르륵 열었다.

"악!"

그 순간 해월은 기겁하며 새파랗게 질리고 말았다. 해월은 전신을 부들부들 떨며 정신없이 뒤로 물러섰다.

벽장 안에는 몸종 달래가 벌거벗은 채 가슴에 칼을 꽂고 나둥그러져 있었다. 입은 옷자락을 찢어서 묶인 채로 눈을 멀겋게 뜨고 있는 처참한 모습이었다. 가슴에 꽂힌 칼에서는 피가 흥건하게 고여 내렸다. 해월은 고함을 지른다고 두서없이 소리를 쳤으나 그건 모기 소리보다 작았다.

해월은 넋이 빠진 채 마루로 뛰어나왔다. 그러나 거기서는 더 무서운 장면이 기다리고 있었다. 마루 끝에는 의심할 여지없이 귀신이라고 생각되는 괴물이 서 있었다. 달빛에 비쳐서 반득반득 빛나는 새카만 검은 옷에 키가 엄청나게 커 사람이라기보다는 괴물에 가까운 도깨비였다. 손에는 역시 까맣게 번쩍이는 장도를 쥐고 있고, 얼굴은 우중충해 잘 보이질 않았다. 그 괴물은 오랫동안 해월을 쏘아보고 있었다.

해월은 어떻게, 어디로 뛰었는지 모르게 마당으로 뛰어내렸다. 그러고는 뒤도 돌아보지 않고 달려간다고 간 것이 나졸이 자고 있는 사랑방이었다.

해월은 방문을 열고 들어서며 푹 꼬꾸라져 정신을 잃고 말았다. 나졸 지성천은 황급히 일어나 불을 켰다. 그러고는 꼬꾸라진 해월을 보고 깜짝 놀랐다.

"아니, 이게 웬일입니까, 마님?"

지성천은 부인을 손으로 잡아 일으켰다. 해월은 기절한 채로 입에서 컥컥 거품을 내뿜었다. 지성천은 황급히 문을 열고 밖을 내다보았다.

안채 대청마루에서 시커먼 그림자가 번득였다. 지성천은 곧 사태를 짐작하고는 해월을 들쳐 업었다. 그리고 옆 방문을 열고 들어가서는 벽장을 통해 지하로 내려갔다. 이곳은 어떤 일이 생겨도 들키지 않는 비밀 통로였다.

이 집은 임진란 때 이곳에 살던 유지영 진사가 지은 것으로 광대한 지하 구조물이 들어 있는데 그 구조는 아직도 다 아는 사람이 없었다. 임진란 때 유 씨 가문의 선비들이 이 지하실에서 난을 피했다고들 한다. 이 지하도는 통로가 사방으로 연결되어 있다는데 지금 알려진 지하도 입구는 지성천 방의 벽장 하나 뿐이었다. 이곳엔 당시 무기고로도 쓰였는지 녹슨 환도며 창이 여기저기 널려 있었다.

지성천은 벽장문을 안으로 잠그고 해월을 땅바닥에 눕혔다. 그러곤 부싯돌을 찾아내어 불을 붙이고 나무 부스러기를 긁어 모아 불을 일으켰다.

해월은 옷이 흐트러진 채로 눈을 감고 숨을 가늘게 내쉬고 있었다. 연하게 화장을 한 얼굴이 불빛을 받아 발그레하다. 날씬한 허리에는 빨간 허리끈이 야무지게 매어져 있고 볼록한 유방이 숨소리에 따라 움직였다. 성천은 얼굴을 해월에게서 돌렸다. 그러나 마음 한편에서는 음흉한 생각이 났다.

'마님은 지금 기절해 있다! 그리고……'

지성천은 불현듯 든 생각에 손을 살그머니 내밀어 해월을 한 팔로 안았다. 그러고는 무섭게 꼭 껴안아 보았다. 지성천의 숨결이 가빠졌다. 눈에서는 불이 일었다. 해월을 땅바닥에 반듯이 눕히고 허리로 손을 가져갔다.

바로 그때였다.

지성천은 순간 등골이 서늘함을 느끼고 뒤를 돌아보다가 하마터면 고함을 지를 뻔했다.

그의 뒤에 거대한 검은 옷 괴인이 팔을 벌리고 서 있는 것이다. 눈은 사람을 잡아 삼킬 듯이 분노에 차 있었다. 지성천은 부들부들 떨며 뒤로 물러섰다. 그러나 지성천은 이런 경우에 떨기만 하는 졸장부는 아니었다. 곧 뒤에 있는 녹슨 장창을 손에 쥐고 용기를 내어 소리를 질렀다.

"귀신이냐! 아니면 사람 새끼냐! 정체를 밝혀라!"

그러나 괴물은 아무런 대꾸도 없었고, 지성천과 괴물은 서로 말없이 노려보았다.

지성천은 죽느냐 사느냐 하는 생사의 기로라는 것을 알고 창을 번쩍 들어 기합 소리와 함께 괴물의 배를 내리 찔렀다. 괴인은 재빨리 칼을 꺼내 들고 창을 막았다. 힘이 엄청나 지성천은 창을 손아귀에서 놓칠 뻔했다. 둘이 몇 합을 겨루자 쇠붙이 부딪치는 소리에 해월이 깨어나 몸을 뒤틀면서 눈을 번쩍 떴다. 그러곤 괴물을 노려보다가 소리를 질렀다.

"악! 너는 옥채유?! 귀신이다!"

해월은 일어서려다 비틀대며 다시 기절하고 말았다.

옥채유는 해월의 본남편이다.

그는 황해도 출신이라고 했고, 고향에서 관아의 통인(通人) 벼슬을 하고 있었다고 한다. 부모는 어릴 때에 죽었지만 본래 머리가 좋고 붙임성이 있어 주위의 귀여움을 받았다. 고을에 부임한 비장(裨將)이 그를 예쁘게 봐서 항상 곁에 두었다가 포도청의 종사관으로 영전하면서 그를 비서 격인 기실(記室)로 데리고 갔다. 그는 포도청에서 우연한 일로 해월을 알게 되었고, 서로가 부모 친척 없는 불쌍한 처지란 것을 알았다. 그래서 그들은 서로 사랑하게 되었고, 나중에는 결혼에 이르렀던 것이다. 그들은 처음엔 재미있게 살았다. 옥채유는 아름다운 아내를 가졌다는 것을 늘 행복으로 생각하고 살았다. 그러나 어느 날 옥채유는 이상한 것을 발견했다. 그는 자기가 해주지도 않은 해월의 가락지를 발견한 것이다.

"이거 어디서 났소?"

옥채유가 묻자 해월은 약간 당황한 듯하다가 겨우 입을 열었다.

"저어… 저의 어머니가 돌아가실 때 저에게 주신 거예요."

해월이 상긋 웃었다.

그러나 수상한 일은 그뿐만이 아니었다.

옥채유가 저녁에 퇴청해서 돌아오면 해월이 없는 때가 많았다. 그럴 때면 어디 갔었냐고 옥채유가 캐물었다. 해월은 어느 동무 집에 가서 늦었다는 등 여러 가지 이유를 대곤 했다. 옥채유는 그것을 다 그대로 믿지는 않았으나 그렇다고 부인을 의심하지는 않았다.

어느 날 포도대장 석영서가 급히 그를 찾았다.

옥채유가 석영서 대장에게 가자 석영서는 오늘 저녁에 자신의 집으로 좀 오라고 했다. 옥채유는 별일이 다 있다고 생각하며 그날 저녁 석영서 포도대장의 집으로 갔다. 대문을 들어서니 입초를 서고 있던 안면이 있는 나졸이 깜짝 놀라며 그를 바라보다가 은밀하게 말했다.

"이거 채유 아냐? 이쪽으로 좀 오게."

나졸은 담 밖으로 나와 나직한 목소리로 말했다.

"그래, 자넨 번연히 알면서 뭣 하러 오느냐 말이다."

아닌 밤중에 홍두깨 격이다.

"뭣을 안단 말인가?"

"아니, 아직 그것도 몰랐어? 이런 먹통 같으니. 자네 부인이 이 집 사랑방에 나리와 함께 있는 것도 몰라? 쉿."

"뭐야? 아니, 그게 정말인가?"

"쉿!"

옥채유는 피가 끓어올랐다. 주먹을 불끈 쥐었으며 분노가 머리끝까지 치솟았다. 붙잡는 나졸을 내동댕이치고 환도까지 빼앗은 뒤 대문을 들어섰다. 포도대장이 아니라 상감이라도 겁날 것이 없었다. 당장에 목을 잘라 버리려는 기세다. 옥채유는 포도대장이 거처하는 섬돌 밑에 가서 섰다. 방 안에서 말소리가 들린다. 확실히 아내의 말소리요, 하나는 석영서 대장의 말소리였다. 옥채유는 문 앞에 선 채 분노를 잠시 추스르고 떨리는 목소리로 말했다.

"황송하옵니다. 소인 옥채유입니다. 나리, 잠깐만 문을 열어주십시오."

방 안에서는 말이 뚝 그치고 문이 열리더니 석영서 대장이 목을 내밀었다.

"음, 채유냐? 저쪽 방으로 들어라!"

그러나 옥채유는 꼼짝도 안 하고 목소리를 높였다.

"이리 나와서 나와 칼을 맞대주십시오! 남의 아내를 유린하는 것이 이 나라 포도대장의 법도입니까?"

옥채유가 칼을 쑥 뽑아 석영서를 겨누었다.

"뭣이! 이 천하에 고얀 놈! 네놈이 감히 그 소리를 목구멍으로 내뱉는단 말이냐! 이놈!"

석영서는 문을 열어젖히고 마루 위로 뛰어나왔다. 옥채유는 여전히 꼼짝 않고 그를 노려보며 냉랭하게 말을 내뱉었다.

"힘에는 힘으로 대해야 하는가 하옵니다. 어서 칼을 잡으시고 소인에게 피를 보이든지 저를 단칼에 베든지 하십시오. 당당히 남편이 살아 있는 계집을 유린하는 나리! 어서 칼을 잡으시오!"

석영서는 마루에서 발을 구르며 욕을 퍼부었다.

"야이! 우라질 놈! 삼족을 멸할 놈! 야, 게 아무도 없느냐! 이 놈을 당장 묶어서 목을 날려라! 상관에게 갖은 무례를 다한 우라질 놈!"

옥채유는 재빨리 칼을 들어 석영서의 가슴팍을 향해 던졌다. 그러나 그 칼은 기둥에 맞고 튕겨 나와 댓돌에 떨어져 부러져버렸다. 칼이 떨어지자 미리 몰려와 있던 나졸들이 우르르 달려들어 옥채유를 묶고 말았다.

"그놈을 형틀에 묶지 마라! 형틀은 신성한 것이다! 뒷산 고목에 거꾸로 매달고 목을 잘라라! 그리고 그 피 묻은 칼을 나한테 바쳐라!"

석영서가 미친 듯이 고함을 질렀다.

"쓸개 빠진 포도대장 나리, 이것이 수천 나졸에게 보이는 모범 행위입니까? 나는 우라질 놈이지만 나리는 급살(急煞) 맞을 벼슬아치요. 그리고 해월이 이년아, 듣거라! 남편을 버린 간부, 너는 내가 죽어서도 귀신이 되어 반드시 너를 잡아갈 것이다!"

옥채유는 이렇게 소리치며 끌려갔다. 그리고 얼마 후 나졸은 피 묻은 칼을 석영서에게 바쳤다.

이렇게 죽은 옥채유였다.

그런데 지금 그 귀신이 바로 여기에 나타나 있는 것이다. 더구나 4년이 지난 오늘날에.

"에잇! 이 귀신! 내 칼을 받아라!"

지성천은 점차 자신감이 붙었다.

귀신인지 사람인지는 알 수 없었지만, 괴인은 힘은 강할지 몰라도 무술은 그다지 정교하지 못했다. 괴인은 세가 불리함을 느끼고는 오른쪽으로 난 지하도로 도망쳐 들어갔다. 지성천도 급히 따라 들어갔다. 그러고는 창을 휘둘러 괴물의 어깻죽지를 힘껏 내리 찔렀다. 그런데 괴인이 홀연히, 정말 귀신처럼 스르르 없어져 버렸다.

지성천은 그제야 정말 귀신이었구나 하는 생각에 정신이 아찔해졌다. 지성천이 뒤로 돌아서려는 순간 뒤쪽에서 타오르던 모닥불이 꺼져 버리고 굴속이 깜깜해졌다. 지성천은 지하도 사방을 둘러보다가 희미한 불빛이 한쪽에서 비치는 것을 발견했다. 지성천은 얼른 그리로 가보았다.

그곳은 위로 올라가는 경사진 굴로 되어 있었다. 이런 곳이 있는 줄 성천은 꿈에도 몰랐다. 지성천이 그곳으로 가까이 갈수록 어디서 물 흐르는 소리가 들렸다. 확실히 먼 곳에서 들리는 것 같았다. 그때, 발밑이 뭉클하고 무엇인가가 밟혔다. 깜짝 놀라 뒤로 다시 한 걸음 물러섰다.

쓰러져 있는 것은 사람인 듯싶었다. 지성천은 조심스럽게 다가가 창으로 슬쩍 찔러보았지만 꼼짝도 하지 않았다. 지성천은 가슴을 쓸어내리며 가까이 다가가 보았다. 허옇게 보이는 것은 벌거벗은 여자 시체였다. 성천은 다시 한 번 놀라 물러섰다.

지성천은 부싯돌을 꺼내 부들부들 떨며 불을 붙였다. 불을 들고 다가가 보니 그것은 확실히 벌거벗은 여자의 시체로 이 집 몸종 소사였다. 가슴에 칼을 맞았는지 시뻘건 피가 고여 있다.

지성천은 범인이 근처에 있으리라 생각하며 사방을 둘러보았다. 앞으로 몇 발자국 나갔는가 싶었는데 발밑의 땅이 내려앉아 버렸다. 성천은 어디로 처박혔는지 알 수 없었다.

얼마 후 정신을 차려보니 벌써 날이 새었고 성천은 강기슭에 닿아 있었다. 건너편으로 해월 마님의 집이 커다랗게 보이는 한강 가였다. 지성천의 옷은 흠뻑 젖어 있었다. 지성천은 정신을 가다듬고 일어서려 했으나 허리가 시큼하고 결려 주저앉았다가 용을 쓰고 다시 일어났다. 허리를 만져보니 칼자국이 나 있고 피가 배어 나오고 있다. 지성천은 어제 싸운 귀신에게 입은 상처라고 생각하고 강가로 나왔다.

어제저녁의 일이 꼭 꿈만 같다. 도깨비에게 홀린 듯도 했다. 지성천은 걸어서 해월의 집으로 향했다.

가까이 왔을 때 나졸들이 분주하게 왔다 갔다 하는 것이 보였다. 문간에는 나졸들이 창을 들고 서 있다. 지성천의 초라한 꼴을 보고도 아무 말도 하지 않았다. 그가 마당에 들어섰을 때 포도대장 석영서가 나졸들을 모아놓고 무엇인가를 이르고 있고 마루에는 백포를 덮은 시체 같은 것이 보였다.

성천은 나졸 두 명과 같이 허리를 끈으로 졸라매고는 포도대장 석영서 앞으로 가서 읍했다.

"아니, 성천이 아니냐?"

"예, 어제저녁은 한강에서 취침을 했습니다."

석영서의 눈이 동그래졌다.

"그게 무슨 말인고?"

석영서는 몸을 앞으로 숙이다가 별안간 왼쪽 어깨를 지그시 눌렀다. 그곳이 불룩하고 피가 배어 있는 것이 칼에 찔리기라도 한 모양이다. 어제저녁 성천이 귀신에게 일격을 가한 곳도 그곳이다. 성천은 이상한 일도 다 있다고 중얼거렸다.

"그래서 그 옥채유란 귀신이 나타나서?"

그전 이야기는 해월에게서 들었는지 석영서는 거기부터 물었다. 성천은 그다음부터의 이야기를 자세히 해 바쳤다.

석영서는 이야기가 끝난 후에도 한참을 아무 말이 없었다.

"사건이 크게 벌어졌군. 여봐라! 빨리 지하도를 수색하렷다! 귀신이란 잡기에 힘든 물건인 터!"

석영서의 호통에 나졸 대여섯이 성천을 앞장세우고 지하도로 내려갔다.

"아이고, 또 귀신이나 만나면 어떡하지?"

횃불을 잡고 오는 전달의 말이다. 지성천은 귀신이 도망친 지하도로 들어가며 횃불을 뺏어 쥐었다. 그러나 거기에는 아무런 흔적도 남아 있지 않았다. 그들은 다시 지성천이 굴러 떨어졌던 비스듬한 굴을 올랐다. 몸종 소사의 시신을 포에 싸서 내보내고 다시 길을 살폈다.

"야, 이것 봐! 이건 정말 지옥이야!"

앞에서 걷던 지성천이 놀라 외쳤다.

비스듬히 올라가던 굴은 밑이 무너져 있고 그 밑엔 물이 흐르고 있었다. 지형 상으로 보아 그 물은 한강으로 통하는 것이다. 경사진 곳은 나무다리로 되어 있었는데 오래되어서 그런지 썩어 있었다. 그리고 위쪽에는 바위 틈새로 햇빛이 스며들고 있었다. 그들은 나무를 가져다가 다리를 놓고 그 위로 들어갔다. 그곳은 출구인 모양인데 바위가 막혀 있었다. 그러나 이상하게도 바위는 손쉽게 밀쳐지고 그들은 그 위로 나올 수 있었다. 그곳은 집 뒤꼍의 우물이었다. 말라 버려 사용하지 않는 우물이었는데 이곳으로 나오게 될 줄은 꿈에도 몰랐다. 한 나졸이 사방을 둘러보다가 말했다.

"이건 대체 뭐야? 여자 옷이 있네그려."

"음, 그래, 이 집 몸종 달래와 소사의 옷이로군."

그들은 우물 옆에 널려 있는 옷을 가지고 석영서에게 부복했다. 그러나 옷이 거기에 있는 이유를 아무도 알지 못했다.

석영서는 해월에게 몸종 둘이 이상한 눈치가 없었느냐고 물었다.

"글쎄요, 별로 그런 일은 없었지만 때론 밥을 해두거나 남은 밥을 찬 속에 넣어두면 없어진다고 하더군요. 그리고 방 안에 있는 이불들이랑 옷가지도 잘 없어진다고 하였습니다."

그날 뒤부터는 나졸들이 밤낮을 가리지 않고 해월의 집을 지켰고, 석영서도 여러모로 수소문을 해보았지만 아무런 단서도 잡을 수 없었다. 귀신도 다시 나타나지 않았다.

그러던 중 하루는 석영서가 포청에 나와 있을 때 지성천이 이런 말을 올렸다.

"졸렬한 의견이오나 드려도 좋겠습니까?"

"그래, 유령의 사건 말이냐?"

"저어, 소인의 생각으로는 그게 유령이 아니라 사람이 아닌가 하옵니다."

석영서는 그 말에 바짝 긴장했다.

"그건 어째서냐?"

"그때 죽은 옥채유의 귀신이 나타날 리는 없을 것으로 생각되옵니다. 만약 귀신이라면 소인이 어깨를 내려쳤을 때 창에 피가 묻었을 리 만무한 줄로 생각됩니다. 달래와 소서의 짓이 아닌가 하옵니다."

"그건 또 어째서냐?"

"예, 평소에 그 둘이 음식이나 의복이 없어진다고 한 것은, 그들 뒤에 따르는 것이 있어서……."

"음, 그들의 간부(姦夫)가 있었단 말이지."

"예, 그래서 그 사나이는 지하도에서 숨어 있다가 몸종들이 가져다주는 음식을 받아먹거나 의복도 받았다고 생각되옵니다. 그러던 중에 무슨 일인가가 생겨 달래와 소서를 죽이고 옥채유로 변장하고는… 저어……."

"그래, 그다음은 마님을 탐내 나타났다는 말이지?"

대강 이러한 말이었다.

"하나 그 시체가 발가벗겨져 하나는 벽장에 들어 있고 하나는 지하도에 있는 게 이상하지 않는가?"

석영서가 의문을 표시했다.

그도 그렇다. 어째서 벽장 속에 들어 있었느냐는 것이 문제가 되었다. 그러나 그것은 그럴 수도 있는 일이었다. 진실로 이상한 것은 하필 옥채유로 변장했다는 것이다. 석영서는 그럴 만한 사람을 하나하나 되짚어보았지만 아무도 떠오르지 않았다.

사건도 여기서 멈추지 않았다.

인심은 흉흉해지고 여러 곳에서 유령을 보았다는 고변이 들어왔다. 조정에는 포도대장의 무능을 질책하는 상소가 빗발쳤다. 석영서의 입장이 실로 딱했다. 아무리 힘을 쓰고 수사를 해도 모두 소용없었다. 그럴수록 냉소의 물결은 커져만 갔다.

어느 날 유령이 해월의 침소에 다시 나타났다는 보고가 들어왔다. 그때 나졸들이 없었다면 해월은 죽었을 것이라고 했다. 유령은 우물의 지하도로 해서 사라졌다고 하는데, 쥐구멍 하나 없는데도 그놈은 없어지고 말았다고 한다.

석영서는 자신이 직접 그 집에 가서 취침을 하기로 했다. 나졸 셋이 지키던 것을 열 명으로 늘리고 집 안팎을 철통같이 경비하게 했다.

석영서가 해월의 집에 와 있은 지 닷새가 지나도록 유령은 나타나지 않았다. 엿새째 되는 날 저녁이다. 저녁을 먹고 나서 석영서가 말했다.

"자네 요새 퍽 이상해졌어? 나보고 말도 안 붙이잖아?"

"송구하옵니다."

해월은 그 이상 말이 없었다. 한참을 묵묵히 앉아 있다가 나직이 말했다.

"옥채유에 대한 세상 동정이 어떠하온지 아시옵니까?"

"세상 사람들이 그걸 알려구?"

"알다 뿐이옵니까? 인심이 매우 흉흉하옵니다."

"허, 그래야 뭐 별수 있을라고?"

말은 그렇게 했지만 무척 께름칙했다.

둘은 이런 이야기를 하며 거의 자정이 지나도록 자지를 못했다. 해월이 잠깐 눈을 붙였는가 싶었는데, 석영서가 그를 흔들었다.

"여봐, 자지 말아."

석영서는 어딘지 모르게 허전하고 약간 무서운 생각이 들어 해월을 깨웠다.

"왜 그러십니까, 나리?"

해월은 눈을 가늘게 뜨고 석영서의 어깨에 하얀 손을 올려놓으며 생긋 웃었다.

"잠이 오지 않습니까?"

"흥, 남의 아내를 뺏은 사람이 잠이 올 리 있어!"

난데없는 소리가 벽장에서 튀어나왔다. 이어 드르륵 문이 열리며 유령이 나타났다.

"으악!"

해월은 깜짝 놀라 소리를 지르며 석영서의 가슴팍을 파고들었다. 석영서는 정신없이 떨다가 이윽고 머리맡에 놓인 장창을 휙

잡고는 벌떡 일어나 소리쳤다.

"귀신이냐, 사람이냐?"

"흥, 나리께서 죽였는데도 그렇게 묻는 것은 어리석은 말씀이 아닙니까?"

유령이 깔깔거리며 웃었다.

"그래, 좋다. 옥채유, 귀신이라도 좋다. 그런데 여기는 무엇하러 왔느냐?"

이때 밖에서 나졸들이 무어라고 떠들며 대문께로 달려가는 소리가 들렸다.

"에잇! 이 귀신같은 인간!"

석영서는 미친 듯이 창을 휘둘렀다.

"천만에! 귀신같은 사람이 아니고 사람 같은 귀신이올시다."

유령은 여유 있게 창을 피하며 칼을 쑥 뽑았다. 해월은 겁에 질려 마당으로 뛰어나갔다.

"여기선 비좁으니 마당으로 나왓!"

석영서도 마당으로 뛰어나가며 소리를 질렀다. 이어 마당에서 칼과 창의 불꽃 튀는 싸움이 벌어졌다.

석영서는 유령의 주위를 돌며 빈틈을 노렸으나 여의치 않았다. 돌연 유령이 칼을 번쩍 치켜들었다. 석영서는 이때다 싶어 힘껏 가슴을 향해 창을 쇄도했다. 그러나 창대가 댕강 떨어져 나갔다.

이상한 것은 나졸들이 하나도 보이지 않았다. 석영서는 부러진 창대를 오른손에 잡고 왼손으로 허리춤을 뒤졌다. 하지만 자다 일어난 터에 칼이나 표창이 있을 턱이 없었다. 창날도 없는 봉으로는 유령의 칼을 피하기에 급급할 수밖에 없었다. 유령의 칼이 현란하게 춤을 추며 석영서의 가슴으로 파고들었다. 쫘악 하고 옷이 찢어지는 소리가 났다. 옷고름이 떨어져 나가는가 싶더니 어느덧 칼이 겨드랑이 밑을 훑고 지나가고, 다시 팔소매를 베어버렸다. 하지만 살에는 생채기 하나 나지 않았다. 이렇게 칼날이 서너 차례 석영서 몸을 훑고 지나가자 석영서는 알몸이 되어버리고 말았다. 유령은 대항할 엄두도 내지 못하고 멍하니 서 있는 석영서를 앞에 두고 통쾌하게 웃더니 그림자처럼 사리지고 말았다.

석영서가 미처 방으로 들어가지도 못했는데 나졸들이 뛰어들어 왔다. 유령을 잡았다고 야단이다.

잡았다는 유령은 육십여 세의 노인이었다. 머리와 수염이 덥수룩하게 자란, 정말 유령 같은 노인이었다. 그러나 이미 죽었기 때문에 아무런 것도 알아낼 수 없었다. 분명 얼굴을 보면 옥채유가 아닌 것이 틀림없었고, 입고 있는 복장도 여자의 옷을 입고 있었다. 사내가 여자 옷을 입고 있는 것부터가 이상한 일이다. 이 노인이 우물에서 나오는 것을 순라를 돌던 나졸이 발견했고, 모두가 쫓아가 창칼을 던져 잡은 것이다.

하지만 세상 사람들은 유령이 잡혔다는 것을 인정해 주지 않았다. 오히려 포도대장이 홀랑 벗고 있던 것이 유령에게 당했기 때문이라고 고소해하는 판국이었다.

조정에서는 석영서의 보고를 인정하지 않았을 뿐만 아니라 허위 장계를 올렸다고 파직시켜 버렸다.

해월은 그다음 날 목을 매 자결했다.

새로 포도대장이 된 백인추(白仁秋)는 유령을 반드시 잡겠다고 호언장담했다. 그는 우선 지하도를 면밀히 수색해 나가기 시작했다. 그러나 지하도에서는 여전히 아무런 단서도 보이지 않았다. 백인추가 초조함을 느끼기 시작했을 때 포도청으로 편지가 한 장 날아왔다. 누가 어디서 가져온 것인지 모르는 것이었다.

백인추는 겉봉을 열었다.

포도대장 백인추 상전.

돈수하고 아뢰옵나이다.

제 편지를 받으시면 무척이나 놀라실 거라 생각됩니다만, 이제 유령이 다시 세상에 나타날 일은 없을 것이오니 안심하시기 바랍니다. 저는 이 편지를 써놓고 자결을 할 작정입니다. 처를 빼앗기고 죽은 사람으로 세상에 남아 있으니 제가 더 살 명분이 없기 때문입니다. 저는 유령이 아니고 인간 옥채유입니다. 그리고 아시다시피 죽은 해월의 남편이었습니다. 석영서는 저를 죽이라고 명하고 제 목을 자른 칼을 바치라고 했습니다. 그러나 저는 그렇게 쉽게 목이 잘릴 수가 없었습니다.

저를 죽이러 간 포졸들은 저를 형으로, 스승처럼 섬기던 사람들이었습니다. 그들은 칼로 자기의 팔을 죽 그어 피를 묻히고는 저더러 달아나라고 했습니다. 그리고 그들은 자신들의 피가 묻은 칼을 바쳐서 석영서를 속였고 저는 산속으로 달아났습니다.

그리고 4년 동안 열심히 검술을 연마했습니다. 제가 주로 있던 곳은 포청의 서고였고, 거기에는 각종 무술 비서들이 있었기에 저는 틈틈이 그 책들을 읽고 무술을 연마했습니다.

제 목숨을 구해준 포졸들도 제게 무술을 배웠습니다. 하지만 저는 본래 근본이 책상물림이라 무술의 진보가 없었습니다. 그런데 하늘이 이런 시련을 내려 저는 무술 연마에만 혼신의 힘을 쏟아부어 마침내 대성을 이룰 수 있었습니다.

하늘이 저를 돕느라 석영서는 해월을 유 진사 댁에 두었습니다. 저는 포청의 문서 중에서 유 진사 댁 지하도를 본 적이 있습니다. 저는 산에서 내려와 해월의 행방을 알고는 바로 그 문서를 포청의 서고에서 훔쳐 냈습니다. 세상에 알려진 지하도의 규모는 이 문서의 백분의 일도 되지 않습니다. 이 지하도는 삼국 시대로부터 내려오는 것이라고 하며 본래 자연적인 지하 동굴에 여러 가지 장치를 덧붙인 것이라 합니다. 여기에는 기구와 장치들이 있어서 겉으로는 알 수 없지만 장치를 가동시키면 통로가 열리도록 되어 있기에 제가 들고 날 때 마치 유령처럼 보였던 것입니다. 저 역시 첫날 그 지하도를 들어갔다가 백발의 노인을 만나 유령이 나타난 줄 알고 간담이 서늘해진 적이 있습니다. 이 백발노인이 석영서가 잡았다는 유령인데 저와는 아무 상관이 없습니다. 지하도에서 저를 만나 깜짝 놀란 백발노인은 도망치다가 돌아서서 저와 몇 합을 겨루었는데 그 칼 솜씨로 볼 때 왜인이 틀림없어 보였습니다.

백발노인은 임진왜란 때 우리나라에 출병한 왜병인데 낙오해서 섬나라에 돌아가지 못하고 이 지하도에 숨어들어 이 집 저 집 드나들며 먹을 것, 입을 것을 훔쳐서 연명해 왔습니다. 이 때문에 유 진사 댁에도 귀신이 있다는 소문이 돌았고, 헐값에 집을 내놓고 말았던 것입니다. 석영서는 이런 사실을 알고도 개의치 않고 집을 사들였습니다. 저는 첫날 먼저 석영서를 찾아가 불시에 일검을 날렸는데 석영서가 재빠르게 피해 어깨에 가벼운 상처를 주는 데 그쳤습니다. 기습이 실패하면 포졸들에게 포위당할 우려가 있어서 저는 그 집을 빠져나와 해월의 집으로 향했습니다.

그곳에서 경고의 의미로 해월의 몸종 둘을 잡아다가 옷을 벗기고 벽장 속에 넣었습니다. 해월에게 파렴치한 행동을 경고하는 의미였습니다. 그런데 미처 생각하지 못한 일이 일어난 것입니다. 늙은 왜놈이 좀도둑질을 하려고 벽장으로 들어왔다가 음욕이 발동해서 한 계집종은 죽이고 다른 계집종은 데리고 지하도로 들어간 것입니다. 욕정을 채우고는 역시 잔인하게 죽여 버렸습니다. 그것을 알고 저는 백발 왜놈을 만나는 대로 죽인다고 이를 갈았는데, 어찌나 교묘히 지하도를 숨어 다니는지 좀체 잡을 수가 없었습니다.

그날 저는 계집종들이 죽은지도 모르고 해월을 응징하고자 해월의 방 앞에서 오락가락하고 있었습니다. 그런데 별안간 해월이 고함을 지르며 뛰쳐나와 저 역시 놀라고 말았습니다. 아차 하는 사이에 해월이 포졸의 방으로 뛰어들어 예기치 않게 칼을 섞게 되었습니다. 이 사내의 창 솜씨는 예사가 아니라 어깨에 상처를 입고 말았습니다. 저는 며칠을 상처를 치료하고 한편으로는 백발 왜놈을 쫓았습니다. 다급해진 백발 왜놈은 집으로 뛰쳐 들어갔다가 포졸들에게 잡힐 뻔하기도 했습니다. 그런데 전화위복이라고나 할까요, 그 사건으로 석영서가 해월의 집으로 들어와 앉은 것입니다. 저는 먼저 백발노인을 잡아 내력을 캐물어보고는 달아났기 때문에 하는 수 없이 죽여 버렸습니다. 40여 년을 말을 해보지 못했다고 하니 기가 찰 노릇이었습니다. 저는 이 자를 우물 입구에 반쯤 걸쳐놓고 포졸의 목소리를 흉내 내 유령이 이곳에 나타났다고 포졸들을 따돌렸습니다.

포졸들은 이미 죽은 시체에 다시 도검을 꽂은 다음에야 다가갈 수 있었을 것입니다. 다음에 저는 석영서와 대결을 해서 그에게 모욕을 주었습니다. 벌거벗고 떨고 있는 그를 보며 통쾌하게 웃었습니다. 제 복수는 그것으로 족했습니다. 저는 살인마도 아니고 무뢰한도 아닙니다. 나리께서는 저처럼 억울한 사람이 다시는 나오지 않게끔 나라를 잘 보살펴 주시기를 엎드려 비옵나이다.

옥채유 근계

가로지르기

장우석

계간미스터리 2014년 봄호에 단편 「대결」로 등단했다.
이후에 발표한 단편은 「안경」, 「파트너」, 「방해자」, 「영혼 샌드위치」가 있다.

쉬익, 쉬익 움직일 때마다 몸속에서 소리가 난다. 주위가 어두워서 분간이 잘 안 된다. 영혼을 빨아낼 듯한 차가운 기운이 주변을 채우고 있다. 움직이자 몸에서 다시 소리가 난다. 아프다. 뭔가가 몸속에 웅크리고 앉아 있는 느낌이다. 그나저나 윤희는 왜 안 보이는 걸까?

어두운 골목길 끝에 가로등이 보인다. 가로등은 마지막 숨을 내쉬는 환자처럼 위태롭게 불빛을 내고 있다. 길 건너편에 누군가 서 있다. 나는 가로등 불빛을 따라 큰 길로 나온다. 윤희가 건너편에서 웃으며 날 쳐다보고 있다. 차들이 무서운 속도로 지나간다. 입을 다문 채 운전대를 잡고 사라져 가는 얼굴들이 모두 같은 표정을 하고 있다. 나는 차들을 피해 건너편으로 날아간다. 어디선가 웃음소리가 들린다. 휙휙 차들이 지나간다. 윤희야, 겁낼 필요 없어. 나랑 같이 가면 돼. 윤희는 고개를 젓는다. 나는 윤희의 팔을 잡는다. 저 멀리서 화물차가 달려오고 있다. 내 눈에서 눈물이 흐른다. 윤희는 웃으며 손을 빼려고 한다.

퍽 하는 소리와 함께 윤희가 날려가서 도로변에 떨어진다. 화물차는 자신이 친 윤희를 다시 밟고 지나간다. 우드득 소리가 난다. 나는 팔을 앞뒤로 움직이지만 몸이 앞으로 나아가지 않는다. 어디선가 비웃는 소리가 들린다. 고개를 돌려봐도 주위에는 아무도 없다. 아래를 보니 주저앉는 내 하반신에서 갓난아기가 웃으며 나온다.

도연은 머리맡에 놓아둔 수건으로 이마에 흐르는 땀을 닦았다. 꿈속에서 윤희를 다시 만난 건 일주일 만이다. 도무지 이해할 수 없고 받아들일 수 없는 사건은 뇌세포 속에서 기억이라는 이름으로 도연의 일부가 되어버렸다.

✳　　　✳　　　✳

"옆자리 빈 거 같은데, 앉아도 돼?"

주도연은 조금 당황스러웠지만 서윤희의 눈빛과 말투 속에는 저항하기 힘든, 아니, 저항하고 싶지 않은 포근한 그 무엇이 있었다.

S여자중학교에 진학한 2년 6개월 동안 도연은 늘 창가 쪽 두세 자리를 독식하며 점심을 먹었다. 아이들끼리 수다 떠는 시끄

러운 소리도 적고 공간 여유도 있어서 좋았다. 급식 지도 교사들이 자리를 독식한다고 주의를 주었지만 가고 나면 그뿐이었다. 도연의 위세에 눌려 아무도 근처에서 밥을 먹지 않았다. 도연에 대한 정보가 없던 학생들이 가끔 시비를 걸었지만 돌아오는 것은 반찬 샤워였다.

그런 도연에게 며칠 전 전학 온 윤희가 옆자리를 요구한 것이다. 도연은 윤희를 한참 동안 쳐다보더니 말없이 식판을 옆으로 놓으며 걸쳐 앉아 있던 의자 하나를 주었다. 도연이 윤희의 머리에 반찬을 털까 봐 식판을 들고 미리 대피하던 학생들이 조용히 탄성을 질렀다. 학생 식당에 평화가 찾아온 것이다. 윤희와의 만남은 이렇듯 시시한 일상 속에서 조용하지만 강력하게 도연의 삶 속으로 들어왔다.

사회적으로 성공했지만 폭력적인 남편을 떠나 다른 돈 많은 남자 품에 안긴 어머니. 여자를 갈아치우며 넓은 집 구석구석에서 거의 매일 밤 파티를 벌이는 아버지. 머리가 굵어지면서 도연은 아버지가 자신의 사회적 성공과 삶의 유희에만 집중할 뿐 딸인 도연의 삶에는 관심이 없다는 사실을 알게 되었다. 자신의 사회적 평판 때문에 딸을 데리고 있을 뿐이었다. 붙어살고 있는 자신이 비참해질수록 학교에서의 도연의 삶은 거칠어져 갔다. 중학교에 진학하자 도연은 어머니를 찾기로 했다. 자신을 버리고 간 엄마를 안 보기로 맹세한 지 일 년 만이다.

"만나서 뭐 하려고?"

골프채를 천천히 돌리면서 아버지가 물었다. 입가에 웃음을 띠고 있다. 온갖 더러운 일이 매일 밤마다 벌어지는 곳, 서재라고 쓰고 섹스 룸이라고 읽는 곳이었다. 도연은 빨리 이곳에서 나가고 싶었다.

"그건 알 필요 없어. 연락처 알려줘."

"하하, 지 싫다고 버리고 간 년인데 그래도 엄마라고 보고 싶은 모양이네."

비웃는 입을 재떨이로 뭉개 버리고 싶었다. 하지만 말대꾸하다가 욕설이라도 나오면 그다음은 저 손에 든 골프채가 바람을 가른다. 망설임 없이 골프채로 딸의 허리를 내지를 수 있는 사람이다. 도연은 비웃는 얼굴로 아버지 손에 있는 메모지를 뺏듯이 잡아챘다. 바깥에는 인부들이 아버지가 새로 주문한 대형 고급 침대를 옮기고 있었다. 침대를 바꾸는 목적은 뻔했다. 구토가 나왔다. 도연은 다시는 서재에 들어가기 않기로 맹세했다.

엄마는 밝았다. 행복이 녹아 있는 목소리. 그 지옥에 도연을 놔두고 혼자 빠져나와서 누리는 행복의 대가는 딸의 미래였다. 호들갑스러운 안부 인사와 학교생활에 대한 과도한 질문은 도연을 만나지 않으려는 의도를 너무 쉽게 내비치고 있었다. 그녀는 도연이 중학교에 진학했다는 사실도 인지하고 있지 못했다. 더 이상 듣고 싶지 않았다. 도연은 상대방이 원하는 줄 알면서도 휴대폰을 끊었다.

독립적으로 살아가는 건 생각만큼 힘들지 않았다. 처음은 좀 낯설고 어색했지만 적응하니 괜찮았다. 도연은 하고 싶은 대로 했다. 수업이 듣기 싫으면 운동장에 있는 나무 의자에 누워 잤고, 교복은 입고 싶은 날에만 입고 갔다. 식당에서 시비 붙은 상대방의 얼굴에 식판을 비비고 복장 위반으로 벌점을 받은 자신에게 짜증을 부리며 남편 연봉 운운하는 담임을 쳐다보며 '그럼 우리 아버지한테 시집오시든가'라고 응수하기도 했다. 그런 날은 찜질방에서 잤다. 학교에서 집으로 연락이 가기 때문이다. 분노의 골프채는 사양이다. 도연은 자신에게 쏟아지는 눈길을 즐기고 또 즐겼다. 그것이 분노든 두려움이든 짜증이든 상관없었다. 얼마 지나지 않아 도연은 폭탄으로 공인되었다. 중학교가 의무교육이라서 퇴학이 불가능하다는 점이 아니었다면 도연은 진즉에 퇴학당했을 것이다.

중학교 3학년이 되자 분위기가 달라졌다. 고등학교 진학 때문이다. 공부 좀 하는 아이들은 특목고와 자율고에 진학하려고 내신 관리에 여념이 없었다. 다른 아이들도 일반고에 대한 정보를 공유하며 진학 모드로 들어갔다. 교사들은 자신의 학급 학생들을 좋은 고등학교에 진학시키려는 경쟁에 들어갔다. 교실에서 대놓고 웹툰을 봐도 누구 하나 신경 쓰지 않았다. 바쁘게 움직이는 친구들 사이에서 도연은 지독한 외로움을 느꼈다. 3학년 생활은 자신의 삶이 타인에게 그 어떤 존재감도 갖지 못한다는 사실을 매일 확인하는 날들의 연속이었다. 도연은 폭탄에서 잉여 인간으로 수직 낙하했다. 아니, 처음부터 그랬다. 태어날 때부터 도연은 잉여인간이었다.

"도연아, 이번 일요일에 우리 집에 올래?"

친구 집에 간 적이 없는 도연은 대답이 바로 나오지 않았다.

"으응, 뭐… 좋아. 그런데 너네 집에 가도 돼? 부모님 계시잖아."

윤희는 웃음을 머금은 얼굴로 고개를 끄덕였다.

"그날 내 생일이야. 부모님께 도연이 너 온다고 했어. 그냥 편하게 와. 맛있는 거 먹고 수다 떨고 놀자."

윤희 어머니는 병으로 누워 있었다. 외동딸인 윤희가 초등학생 때부터였다. 윤희 동생을 낳다가 동생은 사산되고 어머니는 자리에 눕게 되었다. 의사는 어머니가 목숨을 건진 게 기적이라고 했다. 윤희 아버지가 W여자고등학교로 전근을 오자 윤희네는 아버지의 새 직장 근처로 이사를 오게 되었다. 아버지가 힘들다고 윤희가 우겨서 오게 된 이사라고 했다. 따지고 보면 도연이 윤희와 만나게 된 건 윤희 어머니의 병 때문이었다.

"도연이는 건강한 거 같아서 다행이다. 윤희는 약해서 걱정이야."

너털웃음을 지으며 윤희를 쳐다보는 서민수의 눈에는 딸에 대한 애틋함과 미안함이 녹아 있었다. 아버지라고 다 같은 아버지가 아니다. 이들과 가족이 되고 싶다. 도연은 밤마다 여자들을 갈아치우며 돈 쓰기 바쁜 누구를 생각했다가 얼른 머릿속에서 지워 버렸다. 재수 없어.

"그건 그렇고, 정말 놀랐다. 지금까지 윤희와 같은 머리털은 본 적이 없거든. 어떻게 이렇게 같을 수 있는지. 너희 둘은… 뭐

랄까… 남녀로 비유한다면 천생연분이라고 말할 수 있을 것 같구나. 하하!"

처음에 마음이 움직인 건 머리카락이 아니었다. 그건 윤희의 두 눈이었다. 깊은 슬픔을 안고 있으면서도 그 슬픔에 매몰되거나 원망하지 않고 기꺼이 끌어안는 눈빛. 그 편안한 눈빛이 도연의 마음을 연 것이다.

도연은 윤희의 빨간 머리가 염색일 거라고 생각했다. 그건 윤희도 마찬가지였다. 나중에 본래의 머리색임을 알게 된 두 여학생은 서로의 머리를 잡아당기며 기쁨의 비명을 질렀었다.

S여중은 교사가 넓었다. 동쪽에 있는 운동장과 도서관 건물 사이의 길 주변으로 나 있는 숲에 고양이 두 마리가 살고 있었다. 길냥이들인데 언젠지 모르게 교내로 흘러들어 온 것이다. 암놈과 수놈이다. 넓은 교사에는 마음껏 뛰어놀 안전한 공간과 교내 식당에서 배출되는 각종 음식물 쓰레기가 있었으니 그들에겐 최적의 장소였다. 고양이들은 낮에는 잘 보이지 않다가 사람들의 움직임이 뜸해지는 저녁 시간에 주로 학교를 배회했다. 여학생들은 대체로 고양이를 반겼다. 하지만 싫어하는 교사들도 있었다. 얼마 지나지 않아 새끼들이 태어났다. 학생들은 새끼 먹이를 준비해 오기도 하고 고양이가 주로 다니는 도서관 뒤쪽에 먹이 그릇을 따로 놓아두기도 했다. 가끔 낮에 고양이 새끼가 쏜살같이 교사를 지나갈 때면 학생들이 환호성을 지르며 뒤따라가기도 했다. 그러고 나서 사건이 터졌다.

고양이들이 며칠 동안 보이지 않자 특히 새끼를 귀여워하던 윤희는 먹이를 들고 점심시간에 숲에 있는 고양이 아지트를 찾았다가 나란히 누워 있는 사체를 발견했다. 노란빛의 수컷은 보이지 않았다. 극도의 슬픔 속에서 윤희의 머리에 독이라는 단어가 떠올랐다. 윤희는 도서관 뒤쪽으로 내달려가 먹이 그릇을 모두 수거했다.

학생들은 슬퍼했고 또 분노했다. 범인을 잡아야 한다는 분위기로 연일 학교가 들썩였지만 학교장의 간곡한 부탁과 교사들의 설득으로 분위기는 조금씩 잦아들어 갔다. 고양이 먹이에 독을 탄 건지 아닌지도 확실치 않으며 설령 그렇다고 해도 이렇게 시끄럽게 구는 건 학교 이미지에 좋지 않은 결과를 초래한다는 내용이었다.

도연이 쓴 대자보의 내용은 다음과 같다.

학교 안의 누군가가 고양이를 살해한 것이 분명하다. 고양이 살해는 엄연한 범죄 행위이므로 진상을 명확히 밝히고 범인을 처벌하는 것이 학교 명예를 높이는 길이다. 먹이 그릇은 고양이 시체 발견 직후 모두 수거하여 잘 보관하고 있으며 경찰에 제출할 예정이다.

경찰 조사 결과 예상대로 두 개의 먹이 그릇에서 비소와 특정인의 지문이 다량으로 나왔다. 소문이 퍼지자 학교가 들썩였다. 다음 날 교장은 경찰 조사에서 자신의 범행을 시인했다. 범행 이유는 교사 내의 위생 때문으로 알려졌다. 학부모들의 항의 전화 때문에 어쩔 수 없었다고 했다. 자신의 알량한 이미지 관리 때문에 살아 움직이는 생명체에게 독을 먹일 수 있다는 사실을 도연은 믿을 수 없었다. 더욱 한심한 일은 교장을 두둔하며 학생들을 비난하는 교사들이 많았다는 사실이다. 도연은 어른들의 위선과 이기심에 치를 떨었다. 어쨌건 고양이 사건의 해결은 도연과 윤희의 팀워크의 결과물이었다.

윤희는 도연의 몫까지 도시락을 싸왔다. 학교 도서관 건물 옆에 벤치가 있다는 사실을 도연은 3학년이 되어서야 처음 알았다. 오로지 밥을 먹기 위해서 400명이 넘는 인원이 비좁은 공간에 수용되어 몇십 분 동안 기계처럼 팔을 아래위로 움직이는 행위는 일종의 집단 노동에 가까웠다. 집단 노동의 현장에서 벗어나 하늘과 맞닿은 열린 공간에서 벤치에 앉아 윤희와 음식을 나누는 일이 주는 행복감은 일상에 대한 감사로 이어졌다.

도연은 윤희가 읽는 책을 따라 읽으면서 조금씩 책에 관심을 갖게 되었다. 거의 매일 하던 지각도 하지 않게 되었다. 윤희와 같은 고등학교를 지원하려면 지금의 도연 성적으로는 불가능했다. 조금이라도 기본기가 있는 영어는 도연 스스로 공부하기로 하고 수학과 과학을 윤희가 가르쳐 주기로 했다. 교복 바지를 입은 도연과 단정한 치마 차림의 윤희가 방과 후에 같이 걸어가는 모습은 묘하게 잘 어울렸다. 도연의 단발과 윤희의 긴 생머리가 노을빛을 새빨갛게 반사하고 있다.

공부는 주로 방과 후에 도연의 집과 윤희의 집에서 번갈아 가며 했다. 둘의 집이 가까웠기 때문에 아무래도 공간이 넓고 공부하기 편한 도연의 집에서 하는 날이 많았다. 잠시 쉴 때는 시끄러운 음악을 틀어도 문제없었다. 방음 장치가 잘되어 있기 때문이다.

도연의 학교에서 더 이상 전화가 오지 않자 도연의 아버지는 용돈을 올려줬다. 도연에게 나쁠 건 없었다. 가끔 집 안에서 만나면 아버지는 히죽거리며 도연에게 윙크까지 하곤 했다.

넓은 집이 주는 여유와 안온함을 도연은 윤희와 같이 공부하면서 처음 느꼈다. 늦은 시간에 서재와 거실을 왔다 갔다 하는 술 취한 소리가 분위기를 깨는 것만 빼면 말이다.

2학기 중간고사 기간 중의 어느 날이었다. 다음 날 시험 과목이 수학이어서 그날 밤은 도연의 집에서 하기로 했다. 도연은 자신이 풀지 못한 문제를 모아서 정리하면서 윤희에게 질문을 했다.

"무턱대고 풀려고 하지 말고 어디까지는 이해가 되는데 어디서부터 모르겠는지 그 지점을 찾아내는 게 중요해."

"그건 알겠는데 공식들이 머리에서 헷갈려. 시험에서 잘 기억해 낼 수 있을까?"

"……"

"윤희야, 잠깐 쉬었다가 하자. 벌써 새벽 한 시야."

"그래, 도연아. 여유 있게 하는 게 좋을 거 같아. 나가서 뭐 좀 사올까?"

"어허, 손님이 사오다니. 당연히 주인이 가야지."

생각 같아서는 냉장고에 있는 양주라도 한 모금 마시고 싶지만 그건 시험 이후로 남겨두기로 했다. 아무래도 시험 스트레스에 노출된 여중생에겐 인스턴트 음식이 최고다.

　도연이 편의점에서 돌아왔을 때, 윤희는 누워 있었다. 일요일 봉사 활동 때문일 것이리라. 윤희는 집에서 어머니를 돌보면서도 매주 일요일에 네 시간씩 독거노인 돌봄이 봉사 활동을 하고 있었다. 날개 잃은 천사가 아니라 날개가 필요 없는 천사였다. 주변을 늘 환하게 밝혀줘서 그 영혼들이 기쁨에 겨워 마음껏 날아다니게 만드니까 말이다. 침대에 비스듬히 누워 잠들어 있는 윤희를 깨우려던 도연은 가만히 서서 윤희를 바라보았다. 도연의 몸에 조금씩 전류가 차오르고 있었다. 이윽고 도연은 윤희를 마주 보며 곁에 누웠다. 도연의 손이 윤희의 얼굴에 닿는 순간 윤희의 두 눈이 열렸다. 깨어 있었던 것이다. 아니, 도연의 손길을 기다리고 있었으리라. 윤희의 얼굴에 눈물 자국이 보인다. 도연의 얼굴에 웃음이 차오르며 두 눈에서 기쁨의 눈물이 흘렀다.

　윤희와의 첫 키스는 각별하다는 말로는 다할 수 없는 기쁨이었다. 도연은 살아 있다는 말의 의미를 비로소 이해했다. 그것은 누군가와 사랑을 나눈다는 말의 다른 표현이었다. 텅 빈 집만큼이나 공허하던 도연의 마음은 나날이 충만해지고 있었다.

　"어서 오너라. 윤희가 어제보단 좀 나은 것 같구나."

　서민수는 미안한 표정으로 도연을 맞았다. 때 아닌 몸살로 학교에 오지 못한 윤희 때문에 도연은 이틀째 윤희 집에 들러야 했다. 서민수는 몸이 아픈 엄마 때문에 윤희가 아플 기회도 없었다고 농담하면서 윤희가 결석한 건 처음이라고 했다. 그렇다면 이번 기회에 며칠 쉬는 것도 나쁘지는 않으리라.

"도연아, 중간고사 성적 잘 나왔어?"

서민수가 부엌으로 가자 윤희가 웃으며 말했다. 집이 좁아서 윤희 방과 아버지가 사용하는 큰 방, 그리고 부엌과 방들 사이에 놓인 나무로 된 마루가 전부였다. 윤희의 어머니는 한 달 전부터 병원에 입원 중이다. 윤희 방은 부엌과 붙어 있었다.

"응. 네 덕분에 반에서 15등이나 올랐어."

어쩌면 시험공부를 핑계로 며칠 밤을 새우다가 윤희가 골병이 든 건지도 몰랐다. 윤희는 부드러운 미소를 잃지 않고 도연의 손을 잡았다.

"도연아, 그건 네가 노력한 결과야."

물론 그랬다. 도연의 성적은 그야말로 엄청난 노력의 결과였다. 하지만 15등, 아니, 150등이 올랐다 하더라도 그런 건 윤희 없는 이틀과 바꿀 수 있는 게 아니었다. 도연에게 공부는 윤희와 같은 고등학교에 진학하기 위한 수단일 뿐이기 때문이다. 내일은 올 수 있는 거지? 입 밖으로 나오려는 말을 삼키면서 도연은 미소 지었다.

"어이구, 부처님 나셨네. 그동안 아픈 줄도 모르고 홍길동처럼 날아다니니까 이번 기회에 좀 쉬라고 기회를 주는 거야. 그러니까 며칠 푹 쉬어. 노트 필기는 내가 책임질 테니까."

윤희는 백팩을 등에 메고 일어서는 도연의 손을 잡았다.

"도연아, 부탁이… 있어."

나가려던 도연이 다시 주저앉았다.

"내가 하던 봉사 활동… 말인데, 이번 주 일요일 한 번만 대신 해줄 수 없을까? 할머니들이 모두 내가 오는 줄 알고 있을 거야."

도연은 안도의 한숨을 내쉬며 웃음을 터뜨렸다.

"난 또 뭐라고. 무슨 큰일인 줄 알았잖아."

윤희의 봉사 활동을 대신 해줄 생각을 못했다는 자책감이 한 순간에 윤희의 역할을 대신 한다는 기대감으로 전환되면서 도연의 심장이 두근거렸다. 엄지를 올리며 일어서는 도연의 귀에 속삭이는 듯한 목소리가 들렸다.

"한 가지… 더… 있어."

도연은 미소를 지으며 윤희의 눈을 응시했다. 윤희는 고개를 끄덕이며 말을 밀어냈다.

"봉사 활동 끝나고 성당에서 잠깐 만나자. 사거리에 있는 큰 꽃 가게 알지? 그 꽃 가게 오른쪽으로 돌면 성당 입구가 나와."

성당이라니. 도연은 어리둥절했다. 윤희는 성당에 다닌다는 이야기를 한 적이 없다.

"너와 꼭 상의하고 싶어."

"……"

잠깐 동안 붉어졌던 윤희의 얼굴이 평온한 미소로 돌아왔다.

"봉사 활동, 생각보다 힘들 거야. 그럼 오늘 밤 푹 자, 도연아."

*　　　　*　　　　*

벽지 바르기는 처음 해보는 일이다. 벽에 풀칠을 하면 붙이기 편할 텐데 도연은 굳이 벽지를 바닥에 펴고 허리를 굽힌 상태에서 풀을 바른 다음 펼쳐 들고 벽에 붙이는 대학생 오빠가 이해되지 않았다.

"도연이라고 했지? 저 아랫부분 발라볼래? 종이는 저기 있어."

도연의 표정을 보던 남기정이 웃으며 말을 걸었다. 도연은 잘 보라는 듯이 풀을 벽에 듬뿍 바른 다음 종이를 벽에 대고 손으로 훑었다. 도연이 의기양양한 표정을 지으며 기정을 돌아보자 벽지가 바로 벽에서 떨어졌다. 기정이 웃으며 떨어진 벽지 조각을 집어 들었다.

"처음에 도배하는 사람들이 많이 겪는 과정이야. 벽에다 풀을 발라봤자 벽의 미세한 요철 때문에 풀이 종이로 잘 옮겨오지 않는 거거든."

"요철… 이요?"

"으응. 벽에 튀어나온 부분이 많다는 뜻이야. 눈에 잘 안 보이는."

기정은 윤희라면 알아들었을 거라는 표정을 짓고 있다. 도연은 과장되게 고개를 끄덕였다. 역시 뭐든 직접 부딪쳐 봐야 알게 된다. 자신이 아버지와 기 싸움을 하는 동안 윤희는 얼마나 많은 것을 경험했을까? 도연은 부끄러워졌다.

"도연… 학생, 여기 바를 동안 새 벽지 좀 잘라줄래?"

도연은 가위를 옆에 놓고 새 벽지를 가져와서 바닥에 폈다. 벽지에는 두 손 모아 기도하는 여자와 그 손을 맞잡고 서 있는 신부의 모습, 그리고 그 주변으로 날아다니는 작은 십자가들이 반복적으로 그려져 있었다. 죄를 고백하는 여인에게 내리는 신의 축복이었다. 여인의 붉은 옷이 노란 바탕에 잘 어울렸다. 인상적인 그림이다. 문득 윤희가 한 말이 떠올랐다.

왜 성당에서 만나자고 했을까? 윤희가 무슨 잘못을 저질렀을까? 아니면 누가 윤희를 해코지했을까? 도연 자신이 알지 못하는 어떤 일이 윤희에게 벌어졌을까? 남자 목소리가 들린다. 고개를 들어보니 기정이 웃는 얼굴로 도연을 부르고 있다. 벽지를 자르는 도연의 손이 빨라졌다.

비스듬히 서 있는 나무 십자가의 모습이 위압적인 느낌으로 다가왔다. 일요일 저녁 미사가 끝난 이후라 본당에는 도연과 윤희를 제외하고는 아무도 없었다. 윤희는 햴쑥해진 모습이다. 침묵이 길어질수록 도연의 마음속 요동은 조금씩 커지고 있었다. 도연의 입이 떨어지려 할 때 윤희가 독을 내뱉듯이 힘겹게 말을 밀어냈다.

"나… 좋지 않은 일… 당했어."

나쁜 예상이 맞아들어 가는 건 불쾌한 일이다.

"좋지 않은 일이라니? 그게 무슨 말이야?"

"……."

윤희는 나무 십자가를 바라보고 있었다. 뭔가를 고민하고 있는 듯하다. 안 좋은 일을 당했다는 말과는 달리 차분한 표정이다. 도연은 답답했다. 뭔가 말하려는 순간, 옆에서 끼익 하고 문이 열리는 소리가 났다.

"저녁도 안 먹고 어딜 갔나 했더니 여기 있었네."

서민수가 옆문을 열고 본당 안으로 들어오고 있다. 얼굴에 미소를 띠고 있었지만 눈 아랫부분에 그림자가 드리워져 있다. 윤희는 입을 다문 채 십자가에서 눈을 떼지 않았다. 도연의 표정이 굳었다. 윤희 아버지가 알게 해선 안 된다는 생각이 들었다.

"혹시나 하고 와보길 잘했다. 그런데… 둘이서 무슨 심각한 애기를 하던 중인가 보구나."

성당 안이 어두운 게 다행이었다. 도연은 상기된 표정을 어색한 미소로 감추며 말했다.

"아, 별일 아니에요. 학교 일로 의논하던 중이었거든요. 금방 갈게요. 걱정 마시고 들어가세요."

"……."

말없이 앉아 있는 윤희를 지그시 바라보던 서민수는 도연의 어깨를 툭 치며 문 쪽으로 몸을 돌렸다.

"무슨 문젠지 모르겠다만 기왕에 성당에 왔으니까 좋은 기운 받아서 잘 해결될 거야. 화이팅이다."

윤희에게 문제가 생겼다는 것을 눈치챈 게 분명했다. 문이 닫히자 도연은 윤희 쪽으로 조용히 다가왔다. 그리고 옆에 나란히 앉아서 앞에 서 있는 십자가를 바라보았다.

"일단… 무슨 일인지 들어보자, 윤희야."

"별일 아냐. 도연아, 그냥… 같이 기도하면 될 거 같아."

도연이 무슨 말인가 하려 하자 윤희는 고개를 돌려 도연을 바라보았다. 문틈으로 들어온 한줄기 빛에 드러난 윤희의 미소 속에서 주변의 어둠이 오히려 확연히 드러났다.

"같이 기도해 줘. 잠깐이면 될 거야."

윤희는 호들갑스럽게 도연의 손을 잡아끌고 십자가 앞으로 갔다. 손끝으로 격한 떨림이 느껴졌다. 윤희는 몸을 떨더니 천천히 고개를 들었다.

"아버지한테 뭐라고 할 거야?"

돌아오는 골목길에서 도연은 에둘러 물었다. 횡단보도 앞에서 집으로 가는 방향이 갈라진다. 윤희는 도연의 손을 잡은 채 말없이 걷고 있다. 차가 많이 다니지 않는 4차선 도로가 눈앞에 나타났다.

"그래, 말하고 싶지 않다면 더 이상 묻지 않을게."

도연은 신호등 앞에 서서 윤희의 얼굴을 어루만졌다. 윤희가 도연의 손에 손을 포개는 순간 신호등이 바뀌었다.

"미안해, 도연아. 나중에… 나중에 말해줄게. 꼭."

횡단보도를 건너는 도연의 눈에 뭔가가 들어왔다. 노란 고양이 한 마리가 어둠 속에서 고개를 삐죽이 내밀고 있다. 교장의 학살극에서 유일하게 목숨을 건지고 사라진 수컷, 보금자리라고 느끼고 둥지를 튼 곳에서 가족을 모두 잃은 불쌍한 녀석이 생각났다. 그놈일지도 몰랐다. 고양이를 쳐다보며 도로 끝에 거의 다다른 도연이 맞은편 길가에 서 있는 윤희 쪽으로 고개를 돌리는 순간, 가로수 옆에 웅크리고 있던 녀석이 도로 쪽으로 뛰어나왔다.

왼쪽에서 승용차 한 대가 달려오고 있다. 도연은 소리치며 달려 나갔다. 윤희의 날카로운 목소리가 들렸지만 도연의 눈은 승용차 쪽을 향하고 있었다. 승용차가 멈추고 고양이는 길 건너편의 어둠 속으로 사라졌다. 신호등은 아직 녹색이었다. 도연이 도로 한가운데서 안도의 한숨을 쉬며 윤희 쪽으로 고개를 돌리는 순간, 귀를 찢는 소음과 함께 건너편으로 튕겨 나갔다.

왜 하필 그 순간에 노란 고양이가 보였을까? 왜 하필 그 순간에 고양이가 튀어나왔을까? 왜 하필 그 순간에 반대편에서 화물차가 달려왔을까? 왜 도연은 자신에게 달려오는 윤희를 보지 못했을까? 왜 하필 그날 성당에 갔을까? 왜 삶은 이토록 잔인하고 불합리한 것인가? 왜… 나는… 살아 있는 것인가?

도연은 윤희의 장례식장에 가지 않았다. 윤희의 죽음을 사실로 확정하는 절차에 참여할 수 없었다. 윤희를 따라가고 싶었다. 죽음이 그토록 어처구니없는 것이라면 삶에 무슨 의미가 있을까 싶었다. 하지만 윤희는 도연을 살리고 죽었다. 끔찍한 불합리와 몸서리치는 무의미의 연쇄 속 어딘가에 도연이 죽지 않은 이유가 있을까. 그 의미를 찾아야 했다. 살아야 할 이유를 찾아낼 수 있다면 모든 것을 의미의 연쇄로 바꿀 수 있으리라. 도연은 답을 구할 때까지 세상에 나가지 않기로 했다.

윤희가 되는 것이다. 달려오는 화물차로부터 도연을 구하고 대신 떠나 버린 윤희의 '삶'을 살려내는 것이다. 시간이 그대로 흘러갔다면 윤희가 자연스럽게 누리며 살았을 삶을 사는 것이다. 도연의 몸으로 윤희의 삶을 사는 것이다.

윤희는 근처의 W여고로 진학하기를 원했다. 학교가 명문이기도 했지만 아버지 서민수가 근무하고 있는 곳이라는 이유에서였다. 도연은 놀랍기도 하고 부럽기도 했다. 아버지와 하루 종일 가까운 거리에 있으며 자신의 일거수일투족이 오픈되는 것이 끔찍하다고 생각했기 때문이다.

도연은 착실한 모범생이 되어 명문인 W여고에 진학했다. 배정제가 아닌 학교 선택제를 통해 들어갔기 때문에 도연의 노력의 크기를 알 수 있는 결과였다. W여고에 입학한 후에도 도연은 자습실에서 매일 밤늦게까지 공부하고 귀가했으며 휴일에도 학교에 나갔다. 식사와 빨래 등 생활 전반의 불편함은 지금까지 그랬던 것처럼 파출부 아주머니가 해결해 주었다. 성적이 올라갈수록 도연의 용돈도 올라갔지만 도연의 아버지는 더욱더 자신의 생활을 만끽했다. 하지만 도연은 개의치 않았다.

도연은 서민수가 고마웠다. 도연을 원망하는 마음이 조금은 있을 법도 하건만 서민수는 그런 느낌을 전혀 주지 않았다. 오히려 도연이 W여고로 진학하자 기특해하며 눈시울을 붉히기까지 했다. 입학 첫날, 도연은 체육 교사실에서 서민수와 함께 소박한 축하 파티를 벌였다.

"도연아, 앞으로 우리 윤희 몫까지 열심히 잘해내야 한다."

종이컵에 넘치게 따른 포도 주스를 마시는 도연의 눈에서 눈물이 번져 나왔다.

"예, 아저씨. 그럴게요. 열심히 공부해서 윤희가 되고 싶어하던 기자가 될 거예요. 지켜봐 주세요."

눈물방울에 서민수의 아빠 미소가 비쳤다.

윤희 어머니의 병세는 계속 악화되었다. 해를 넘기기 어려울 거라는 서민수의 이야기는 도연의 마음을 더욱 어둡게 했다. 병실에 누워 있는 윤희 어머니의 손을 잡고 도연은 말했다. 내가 윤희처럼 좋은 딸이 되겠다고. 그러니 힘내서 대학을 졸업하고 기자가 되는 순간까지만 살아 계셔 달라고. 윤희 어머니는 도연을 물끄러미 바라보았다. 뭔가를 말하려는 듯한 그 표정 속에서 도연은 그날 밤 성당에서 자신을 바라보던 윤희의 표정을 떠올렸다. 윤희의 죽음이 준 고통 속에서 잊고 있던 의문이 잠잠해진 의식의 수면 위로 다시 떠올랐다.

왜 윤희는 성당에서 만나자고 했을까?

도연이 다그쳤을 때 윤희는 망설이고 있었다. 뭔가 중요한 고백을 하려고 한 게 분명했다. 그 순간에 윤희 아버지가 본당 안으로 들어오지 않았다면 윤희는 도연에게 뭔가 말했을지 모른다. 윤희가 당한 안 좋은 일이 뭘까? 윤희는 시시비비가 분명한 아이다. 고양이 학살 사건 때 도연이 쓴 대자보는 윤희의 아이디어였다. 그런 윤희가 도연에게까지 숨기려 한 안 좋은 일이 뭔지 도연은 상상이 가지 않았다. 주변 사람들에게 피해가 가기 때문일까? 하지만 그렇다고 아버지에게까지 숨긴 것은 납득하기 어려웠다. 아무것도 모르는 도연과 같이 기도함으로써 문제가 해결될 수 있다고 믿었을까?

윤희는 죽음을 통해 도연의 삶 속으로 온전히 들어왔다. 하지만 윤희가 죽음 직전에 당한 고통을 이해하고 해결할 수 없다면 그 삶을 제대로 받아낼 수 없었다. 도연의 주먹에 힘이 들어갔다.

"도연아, 도연아, 주도연! 이 녀석 지금 눈뜨고 졸고 있는 거냐?"

이석호의 목소리에 도연은 잠에서 깨듯 놀라 몸을 일으켰다. 학급 친구들의 웃음소리와 함께 현실감이 돌아왔다. 수업 시간에 딴생각을 하다니 윤희답지 않은 일이다. 도연은 마음을 다잡았다. 죄송하다는 눈빛을 보내고 자세를 바로 했다. 이석호의 온화한 목소리가 이어졌다.

"일자리, 복지 등 사회의 기초가 붕괴될수록 약자들에 대한 범죄가 늘어납니다. 사회적 약자란 노인, 아동, 여성 등을 말해요. 분노를 표출하고 싶은데 강자에게는 할 수 없으니까 약자가 대상이 되는 거죠."

지적받은 것도 만회할 겸 도연이 손을 들었다.

"선생님, 구체적으로 어떤 범죄유형이 있나요? 우리도 여잔데 조심해야 할 부분이 있을 것 같아서요."

이석호가 집게손가락을 폈다.

"두 가지만 조심하면 됩니다. 밤에 좁은 골목길로 다니지 말고 특히 SNS를 통해 모르는 사람은 만나지 마세요. 성범죄야말로 앞에서 이야기한 모든 범죄 중에서 대표적인 거니까요."

학생들이 고개를 끄덕임과 동시에 종이 울렸다. 7교시 마지막 수업이었다. 사회 과목을 가장 좋아하던 윤희를 생각하며 도연이 자리에서 일어설 때, 머릿속에서 뭔가가 번쩍였다.

학년 초의 긴장감이 여전한 4월이다. 자습실은 학업의 열기로 뜨거웠다. 도연은 자신의 자리에서 성범죄라는 키워드로 스마트폰을 검색하며 생각에 빠졌다.

윤희는 좋지 않은 일을 당했다고 했다. 그리고 가족과 도연에게 말하지 않았다. 가까운 사람에게도 말하기 어려운 일을 당한 것이다. 성범죄를 당했을 가능성이 있다. 만약 그랬다면? 가해자가 처벌받지 않았다는 의미가 된다. 그 일이 아니었으면 윤희가 그 시간에 성당에 갔을 리도 없거니와 그렇게 허무하게 떠났을 리도 없다. 도연의 눈에 불이 켜졌다.

윤희는 만나는 사람이 많지 않았다. 학원에도 다니지 않고 집과 학교 자습실만 다녔다. 범인은 당연히 남자일 것이다. 윤희의 행동반경에 걸리는 남자가 누구지? 스마트폰에는 연예인 성범죄 기사가 이어지고 있었다. 대부분이 남자 연예인이 가해자인 기사였다. 얼굴을 찌푸리고 기사를 내리는 도연의 머릿속에 떠오르는 남자가 있다. 독거노인 봉사 활동을 같이한 남자 대학생이다. 윤희의 삶을 살기로 한 도연이 봉사 활동을 다시 시작했을 때 그는 보이지 않았다. 도연은 대학생의 풀 범벅인 얼굴을 떠올리며 인상을 찌푸렸다. 윤희가 성당에 다녔다면 성당 관계자 중에도 용의자가 있을 수 있다. 도연은 곧 고개를 돌렸다. 성당에 범인이 있다면 윤희가 성당에서 만나자고 했을 리가 없다. 스마트폰 화면에 성범죄에 관한 전문가의 글이 하나 보였다. 클릭하려 할 때, 누군가 어깨를 툭 쳤다. 고개를 돌리니 이석호가 미소를 짓고 있다. 이번에는 자습감독이었다. 반사된 빛 때문에 눈부셨다. 이석호가 주변에 안 들리게 속삭였다.

"폰 가지고 놀고 싶으면 집에 가서 해라."

도연은 자리에서 일어섰다. 한 손으로는 스마트폰을 클릭하며 다른 한 손으로는 가방을 멘 다음 번쩍이는 대머리를 뒤로하고 조용히 자습실을 나왔다. 그래, 지금은 공부할 때가 아니었다.

성범죄의 대부분은 가까운 사람에게서 발생합니다. 잘 아는 사람, 친척, 가족에게서 주로 발생하죠. 접근성이 좋고 기본적인 신뢰가 있기 때문에 오히려 범죄 대상이 되기 쉬운 겁니다. 피해 발생 이후에 신고가 어려운 이유도 범인이 가까운 사람이기 때문입니다. 피해자 입장에서도 결과를 감당하기가 쉽지 않죠.

스마트폰을 잡은 손이 떨렸다. 전문가의 글은 지극히 상식적이었다. 왜 지금까지 이렇게 명백한 걸 생각하지 못했을까. 윤희는 도연에게 말하지 않은 게 아니었다. 말하지 못한 것이다. 도연은 혀를 찼다.

윤희는 성당이라는 공간의 힘을 빌려 도연에게 자신이 당한 뭔가를 고백하려고 했다. 하지만 결정적인 순간에 서민수가 나타났다. 서민수가 갑자기 본당에 나타났지만 윤희는 아버지 쪽으로 고개조차 돌리지 않았다. 그리고 고백을 포기했다. 진즉에 이상하게 생각할 일이다. 빌어먹을.

서민수는 딸을 계속 감시해 왔을 것이다. 어쩌면 윤희가 교통사고를 당할 때 근처에 있었을 수도 있다. 여기까지 생각한 도연의 머릿속에 한 번도 생각해 보지 않은 가능성이 떠올랐다. 어쩌면 윤희는 충동적으로 자살한 게 아닐까? 그렇게 생각하면

서민수가 도연을 원망하지 않은 이유도 설명된다. 윤희가 죽음으로써 자신의 범죄가 드러날 일이 없어졌으니까. 이상의 추론이 사실이라면 서민수는 용서 받아서는 안 된다.

윤희가 성범죄의 피해자이며 서민수가 가해자라는 증거가 현재로서는 없다. 게다가 피해자인 윤희가 사망했기 때문에 설사 도연이 어떤 증거를 발견한다고 해도 범인에게 죄를 묻기 어렵다.

횡단보도 앞은 평화로웠다. 신호등이 바뀌고 도연은 천천히 건너기 시작했다. 그날 여기서 도연을 밀치고 화물차를 맞는 순간, 윤희가 어떤 마음이었을지 알고 싶었다. 사월의 싱그러운 바람이 뺨을 스쳤다. 도연은 멈춰 서서 주변을 둘러보았다.

'윤희야, 너에게 나쁜 짓을 한 사람을 찾은 거 같은데 어떻게 해야 좋을지 모르겠어. 도와줘.'

시끄러운 소리에 고개를 돌리니 택시가 빵빵거리고 있다. 반대편에서는 승용차 운전수가 머리를 내밀고 뭐라고 소리치고 있다. 신호등 색깔이 바뀌어 있다. 정신이 번쩍 들며 건너편으로 뛰어갔다. 클랙슨 소리는 윤희의 질타 같았다. 학교에서 끔찍한 고양이 시체들을 보았을 때 윤희는 냉정하게 먹이 그릇을 수거했다. 도연이었으면 힘들었을 판단이다. 그래, 우선 사실 확인부터 하는 게 순서다. 판단은 그다음이다. 도연은 몸을 되돌려 학교로 갔다. 체육 교사실은 잠겨 있었다.

* * *

간간이 악몽을 꾸었지만 오늘은 조금 달랐다. 꿈속에서 들리던 웃음소리는 누구의 것이었나. 꿈속의 갓난아기는 끔찍하다 못해 처참했다. 갓난아기가 성폭행 피해를 상징한다면 왜 윤희가 아닌 도연 자신의 몸에서 나왔을까? 도연은 눈물을 흘렸다.

거울 앞에서 준비를 끝낸 도연은 가방을 챙겼다. 악몽을 꾼 날에는 새벽에 집을 나와 24시간 햄버거 가게에서 시간을 보내다가 학교에 간다.

현관문을 닫으려는데 안쪽에서 무슨 소리가 났다. 문손잡이를 잡은 채 뒤돌아보니 대형 노란 팬티가 비틀거리며 거실을 가로지르고 있다. 문득 그날 밤 도로를 가로지르던 노란 고양이가 생각이 났다. 엉뚱한 생각이 들었다. 혹시 독 때문에 가족을 잃은 고양이가 먹이를 주던 윤희와 도연에게 보복하려 한 게 아닐까? 노란 팬티, 아니, 아버지는 문 앞에서 도연 쪽을 슬쩍 쳐다보더니 이내 방 안으로 들어갔다. 바닥에 여자 구두가 흉하게 뒹굴고 있다. 도연은 쓴웃음을 지으며 현관문을 닫았다. 짐승보다도 못한 어른들이다.

*　　　*　　　*

"오늘은 청소라도 해드리러 왔어요. 시험 기간이라고 그동안 오지 못했잖아요."

도연은 미안한 표정을 지으며 서민수의 눈치를 살폈다. 서민수는 곤혹스러운 표정을 지었다.

"청소는 무슨. 약속이 있어 나가려던 참인데, 도연이 혼자 있으라고 말하기 미안하구나."

도연은 웃으며 손을 내저었다.

"어차피 정리하려면 몇 시간 걸려요. 걱정 말고 다녀오세요, 아저씨."

"그래, 그럼 저녁 챙겨서 먹고 가렴."

서민수를 배웅하고 돌아온 도연은 집 안에 남아 있는 윤희의 책과 노트를 모두 꺼내어 방바닥에 일렬로 펼쳐놓았다. 저 책들 속 어딘가에 있을지 모를 메시지, 아버지의 범죄를 고발하는, 아니, 암시하는 낙서라도 발견한다면 목적 달성이다. 도연은 심호흡을 한 뒤 맨 왼쪽 책부터 집어 들었다.

*　　　　*　　　　*

"어라? 불이 켜져 있네? 도연이 아직 안 갔니?"

서민수의 목소리가 들렸다. 도연은 가방을 챙기며 대답했다.

"예, 아저씨. 이제 가려구요. 늦으셨네요."

서민수가 문을 열고 들어왔다. 책과 노트가 깔끔하게 정리되어 있다. 책장과 다락에 있던 책들도 모두 방 한쪽에 정렬되어 있다.

"…도연이가… 이렇게 한 거니?"

들어보지 못한 낮은 목소리다. 도연은 천천히 일어섰다. 서민수의 표정이 굳어 있다. 상황이 좋지 않았다. 문 쪽에 서민수가

서 있기 때문에 도망치기도 어려웠다. 여차하면 가운데를 걷어차고 나가야 한다. 가방 끈을 쥔 손끝에 힘이 들어갔다. 그때였다.

"책을 좋아하던 아인데, 흐흑, 이렇게 펼쳐놓으니까 윤희가 지금 저기 앉아 있는 것 같구나."

서민수는 바닥에 꿇어앉으며 흐느끼기 시작했다. 다리에 힘이 풀리면서 도연도 방바닥에 주저앉았다. 몇 시간 동안 온몸의 감각을 전부 동원한 뒤라 에너지가 남아 있질 않았다.

저것이 연기라면 아카데미 주연상 감이다.

서민수의 배웅을 받으며 버스 정류장까지 온 도연의 마음은 복잡했다. 서민수가 윤희의 책을 고스란히 집 안에 보관하는 것도 이상하고 아까의 그 울음은 연기라고 하기엔 너무나 절절했다. 도연 자신도 서민수와 같이 울고 말았던 것이다. 메모는 없었다. 게다가 증거를 찾으러 갔다가 용의자와 같이 울고 오다니. 완벽한 실패였다.

윤희 어머니의 병세가 날로 악화되고 있었다. 도연을 알아보지 못하는 날이 계속되었다. 도연은 병원을 나오며 시계를 보았다. 봉사 활동 단체로부터 넘겨받은 K대 법대 봉사 동아리 연락처를 통해 간신히 그와 연락이 닿았을 때, 기정은 쾌활한 목소리로 도연을 반겼다. 도연이 만나자고 말하자 침을 삼키는 소리가 전화기를 통해 전해져 왔다. 도연은 고개를 좌우로 흔들었다.

'일단 만나보자. 범인이 아니라도 뭔가 건질지 몰라.'

"뭐야. 몇 달 지나니까 몰라보겠네. 그나저나 빨간 머리 참 잘 어울린다."

휴일이라 그런지 카페는 사람들로 붐비고 있었다.

"물어볼 게 있어서 만나자고 했어요."

도연은 차분하게 대꾸했다. 이 사람도 용의자 중 한 명이다.

"응, 물어봐."

기정은 도연 앞에 냉수를 놓아주었다. 도연을 본 시점부터 얼굴에서 웃음이 떠나지 않는다. 어쩌면 전화를 받은 순간부터인지도 모른다.

"그때 봉사 활동… 왜 그만뒀어요?"

기정은 도연을 빤히 쳐다봤다. 웃음이 멈춘 얼굴에 감동이 차오르는 중이다. 마주 보는 두 사람의 눈에 불꽃이 튀었다.

"사실은… 나도… 널……."

도연은 기정의 상기된 얼굴에 냉수를 뿌리고 싶은 충동을 느꼈다.

"오늘 만나자고 한 건 내 친구 윤희 때문이에요."

"……?"

"몇 달 전… 내가 윤희 대신 봉사 활동 하러 간 그날 윤희가… 교통사고로… 떠났어요."

기정의 얼굴에 떠올랐던 붉은빛이 급속도로 사라져 갔다.

"……."

"그 일이 있고 얼마 후 윤희가 하던 독거노인 봉사 활동을 내가 다시 시작했을 때… 대학생 봉사자가 여대생으로 바뀌어 있더라고요. 그때 그만둔 이유가 궁금해요."

기정의 얼굴에 다른 색이 조금씩 올라오고 있다. 리트머스지 같은 얼굴이다.

"친구 일은… 안됐다. 그런데 그게 나와 무슨 관계인지 모르겠어."

"궁금하다고 했지 관계 있다고는 안 했어요."

"난 윤희가 누군지도 모른다고. 그날 나도 대타로 봉사 나간 거야, 너처럼. 확인해 봐도 좋아."

생각지 못한 대답이다. 도연은 실망과 분노가 뒤섞여 붉으락푸르락한 기정의 얼굴을 바라보며 냉수를 천천히 들이켰다.

확인해 봐야겠지만 기정의 말이 사실이라면 그가 범인일 가능성은 없다. 두 번째 용의자도 실패다.

윤희 집에 숨어들어서 집을 확 털어볼까? 아니면 체육 교사실에서 서민수의 스마트폰을 훔쳐 삭제된 메시지나 영상을 복원해 주는 데로 가져가 볼까? 그런데 증거가 지금까지 남아 있을까? 있다고 한들 경찰도 아닌데 해주지 않을 것이다. 서민수가 방바닥에 주저앉아 흐느끼던 모습이 떠올랐다. 그날 이후 도연의 마음이 약해지고 있었다.

한 번은 확인해야 한다. 어떤 방법도 지금으로선 한계가 있다. 그럴 바에야 아예 직접 부딪쳐 보는 게 나을 수 있다. 서민수가 범인이라면 최소한의 동요를 일으킬 것이다. 햄버거 가게에서 저녁을 때우고 집으로 돌아가는 도연의 발걸음이 무거웠다.

요 며칠 계속 똑같은 악몽을 꾸고 있다. 악몽에서 깨어난 이

후가 가장 견디기 힘들다. 사람이 있는 곳이면 어디든 좋다. 새벽에 가방을 챙겨 나오는데 현관에 도연의 구두밖에 보이지 않았다. 사흘째다. 아버지는 자체 휴가 중이다.

"응, 도연이구나. 이리 와서 앉아라."
오후에 수업이 없어서 그런지 체육 교사실 특유의 땀 냄새가 없었다. 창문으로 들어오는 몇 줄기의 햇빛이 방 안에서 반사되어 조그만 전등 불빛이 여기저기 켜져 있는 것 같았다. 늘 들어오는 방이지만 오늘은 달라야 한다. 도연은 앉지 않았다.
"드릴 말씀이 있어요."
서민수는 미소 띤 얼굴로 싱크대 서랍을 열었다. 도연은 불끈했다. 밀리면 안 된다.
"윤희 얘기예요."
종이컵을 찾아 서랍을 뒤지던 서민수의 손이 멈췄다.
"윤희가 떠나던 그날, 성당에 오셨었죠?"
"……."
서민수는 서랍 문을 닫고 도연에게로 다가왔다.
"도연아, 좀 앉자."
두 사람은 마주 보고 앉았다.
"그날 성당에서 무슨 일이 있었니?"
서민수의 표정은 변화가 없었지만 목소리가 갈라지고 있었다. 도연은 천천히 심호흡을 했다. 이제 돌이킬 수 없다.
"그날 윤희가 제게……."

그때 호주머니 속 스마트폰이 떨어댄다. 도연의 얼굴이 구겨졌다. 진동 소리가 방 안을 채우고 있다. 꺼놓은 게 좋겠다.

"여보세요. 나중에 전화……."

"주도연 씨 되시죠? 저는 강남경찰서 소속 이수일 경장입니다."

"……?"

"주찬욱 씨가 아버님 맞으시고요?"

전화기 너머의 목소리가 들리는지 서민수는 말없이 듣고 있다.

"예. 무슨… 일이신데요?"

"아버님이 사고를 당하셨습니다. 주민등록상의 동거인으로 따님이 유일해서 연락드린 겁니다. 병원 지도는 카톡으로 보내드릴게요."

도연이 황당한 표정으로 전화를 닫자 서민수가 고개를 끄덕이며 일어서고 있다. 서민수는 도연을 차에 태우고 병원으로 향했다. 대낮에 악몽을 꾸는 기분이다.

경찰에서는 급성심장마비로 인한 사고사이며 현장에 같이 있던 사람을 참고인 조사 중이라고만 말해주었다. 아마 여자일 것이다. 아버지다운 최후였다. 눈물도 나오지 않았다. 도연은 병원을 나왔다.

난생처음 치른 장례식이었다. 절차가 마무리되자 도연은 집으로 돌아왔다. 이제 며칠 지나면 재산을 노리는 사람들과 빚쟁이들이 하나둘씩 들러붙을 것이다. 도연 자신을 버리고 떠난 엄마라는 여자도 올지 모른다.

끔찍하긴 했지만 그래도 지금까지 자신을 책임져 준 아버지였다. 소통 방식이 다르긴 했지만 윤희를 제외하면 도연이 주변에서 소통하던 유일한 사람이었다. 도연은 지난 몇 개월간 한 번도 들어간 적 없는 아버지 서재를 열고 안으로 들어갔다.

서재는 낯설었다. 침대의 위치가 바뀌어 있고 가죽 벨트와 가면 같은 것들이 벽에 걸려 있다. 방 안의 분위기와 어울리지 않는 커다란 책상 위에는 스마트폰 몇 개가 놓여 있다. 도연의 눈은 침대에 가 있었다. 세 명이 누울 수 있을 정도의 크기다. 침대가 새로 들어온 이후 도연은 아버지 서재에 들어오지 않았다. 도연은 침대 끝에 걸터앉았다. 시트는 깨끗하게 세탁되어 있었다.

아마 아버지는 이런 침대 위에서 심장마비를 일으켰을 것이다. 도연은 기분이 착잡했지만 아버지가 자신이 좋아하던 일을 하다가 원하던 상황에서 세상을 떠났으니 아쉬울 것이 없을 것이라는 생각이 들었다. 그런 사람이 몇이나 되겠는가. 침대 위에서 아버지의 명복을 빌고 일어서려는 순간, 침대 틀 안쪽에 있는 뭔가가 눈에 스치듯 들어왔다. 창문을 통해 서재 안으로 들어온 햇빛 조각이 아니었다면 그냥 지나쳤을 것이다. 그것은 침대 틀 사이의 틈과 관절에 한쪽 끝을 고정시킨 채 절묘하게 놓여 있었다. 침대 틀과 유사한 색깔이라서 더욱 눈에 띄지 않고 묻혀 있던 것, 그것은 머리카락이었다. 길고 새빨간 머리카락.

도연은 몸을 굽혀 긴 머리카락을 천천히 집어 들었다. 친숙한 머리카락을 보면서 도연의 머릿속에 흩어져 있던 정보들이 맹렬한 속도로 결합되었다.

몇 달 전 어느 날 윤희는 수학 공부를 하느라 새벽녘까지 도연의 집에 머물렀다. 침대가 서재로 들어온 며칠 후였다. 간식을 사오겠다는 윤희를 만류하고 도연이 집을 나왔다. 그때 아버지는 집 안에 있었다. 편의점이 멀리 떨어져 있고 또 간식을 데우느라 도연이 돌아오는 데 꽤 시간이 걸렸다. 그날 이후 윤희는 도연의 집에 오지 않았다. 그리고 학교를 결석했다. 도연의 눈에서 눈물이 멈추지 않고 흘러내렸다.

이윽고 도연은 침대에서 일어섰다. 그리고 서재를 샅샅이 뒤지기 시작했다.

매주 파출부가 정리하는 방이라 바닥과 벽 등에서 새로운 그 무엇은 나오지 않았다. 도연은 책상과 서랍을 뒤지기 시작했다. 책상 위에 있던 휴대폰과 얼마 안 되는 책을 모두 방바닥에 정렬했다. 서랍을 열어 속에 있는 노트와 수첩 등을 꺼냈다. 가장 맨밑 서랍은 잠겨 있었다. 다른 서랍보다 부피가 컸다. 망치를 가지러 일어서는 도연의 눈에 창문 옆에 서 있는 골프채가 들어왔다.

잠겨 있는 서랍 속에 들어 있던 앙증맞은 앨범에는 여자들의 사진이 날짜와 함께 진열되어 있었다. 정장을 입은 채 어색하게 미소 짓는 여자도 있고 침대에 걸터앉아 다리를 꼬고 환하게 웃는 여자도 있었다. 모두 서재에서 찍은 사진들이었다. 기념품이다. 아니, 수집품이라고 해야 할까. 앨범은 모두 열세 권이었다. 페이지를 넘기는 손이 떨려왔다. 입에서 욕설이 튀어나왔다.

윤희는 열 번째 앨범 중간쯤에 있었다. 블라우스 차림에 의젓하게 미소 짓고 있는 얼굴. 윤희는 도연의 아버지를 처음 보았다. 자신에게 곧 닥칠 일을 상상이나 했을까?

그날 밤 성당에서 윤희가 도연에게 하려 한 고백, 아버지 서민수가 들어오자 입을 다문 일, 그리고 도연의 손을 잡고 했던 말. 같이 손잡고 기도하면 될 거야. 윤희는 마지막 순간에 마음을 바꿔 도연의 아버지를, 아니, 성폭행범을 용서하려 했던 것이다. 도연은 앨범에 얼굴을 묻고 통곡했다.

＊　　　＊　　　＊

도연과 매일 시간을 보내면서 윤희 어머니의 상태가 조금씩 호전되기 시작했다. 전에 없던 일이다. 서민수도 기뻐했다. 이 사람들과 가족이 되고 싶다. 도연의 소망은 자신이 지켜야 할 약속과 정확히 합치되었다.

[지금 전화 받을 수 있지?]

이젠 호칭도 생략이다. 문자 메시지를 본 도연은 인상을 쓰며 병실 밖으로 폰을 들고 나왔다.

"어떻게 됐어요?"

"가능하대."

흥분으로 새빨개진 얼굴이 상상되어 도연은 웃음이 나왔다.

"정말이에요?"

도연의 호의적인 반응에 기정은 몇 초 동안 심호흡을 한 후 천천히 말을 이었다.

"저기… 그… 변호사 선배가 그러는데 도연이가 미성년이기 때문에 법적 친권자인 어머니의 동의 없이는 어렵지만 도연이가 성인이 되면 상관없다고 해."

연락 한 번 없던 어머니는 도연의 아버지가 죽자 세상에 둘도 없는 사람처럼 호들갑스럽게 도연에게 다가왔다. 유산 때문인 게 뻔했다. 부자와 재혼했음에도 불구하고 욕심은 신선하게 피어올랐다. 도연은 그런 사람을 어머니로 부르며 같이 살고 싶지 않았다. 고등학교를 졸업하면 도연은 자기 의지로 윤희 부모님의 딸이 될 수 있다. 법적으로 윤희가 되는 것이다. 윤희 부모님은 허락해 줄 것이다.

"재산은요?"

"어머니가 마음대로 손 못 대게 하는 절차가 있어. 법원에 신청하면 돼."

앞으로 2년 반 동안이다. 그 후에는 내가 관리할 수 있다.

"여러 가지로 고마워요. 그럼 내일 법원에서 만나요."

전화를 끊은 도연은 병실 안으로 들어왔다. 서민수가 기다리고 있다.

"윤희 엄마 금방 잠들었다. 늦었는데 도연이도 이제 가봐야지."

평화롭게 잠든 얼굴을 보면서 도연은 가방을 들었다.

병원을 나오면서 도연은 몇 번을 망설였다. 죄송하다는 말이 목구멍 속에서 맴돌다가 삼켜졌다. 하지만 그 말을 꺼내면 모든 것을 털어놓을 것만 같았다. 털어놓는 게 두려운 건 아니었다. 서민수가 바닥을 보며 걷는 도연을 슬쩍 보았다.

횡단보도 앞이다. 신호등이 깜빡이고 있다. 불빛이 도연에게 뭔가를 말하는 듯했다. 조금 있으면 신호가 바뀌고 도연은 오늘도 집으로 가야 한다. 그리고 영원히 고백하지 못할 것이다. 신호가 바뀌고 사람들이 도로 쪽으로 건너기 시작했다. 비가 그친 직후라 땅이 질척였다. 도연은 그대로 서 있었다. 언제쯤이면 도로를 마음 편하게 가로지를 수 있을까. 터는 게 좋겠다는 생각이 들었다. 문득 윤희가 생각났다.

윤희는 마지막까지 도연을 지켜주었다. 윤희가 성폭행범을 용서한 것도 그가 도연의 아버지였기 때문이다. 윤희다운 선택이었다.

신호 대기 선에 서 있던 차들이 앞으로 움직이기 시작했다. 아직 늦지 않았다. 도연은 도로로 걸음을 내달렸다. 서민수가 당황해서 소리를 질렀지만 도연은 개의치 않고 뛰었다. 윤희의 삶, 그것은 자신의 고통을 이해하고 필연으로 끌어안는 기꺼운 여정이었다. 어설픈 고백 따위 하지 않으리라. 도연은 아슬아슬하게 건너편에 도착했다. 가로질러 온 도로 위에는 차들이 어지럽게 달리고 있다. 도연은 건너편에서 안도의 한숨을 내쉬는 서민수에게 인사를 하고 햄버거 가게로 향했다. 뺨을 스치는 바람의 시원함만큼이나 배가 고팠다.

넘치는 상상력으로 오버하며 밤잠을 설칠 기정을 생각하니 웃음이 나왔다. 도연은 미소를 머금으며 가게 문을 열었다.

산적(山敵)

정가일

2000년 굿데이 스포츠신춘문예로 등단했다.
한국추리작가협회 사무국장 역임했다.
네이버북스에 『신데렐라 포장마차』, 『짐승의 시대』 연재 중이다.

이 순간이 현실이 아닌 것처럼 나와 짐승 주위의 공간이 기묘하게 왜곡되었다.

생각지도 못한 위험과 정면으로 조우하자, 퓨즈가 나간 것처럼 머릿속이 멍해지며 아무 생각도 들지 않았다. 하지만 내 몸은 반대로 어느새 홍영창[1]을 두 손으로 꼬나들고 자세를 낮춘 채 바위처럼 단단하게 서 있었다.

홍영창의 날카로운 날이 자신의 미간을 겨누자, 짐승의 눈빛이 더욱더 적대적으로 변했다. 그 눈 속에 내가 있었다.

----

1) 홍영창(紅影槍): 중국 무술 수련 및 표연에 쓰이는 창의 일반적인 형태. 물푸레나무 등의 질기고 탄력 있는 나무로 만들어지며 길이는 2미터에서 긴 것은 3미터에 이르기도 한다. 나무 몸통의 끝에 10센티미터 정도의 창날이 달려 있고 창날과 몸통 사이에 빨간 술이 달려 있다. 이것 때문에 창을 움직일 때 빨간 그림자가 보인다고 하여 홍영창이라는 이름이 되었다.

끝도 없이 이어지는 기암괴석과 미로처럼 얽힌 숲길을 빠져나와 마침내 녹원산장(綠園山莊)에 도착했을 때, 나는 목적지에 도달했다는 안도감과 허기로 탈진해서 쓰러질 지경이었다. 황권(黃拳)의 총본산인 이곳은 아직 세상에 알려지지 않은 그 신비함처럼 짙은 안개 속에 고고한 자태를 감추고 있었다. '산장'이라고 하면 중국의 무협지에 나오는 도사(道士)들의 사원처럼 높고 화려한 건물이 있을 거라던 기대와 달리 규모만 클 뿐 검은 벽돌과 빛바랜 하얀 회를 칠한 중국 여느 시골 장원과 크게 다르지 않은 모습에 실망해 중간에 만난 묘족(苗族) 심마니가 엉뚱한 곳을 알려준 것이 아닌가 하는 걱정까지 들었다.

하지만 짙은 안개 속에서 간간이 들려오는 소리에 겨우 안심이 되었다. 그 소리는 여러 사람이 동시에 무술 수련을 하는 기합(氣合)이었다. 반가움에 한달음에 산장 앞으로 달려갔다.

몇 개의 돌계단을 올라가서 요새같이 높은 담장 가운데 있는 큰 대문 앞에 섰지만 문을 두드리는 쇠는 달려 있지 않았다. 원래부터 외부인을 환영하는 곳이 아니라는 뜻이다.

문을 손으로 두들길 수는 없다. 그런 짓은 예의에 어긋날 뿐만 아니라 싸움을 걸러 왔다는 인상을 줄 수 있었다.

나는 가방에서 장춘 손 노사에게 받아온 소개장을 꺼내 들었다.

중국에서 무술을 배우려고 할 때 소개장도 없이 도관의 문지

방을 넘는 것은 아주 위험한 행동이다. 중국 시골은 아직도 타지 사람을 배척하는 문화가 강했다.

이곳 녹원산장 역시 그런 곳이다.

소문에 의하면, 이 근처는 아직도 산적들이 출몰하여 지나가는 행인이나 여행객들이 단체로 변을 당하기도 한다는 무시무시한 곳이다.

특히 이 지역 산적들은 유명해서, 이들에게 걸리면 남녀노소를 구분하지 않고 모두 죽인다고 해서 사람들 사이에선 '흑야차(黑夜叉)'로 불리고 있었다.

산 아래 마을 사람들은 내가 이 험한 산에 오른다고 하니 다들 야차의 손에 죽을 거라며 만류했다. 산 밑 여관 사람들도 혼자서, 그것도 외국인이 이 산에 오르는 것은 미친 짓이라며 극구 만류했다. 하지만 나는 고집을 꺾지 않았고, 끝내 혼자서 산을 올랐다.

그들의 이야기를 듣고 있노라면 마치 이 지역만 타임 슬립해서 수호지의 시대로 역행한 것은 아닌가 하는 착각이 들 정도였다.

깊이 숨을 들이쉬고 대문 안을 향해 큰 소리로 외쳤다.

"有人吗(계십니까)?"

'황권(黃拳)'은 아직 세상에 많이 알려지지 않았다. 황권의 시조는 삼국연의에 나오는 황건적의 수괴 장각(張角)이라고 했다. 일설에는 그가 신선들에게 받은 책으로 신통술을 익혀 황건적의 난을 일으켰다고 하는데, 사실 그는 도교의 도사로 무예가 높아서 황권을 창시했고, 제자들에게 전수해 황건적의 난을 일으켰다고 한다.

당시 황건적이 관군을 추풍낙엽처럼 쓸어버릴 수 있던 것이 바로 이 황권 덕분이었다는 것이다. 이 내용을 어디까지 믿을 수 있는 것인지는 몰라도 실제로 눈으로 본 황권의 위력은 대단했다.

내가 황권을 알게 된 것은 3년 전이다. 당시 베이징의 곽정기 노사 밑에서 왕배생 노사 계열의 '오파태극권'을 수련 중이던 나는 노사를 모시고 어느 무술 대회를 참관하게 되었다. 그곳에서 정식 경기 참가자가 아닌 한 명의 초대 권사에게 사람들의 이목이 집중됐다. 지난 대회 우승자와의 친선 경기에서 그는 상상을 초월하는 권술을 선보였다. 그의 주먹은 그야말로 일격필살이었다. 상대방을 죽일 것처럼 달려들어서 몇 대를 맞아도 기어이 상대방의 급소에 주먹을 찔러 넣었다. 그의 패기는 보는 사람들을 숨 막히게 만들었다.

모든 사람의 얼을 쏙 빼놓고 남자는 홀연히 사라졌다. 그가 구사한 무술이 '황권'이라는 것 외에 알려진 것은 아무것도 없었다.

남자는 한마디의 설명도 없이 어디론가 연기처럼 꺼져 버렸다.

나는 그날 찍은 영상을 몇 번이나 돌려 보며 벅찬 희열에 미친 듯이 웃어댔다. 세상에 이런 권술이 존재한다는 사실이 기뻐서 눈물을 흘렸고, 무슨 짓을 해서라도 배우고 말겠다는 열망으로 온몸을 떨었다. 다음 날, 나는 곧바로 곽 노사의 문하에서 나와 전 중국을 돌며 황권의 흔적을 찾아 헤맸다. 여러 곳에서 수소문하던 중 이전에 사사한 장춘 손생정 노사의 친구가 황권을 하던 사람이라는 말을 듣고 달려가서 소개장을 받게 되었다.

한국의 가족에게 돌아가는 건 무기한 연기됐지만 별로 신경 쓰이지 않았다.

나는 이미 무술에 목숨을 걸었기 때문에 뭔가를 이루기 전에 귀국할 생각은 추호도 없었다. 가족들도 내 결심을 잘 알기에 몇 달씩 연락이 없어도 그냥 그러려니 할 것이다.

두 번 외치고 한참이 지나도 안에서 기척은 없었다.

다시 더 큰 소리로 세 번을 외치고 나서야 안에서 발소리가 들리더니 문의 빗장을 벗기는 소리가 들렸다. 잠시 뒤에 생각보다 훨씬 더 두꺼운 문이 삐걱대며 열리고 얼굴을 내보인 것은 도사처럼 회색 장옷을 입은 험상궂은 사내였다. 될 수 있는 대로 공손한 인상을 주려고 입에 살짝 미소를 걸고 머리를 숙였다.

"你是那为(누구시오)? 那来的(어디서 왔소)?"

예의 있는 말투와 달리 의심에 가득 찬 눈으로 무섭게 노려보는 기세에 눌려 다시 한 번 공손히 허리를 굽히고 품속에서 소개장을 꺼내 내밀었다.

"저는 장가 성을 가진 유일이라고 합니다. 여기 장춘 무술협회 부주석 손생정 노사의 소개장이 있습니다. 수고스러우시겠지만 이것을 황(黃) 사부님께 전해주시겠습니까?"

그는 퉁명스러운 눈으로 나를 위아래로 훑어본 후 잠시 기다리란 말 한마디만 던져놓고 대문을 닫고 안으로 들어가 버렸다. 초조하게 그를 기다린 지 10분쯤 지나자 다시 문이 열리며 같은 사람이, 여전히 험상궂지만 한결 누그러진 표정으로 자신을 따라오라고 말했다. 조심스럽게 산장의 문턱을 넘어서 장원 안에 발을 들여놓았다.

안쪽은 상상외로 넓었다.

높은 담장 아래 수많은 벽과 벽이 그물처럼 이어진 모습이 마치 상해에서 본 예원(豫园)을 보는 것 같았다. 하지만 규모는 몇 배나 더 컸다.

잠시 넋을 잃고 구경을 하다가 벌써 저 앞에 휘적휘적 걷고 있는 사내를 종종걸음으로 따라갔다.

작은 연못과 정자가 있는 아름다운 정원을 지나 둥근 문 안으로 들어가자 사당 같은 건물이 있는 내원이 나왔고, 다시 문을 지나 안으로 들어서니 마침내 드넓은 본원이 나타났다.

전기 배선이나 전등 같은 것은 보이지도 않았고, 저녁 무렵에 사용하는지 옛날 영화에서나 나올 법한 무쇠 접시와 삼발이로 만들어진 유등이 사방에 서 있다. 특이하게도 한쪽 벽 앞에는 지름이 이 미터가 넘는 큰 북이 놓여 있었다.

넓은 마당에는 삼십 명이 넘는 사람이 무술을 수련하고 있었는데 그중에는 여자도 있었다. 젊은 여자 두 명에 중년 여인 한 명이었다.

수련생들 모두가 일제히 눈을 들어 나를 보고 있었기에 나도 모르게 몇 번이나 허리를 숙여 인사했다. 무술가들 특유의 경계심과 그 지역의 배타심이 더해져 나를 보는 그들의 눈빛은 사납기 그지없어서 싸움이라면 어지간히 이골이 난 나도 마른침을 꿀꺽 삼켰다.

불교 사원의 대웅전에 해당하는 도교의 본당이 낡았지만 웅장하게 서 있었고, 그 본당 앞에 흰옷을 입은 백발의 노인이 큰 나무 의자에 앉아 깊은 눈빛으로 제자들을 보고 있었다. 홍콩 영화에 나오는 사부처럼 세련되게 생기지는 않았지만 그의 눈빛과 기품은 평범한 시골의 촌부와 달랐다. 그의 얼굴에서는 오랜 세월 동안 한 가지만을 추구해 온 사람에게서만 볼 수 있는 단단한 고집과 삶과 죽음을 오간 수많은 결정과 명령을 내려온 사람만이 가진 단호한 결단력이 엿보였다.

그가 바로 이곳 녹원산장의 주인이자 황권의 장문인 황충일(黃忠一) 노사임이 분명했다. 나를 안내한 남자가 노인에게 다가가 정중하게 머리를 숙이며 나를 소개했다.

나는 중국인들이 이렇게 깊숙이 머리를 숙이는 것을 별로 본 적이 없었기에 이 노인에 대한 그들의 깊은 존경심을 느낄 수 있었다. 황 노사는 긴 수염을 쓸어내리며 내가 보낸 소개장을 꺼내 잠시 읽어보고는 그 깊이를 알 수 없는 눈빛으로 나를 쳐다보았다. 나도 모르게 깊숙이 머리를 숙였다.

"손생정 노사께는 많은 신세를 지고 있다. 그분의 소개라면 이곳에 며칠간 머물러도 좋다."

"감사합니다, 노사님."

나는 허리를 90도로 구부리며 인사했다. 노사는 더 이상 말을 하지 않고 소개장을 옆에 있는 제자에게 건네주고는 이쪽을 보고 있는 수련생들에게 손을 한 번 휘저었다. 그러자 그들은 다시 기합을 내지르며 각자의 연공을 시작했다.

나를 안내해 준 남자는 나에게 따라오라는 손짓을 하고 앞장서서 본당의 옆문을 빠져나갔다. 안에는 비어 있는 것 같은 또 다른 사당 건물이 있고, 그 작은 마당을 가로질러 기묘한 모양의 돌과 나무로 꾸며진 정원을 지나자 둥근 돌문 너머 숙소처럼 보이는 낡은 건물이 나타났다. 이 장원 안에서는 그나마 이곳이 가장 현대적인 건물이었지만, 언제 쓰러질지 모르는 낡은 벽은 시멘트로 이곳저곳을 개보수한 흔적이 있어서 지진이라도 나면 속절없이 무너질 것처럼 보였다. 중국에서 많은 지역을 다녀봤지만 여기처럼 낡은 곳은 본 적이 없었다. 넓은 방 안에 여러 개의 침대가 놓여 있고 빨랫줄에 널린 옷가지 등이 이곳이 수련생들의 숙소라는 것을 말해주고 있었다. 다 쓰러져 가는 건물이지만 이곳에 사는 사람들이 정리정돈을 잘해서인지 내부는 비교적 깨끗했다. 열 맞춰진 침상과 나무로 짠 개인용 사물함 등이 군대 내무반을 연상시켰다. 방 안으로 들어서자 짙은 땀 냄새와 곰팡이 냄새 등이 왈칵 몰려들었지만 훈련과 단체 생활에 익숙했기에 못 참아줄 정도는 아니었다.

그가 안내해 준 침상은 가장 안쪽의 환기도 잘 안 되는 곳이었지만 마침내 녹원산장의 일원이 됐다는 기쁨에 그런 불편함은 신경도 쓰이지 않았다.

비어 있던 대나무 침상에 짐을 내려놓자마자 배낭에서 한국산 홍삼 상자를 꺼내 제자에게 황충일 노사께 전해줄 것을 부탁하고 따로 인삼 젤리 한 봉지를 꺼내서 그에게 건넸다.

처음에는 어리둥절해하며 손을 내젓던 사내도 내가 몇 번이나 권하자 못 이기는 척 그것을 받아 들었다. 그의 얼굴에 걸린 겸연쩍은 미소를 보고 그의 마음이 조금 풀린 것을 알 수 있었다. 이빨 몇 개가 빠져 있는 그의 얼굴이 만화 캐릭터처럼 보여 웃음이 나올 뻔했지만 눌러 참았다. 그는 한결 친절한 얼굴로 입을 열었다.

외모와 달리 그는 녹원산장 서열 삼 위의 입문제자였다.

"내 성이 '오'이니 오 형님(吳哥)이라고 부르면 되네."

"오 형님(吳大哥)!"

내가 포권(抱券)[2]을 하며 그에게 큰형님이라고 부르자 그는 흐뭇한 얼굴로 고개를 몇 번 끄덕였다.

"이곳 녹원산장에서 머물려면 규칙을 잘 지켜야 하네. 반드시 정해진 일과대로 생활해야 해."

하며 그는 이곳의 일과를 설명하기 시작했다.

이곳은 도교의 사원이므로 새벽 4시에 일과가 시작된다.

일어나면 도교의 법도대로 사조와 선배들께 분향하고 경을 외운 뒤 운기를 시작한다.

----

2) 포권(抱券): 고대 중국인들의 인사 형태. 왼손으로 오른 주먹을 포개어 상대를 공경함을 표시한다. 공격의 의사가 없다는 것을 보여주는 것에서 시작되었다는 말도 있다. 현재는 중국 무술 수련자들이 이 인사법을 주로 쓴다.

도교의 전승 체조인 오금희(五禽戲)를 마치면 아침 식사를 하고 오전에는 근처의 밭으로 가서 농사일을 한다.

정오가 되면 점심 식사를 하고 한낮까지 다시 농사일이나 보수 작업 등을 한 뒤 네 시경부터 무술 수련을 시작한다.

각자 수준에 맞춰 개인 지도를 받고, 여섯 시경에 저녁 식사를 한 후에는 곧바로 집체 수련이 시작된다. 이름은 집체 수련이지만 입문제자들은 황 노사에게 직접 지도를 받고, 실력이 없는 자는 사범들에게 기본기 지도를 받아야 한다. 그리고 9시가 되면 모두 잠자리에 든다.

1,000년 전의 도사들과 똑같은 일정이라는 설명이었다.

나는 이 힘든 일과에 오히려 흥분되기까지 했다.

공교롭게도 내가 도착한 시간이 오후 다섯 시경이라서 곧바로 수련에는 참가하지 못하고 오 형님에게 녹원산장 안에서 생활하는 데 필요한 여러 가지를 안내 받았다. 주말도 일과는 똑같이 반복된다. 중국의 명절과 상원절, 청명절, 중원절 등 도교에서 중요한 날에는 사부의 명에 따라 다르게 진행되기도 하지만 기본적으로 큰 차이는 없었다.

"다만……."

여기서 오 형님이 목소리를 낮췄다.

"산적(山賊)을 잡는 날은 달라지지."

산적을 잡는다고? 무슨 말일까? 나는 오 형님에게 더 자세한 것을 묻고 싶었지만 그는 벽에 걸린 낡은 시계를 보더니 저녁 식사 시간이 되었다며 벌떡 일어났다.

"늦으면 못 먹을 수도 있네."

오 형님의 안내로 숙소 옆 건물의 식당으로 가자 오십 명에 달하는 제자가 모두 식당에 몰려들어 줄을 서 있었다. 고참인 오 형님이 나타나자 그들은 자리를 양보했고, 그 덕에 나도 먼저 배식을 받을 수 있었다. 밥과 같이 나온 산나물과 계란, 두 가지의 볶음 요리는 맛도 있었지만 양껏 먹을 수 있게 되어 있어서 아주 좋았다.

이곳의 주방을 책임지고 있는 '레이펑'은 이전에 큰 식당에서 주방장을 지낸 경력이 있다고 했다. 수련생들은 다들 대식가여서 밥을 산처럼 쌓아놓고 먹고 있었는데 여자들도 예외는 아니었다. 늦게 가면 못 먹을 수도 있다는 오 형님의 말이 이해되었다.

도교의 유파 중 전진교(全眞道)처럼 청정수행을 하는 곳에서는 고기를 먹는 것이 허용되지 않지만 다른 유파에서는 고기를 먹고 결혼도 허용된다. 이곳 역시 고기를 금하지는 않는다고 했다. 식사를 하는 도중에도 나를 흘끔거리는 사람들의 시선을 느꼈지만 황 사부의 허가가 떨어진 것을 보아서인지 적대감보다는 호기심이 더 많아 보였다. 눈이 마주칠 때마다 웃으려고 노력했지만 아직은 거리감을 떨칠 수 없었다.

도교의 성지인 이곳은 확실히 현대의 중국과는 많이 달랐다.

모든 것의 척도가 돈이어서 소림사 같은 곳에서 수련할 때도 수업료 이야기를 먼저 꺼냈는데, 여기는 일체 돈 이야기가 없었다. 혹시나 몰라서 가방 속에 돈을 준비해 갔지만 어느 누구도 돈 이야기는 하지 않았다. 정말 속세와 떨어진 별세계 같았다.

이곳의 수련생들도 어딘가 일반적인 사람들과는 달라 보였다.

요즘 세상에 도교 사원에 살면서 도사가 되기 위해 수련하는 사람들이라니, 그야말로 TV 특종감이다. 하지만 이들은 놀랍게도 미래에 대한 불안이나 생활고도 없이 맘 편하게 살고 있었다. 그들에게 그 이유를 슬쩍 물어보니 돌아오는 답은 모두 같았다. 모두가 사문을 믿고 황 사부를 믿는다는 것이다. 이들에게 황 사부가 어떤 존재인지 잘 알게 해주는 대답이었다.

저녁 집체 수련 때 수련생들 앞에서 정식으로 인사하고 나도 수련에 참가할 수 있었다.

여기까지는 보통 수련생의 첫날과 같았다.

이미 중국의 여러 무술 도관에 수련생으로 참가한 경험이 있는 나에게 그리 새로울 것은 없었다. 빨리 황권을 직접 체험해보고 싶다는 열망뿐이었다. 어릴 때부터 무술을 좋아해서 태권도, 합기도, 유도를 비롯해서 십팔기와 태극권까지 안 해본 운동이 없는 나였다. 왕따를 당하던 중학생 시절 무술 수련을 시작한 이래로 어디에서도 싸움에 져본 적이 없다. 중국에 와서 태극권과 팔극권을 배울 때도 처음에 생소함을 넘어서고 원리를 이해하면서 금방 다른 사람을 따라잡곤 했기에 사람들은 나를 '무술천재'라고 불렀다.

이번에도 마찬가지다. 나는 여기서도 오래지 않아 선배들을 뛰어넘고 황권을 장악할 수 있으리라 여겼다. 그렇게 기대와 희망으로 가득 찬 채 냄새나는 대나무 침상에서 녹원산장에서의 첫날밤이 저물었다.

하지만 다음 날 새벽부터 시작된 수련은 내 기대와 많이 달랐다.

이곳에서 가장 중시하는 것은 기초였다.

기본자세는 기마 자세로 두 팔을 들어 올린 채 오랫동안 서 있는 것으로, 이 자세로 오래 서 있을수록 권의 위력이 강해진다고 믿고 있었다. 중간중간 교련이 허벅지를 찌르며 힘을 빼라고 말하는데 오래 수련한 사람들은 관절의 합(合)만으로 서 있기 때문에 허벅지에 힘이 들어가지 않지만 초심자는 근육의 힘으로 서기에 10분을 버티기 어렵다. 온몸에 땀이 흐르며 팔다리가 부들부들 떨렸다. 일 분이 한 시간 같았다. 삼십 분이 지나자 자세를 풀고 몸을 풀라고 말해서 그대로 주저앉았다. 그것으로 다인 줄 알았는데 오 분 뒤에 다시 기마 자세로 서라는 교련들의 외침에 정신이 아득해졌다.

다음으로 여러 형태의 주먹 지르기와 발차기를 연습한다. 이건은 '탄퇴(彈腿)'라고 하는 중국 무술의 기초 수련법인데, 태권도의 형 같은 것으로 입문자들은 아침부터 밤까지 이것만을 반복해야 했다.

정식 수련을 시작한 지 하루도 지나지 않아 나는 지루해서 죽을 지경이 되었다.

나의 가장 큰 단점은 바로 쉽게 싫증을 낸다는 것이다. 한 번 본 영화는 절대 다시 보지 않고, 이미 들은 농담은 아무리 재미있어도 다시 웃지 않는 내 성격상 이런 기초 수련은 무료하기 짝이 없는 것이었다.

겨우 이런 것을 배우려고 여기까지 왔단 말인가 하는 자괴감에 날로 기운이 빠졌지만 속절없이 주먹만을 내질렀다. 건성건성 손발을 뻗으며 내 시선은 항상 집체 수련의 상급자 반에 가 있었다.

그나마 병기술은 좀 나을 거라고 생각했다. 이곳에서는 권술 외에 누구나 한두 가지씩 병기를 익힌다. 나는 옛날부터 검(劍)보다 창(槍)을 좋아해서 창을 택했다. '붕붕' 소리를 내며 돌리는 화려한 영화 속 창술을 좋아해서 곡예에 가까운 멋진 기술을 연습했고 상당한 수준에 올랐다. 하지만 이곳의 창은 소박하기 이를 데 없어서 두 발로 단단히 서서 양손으로 창을 잡고 작은 목표물을 찌르는 훈련만 반복시킬 뿐이었다.

작은 목표를 실수 없이 찌르게 되면 좀 더 긴 창을 가지고 연습시킨다.

그렇게 시간이 지나면 거의 3미터에 달하는 긴 창을 익숙하게 다루게 된다.

나는 이전에 연습하던 창술 곡예를 자랑 삼아 사범에게 보여 주었는데 오히려 야단만 맞았다.

'그런 것을 하려면 기예단에 들어가지, 왜 이곳에 왔느냐?' 하며 비웃는 고참들의 놀림에 얼굴이 빨개져서 분을 삭여야 했다.

별수 없이 다시 기초만 반복하는 하루하루를 보냈다.

이전에 이미 신물이 나도록 연습한 것들을 다시 반복하는 것은 고역이었다.

무의미한 반복에 날이 갈수록 힘이 빠져갔다.

내가 빨리 실력을 인정받고 싶어 하는 데는 다른 이유도 있다.

중국인들은 친한 사람들의 성 앞에 라오(老)나 샤오(小)를 붙여서 부르기를 좋아한다.

그렇게 서로를 이름 대신 라오짱(老張)이나 샤오리(小李) 같은 별칭으로 부른다.

이것은 친숙함의 표현이기에 같이 수련하는 사람들은 당연히 서로를 이런 식으로 부른다고 생각했지만 이곳의 현실은 달랐다. 서로를 친숙하게 부르는 것은 입문제자이거나 오랫동안 같이 있던 사람들에게만 허용된 것이었고 일반 제자들은 주로 이름 대신 출신지로 불렀다.

가령 칭다오에서 온 제자가 있다면 칭다오렌(靑島人)이라고 부르고 다칭에서 온 사람은 다칭렌(大慶人)으로 부르는 식이었다.

나는 당연히 한국인(韓國人), 혹은 외국인(外國人)으로 불렸다. 주로 외국인으로 많이 불렸는데, 이전에 다른 나라에서 온 수련생들도 있었지만 대부분 오래 못 버티고 떠나 버렸기에 이들은 '우리 중국인이 아니면 버텨내지 못한다'는 자부심과 외국인에 대한 경멸로 중국인이 아니면 모두 싸잡아서 '외국인'이라고 부르며 깔보는 것이었다. 그들이 나를 이렇게 부를 때마다 나는 이를 악물고 언젠가 그들이 나를 우러러보게 만들겠다고 다짐했다.

언젠가 오 형님에게 본당 앞에 있는 큰 북의 용도가 무엇이냐고 묻자 오 형님은.

"그것은 산장에 큰일이 일어났을 때 모두를 불러들이는 진각고(眞覺鼓)네. '깨달음의 북'이라는 뜻이지. 이름처럼 누군가가 큰 깨달음을 얻으면 북을 치기도 하지. 하지만 제자 중에서 북을 친 사람은 거의 없네."

라고 대답했다.

"북을 치는 데 규칙이 있나요? 박자나 뭐 그런……."

오 형님은 빙그레 웃으며 말했다.

"때가 되면 알게 될 걸세!"

그 말을 듣고 나는 속으로 결심했다. 내가 저 북을 치는 사람이 되겠다고. 그리고 모두에게 한국에서 온 제자가 얼마나 대단한 사람인가를 보여주리라.

하지만 현실은 매일 지루한 기초 수련만 반복해야 했기에 내 실력을 증명할 길은 요원하기만 했다.

중국에서 무술을 배우는 사람은 크게 두 종류로 나뉜다.

하나는 일반 '학생(學生)', 또 하나는 '제자(弟子)'다. 학생은 수업료를 내고 배우는 사람으로 선생님을 노사(老師)라고 부른다. 일반적인 선생과 학생 사이로 아무리 오랜 시간이 지나도 표면적인 것 외에는 배울 수 없다. 그야말로 교과서에 나오는 것만 배우고 가르치는 사이다. 진짜 비법을 배우려면 정식으로 그 문파에 입문한 '입문(入門)제자'가 되어야 한다. 제자는 스승을 '사부(師父)'라고 부른다. 이 경우 학생으로 오랜 시간 동안 재능과 성실함을 보여주어 선생의 마음에 들어야 하고, 사문과 사조들께 정식으로 인사를 드리는 배사(拜師)[3]라는 절차를 통해서만 입문제자가 될 수 있다.

집체 수련 때는 이런 입문제자들만 모여서 황 사부께 직접 지도를 받는다. 오 형님에게 상급자반에 들어갈 수 있는 방법을 물었더니 이 반에 들어갈 수 있는 사람은 입문제자와 사부가 인정한 실력자뿐이라고 대답했다.

"어떻게 하면 인정을 받죠?"

"매주 금요일 저녁 수련 때 원하는 수련생은 집체반의 제자들과 산타(散打)[4]를 할 수 있네. 여기에서 사부의 눈에 들면 특별히 상급자 반에서 수련을 인정하는 경우도 있지. 하지만 지금까지 그런 경우는 거의 없었어. 왜냐하면……."

뒷얘기는 듣지도 않고 나는 속으로 쾌재를 불렀다. 이 기회를 이용해서 황 사부의 인정을 받으면 되는 것이다. 산타에서 입문제자 한 명을 밟아주면 자연스럽게 내 실력이 증명된다. 나는

----

3) 배사(拜師): 중국인들이 스승의 문하에 입문하는 방법. 중국의 학생들은 배사 전에는 모두 일반 학생이고, 배사 후에 비로소 그 문파의 정식 제자가 된다. 배사 의식은 주로 동문과 스승, 문파 사람들이 모여서 사조에 대한 예를 올리고 스승에게 절을 하는 방식으로 진행된다.

4) 산타(散打): 무술의 대련을 말한다.

자신감에 불타올랐다.

20년이 넘는 내 무술 인생의 절대 목표는 '이기는 싸움'을 하는 것이다. 나는 철저하게 실전 기술만을 배워 익혔기에 비록 고무술을 해왔지만 주짓수나 킥복싱 등의 다른 유파와 붙어서 진 적은 별로 없다. 가장 자신 있는 것이 바로 산타였고, 중국에 무술 유학을 와서도 산타 수련을 게을리하지 않았다. 나는 이들 앞에서 내 실력을 보여주겠다는 결의에 가득 찬 채 그날을 기다렸다.

마침내 금요일이 되었다. 초조한 마음으로 하루 일과를 보냈다. 저녁 수련을 대비해서 밥도 아주 적은 양을 물에 말아서 먹었다. 흘끗 입문제자들이 모인 자리를 보니 그들은 평소처럼 웃고 떠들며 많은 양의 음식을 양껏 먹고 있었다.

'됐다!'라고 속으로 소리치며 주먹을 불끈 쥐었다. 시합 전에 많이 먹는 건 금물이다.

위 속에 많은 음식물이 들어가 있으면 소화를 시키는 데 몸이 대부분의 자원을 소모하게 되어 긴장했을 때 큰 부담으로 작용한다. 몸이 무거워질 뿐 아니라 배에 타격을 받으면 소화액이 역류한다. 그 때문에 시합 전에는 적어도 한 시간 전에 죽이나 수프 등 가벼운 음식을 먹는 것이 상식이다. 제자들의 약점을 알게 된 나는 이미 절반은 이긴 것이나 다름없다는 생각이 들었다.

식사 후 집체 수련 시간이 되었을 때, 나는 당당하게 손을 들고 교련(사범)에게 말했다.

"대련을 해보고 싶은데, 괜찮습니까?"

모두의 시선이 나를 향했다. 그들의 눈빛이 당혹감에서 서서히 비웃음으로 바뀌어갔다. 어떤 사람은 대놓고 웃음을 터뜨렸다. 저 외국 놈이 황권 맛을 제대로 보겠구나 하는 조롱을 읽을 수 있었다. 그중에는 걱정 어린 오 형님의 눈빛도 있었다. 하지만 나는 자신이 있었기에 당당하게 고개를 든 채 대답을 기다렸다.

"그럼 나하고 한번 해보세."

임(林)가 성을 가진 제자가 앞으로 나섰다. 그는 작은 키에 둥글둥글한 외모지만 자세가 낮게 떨어져 있는, 한눈에 봐도 만만치 않은 사람이었다. 하지만 그는 평소에 황 사부의 지적을 많이 받고 주어진 시간 외에는 별로 수련을 하지 않아 비교적 게으른 사람이라는 인상을 가지고 있었기에 내 자신감은 더욱 높아졌다.

사람들이 모여들어 원을 그린 가운데 나는 임과 마주 섰다. 내 특기는 앞으로 뛰어들며 왼손으로 얼굴을 공격하고 바로 이어서 어퍼컷으로 복부를 치는 것이다. 이 전법은 의외로 효과가 좋아서 나는 거리 싸움에서 이 방법으로 거의 져본 적이 없었다. 대부분의 사람은 얼굴을 막기 위해 가드를 올리고 복부 한 방을 허용한다. 하지만 아무리 단련된 사람이라도 호흡이 흐트러진 상태에서 복부를 맞으면 큰 타격을 받게 된다. 복부에 충격을 받으면 위산이 역류하고 실핏줄이 터져 내부 출혈이 시작되며 장기는 긴장해서 잔뜩 움츠러든다. 그 상태에서 몸은 제 기능을 발휘하지 못하고 두 발은 현저하게 속도가 떨어진다. 이 모든 것이 복부에 꽂히는 한 방의 효과이다. 더구나 복부 어퍼컷의 좋은 점은 팔꿈치를 내려도 사이가 열려 있어서 가드가 어렵다는 점이다. 기본적으로 복싱에 대한 가드 개념이 없는 고무술(古武術) 수련자들은 이런 단순한 트릭에 맥없이 무릎을 꿇었다. 지금도 다를 건 없었다.

시작 신호를 듣자마자 나는 3미터 가까이 떨어져 있는 거리를 단숨에 뛰어들며 임의 얼굴에 왼쪽 주먹을 날렸다. 놀란 듯 그의 동공이 커졌다. 내 주먹이 임의 얼굴로 꽂히려는 순간, 나는 몸을 힘껏 틀어 오른손 어퍼컷을 복부로 올려쳤다. 이제 그가 배를 움켜지고 쓰러질 타이밍이다.

하지만 내 왼손이 벽에 부딪친 것처럼 둔탁한 소리와 함께 튀어 오르고 오른손이 임가의 길게 늘어뜨린 왼팔에 걷히면서 내 공격은 무위로 끝났다. 그는 내 주먹을 피하거나 손을 올려 막으려 하지 않고 그저 목을 집어넣고 머리를 기울여 이마로 받았다.

그리고 이미 내 진짜 공격을 알고 있다는 듯이 왼팔을 휘둘러 내 오른손을 밖에서 안으로 쳐냈다. 휘두른 힘의 관성 때문에 내 몸이 왼쪽으로 돌며 오른쪽 옆구리가 완전히 드러났지만 임은 공격하지 않았다. 나는 재빨리 왼손을 돌려 치려고 했지만 주먹에 힘이 들어가지 않았다. 임의 머리에 부딪친 손은 뼈가 상했는지 주먹조차 쥘 수 없었다.

고통을 참으며 재빨리 물러났다. 상대와 거리를 두었다고 생각했지만 그것은 큰 착각이었다. 임가는 어느새 내 왼 손목을 붙잡고 내가 뒤로 물러나려는 힘 그대로 안으로 뛰어들더니 내 목 아래를 머리로 부딪쳐 왔다. 마치 증기기관차가 전속력으로 레일을 달려와 부딪친 것처럼 가슴에 충격을 받고 내 몸은 2미터를 넘게 날려가서 바닥에 부딪쳤다. 숨이 턱 막혔다.

온몸이 하나의 탄환처럼 낮은 자세로 부딪쳐 온 임가의 기술은 심의육합권의 기술인 호박(虎撲)과 흡사했다. 내 손을 잡아 아래로 당기며 그 힘 그대로 박치기를 해온 것이다. 추태를 보이지 않으려고 애썼지만 나는 마치 새끼를 낳는 암퇘지처럼 '끄억, 끄억' 하며 침을 흘리고 있었고, 조금 뒤에는 왈칵 하고 노란 위액을 쏟아내고 말았다.

"没事吗(괜찮아)?"

나는 대답은커녕 일어나지도 못하고 허우적거렸다. 그런 나를 보고 누군가가 말했다.

"외국인한테 그렇게 심하게 하면 어떡하나?"

임가는 멋쩍은 듯 뒷머리를 긁으며 말했다.

"살살 한 건데……."

나도 알고 있었다. 만약 실전이었으면 그의 이마는 내 코에 부딪쳤을 것이고, 내부에서 흐른 피가 폐 속을 가득 채우면서 나는 내 피에 익사하게 됐을 것이다.

그로부터 삼 일이 지나서야 다시 거동할 수 있었다. 오 형님과 주란란이라는 광동성에서 온 아가씨가 나를 치료해 주어서 생각보다 빨리 회복할 수 있었다. 나를 쓰러뜨린 임가도 매일 내 상태를 보러 왔다. 하지만 그는 한 번도 미안하다는 말은 하지 않았다. 우리 세계에서 이런 일은 밥 먹듯이 일어나는 일이었고, 서로 주먹을 겨누고 맞선 순간 이미 자신의 안전은 포기한 것이다. 나 역시 많이 좋아졌다는 말만 했을 뿐 다른 말은 하지 않았지만 이를 악물고 화를 참았다.

삼 일째 되던 날, 아직도 목구멍에 가시덤불이 박혀 있는 것처럼 무겁고 아파서 죽도 먹기 힘들었지만 억지로 수련에 참가했다. 쓰러지지 않으려고 힘을 쥐어짜고 있을 때 뜻밖에도 황 사부가 나에게 다가왔다.

"너는 생각이 너무 많다. 무공은 생각이 아니라 감응하는 것이다."

나는 벼락을 맞은 느낌이 들었다. 전부터 비슷한 말은 들어봤지만 이렇게 절실하게 와 닿기는 처음이다.

"오늘부터 기초 동작만을 반복해라."

"언제까지 해야 합니까?"

답답함에 목에서 칠판을 긁는 것 같은 소리가 튀어나왔다.

"생각이 안 날 때까지."

황 사부는 그 말을 끝으로 돌아서서 꼿꼿한 걸음으로 떠나 버렸지만 그의 말은 계속해서 내 머릿속을 휘젓고 있었다.

몸이 좀 나아지자 나는 다시 한 번 임가에게 도전했다. 하지만 결과는 처참했다. 나는 임가의 몸통박치기에 날려가 처박힌 후 기를 쓰고 일어나려다가 오줌까지 싸버렸다. 사람들의 웃음소리가 몇날 며칠 동안 귓가를 떠돌아다녔다. 나는 이곳에서 놀림감이 되어버렸다.

그 뒤로 내 눈에는 살기가 흘렀다. 나는 원망스러운 눈으로 임가를 노려보았고, 기술이 안 통하니 무협지에 나오는 악당처럼 암기나 독으로라도 그를 해치우고 싶어서 미쳐 버릴 지경이었다.

밥을 먹을 때도, 수련을 할 때도 임가가 미워서 견딜 수가 없었다.

하지만 임가를 이길 수가 없었다. 아니, 임가뿐만이 아니고 입문제자들 모두 일단 맞서는 순간 몸이 움츠러들 정도로 기백이 강했다. 그들은 나처럼 많은 기술을 가진 것도 아니고 과학적인 트레이닝을 한 것도 아니었다. 하지만 나는 결코 그들을 이길 수가 없었다. 이 불합리한 현실에 나는 서서히 미쳐 갔다.

참다 참다 더 이상 견디지 못하고 오 형님을 찾아가서 무릎을 꿇고 앉아 하소연했다.

"도저히 모르겠습니다. 저는 기술도 있고 힘도 세지만 도저히 사형들의 기백을 따라갈 수 없어요."

그는 나를 일으켜 의자에 앉힌 뒤 뜬금없이 물었다.

"자네, 이 산에 왜 산적(山賊)이 없는지 아나?"

"예?"

나는 어안이 벙벙했다. 도대체 무슨?

"예전에는 이 산에도 산적 소굴이 있었지. 산세는 험해도 곳곳에 샘물이 있고 도토리, 밤이 풍부해서 산짐승도 많으니 사람이 살려고 마음먹으면 얼마든지 살 수 있는 곳이지. 그래서 옛날부터 산속 곳곳에 산적들이 무리를 이루고 살았었네."

"지금도 산적이 있습니까?"

"다른 산에는 있지. 하지만 이 산에는 없네. 왠지 아는가?"

"글쎄요, 저는 잘……."

"우리가 모두 죽였기 때문이야."

나는 깜짝 놀라서 의자에서 벌떡 일어났다. 단순히 놀라서가 아니라 '죽였다'고 말하는 그의 눈빛에서 뭔가 오싹한 기운을 느꼈기 때문이다. 평소에는 온화해 보이는 오 형님이지만 서열세 번째의 제자였다. 그의 실력은 짐작하고도 남았다.

"산적이라고 모두가 나쁜 것은 아닐세. 그들은 대부분 산속에서 화전으로 밭을 일구는 농민이지. 오랜 옛날 그들의 조상이 관리의 폭정이나 전쟁을 피해서 산속에 숨어 살게 된 후부터 이곳에 뿌리를 내렸겠지. 하지만 그들은 야만족이네. 오랫동안 다른 사람들과 교류가 없이 살다 보니 인간성을 잃었지. 먹을 것이 떨어지면 산 아래로 내려가서 마을을 습격해 사람들을 죽이고 재물과 곡식을 빼앗았네. 그 때문에 이 산은 산적 소굴이라는 누명을 쓰고 말았지. 사부님은 도교의 성지인 이곳을 지키려면 우리가 직접 손을 써야 한다고 생각하셨지. 그래서 친히 제자들과 함께 산적 소굴을 치셨네. 우리는 모두 손에 무기를 들고 산적 소굴로 쳐들어가 그들을 죽였네. 자네한테만 말하지만 그리 자랑스럽진 않았네. 산채에는 여자와 노인, 아이도 있었으니까. 하지만 우리는 저항하는 자들을 모두 죽이고 남은 무리에게 산을 내려가도록 명령한 뒤 산채에 불을 질렀지. 그렇게 태운 산채가 몇 개인지 모르네."

나는 오싹한 느낌에 몸을 떨었다. 그제야 비로소 입문제자들의 기백이 이해되었다. 그들은 나처럼 취미로 무술을 수련한 사람들이 아니라 옛날식의 무사들이었다. 수많은 화살과 창, 칼 속에서 살아남은 전사들이었던 것이다.

"우리도 여럿이 죽고 상했네. 하지만 누구도 이곳을 떠나려고 하지 않았어. 다 같이 사부님을 따라서 산적들과 싸우고 또 싸웠지. 그렇게 몇 해를 싸웠네. 그리고 마침내 이 산에는 아무도 남지 않았어. 산적뿐만 아니라 양민들도 우리를 두려워하며 떠났네. 그들에게는 미안한 일이지만 덕분에 우리는 홀로 이곳에 남게 된 걸세. 그렇게 우리는 무고한 사람들의 핏속에서 성지를 지켰다네."

나는 말을 잃어버렸다. 그의 말이 너무나 생생했기에 의심의 여지도 없었다.

"우리가 잔인하다고 생각할 걸세. 하지만 이 산을 지키고 우리 녹원산장의 이름을 지키려면 다른 방법이 없었네. 이름을 지키려면 때로는 모진 일도 해야만 하네. 그것이 우리가 사는 인간 세상의 법도야."

그는 나무 탁자에 있던 찻잔을 들어 한 모금 마신 뒤 소매로 입을 닦았다.

"요즘 자네가 임을 보는 눈빛을 봤네. 원망으로 가득 차 있더군."

나도 모르게 놀라서 입이 떡 벌어졌다. 그가 어떻게 내 마음속을 알았단 말인가?

"하지만 자네 생각은 틀렸네. 만약 임이 자네를 죽이고자 했다면 자네는 벌써 관 속에 누워 있을 걸세. 임은 자네를 해치려는 게 아니라 가르치려는 것일세. 그 차이를 모른다면 자네는 이곳에서 버틸 수 없을 걸세."

그 자리에는 더 이상 사탕 하나에 어린애처럼 좋아하며 웃음 짓던 오 형님은 없었다. 근엄한 얼굴로 충고하는 제삼제자가 내 앞에 앉아 있었다. 나도 모르게 고개를 숙였다.

나는 그날 밤부터 완전히 달라지기로 마음먹었다. 이곳의 수준은 평범한 연습으로 따라갈 수 있는 것이 아니었다. 황 사부의 말씀처럼 완전히 기초부터 다시 시작해야 했다. 그 기초가 내 뼛속에 각인될 때까지 다른 사람에 대한 경쟁심은 잊어버리기로 했다. 임가에 대한 원망도 접고 오직 기초만을 연습하고 또 연습했다.

낮 시간에만 하는 수련은 만족할 수 없어서 자정 이후에도 개인 연습을 하기 시작했다. 나는 매일 밤마다 몰래 일어나서 홍영창(紅影槍) 한 자루를 들고 조용히 산장을 빠져나갔다. 달빛 속에 산속을 달려 깊은 숲길 안쪽 소나무 숲 공터로 가서 창의 기본인 찌르기를 수백 번씩 반복했다. 그렇게 세 시간가량을 연습한 후 일과가 시작되기 전에 다시 산장으로 돌아가서 씻고 새벽을 맞이했다. 당연히 잠이 부족해서 쉬는 시간에는 구석에서 졸기 일쑤였지만 하루도 밤 연습을 빠지지 않았다.

밤에 하는 연습은 나에게 특별한 감각을 갖게 해주었다. 어둠을 피하려 하지 않고 그 속으로 들어가니 조금씩 주변이 보이기 시작했다. 처음에는 작은 소리에도 놀라고 두려움에 온몸이 긴장됐지만 차츰 어둠에 익숙해지면서 온몸이 귀처럼 열리며 미세한 것도 느낄 수 있게 되었다. 눈 대신에 다른 감각들이 열리고 발전해 갔다. 고집을 버리고 환경에 순응하자 몸은 거짓말처럼 쉽게 적응했다. 거기다가 이 훈련은 배짱을 키워주는 효과도 있었다. 처음에는 암흑 속에서 사방 모든 것이 무서웠는데 옷처럼 어둠을 입고 나니 마음이 편해졌다. 생각해 보니 어머니 자궁 속도 분명히 이런 어둠이었을 것이다. 일체유심조(一切唯心造)라는 말처럼 모든 것은 마음먹기 나름이었다.

어둠을 벗 삼아 기초를 반복하고 또 반복하며 마음가짐을 새로 했다. 지금까지 창을 연습하며 한 번도 이것으로 다른 생명을 빼앗을 생각을 해본 일이 없었지만 이제 사정이 다르다. 이곳의 고수들은 모두 자신의 목숨을 건 싸움을 해온 사람들이다. 나 역시 이 창 한 자루에 내 목숨을 걸고 다른 생명을 노리지 않으면 내 목에 구멍이 날 것이라는 각오로 창끝을 찔러야 한다. 이런 각오를 다지며 매일 밤 녹원산장의 문을 빠져나왔다.

그렇게 두 달이 지나고 석 달이 지났다.

중추절이 다가오면서 녹원산장에서도 여러 가지 행사를 준비하며 바쁘게 돌아가고 있었다. 명절을 고향에서 보내기 위해 여행을 준비하는 사람도 있었지만 대부분의 제자는 자리를 지켰다. 새벽에 일어나서 도교의 의식을 행하고, 수련하고, 농사짓는 일상이 천천히, 끊임없이 돌고 또 돌았다. 거기에 맞춰 나의 밤 수련도 역시 똑같이 반복되었다.

하루 세 시간 수면에 짧은 낮잠, 수많은 하품으로 매일을 보냈지만 내 정신은 갈수록 맑아졌고 몸 안에는 충실감이 차곡차곡 쌓여갔다.

늦가을의 새벽 산은 춥다. 한밤에 혼자 창을 연습하다 보면 손이 시려서 겨드랑이에 손을 찔러 넣어 잠시 손을 녹인 뒤에 다시 창을 잡아야 할 정도였다. 이곳이 위치상 서울보다 한참 아래인 것이 믿기지 않을 정도였다. 그날따라 달은 유난히 크고 밝았다. 수평 찌르기를 좌우 500번씩 연습하고 겨드랑이에 창을 끼운 뒤 두 손에 입김을 불어 손을 녹일 때 뒤쪽에서 바스락바스락 낙엽 밟는 소리가 들렸다. 나는 산장의 누군가가 나를 따라왔나 하는 생각에 웃으면서 뒤를 돌아보며 물었다.

"谁啊(누구요)?"

뜻밖에도 내 눈앞 불과 7~8미터 거리에 큰 멧돼지 한 마리가 서 있었다. 몸길이가 2미터는 됨 직한 불길한 근육의 벽이 노랗게 빛나는 눈으로 나를 노려보았다. 녀석의 긴 송곳니 사이로 '푸우, 푸우' 하고 콧김이 연달아 뿜어져 나왔다.

이 순간이 현실이 아닌 것처럼 나와 짐승 주위의 공간이 기묘하게 왜곡되었다.

생각지도 못한 위험과 정면으로 조우하자 퓨즈가 나간 것처럼 머릿속이 멍해지며 아무 생각도 들지 않았다. 하지만 내 몸은 반대로 어느새 홍영창을 두 손으로 꼬나들고 자세를 낮춘 채 바위처럼 단단하게 서 있었다. 오랫동안 반복한 기본기가 본능처럼 내 몸을 움직여서 위험에 맞선 것이다. 나는 비로소 황 사부가 그토록 기본기를 중시한 이유를 깨달았다.

홍영창의 날카로운 날이 자신의 미간을 겨누자 짐승의 눈빛이 더욱더 적대적으로 변했다. 그 눈 속에 내가 있었다.

도시 사람들은 멧돼지의 무서움을 잘 모른다. 동북아시아에 서식하는 멧돼지 성체는 몸길이가 2미터에 육박하고 몸무게는 300kg에 달한다. 지방과 근육이 이상적으로 배합된 날렵한 몸매는 칼날 같은 송곳니를 앞세우고 탱크처럼 목표물로 달려든다. 운 좋게 칼날 같은 이빨을 피하더라도 미식축구 선수 두 명 분의 근육 덩어리에 부딪치는 순간 모든 뼈는 유리알처럼 산산이 흩어져 버린다. 인간의 몸은 그런 충격을 감당할 수 없다.

놈이 머리를 숙이며 분노에 가득 찬 입김을 내뿜자 코에서 옆으로 길게 드리워진 하얀 털이 섬뜩하게 일렁거렸다. 야수가 달려들 준비를 하고 있다. 나는 두 번의 기회는 없다는 것을 직감했다. 멧돼지의 반사 신경은 놀랍도록 빨라서 옆을 비켜 지나가도 바로 몸을 비틀어 옆으로 부딪쳐 올 수 있다. 창의 특성상 가까운 거리에서는 치명상을 주기 힘들고, 작은 상처는 오히려 짐승을 화나게 만들어 더 위험해질 수 있었다. 기회는 단 한 번, 정면으로 달려드는 첫 번째 조우 때뿐이다. 목숨을 건 접전을 앞두고 나는 생각을 버렸다. 수천 번, 수만 번 연습해서 몸에 익힌 대로 오른손으로 창의 맨 뒤 끝을 감싸 잡고 왼손으로 창을 받친 채 낮게 서 있었다. 놈이 '푸르르' 하고 거친 입김을 내뿜었다. 위협적으로 변한 멧돼지의 노란 눈빛 속에서 공격이 임박했음을 읽을 수 있었다. 놈에게는 망설임도, 예의도, 후회도 없다. 오직 눈앞에 있는 목표를 부수기 위해 온몸으로 부딪칠 뿐이다.

달빛 아래 일그러진 소나무 무리의 그림자 속에서 기묘하게도 나와 짐승의 그림자만이 선명하게 느껴졌다. 머릿속의 생각을 버리자 기이(奇異)하게도 온몸의 긴장이 풀렸고, 자연스러운 호흡은 점점 더 속 깊은 곳으로 녹아들어 갔다. 모든 뼈대는 오직 하나의 목적을 향해 합해지고, 억지스러운 의도가 사라지자 깊은 곳에 묶여 있던 의념이 해방되어 창끝을 통해 뻗어 나가 짐승의 눈 사이로 파고들어 갔다. 그와 동시에 짐승의 매서운 눈빛은 내 머릿속으로 맹렬한 의도를 쏟아 넣어서 그 속에 깃든 무서운 살기가 내 몸속으로 따갑게 밀려들었다.

이것은 '의념'과 '의도'의 싸움이다!

절체절명의 순간 속에서 나는 두려움도 고통도 없는 곳에 서 있었다. 보아도 보이지 않고 들어도 들리지 않으며 느껴도 느껴지지 않았다. 오감이 작용을 멈추자 오히려 온몸의 세포 하나하나가 생생하게 깨어나며 몸 전체로 이 세계라는 현상과 공명하게 해주었다.

순간, 바람이 일었다. 짐승의 의도에서 일어난 흉포한 떨림이 공간을 흔들어 바람을 일으켰다. 그것이 소나무 잎을 흩뿌려 빛을 가렸다. 나는 냉정하게 창끝을 쥔 오른손을 뒤로 깊이 빼며 기다렸다. 갑자기 짐승은 미처 눈이 따라오지 못할 속도로 거대한 화살처럼 튀어나왔다. 두 개의 거대한 송곳니가 빨려들 듯 나를 향해 달려들었다. 나는 계속 기다렸다. 천천히 흐르던 주위의 공기가 미처 내 콧속으로 들어가지 못하고 얼굴 옆으로 흘러갔다. '인지(認知)'가 아닌 '감각(感覺)'이 온몸을 일깨워 주었다. 곧게 뻗은 창은 나와 분리되어 있지 않다.

나는 곧 창이다!

창은 내 몸의 일부가 되어 나도 모르는 사이에 앞으로 나아
갔다. 공기가 좌우로 갈라지며 그 사이를 창끝이 회전하여 뚫고
지나갔다. 그 날카로움은 공간이 아니라 시간의 한가운데를 뚫
고 들어가서 차갑게 꽂혔다.

그때, 물리적으로 불가능한 현상이 일어났다. 순간적으로 시
간이 멈춘 것이다. 주위의 모든 것이 멈췄다. 나의 입에서 토해
지던 기합이 이빨 사이에 걸렸다. 하지만 이상하게도 짐승의 모
습은 보이지 않는다. 묘하게도 고독감이 엄습했다. 순간적으로
이 우주에 나 하나밖에 없다는 느낌이 무겁게 나를 짓눌렀다.

'파아!' 하고 뜨거운 입김이 뿜어져 나왔다.

억겁 같은 순간이 지나고 다시 시간이 흐르기 시작했다.

갑자기 두 손에 마치 트럭과 부딪치는 것 같은 무시무시한 충
격이 전해졌다.

한껏 낮춘 고관절을 통해 그 엄청난 힘이 발밑으로 빠져나가
며 온몸이 파장으로 흔들렸지만 완전히 하나로 합쳐진 내 몸의
뼈대는 굳건하게 자세를 유지했다. 끝에 무거운 중량이 걸리며
물푸레나무로 만든 탄력 있는 창이 활처럼 휘었다. 문득 정신을
차리고 앞을 보니 짐승의 노란 눈빛이 바로 코앞에 있다. 내 창
에 꿰뚫린 채였다.

창끝은 왼쪽 콧구멍을 뚫고 들어가 놈의 머릿속에 깊이 박혀
있다. 회전하며 나가는 황권창술의 특징으로 인해 창끝은 녀
석의 두뇌 속을 곤죽처럼 휘저어놓았을 것이다. 홍영창의 빨간
술(鷸)도 녀석의 콧구멍 속으로 깊이 들어가서 아예 보이지도 않

앉지만 녀석의 사나운 기세는 아직도 남아서 날카로운 어금니가 창을 받쳐 든 왼손에 거의 닿을 때까지 계속 다가오고 있었다. 그러다가 창끝이 두개골의 반대편에 닿은 듯 덜컥 하고 놈의 움직임이 멈추더니 눈에서 빛이 사그라지며 '푸르르~'하고 마지막 한숨 같은 뜨거운 콧김을 내 손에 내뿜었다. 그리고 마침내 거대한 몸이 그림자에 들러붙듯 바닥으로 늘어졌다. 나는 그 무게를 감당하지 못하고 털썩 엉덩방아를 찧었다. 서서히 정신이 돌아오면서 오감이 제 기능을 회복했다.

마지막으로 숨을 쉰 것이 한 달 전이나 된 것처럼 나는 숨을 헐떡거리며 손에 쥐고 있던 홍영창을 놓아버렸다. 창이 바닥에 떨어지면서 죽은 짐승의 머리도 흙먼지를 날리며 땅으로 떨어져 내렸다.

'흐아아아아아앗!' 하며 나의 입에서는 기합인지 비명인지 알 수 없는 소리가 길게 터져 나오고 있었다.

그날 새벽, 나는 본당의 큰 북 앞에 서서 힘차게 북채를 휘둘렀다. 어떤 박자로 어떻게 쳐야 하는지는 몰랐지만 그저 마음이 이끄는 대로 낮고 힘차게 지속적으로 북을 두드렸다. 북소리를 듣고 나온 사람들은 북을 치고 있는 것이 외국인 제자라는 사실에 한 번 놀라고 바닥에 놓인 거대한 멧돼지를 보고 다시 한 번 놀랐다. 그들의 웅성거림을 손짓 한 번으로 물리치며 황 사부가 다가왔다. 나는 북채를 놓고 황 사부 앞에 포권하며 고개를 숙였다.

"네가 잡았느냐?"

"예."

"어떻게 잡았느냐?"

"때가 되어 창을 내밀었습니다."

"무슨 생각을 했느냐?"

"아무 생각도 하지 않았습니다."

황 사부의 흰 수염 너머로 언뜻 웃음이 비친 느낌이 들었다. 그는 꼬장꼬장한 걸음으로 돌아서며 제자들에게 말했다.

"앞으로 저 장(張)도 집체 훈련에 참가시켜라."

나는 그 말에 기쁜 빛을 감추지 못하고 깊이 고개를 숙였다. 노인은 다시 멧돼지를 가리켰다.

"저것은 언제 먹을 수 있느냐?"

"삼 일 후에 가능합니다."

주방을 맡은 레이펑이 대답했다.

"마침 중추절이로구나. 이번 중추절은 장(張) 덕분에 아주 풍성하겠구나."

황 사부의 말에 모두들 웃으며 박수를 쳤다. 그 박수는 이어서 나에게로 향해지며 모두가 다 같이 내 이름을 부르고 있었다. 나는 황 사부가 내 성을 불러주었다는 사실에 너무나 감동해서 목이 메었다.

그날부터 사람들이 나를 부르는 호칭이 변했다. 아직 정식으로 입문배사를 한 것도 아닌데 사람들은 나를 외국인(外國人)이

라고 부르는 대신 '小張(샤오장)'으로 부르기 시작했다. 그 호칭
속에는 친근함이 묻어 있어서 들을 때마다 가족애가 담뿍 느껴
졌다.

주방 제자인 레이펑이 삼 일 동안 멧돼지를 거꾸로 매달아 피
를 빼고 먹을 수 있도록 만든 것은 마침 추석 전날이었다. 황 사
부가 중추절에 연회를 베풀도록 지시했기에 레이펑은 명절에 어
울리는 돼지고기 요리를 몇 개나 만들었다. 고기뿐만 아니라 내
장으로 순대를 만들고, 빼놓았던 피로 선지를 만들었으며, 오향
과 팔각을 넣고 찐 중국식 족발요리까지, 일류 호텔 부럽지 않은
음식을 테이블 가득 내놓았다.

황 사부의 축사로 연회가 시작되었을 때 제자 세 사람이 거대
한 금속 쟁반에 담긴 멧돼지의 머리를 들고 와서 내 앞에 놓았
다. 어리둥절해 있는 나에게 그들은 내가 잡은 것이니 먼저 머리
고기를 먹으라고 말했다. 술과 간장, 향채를 넣고 통째로 찐 머
리 고기의 냄새는 그럴듯했지만 선뜻 손이 가지 않았다. 상석에
앉아 있던 황 사부가 빙긋 웃으며 고개를 끄덕이는 것을 보고
나서야 옆에 있던 작은 칼로 볼살을 한 조각 잘라내서 입에 넣
었다. 산장 식구들 모두가 '하오(好)! 하오(好)!'하며 박수를 치
고 환호했다. 이렇게 시작된 연회는 일 년에 한두 번 나올까 말
까 하다는 귀한 약초 술이 항아리로 몇 개나 나오면서 절정을
이루었다. 황 사부가 친히 나에게 술잔을 권하셨고, 나는 기쁜
마음에 그 독한 술을 단숨에 마셔 버렸다. 다시 한 번 환호와

박수가 터져 나왔다. 모두의 시선이 나를 향했고, 모든 환호와 건배가 내 이름을 불렀다. 명실공히 이 연회의 주인공은 나였다.

원체 멧돼지가 크기도 했고 주방제자의 요리 솜씨도 알뜰해서 무엇 하나 버릴 것 없이 손질한 덕에 50명이 넘는 식구가 며칠이나 먹고도 남았다. 오죽하면 주란란은 식사 시간에 나를 보며 '다음번에는 소나 닭 같은 걸 잡아요. 이제 돼지고기는 지겨워요'라고 말해 모두를 웃게 만들었다.

나는 그 이후로는 그리 쉽게 지지 않게 되었다. 황 사부의 명으로 입문제자들만 모인 집체 수련반에서 수련을 시작했지만 나는 계속 한쪽에서 기초만을 연습하고 또 연습했다.

어느 날 황 사부가 나를 부르며 임과 다시 한 번 대련을 해보라고 명했다. 임과 마주 선 순간, 나는 멧돼지와 마주 섰을 때처럼 내 생각을 지우고 상대에 맞췄다. 내 의념이 손끝을 통해서 상대에 닿자마자 임은 손을 크게 휘저으며 달려들었다. 임의 장기는 연환퇴(連環腿)였다. 처음에는 손으로 시작해서 변화무쌍한 발로 하단을 공격하고 그것을 막느라고 정신을 빼앗길 때 몸통박치기로 끝낸다. 이전 같으면 이런 분석을 하며 그의 행동 패턴에 따라서 작전을 짰겠지만 지금의 나는 생각을 버리고 그의 공격에 맞춰 몸을 움직일 뿐이었다. 긴장하지도 않고 당황하지도 않는다. 내 다리를 공격하는 그의 발을 피하고 날아오는 주먹을 막거나 흘린다. 최소한의 동작만으로 모든 공격과 방어를 이룬다. 어느 순간에도 감정은 들어가지 않고 마음의 동요도 없다. 자신의 공격이 대부분 무위로 흘러가자 오히려 임이 당황하기 시작했다. 조금씩 초조해하던 그가 휘두른 발을 피하려다 내가 중심을 잃자, 그의 특기인 몸통박치기로 공격해 왔다. 하지만 나는 살짝 옆으로 돌아 빠져나가며 임의 옆구리에 가볍게 손을 댔다. 그는 비틀거리며 중심을 잡으려고 했지만 내가 그대로 밀어내자 맥없이 앞으로 쓰러져 버렸다. 의외의 결과에 모두가 놀랐다.

"너는 항상 방심하는 것이 문제다! 긴장을 해도 안 되지만 마음을 놓아도 안 된다!"

황 사부는 임의 경솔함을 꾸짖으면서도 흐뭇한 표정으로 나를 보고 있었다.

"잘했다. 언제나 사기종인(捨己縱人: 자신을 버리고 남을 따른다)을 잊지 마라."

나는 황 사부에게 깊이 허리를 숙였다.

멧돼지와의 조우(遭遇)는 나에게 큰 변화를 주었다. 생명을 죽인 경험이 중요한 것이 아니라 내 생명을 건 위기 상황과 대면하고 그것을 이겨냈기 때문이다. 나의 기백은 넘치지도 모자라지도 않았고, 필요할 때 적절하게 뻗어 나왔다. 자신감이 몸 안에 조용히 쌓이면서 오히려 온몸의 긴장이 풀렸고 쓸데없는 힘이 빠져나갔다. 그러면서 비로소 황권의 기본이 이해되었다. 억지의 힘을 버리고 오직 땅과 자연과 혼연일체가 되어야 진정한 힘을 쓸 수 있는 원리. 그것을 몸으로 체득하자 나의 권은 갈수록 빨라지고 교묘해졌으며 변화무쌍해졌다. 나는 강해졌고, 오래지 않아서 입문제자들 중에서도 실력자로 인정받게 되었다. 하지만 나는 이전처럼 교만하지 않고 매일 새벽 수련을 반복하며 기본기를 갈고닦았다. 위기의 상황에서 나를 살려주는 건 '기본'뿐임을 알게 되었기 때문이다.

그렇게 며칠이 지났다. 녹원산장에서의 생활도 이제 완전히 익숙해져서 내 집처럼 편해졌고, 사형이나 동문들도 형제처럼 가까워졌으며, 황권의 비기를 배우는 재미에 시간 가는 줄을 몰랐다. 익숙해지니 도사의 생활도 할 만하다는 생각이 들 정도였다. 이제 사형제들 사이에서는 나의 배사 문제가 공공연한 이슈가 되었다.

"자네가 배사하면 외국인으로서는 처음이야."

라고 오 형님이 말하는 것으로 봐서 황 사부도 그 문제를 생각하고 계심을 짐작할 수 있었다. 나는 흥분을 가라앉히려고 애쓰며 매일매일 더 성실하게 수련에 임했다.

어느 날 일과를 마치고 해산하던 때에 황 사부가 나를 부르시더니 이렇게 말씀하셨다.

"오늘 밤에는 나가지 말고 기다려라."

나는 황 사부가 내 새벽 수련을 알고 계신다는 사실에 깜짝 놀라며 머리를 숙여 '네!' 하고 대답했다.

숙소로 돌아오자 제자들의 분위기가 이전과 다르게 엄숙하다는 것을 느꼈다. 입문제자들은 특별히 엄숙해서 누구 하나 웃는 사람이 없었고, 심지어 서로 간에 말도 하지 않았다. 누군가가 낮은 목소리로 속삭이자 오 형님이 전에 없던 엄한 목소리로 꾸짖었다.

"조용히 하고 빨리들 자!"

뒤이어 그는 낮고 단호한 목소리로 모두에게 말했다.

"오늘 밤은 무슨 소리가 들려도 절대 일어나지 말게! 내일 새벽 일과는 취소되었으니 아침까지 쉬면 되네!"

무덤 속 같은 분위기에서 모두가 꿀 먹은 벙어리가 되어 침상에 들어갈 때 입문제자들 간에 주고받는 눈빛이 몹시 신경 쓰였다. 그들의 눈빛은 나를 향하고 있었다.

자정이 조금 안 되었을 무렵이다. 이상하게 긴장된 분위기 속에서 평소의 습관대로 눈을 떴을 때 침상 머리맡에 누군가가 서 있는 것을 보고 깜짝 놀랐다. 오 형님이었다. 검은 옷으로 전신을 감싼 그는 손가락을 세워 입을 가리며 '쉿' 하고는 빨리 따라오라는 손짓을 하며 앞장서서 걸어갔다. 나무가 삐걱대는 소리도 조심하며 그를 따라서 밖으로 나가 제사 때 말고는 평소에 쓰지 않는 사당으로 들어섰다. 그 안에는 여섯 명의 입문제자가 등잔불을 켜놓고 모여서 뭔가를 준비하고 있었다. 모두가 검은 옷을 입고 얼굴에는 검댕과 아궁이의 재를 바르고 있었다. 그냥 검은 칠을 하는 것이 아니라 경극 얼굴처럼 기묘한 패턴으로 회색과 검은색으로 얼굴을 칠해서 등잔불이 일렁이자 모두의 얼굴이 무시무시한 도깨비처럼 보였다.

"자네도 빨리 준비하게."

오 형님이 가리키는 곳에 검은 옷 한 벌이 놓여 있다. 내가 서둘러서 옷을 갈아입자 다른 사형제들은 옷이 펄럭거리지 않도록 내 몸에 질기고 가는 노끈을 가로질러 묶어주었다. 옷은 가운데 허리 부분이 폭넓은 천으로 되어 상의와 하의를 연결해 주고, 상의에는 두건이 연결되어 있어서 머리에 쓸 수 있게 되어 있었다. 옷은 가볍고 실용적이어서 영화에서 보던 것처럼 멋있지는 않았지만 야간에 습격하기 좋도록 고안되어 있었다. 가볍고 튼튼한 천은 빛이 반사되지 않아서 달빛 아래에서도 쉽게 눈에 띄지 않을 것 같았다. 두건을 쓰기 전 사형제들은 내 눈에 검댕을 칠하고 얼굴 전체에 도깨비처럼 재를 칠했다. 거울이 없어서 내 얼굴을 보지는 못했지만 그들의 얼굴을 보면 내 얼굴이 얼마나 섬뜩해 보일지 짐작할 수 있었다.

"이건 정지! 이건 공격 신호야! 잊지 말아!"

오형님은 나에게 간단한 수신호 몇 가지를 알려주며 반드시 기억하라고 말했다.

둥, 둥, 둥 하며 낮고 무거운 북소리가 들렸다.

"가자!"

제1제자인 라오천(老陳)이 말하자 모두들 자리를 박차고 달려나갔다. 나도 덩달아서 보조를 맞추어 뛰었다. 병기고에서 각자 병기를 챙기고 숨 돌릴 틈도 없이 본당 앞의 정원으로 들어서자 그곳에는 이미 준비를 마친 십여 명의 제자가 검은 옷에 무기를 들고 도열해 있었다. 검은 칠을 해서 빛에 반사되는 것을 막은 그들의 무기는 날 부분만 달빛을 머금어 더욱 섬뜩한 느낌을 주었다. 황 사부 역시 검은 옷을 입고 얼굴에 검은 칠을 한 채 의자에 앉아 있었다. 제자 하나가 일정한 속도로 낮고 빠르게 북을 치고 있다. 사방에 있는 유등에서 불이 활활 타오르며 본당 벽에 기묘하게 일렁이는 그림자를 비추고 있다.

나는 다른 입문제자들과 함께 줄을 맞춰 섰다. 북소리에 맞춰서 내 심장도 같이 뛰고 있다. 며칠 전 부상을 당한 한 사람을 제외한 입문제자 전원이 모여 있다. 이 중에서 아직 배사를 안 한 건 나뿐이다. 황 사부가 손을 들자 북소리가 멎었다.

그는 깊은 눈으로 우리를 둘러보았다.

"오늘!"

황 사부가 의자에서 일어나며 무겁게 입을 열었다.

"우리는 도적들을 멸할 것이다."

그 말을 듣는 순간 나는 등골에 소름이 끼쳤다. 드디어 산적과의 싸움이 시작됐다.

"그들은 우리의 경고를 무시하고 우리 도교의 성지를 어지럽혔다. 그들로 인해서 우리는 수행을 방해받고 마음속의 평화는 깨졌다. 그들은 사조들의 무덤을 흙발로 짓밟고 그분들의 고귀한 혼령을 비웃으며 우리 사문을 능멸했다."

황 사부는 분노에 가득 찼지만 안정된 목소리로 연설을 이어나갔다.

"그동안 우리는 모든 방법을 동원해 평화를 지키고 사문의 안녕을 꾀했지만 그들은 우리와의 대화를 거부했고 이제 남은 방법은 없다. 우리는 더 이상 물러서지 않고 사조와 사문의 명예를 위해서 일어나야 한다. 형제들이여, 이제 우리는 손에 칼을 들고 도적들과 맞서야 한다. 그리고 그들에게 우리의 요구를 저버린 대가를 치르도록 해야 한다. 그래서 우리 녹원산장의 후예들이 이 산의 맹주임을 그들의 피로 증명하게 하라! 자, 형제들이여, 일신의 안녕을 바라지 말고 하늘에 목숨을 맡기자. 우리는 오늘 이곳에서 죽을 수도 있지만 내세에서 다시 만나 영생을 누릴 것이다. 자, 모두 나가자!"

황 사부가 분연히 일어서자 제자들은 모두 일제히 두 손을 모아 포권하고 머리를 숙이며 '네, 사부님!'을 외쳤다. 고참 제자들의 인솔하에 제자들은 열을 맞춰서 밖으로 뛰어나갔다. 등 뒤에서 힘찬 북소리가 울리며 발걸음에 무게를 더해주었다.

산장을 빠져나가서 산 아래로 달리고 또 달렸다. 반시간이 지나고 한 시간이 지났지만 그들은 발걸음을 멈추지 않았다. 놀랍게도 황 사부는 그 연세에도 꼿꼿한 자세를 유지하며 가볍게 앞서 달리고 있었다. 고참들은 이런 구보가 익숙했지만 신참들에게는 어려운 일이었다. 군대 경험이 있는 나도 버티기 힘들었다.

"샤오장, 힘내게."

익숙하게 달려 나가던 오 형님의 위로를 받으며 나는 다시 숨을 가다듬었다.

한참을 달려 내려가던 대오가 라오천의 수신호로 멈췄다. 이미 북소리는 들리지도 않았다. 그곳은 산 중턱쯤에 있는 야트막한 언덕이었다. 경사가 없이 50미터 정도가 평지의 길처럼 되어 있고 길 양옆에 빽빽하게 나무가 늘어서 있다. 나는 대번에 사문들의 작전을 짐작할 수 있었다. 이 작전은 길옆에 숨어 있다가 지나가는 적을 양옆에서 공격하는 기습 작전이었다. 이전까지 이어지던 비탈길을 지나 평지에서 마음 놓고 숨을 돌릴 때 일시에 공격하는 것이다. 간단하지만 가장 효과적인 작전이었다. 이런 작전만 보더라도 이들이 얼마나 많은 실전을 겪었는지 알 수 있었다. 과연 내 짐작대로 고참들은 우리 모두에게 숲으로 들어가서 단단히 숨어 있으라고 전했다. 이미 이런 일을 여러 번 겪은 듯 십여 명의 제자는 순식간에 숲속으로 뛰어들어 모습을 감췄다. 달빛이 구름에 가려지자 사방은 고요한 어둠으로 덮이며 수많은 사람의 살의(殺意)를 무심하게 가려주었다.

우리는 각자 나무 뒤에서 숨을 고르며 신호를 기다렸다. 처음 참가하는 나를 배려해서 내 옆에는 몇 명의 고참이 같이하고 있었다.

오랜 구보로 흘린 땀이 김이 되어 머리 위로 모락모락 피어나고 있고, 얼굴의 땀 때문에 흘러내린 검댕과 재가 더욱더 끔찍한 모습으로 변해 있다. 모두들 지옥에서 올라온 귀신같은 형국이다.

갑자기 라오천이 손을 들어 올려 주먹을 쥐었다. 적이 나타났다는 신호다. 우리는 모두 각자의 병기를 단단히 잡고 전투를 준비했다. 멧돼지와 맞설 때보다 몇 배는 더 긴장되었다. 생각을 하지 않으려고 애썼지만 내가 이제 이 창으로 찔러야 하는 것은 진짜 사람이다. 비록 산적이지만 살아 있는 사람. 누군가에게는 자녀이고 부모이며 친구인 살아 있는 사람인 것이다. 이런 식이 아니고 술집에서 만났다면 같이 술잔을 기울이는 친구가 될 수도 있는 사람이다. 순간적으로 이 싸움을 거부하고 산 아래로 도망칠까 하는 생각도 들었다. 하지만 나는 내 홍영창을 보며 마음을 다잡았다. 나는 이곳에 황권을 배우러 왔다. 이 창으로 상대방의 목을 뚫지 않으면 상대방의 창이 내 목을 뚫게 된다. 나는 이미 강을 건넜고, 돌아갈 배는 없다. 이제는 맞서 싸울 뿐이다. 상대가 누구든지 싸워 이기고 반드시 황권의 진전을 얻어서 돌아가고 말겠다는 결의를 굳히며 심호흡을 했다.

그때였다. 멀리서 조금씩 웅성웅성하는 말소리가 들리기 시작했다. 이제 적이 언덕 쪽으로 올라오기 시작한 것이다. 오 형님이 갑자기 내 손을 턱 잡았다. 나는 긴장해서 떨던 손에 힘을 뺐다. 적의 선두가 언덕 위로 올라오며 그들의 말소리가 조금씩 선명해졌다.

"Mama, Achtung, Stufe(엄마, 발밑을 조심해요)!"

"Macht nichts(괜찮아)."

나는 충격으로 몸이 굳어졌다. 그것은 독일어였다. 고등학교 때 제2외국어로 독일어를 전공했기에 간단한 말은 알아들을 수 있다. 이들은 산적 같은 것이 아니었다. 이들은 엄마와 아들로 독일에서 온 관광객임이 분명했다. 아마도 가이드에게 부탁해서 야간 등산을 할 수 있는 산을 안내해 달라고 했을 것이다. 이 무서운 실수를 막기 위해 나는 부리나케 옆에 있는 오 형님께 낮은 목소리로 말했다.

"오 형님, 저들은 산적이 아닙니다. 그냥 관광객이에요."

"그게 무슨 상관인가?"

"예?"

나는 오 형님의 대답에 소스라치게 놀랐다.

"그들이 누구든 상관없네. 우리한테 그들은 성지를 더럽히는 적일 뿐이야."

"하지만 저들은……."

"무고한 생명을 죽이는 것이 마음 편하지는 않을 걸세. 하지만 이전에 내가 말했듯 이름을 지키려면 때로는 모진 일도 해야만 하네. 그것이 우리가 사는 인간 세상의 법도야."

나는 더 이상 말을 잇지 못하고 멍하니 서 있었다. 구름이 지나가며 다시 달빛이 비치자 그제야 비로소 모든 것이 똑바로 보였다.

사람들은 이 산에 '흑야차(黑夜叉)' 무리가 살고 있어 남녀노소를 불문하고 지나가는 사람들을 모두 죽인다고 했다. 검은 옷에 귀신 얼굴을 한 녹원산장의 무리가 야차 같은 얼굴로 나를 쳐다보고 있다. 각자의 손에 든 무시무시한 흉기가 은은한 달빛에 섬뜩하게 빛났다. 그리고 그들의 서슬 파란 눈빛은 칼날보다 더 무섭게 빛나고 있었다. 온몸의 힘이 빠지며 쓰러질 듯 휘청대는 몸을 나무에 기댔다. 불현듯 고막을 찢을 듯한 신호 소리가 울렸다.

'와아!'하고 함성을 지르며 제자들이 앞다퉈 튀어나갔다. 독일어와 중국어가 뒤섞이고 기합과 비명이 교차했다. 병기가 뼈에 부딪치는 끔찍한 소음이 자비를 호소하는 신음을 뒤덮었다. 나는 어떻게든 이 싸움을 말려야겠다고 생각하고 몸을 돌렸다. 바로 그때, 내 눈앞에 중상을 입은 어머니를 부축한 독일 청년이 뛰어들었다. 우리는 서로 놀란 눈을 동그랗게 뜨고 마주 보았다. 이런 식이 아니고 어느 술집에서 만났으면 같이 술 한잔을 기울이는 친구가 됐을지도 모르는 선량한 얼굴의 잘생긴 청년이었다.

독일어로 안심하라는 말이 뭐였지?

하지만 내가 미처 말을 꺼내기도 전에 청년은 망원렌즈가 달린 육중한 카메라를 나에게 내던졌다. 고개를 숙여 피했지만 카메라는 내 머리 옆을 스치며 날카로운 충격을 주었다. 뜨거운 뭔가가 머리 옆에서 주르륵 흘러내렸다. 퓨즈가 나간 것처럼 머릿속이 멍해지며 아무 생각도 들지 않았다. 하지만 내 몸은 반대로 어느새 홍영창을 두 손으로 꼬나들고 자세를 낮춘 채 앞으로 찌르고 있었다. 수천, 수만 번 연습한 기본기가 위기 상황에서 본능적으로 튀어나온 것이다. 이것은 내 의도가 아니었다. 의념이 내 몸을 이끌었다. 무서운 속도로 뻗어가는 창 앞을 청년의 어머니가 막아섰다. 마지막에도 아들을 보호하려는 어머니의 본능이었다. 불행히도 내 창끝은 조금의 망설임도 없이 어머니의 허파를 뚫고 지나가 뒤에 서 있는 아들의 심장에 깊이 박혔다. 두 모자는 내 눈앞에서 창날에 꿰뚫린 채 눈에서 빛이 사그라지며 마지막 인사처럼 '쿨럭' 하고 피를 토해냈다. 두 사람의 몸이 그림자에 들러붙듯 바닥으로 늘어졌다. 갑자기 무거운 중량이 걸리며 물푸레나무로 만든 탄력 있는 창 몸체가 활처럼 휘었다.

"샤오장이 한 번에 둘을 잡았다!"

누군가의 외침이 공허하게 귓가를 때렸다. 나는 더 이상 버티지 못하고 창을 놓쳐 버리고 털썩 엉덩방아를 찧었다. 창이 바닥에 떨어지면서 두 사람의 몸도 흙먼지를 날리며 땅으로 떨어져 내렸다.

옆에 있던 오 형님이 내 어깨를 치며 말했다.

"잘했네! 이제 자네도 사부님께 배사할 수 있게 되었네!"

'흑야차'의 무리가 함성을 지르며 살아남은 사람들을 살육하고 있다. 노인도 여자도 아이도 그들의 칼과 창을 피하지 못하고 허무하게 쓰러져 갔다. 아름다운 달빛 아래 고요한 산은 거대한 살육의 현장으로 변했다.

그렇게 무고한 사람들의 피 속에서 성지의 평화가 지켜졌다.

'흐아아아아앗!' 하며 나의 입에서는 기합인지 비명인지 알 수 없는 소리가 길게 터져 나오고 있었다.

등패(藤牌)

조동신

2010년 단편 「칼송곳」으로 〈제12회 여수 해양문학상〉 소설 부문에서 대상을 수상했다.
발표한 작품으로 단편 「포인트」, 「프레첼 독사」, 「오를라」, 「클루 게임」, 「철다방」, 「보화도」,
「크리스마스의 왕」, 「금남의 구역」, 「불이 필요해」, 「해골 술잔」, 「절벽 위의 불」,
「용의 발자국」, 「검은 학 날아오르다」 등과 장편 『내시귀』, 『금화도감』이 있다.

일 년 중 가장 더운 때인 삼복(三伏) 중 첫날인 초복이다. 해가 지고 날이 시원해졌을 무렵, 거리에서는 삼삼오오 모여서 개 아니면 닭을 잡아서 끓인 뒤 술을 한잔 곁들여 먹는 사람들이 늘어났다. 복날의 가장 큰 즐거움은 역시 탕 요리로 기력을 보충하는 것이다.

이럴 때 가장 바쁜 사람들은 술도가(양조장) 사람들이다. 술이 많이 팔리는 때이기도 하지만, 술을 만들 때 가장 중요한 건 누룩과 고두밥(찐 밥), 물인데 초복 때 만든 누룩이 품질이 좋아 이때 술도가에서는 밤새 누룩을 빚는다.

동래부에 있는 어느 술도가에서였다. 이곳에서도 일꾼들이 모여 밤새 누룩을 밟고 있었다. 누룩은 그 크기와 두께에 따라 술맛이 달라지기 때문에 제대로 만들어내려면 많은 수련이 필요하다. 한쪽에서는 맷돌로 밀을 갈고, 다른 쪽에서는 그것을 조금씩 물을 섞어 가면서 반죽했다. 이때 물과 간 밀의 비율이 중요하다. 반죽이 끝나면 그것을 면 보자기에 싸서 누룩 전용 틀에 넣고 사람이 올라가서 밟아 단단하게 만든다. 여자들은 무게를 더하기 위해 아이를 업고 밟기도 했다.

누룩이 벽돌처럼 단단하게 굳어지면 깨끗한 짚으로 싸서 따뜻한 방에 놓는다. 이때 연잎이나 솔잎, 쑥 등을 함께 넣어서 색다른 향을 첨가하기도 한다. 그리고 7일 정도 지나면 누룩은 겉면이 하얗게 되고 메주보다는 약간 약한 향기가 난다.

사람들이 한창 일을 하고 있는데, 한 사람이 술도가 문을 열고 달려왔다. 그는 반쯤 혼이 나간 얼굴로 숨을 헐떡이고 있었다.

"크, 큰일 났어!"

일꾼들은 놀라며 그쪽을 보았다.

"주인어른, 주인어른이……!"

이 술도가의 주인 최형수가 누룩 만드는 시간에도 오지 않아서 다들 이상하게 여기고 있던 참이다.

"죽었어! 화살에 맞아서!"

"뭐라고?"

잠시 후 관아에서 군사들이 찾아왔다. 가장 앞에 있는 사람이 이 고을의 수령이다.

"죽은 사람은 이 술도가 주인 최형수라고 했다! 이건 살인 사건이다! 한 명도 이곳을 나가지 말도록! 이곳 일꾼은 이게 전분가?"

"저, 전 일꾼이 아닌뎁쇼."

구석에 있던 한 남자가 손을 들며 나섰다.

"일꾼이 아니라고? 그러면 뭔가?"

"그 사람은 오늘 일할 때 이야기나 들으려고 부른 전기수(傳奇叟)입니다."

일꾼 중 한 명이 말했다.

"좋아. 당신, 여기 사람인가?"

고을 수령이 앞으로 나서며 말했다.

"아닙니다. 떠돌이 생활을 하고 있습니다. 여긴 오늘 처음 옵니다."

그 남자는 신분패를 내밀었다.

"이름은?"

"신후서라고 합니다."

그날 낮, 장터였다.

"관리들은 승려들을 핍박하기 위하여 일개 사찰에 과중한 부역을 시켰습니다. 종이, 붓, 노끈, 짚신, 새끼줄, 지게, 특수 곡물 등 온갖 농작물에 이르기까지 범어사에 철마다 부여된 부역의 수만도 30종이 넘었다고 하죠. 왜 그러느냐? 고려 때 승려들이 부패하여 백성들을 크게 착취했기 때문입니다. 그 때문에 조선 왕조가 열린 다음에는 불교를 크게 배척했습니다."

후서는 주변을 살펴보았다. 사람들이 아직 그리 많이 모인 것 같지는 않았지만, 이야기를 계속해 나가야 했다.

"좌우간 관아에서 이렇게 할 일을 많이 주니 승려들은 수행을 할 수가 없을 정도였지요. 범어사의 낭백 스님은 결심했습니다. 덕을 많이 쌓아서 다음 생애에는 나라의 고급 관리가 되고 범어사 스님들의 부역을 조금이라도 감해주겠다고 말입니다. 그리고 그날부터 스님은 동래를 오가는 길목에서 사람들에게 식수, 참외, 오이 등을 한 푼도 받지 않고 줬습니다. 그뿐 아니라 남는 시간에는 짚신을 삼아서 사람들에게 주었죠. 마지막에 죽으면서도 자신의 몸을 호랑이에게 보시했습니다. 산을 헤매다가 굶주린 호랑이를 보고 달려가서 잡아먹힌 거죠."

후서는 가만히 팔짱을 꼈다. 모인 사람들의 분위기를 잘 파악하고 이야기가 최고조에 달했을 때 끊어야 한다. 너무 자주 끊거나 가끔 끊어도 좋지 않다.

"어디까지 했죠? 스님은 죽기 전에 25년 후 누가 와서 승려들의 부역을 경감시켜 준다면 그게 자신이라고 생각하라고 한 거 기억하시죠? 그런데 정말로 딱 25년 후 경상도 순찰사가 범어사에 와서 사찰을 돌아본 다음 낭백 스님의 방을 열고 그 안에 있던 친필 유묵을 발견했습니다. 그리고 동래 부사에게 명령하여 승려들의 노역을 크게 줄였죠."

얼마 후 후서는 주막으로 가서 그날의 수입을 세어보았다.

"쳇, 구걸하는 거지들도 이것보다는 더 벌겠다. 그나저나 이렇게 벌면 세책방(貰冊房, 책 대여점)은 고사하고 입에 풀칠하기도 어렵겠네, 원. 내가 그렇게 솜씨가 없는 편인가?"

후서는 막걸리를 청하며 주모에게 물었다. 빈속에 막걸리는 좋지 않을 것 같았지만 막걸리를 시키면 나물이나 김치가 안주로 딸려 나오니 먹을 만했다.

"주모, 여기 혹시 규방이나 아니면 농부들 끈 꼬는 데 있소?"

"손님, 전기수예?"

주모가 물었다. 후서는 고개를 끄덕였다. 전국을 돌면서 시장이나 민가에서 사람들에게 각종 이야기를 해주면서 돈을 모아 자신의 세책방을 차리겠다고 다짐했지만 이 상태로는 도저히 그럴 돈을 모을 수 없을 것 같았다. 말 그대로 하루 벌어 하루 먹고살아야 했고, 그조차도 힘들 때가 많았다. 지붕 밑에서 잠들면 다행이라는 생각이 들 정도였다.

그건 그렇고, 전기수는 주로 시장에서 이야기를 해주면서 돈을 벌었지만 가끔은 여인들이 밤새 다듬이나 뜨개질을 하는 곳이나 농부들이 짚으로 새끼를 꼬는 곳에서 이야기를 들려주기도 했다. 단순하고 시간이 오래 걸리는 일을 하는 동안 전기수를 불러 이야기를 들으며 지루함을 달래기 위해서다. 시장에서 사람들이 던져 주는 돈을 받는 일은 불확실했지만 이 방법은 최소한의 수입은 올릴 수 있었다. 거기다 숙식도 해결되곤 했다. 단지 이야기의 가치를 전적으로 듣는 사람이 정한다는 점이 후서를 비롯한 모든 전기수에게는 불만이었지만.

"아니, 누군가 했더니 아까 시장에서 이야기하던 전기수 아니오?"

주모가 대답하기도 전 한 남자가 뒤에서 말했다. 키는 그리 크지 않았지만 체구가 단단했다. 날씨가 더워서 그런지 삿갓을 쓰고 두 손은 소매에 넣고 있었다.

"그렇습니다만?"

"다행이구려. 요즘 누룩 밟기 하는 철인 거 알죠? 산성 마을 가면 오늘도 밤에 누룩 밟기 하는데 거기 와서 이야기를 좀 해 줄 수 있소? 돈은 섭섭잖게 드리리다. 잠자리도 드릴 수 있소."

"뭐, 그래주신다면야 감사합니다!"

얼마 후, 후서는 그 삿갓 쓴 남자와 함께 산길을 가고 있었다. 금정산성은 숙종 임금 때 크게 개축하였는데, 그 산성 안에 마을을 이루고 눌러 사는 사람들도 많아졌다. 후서는 걷고 있었는데 같이 가는 남자는 말이 없었다.

"아까 주막에서 마신 막걸리 맛이 일품이더이다. 그것도 산성에서 만든 것이오?"

"그렇소."

"저기 위 범어사라고 하죠? 아주 큰 절이군요."

후서는 고개를 들어 산 쪽을 보았다. 주변에는 등나무가 많이 자라고 있었다. 조선에서는 동래 등 따뜻한 지방에서나 볼 수 있는 나무다. 봄에 왔으면 등나무 꽃이 장관이었을 것이라는 생각이 들었다.

"요즘 승려들이 고생이 많아졌습니다. 등나무를 베어서 관아에 바쳐야 하니까요."

남자가 말했다.

"등나무는 왜 벱니까? 혹시 등패(藤牌, 등나무를 말려 엮어서 만든 방패)를 만들려고 합니까?"

"그럼 등나무로 등패 만들지 뿌리 캐먹겠소? 칡도 아니고."

남자는 퉁명스럽게 말했다.

"그렇다면 오늘 등패, 아니, 삼국지에 나오는 등갑군 이야기를 하면 되겠군요!"

"좋으실 대로."

얼마 후였다. 후서는 커다란 술도가 앞에 섰다.

"나도 빨리 가서 일해야 되는데, 난 잠깐 소피 좀 보고 올 테니 들어가서 이야기할 준비를 하시오."

남자가 술도가 뒷문 쪽으로 돌아가자 후서는 집 안으로 들어갔다. 이미 많은 사람들이 마당에 깨끗한 멍석을 깔고 굵게 간 통밀을 준비하고 있었다.

"안녕하십니까? 이야기를 부탁 받고 온 전기수입니다!"

"전기수?"

"누가 전기수 불렀어?"

사람들이 술렁이며 말했다.

"여기서 이야기해 달라고 해서 왔습니다."

"잘못 온 거 아니오?"

일꾼들이 서로 눈치만 보면서 당황해했다.

"주인어른이 부르신 거 아니겠습니까?"

"그럴 리가 없잖아!"

"내가 불렀네!"

술도가 뒤에서 한 사나이가 나오며 말했다.

"우리도 전기수 한 번 불러 이야기라도 들으며 하면 좋지 않겠어?"

"주인어른이 뭐라고 그러시지 않겠습니까?"

일꾼 중 한 명인 중년 남자가 말했다.

"염려 말게. 돈은 내가 내니까. 얼마 전에 투전(鬪牋, 도박의 일종)으로 돈 좀 땄어. 우리도 한번 이야기 들으면서 일해보자고. 밤새 덥고 지루하기도 한데. 새끼 꼬는 사람들도 밤새 이야기 들으면서 일하잖은가!"

그 사나이가 말했다. 후서는 웃고는 이야기를 시작했다.

"싸게 해드릴 테니 염려 마십시오! 제가 이래 봬도 여기 오는 동안 한 번도 다른 사람 지루하게 한 적 없습니다!"

"그러슈. 여기 물도 좀 드슈."

한 남자가 물을 한 그릇 주며 말했다.

"휴, 역시 술 만드는 물은 맛이 참 깔끔하군요. 그건 그렇고, 아까 들어오다가 등나무 이야기를 들었습니다. 범어사 쪽에 등나무가 많이 자라고, 봄에 등나무 꽃이 피면 장관이라죠? 안타깝게도 지금은 초복이라서 그걸 보지 못했습니다. 그러면 오늘은 등나무로 만든 방패, 아니, 갑옷 이야기를 포함한 칠종칠금(七縱七擒) 이야기를 하겠습니다."

삼국시대의 촉나라 승상이던 제갈량(諸葛亮, 181~234)은 북쪽의 위나라와 동쪽의 오나라를 물리치기 전에 남쪽 후방을 안정시키기 위해 직접 남쪽의 국가들을 점령하기로 했다. 압도적인 병력으로 그 나라들을 무찔렀으며, 특히 남만의 왕인 맹획(孟獲, ?~?)은 끈질기게 저항했으나 제갈량에게 붙잡히기를 몇 번이나 되풀이했다.

"제갈량은 맹획이 '풀어준다면 다음번에는 내가 이기겠다'고 말하자, 정말로 맹획을 풀어줬습니다. 하지만 맹획은 어떤 수를 쓰든, 어느 나라에 원군을 청하든 곧 제갈량에게 다시 붙잡히기 일쑤였죠. 그래서 칠종칠금이라는 고사가 생겼습니다. 제갈량이 일곱 번이나 맹획을 붙잡았다 놓아줬기 때문이죠."

후서는 제갈량이 맹획을 어떻게 붙잡았다 놓아줬는지 이야기를 계속했다.

"결국 맹획은 도망치다가 오과국(烏戈國)이라는 나라에 도움을 청했습니다. 오과국 군대는 등나무로 만든 갑옷, 즉 등갑을 입고 다녔기 때문에 등갑군(藤甲軍)이라 불리기도 했죠. 이 갑옷은 등나무를 베어다 말려서 기름칠하고, 또 말리고, 또 기름칠하기를 1년 가까이 한 다음에 갑옷 형태로 짜 맞춰서 만들었습니다. 등갑은 보통 갑옷과는 달리 가벼워서 물에도 뜨고 워낙 질기고 탄력이 강해서 창이나 칼이 뚫고 들어가지 못했습니다. 그 때문에 촉나라 군대는 고전을 면할 수 없었지요. 거기다 오과국 왕인 올돌골(兀突骨, ?~?)은 키가 크고 힘이 장사인 데다 산짐승이나 뱀만 먹고 곡식으로 만든 건 술 말고는 일체 먹지 않는 아주 무서운 사람이었거든요. 촉나라 군대는 밀릴 수밖에 없었습니다."

후서는 잠시 말을 끊고는 물을 마셨다.

"결국 제갈량은 올돌골과 오과국 군대를 반사곡이라는 계곡으로 끌어들여서 돌을 굴려 길을 막은 다음 불로 공격했죠. 기름칠한 갑옷이라 물이나 창, 칼에는 강했지만 불에는 어쩔 수 없었으니까요. 그 전투가 끝나자 맹획은 완전히 항복했고, 제갈량은 남만을 평정하는 데 성공했습니다."

"대단하군요."

"참고로 말씀드리면 그다음부터 등나무로 갑옷 대신 방패를 만들기 시작했습니다. 방패는 불이 붙어도 버리면 그만이니까요. 거기다 조총을 전투에 쓰기 시작하면서 등패가 더욱 중요해졌습니다. 조총은 무거운 방패도 쉽게 뚫기 때문에 무거운 방패는 거추장스럽기만 하니까요. 그래서 총을 쏜 다음에 군사들끼리 육박전을 벌일 때 등패가 요긴하게 쓰이게 됐죠. 등나무를 말리고 기름칠해서 삿갓이랑 비슷한 모양으로 만들어 적의 창을 왼손에 든 방패로 막은 뒤 오른손으로는 칼을 들고 파고들기 좋죠. 그런데 등나무는 따뜻한 곳에서 잘 자라기 때문에 조선에서는 전라도랑 경상도 같은 남해 지방에서만 자라니 매우 비싸죠. 불붙는 걸 막으려고 옻칠도 하고요. 여기 범어사도 등나무가 많죠?"

"그런데 칼이나 창은 몰라도 도끼나 곤봉처럼 때리는 무기에는 갑옷도 소용없지 않소?"

한 일꾼이 물었다.

"그렇습니다. 모든 무기에는 장단점이 있죠. 그 때문에 등패를 비롯해서 창, 곤봉, 활 등등 여러 가지 무기를 잘 조합하여 싸우는 지혜가 필요하죠. 그게 전술이고요."

일꾼들이 설명을 마치자 수령은 사람들을 둘러보았다.

"그래서 지금까지 이야기를 하고 있었단 말인가? 그동안 아무도 자리를 뜨지 않았고?"

"저녁때부터 계속 누룩만 밟고 있었습니다!"

일꾼들의 우두머리가 말했다. 한두 명이 용변 보러 다녀오긴 했지만 살해 장소까지 왕복할 만큼 오래 자리를 비운 사람은 없었다.

큰 상단을 운영하며 여러 물건을 취급하던 최형수는 최근에 이 술도가를 매입해 누룩 만들기에도 손을 대고 있었다. 그런데 유시(酉時, 오후 5~7시)에서 술시(戌時, 오후 7~9시)로 갈 무렵 산성 북문 쪽에 가까운 대나무 숲길에서 누군가가 쏜 화살에 등을 맞고 죽었다. 현장을 살펴본 결과 그 주변에는 피해자인 최형수 자신의 발자국 말고 다른 사람의 것은 보이지 않았으므로 화살로 찌른 게 아니라 누군가가 쏜 게 분명했다. 거기다 팔에 화살을 맞았을 뿐인데도 죽었으니 틀림없이 화살에 독을 발랐을 것이다.

"일꾼 중에 최형수에게 원한을 가질 만한 사람이 있었나?"

사람들은 모두 선뜻 대답하지 못했다. 최형수는 동래부는 물론 근방 여러 곳에 누룩은 물론 술독, 돗자리 등까지 납품하는 큰 상인이었으나 지독히 인색하고 돈만 밝히는 데다 자기가 원하는 건 수단과 방법을 가리지 않고 빼앗았기 때문에 원한을 산 사람이 많았다.

"나리, 사, 사실은 말인뎁쇼……."

일꾼 중 한 명이 수령에게 접근하였다.

"나 때문에 그러는 건가?"

이렇게 외친 사람은 후서를 부른 일꾼이었다.

"도련님, 그게 아니고……."

"뭐가 할 말이 있나?"

수령이 물었다.

"다들 나를 의심하는 게 분명합니다."

"왜 의심을 받나?"

"제가 술도가 돈을 조금 가져다 투전하는 데 다 써버렸기 때문입니다!"

그 말을 듣자 수령은 어이없다는 듯 물었다.

"돈을 빼돌려서 투전을 했다고? 그건 쫓겨나고도 남을 일 아닌가!"

"그런 일로 하나뿐인 혈육을 내칩니까?"

그 일꾼은 자신의 이름이 최성돌이라 밝히고 이야기를 시작했다. 그는 일찍 부모를 여의고 작은아버지인 최형수의 집에서 컸다. 최형수는 자식이 없었기 때문에 그의 상단과 전 재산을 물려받을 사람은 성돌 한 명뿐이었다. 그런데 성돌은 자라면 자랄수록 점점 놀기만 좋아하고 일도 게을리했으며, 거기다 작은아버지의 돈까지 멋대로 빼내다 투전 등 도박에까지 손을 댔다. 최형수는 그 때문에 벌로 누룩 밟기까지 시켰다.

"그래서 그것 때문에 원한을 품고, 아니면 재산을 노리고 작은아버지를 죽인 건가? 친부모처럼 당신을 키워준 분을?"

"무슨 그런 끔찍한 말을 하십니까! 저는 여길 떠나지도 않았습니다!"

"아니야. 자네가 여기 누룩 만드는 작업장에 온 건 술시쯤이었지만, 검험(檢驗, 검시)관이 현장 보고 사망 시간이 그보다는 전이라고 했는데, 그전에는 뭘 하고 있었나?"

"시장에 갔습니다!"

"그걸 증명해 줄 수 있는 사람은?"

"여기 있습니다!"

성돌이 후서를 가리키며 말했다.

"증인?"

"오늘 밤 우리도 여흥 삼아 전기수를 불러 이야기나 좀 들으면서 일하는 게 좋을 것 같아서 제가 시장에서 데려왔습니다. 이 사람이랑 쭉 같이 왔고, 오는 동안 작은아버지를 뵙지도 못했습니다. 그렇죠?"

"네, 이분이랑 같이 왔습니다."

후서가 대답하자 수령이 그를 보았다.

"오는 길에 이 사람 작은아버지, 즉 최형수를 보지는 못한 건가?"

"그분이 누군지도 모릅니다."

"흠, 그렇다면 조카는 범인이 아닌 것 같군. 술시면 아직 성문은 닫기 전이니 범인이 벌써 도망쳤을지도 모른다. 혹시 군사 중한 명이 활을 잘못 쏴서 그렇게 된 건 아닌가?"

"아니옵니다. 아까 화살을 뽑아봤는데 그건 전투용이 아니고 사냥용이있사옵니다."

이방이 말했다.

"그래? 알겠다. 그리고 시신은 검험 후 따로 통보하여 돌려주겠네. 그리고 전기수라고 했나? 나중에 사건 조사해야 될지 모르니 당분간 산성 마을을 떠나지는 말게."

수령은 돌아섰다. 성돌은 안도의 한숨을 크게 내쉬었다. 후서가 봐도 그는 작은아버지의 죽음을 그리 슬퍼하는 것 같지는 않았다. 오히려 자신이 살인 혐의를 벗었다는 사실이 안도되는 모양이다.

"세상에, 이게 벌써 두 번째야. 화살로 사람 죽은 게."

일꾼 중 한 부인이 말했다.

"두 번째라고요?"

후서는 자신도 모르게 그쪽으로 향했다.

"며칠 전에 승려 한 사람이 화살에 맞아서 죽었는데, 그것도 사냥용 화살로. 누가 범어사 밑에서 사냥이라도 하다가 잘못해서 승려를 쐈나 봅디다."

"저런, 누가 그랬는지 밝혀졌습니까?"

"아니오."

다들 고개를 저었다. 후서는 그날 술도가에서 묵기는 어려웠기 때문에 결국 일꾼 중 한 명의 집에서 하루 신세 지고 말았다.

자리에 누워서도 후서의 머릿속에서는 그날 일어났다는 살인 사건 생각이 떠나지를 않았다. 그런데 조금 이상했다. 이곳은 동래산성이다. 산성은 철저히 방어를 위해 만들어진 곳으로서 전란이 일어나면 평지에 살던 백성들은 이로운 물건을 모두 산성으로 옮기고 마을과 논밭을 텅텅 비워 적이 아무것도 얻을 수 없게 만드는 청야(淸野)를 한다. 이 산성은 워낙 커서 성 안의 분지에도 마을이 만들어질 정도지만. 문제는 밤이 되면 이곳은 문을 닫으며, 늘 군대가 주둔하고 있기 때문에 열려 있을 때도 군사들의 눈을 피할 길이 없다는 점이다. 이렇게 눈에 띄기 쉬운 곳에서 살인을 저지른다면 도망치기 어려울 것이다.

다음날이었다.

"세상에, 이게 어떻게 된 것이여?"

후서가 술도가 쪽을 기웃거리고 있는데 한 남자가 그 안으로 들어갔다.

"대길 아저씨 아니우? 아유, 이게 웬 날벼락입니까! 세상에!"

그쪽을 보니 고을 이방이 누군가와 이야기를 하고 있다. 이방은 그에게 뭔가 잘 부탁한다는 투로 말했다. 후서는 그냥 지나가려 했는데 한 남자가 그를 불렀다.

"아니, 전기수 양반 아니오? 여기서 뭐 하고 있소?"

후서는 순간 그를 알아보지 못할 뻔했다. 성돌이 일꾼 복장을 벗고 상단의 객주 비슷한 옷을 입고 있었기 때문이다. 옷이 날개라는 속담이 괜히 나온 것 같지 않았다. 하긴 최형수가 죽었으니 이제 이 술도가를 비롯하여 전 상단의 주인은 그다.

"사또 나리가 사건 조사할 때까지 며칠 동안은 이 마을을 떠나지 말라고 하셔서……."

"그렇습니까? 편히 쉬다 가슈. 여기 일 때문에 괜히 댁의 발목까지 잡게 된 것 같구려. 뭐, 바쁜 일은 없죠? 장례를 치러야 하는데 시신 돌려받기 전까지는 아직 안 되니까. 그리고 누룩을 납품하기로 한 데가 많아서 지금은 일을 멈추지 말아야 될 것 같습니다."

성돌은 유일한 혈육인 작은아버지가 죽었는데도 그다지 슬퍼하는 것 같지 않았다. 오히려 전날까지만 해도 저기서 누룩을 밟고 있던 자신이 뒷짐을 지고 작업을 감독하고 있다는 사실을 자랑스러워한다는 느낌까지 들었다.

"저분은 누굽니까?"

후서는 호기심이 일어 성돌에게 물었다.

"이대길 말이오? 돗자리랑 모자, 바구니 같은 거 만들어 파는 장수입니다. 짚으로 뭐든지 만들 수 있는 사람이죠. 어제 누룩 밟기 한 돗자리도 저 사람이 만든 겁니다."

"사또 나리 행차시오!"

저편에서 목소리가 들렸다. 수령이 말을 탄 채 다시 술도가에 왔다.

"아, 마침 여기 다 있었군그래. 최성돌 자네, 어제 시장에 갈 때 삿갓을 쓰고 갔다고 했나?"

"그렇습니다."

"거 참, 이상하군. 그런데 어제 하루 동안 삿갓을 쓰고 동문을 지나간 사람이 둘이나 되니 말일세. 들어온 사람은 둘이라고 했으니 이 전기수랑 자네일 것이고, 나간 사람은 다시 들어오지 않았다네."

"그, 그렇사옵니까?"

"그리고 자네 작은아버지를 쏜 화살 말인데, 관에 등록한 거 보니 여기 활은 있고 화살도 열 순(1순은 5발)을 구입했던데 그중 몇 개나 비는지 알 수 있나?"

민간인이 활을 소유하려면 반드시 관아에 신고해야 했다.

"작은아버지께서 겨울에 사냥하시려고 활을 사긴 하셨지만, 화살이 몇 개나 되는지는 소인도 모르옵니다."

"그래? 알겠네."

부사는 아무래도 성돌을 의심하는 것 같았다. 최형수가 죽어서 가장 이익을 많이 본 사람이 역시 그이기 때문이다.

"그런데 아무래도 어젯밤에 여기에 있던 사람 중에 외부 인물이라곤 저기 있는 전기수 한 명뿐이어서 말일세."

"저 전기수가 범인일 리는 없잖습니까?"

후서는 흠칫했으나 성돌은 농담하듯 말했다. 수령은 후서를 보았다.

"자네, 이 사람이랑 어제 여기 오는 길에 계속 같이 있었나? 이 사람을 전에 어디서 본 적 있나?"

"물론 다 아니옵니다."

후서가 대답할 때 이방이 나섰다.

"나리, 범어사 가셔야 할 시간이옵니다. 감저 순을 보러 가신다고 했잖사옵니까."

"아, 그렇군. 나중에 다시 오겠네."

고을 수령도 자질구레한 일이 많아서 그런지 강 부사도 매우 바쁜 것 같았다.

"감저(甘藷)가 뭡니까?"

후서가 슬쩍 성돌에게 물었다.

"아, 그건 왜국에 통신사로 갔던 조엄(趙曮) 영감이 대마도에서 가져온 겁니다. 대마도 사람들은 그걸 잘 먹는다고 합니다. 지금 시험 재배에 성공했고, 조만간 전국에 퍼뜨릴 예정입니다."

"그게 맛있습니까?"

"하하하, 저도 아직 못 먹어봤습니다. 하지만 척박한 땅에서도 잘 자라고 수확량이 많기 때문에 잘만 하면 백성들에게 아주 좋은 작물이 되겠죠."

"그런데 그걸 또 범어사에 맡기는 바람에 승려들이 고생이 많습니다."

한 명이 끼어들었다. 대길이다.

"툭하면 범어사 승려들에게 이 일 저 일을 시키니 승려들이 관아의 머슴도 아니고 그게 뭡니까?"

"절에서 구황 작물을 재배하는 데 성공해 중생을 구제하면 좋은 거 아닙니까?"

후서는 농담조로 말했지만, 대길은 그를 쏘아보고는 부엌 쪽으로 가서 온 김에 물이나 한 사발 달라고 크게 외쳤다.

"아유, 신경 쓰지 마십시오. 사실 저 친구의 작은아버지가 범어사 승려였는데, 봄에 등나무 베다가 그만 잘못해서 화살에 맞아 죽었소이다."

성돌이 끼어들며 말했다. 그러자 전날 술도가 일꾼 중 한 명이 한 말이 생각났다. 한 승려가 화살에 맞아 죽었고 이번이 두 번째라고.

"뭐, 별문제가 없는 한 사또 나리가 댁을 의심하진 않을 테니 들어갑시다. 아직 점심 전이죠?"

"네, 뭐……."

잠시 후 후서의 앞에 그가 평소에는 상상도 하지 못하던 푸짐한 밥상이 나왔다. 닭찜에 생선구이, 파와 해산물을 잔뜩 넣은 부침개, 각종 떡 등 여러 가지 맛있는 음식은 물론 청주까지 나왔다. 술독에서 술을 만들 때 윗부분의 맑은 술만 떠낸 것이 청주고 남은 것을 걸러 막걸리를 만든다. 간장과 된장처럼 한 항아리에서 만들어지는 것이다. 물론 청주와 막걸리는 가격 차이가 크다. 후서가 이런 환대를 받기는 처음이다.

"여기 누룩으로 만든 막걸리도 좋지만 청주는 맛이 깔끔하오."

성돌이 술 주전자를 내밀며 말했다. 성돌의 술잔은 매우 화려하게 장식되어 있었다. 아마도 특별히 주문한 모양이다.

"멋진 술잔입니다."

"하하하, 술이 좋으면 술잔도 좋아야 하니까 도공에게 부탁해서 특별히 주문한 겁니다."

"제게 잘해주실 필요가 있습니까?"

"당신이 아니었으면 내가 숙부님 살해범으로 오인 받을 뻔했으니 졸지에 당신은 내 은인이 된 셈 아닙니까. 그리고 이런 이야기를 하면 후레자식 소리 들을지도 모르지만, 숙부님이 워낙 엄하셔서 많이 싸우긴 했습니다. 그래도 친척인데 이러면 안 되는 거 알지만 말입니다."

성돌은 웃음까지 띠며 말했다.

"뭣하면 돈도 넉넉히 드릴 테니 오늘도 누룩 밟기 하는 동안 이야기나 해주시겠습니까? 어제도 삼국지 칠종칠금 이야기 정말 재미있었는데, 우리 상단에서 등패도 납품하거든요. 범어사 가서 등나무 보고 그 이야기를 하실 생각을 한 겁니까?"

"아, 뭐…… 응?"

작은아버지가 죽었는데도 이야기를 해달라니 후서는 이해하기 어려웠다. 이런 사람이 주인이 된다면 이 술도가의 앞날이 위태로울 것 같았다. 하지만 그가 상관할 바는 아니었다. 자신이야 오히려 돈 받을 일이 더 생겼으니 다행인 셈이다.

후서와 성돌은 잠시 이런저런 이야기를 하며 식사를 했다. 그런데 그때였다.

"으, 응? 아니, 왜, 왜 이러지?"

갑자기 성돌의 몸이 흔들렸다.

"으, 윽!"

"이, 이보시오!"

후서는 성돌을 붙잡았다. 그런데 성돌은 온몸이 답답하다는 듯 뒤틀다가 쓰러지고 말았다. 후서는 서둘러 밖에 도움을 청했으나 성돌의 숨은 이미 몸을 떠난 다음이었다.

수령이 다시 술도가로 올 수밖에 없었다. 술도가는 이미 모든 작업이 중단된 채 사람들이 다 벌벌 떨고 있었다. 하루 만에 사람이 둘이나 죽었다. 그것도 술도가의 주인이.

"최형수가 죽어서 가장 이익을 본 사람이 성돌이란 잔데, 이 녀석도 죽었다 이 말이군?"

"그러하옵니다."

이방이 말했다. 검험을 맡은 의원이 은비녀를 성돌의 입에 넣어보았다. 은이 섬뜩할 정도로 푸르게 변했다.

"역시 독살입니다. 독은 아무래도 누군가가 이 술잔에 탄 것 같습니다. 여기 외에 다른 곳에서는 은비녀가 반응하지 않습니다. 독의 종류는 잘 모르겠지만 증세로 보아 역시 부자(附子, 투구꽃 뿌리를 말려 끓인 독) 같습니다."

"최형수도 부자를 바른 화살에 맞아 죽었지? 그렇다면 역시 동일범의 소행으로 보아야 하는 건가? 하루 만에 사람이 둘씩이나 죽다니, 물론 이 최성돌이 자살할 이유는 없겠지? 이 큰 상단을 물려받았는데 말일세. 그런데 당신, 당신은 사건 때마다 여기 있구먼?"

부사가 후서를 보며 말했다.

후서는 일단 관아로 끌려갔다가 겨우 풀려났지만, 산성 마을을 나가지는 못하고 그날도 어쩔 수 없이 그 술도가에서 묵을 수밖에 없었다. 하지만 괜히 일꾼들 눈치가 보였다. 연이은 살인 사건으로 뒤숭숭한데 일도 않고 방에 앉아 있기만 한 때문이다. 그렇다고 이야기를 들려주거나 할 분위기도 아니었다.

후서는 길을 걷다가 성벽 옆에 있는 어느 건물을 보았다. 군사들이 엄중히 지키고 있는 것으로 보아 무기고나 식량 창고인 모양이다. 그런데 그 옆을 보니 낯이 약간 익은 사람을 볼 수 있었다.

"실례합니다!"

"뉘슈?"

그는 바로 돗자리 장수인 이대길이었다.

"아, 저는 전기수입니다."

"아, 술도가에 왔다는 그 전기수요? 여긴 웬일이오?"

"지나가다가 뭐 하시나 궁금해서요. 여기서 돗자리 짜십니까?"

"돗자리라도 짜고 등패도 짭니다."

대길은 씩 웃으며 말했다.

"등패는 등나무 덩굴을 말리고 기름을 바른 뒤 방패 모양으로 짜는 겁니다. 그 때문에 매우 질기고 탄력도 좋죠."

대길은 자신의 손을 슬쩍 내밀며 말했다. 순간, 후서의 눈이 번쩍 뜨였다.

"왜, 왜 그러슈?"

"아, 아무것도 아닙니다! 갑자기 뒤가 급해서요!"

후서는 서둘러 도망쳤다.

얼마 후 어두워질 무렵, 후서는 성벽 주변 대나무 숲으로 갔다. 성벽 주변에는 대나무를 많이 심는데, 전란이 일어날 경우 얼른 화살이나 죽창을 만들 재료를 주변에 미리 놓아두기 위해서였다. 하지만 후서의 바로 옆에 박힌 것은 정말 죽창이었다.

"이런!"

"다, 당신은!"

후서가 저편을 보자 삿갓을 쓴 사람이 있다. 삿갓 속에서도 안광이 비칠 정도로 강력한 살의가 느껴졌다.

"이놈!"

"헉!"

삿갓 쓴 남자는 죽창을 다시 들고 후서에게 달려들었다.

"왜, 왜 이러시는 겁니까?"

후서는 손에 아무 무기도 없었다. 일단 돌을 집어서 남자에게 던졌지만 빽빽한 대나무 사이에서 상대를 맞히기란 힘들었다.

"에잇!"

후서는 일단 도망치기로 했다. 하지만 삿갓 쓴 남자는 후서보다 빨라 얼마 가지 못하여 그를 붙잡았다. 후서는 자신의 가슴을 향해 겨눠진 죽창은 어떻게 피했지만, 이번에는 죽창 다른 쪽 끝이 그의 턱을 때리고 말았다.

"죽어라!"

후서가 벌렁 나자빠지자 삿갓 쓴 남자는 죽창을 높이 치켜들었다.

"멈춰라!"

그때였다. 갑자기 주변에서 수많은 군사들이 나타났다.

"아, 아니!"

뒤에서 나타난 이는 고을 수령이었다. 그리고 군사들이 나타나 그 삿갓 쓴 사람을 붙잡았다. 삿갓을 벗기자 이대길의 얼굴이 나타났다.

"아니, 당신들이 날 어떻게?"

"네 녀석이 신후서 군을 노릴 줄 알고 내가 일부러 미끼로 썼네! 후서 군도 동의했고!"

수령이 이대길에게 말했다.

"신후서 군, 자네 말이 옳았네!"

관아에 간 후서는 수령에게 독대를 청하고는 한마디 했다.

"범인이 누군지 알겠습니다."

"누군가?"

"최성돌입니다."

"뭣이라? 최성돌이 자기 작은아버지를 죽이고 자살했단 말인가?"

"아닙니다. 공범에게 살해되었습니다!"

후서는 짧게, 하지만 분명하게 말했다.

"어, 어떻게?"

"간단합니다. 성돌과 공범은 자기가 살인 사건 현장에 없었음을 알려줄 증인이 필요했습니다. 그 증인이 바로 소인이었습니다. 술도가 사람들을 증인으로 삼으면 그 사람들이 짜고 거짓 증언을 한다는 의심을 살 수가 있습니다. 하지만 외부인이 증언한다면 믿을 수밖에 없지 않겠사옵니까? 밤샘 작업에 전기수를 부르는 건 자연스러운 일이니 저를 술도가로 불러서 성돌 자신이 직접 전기수와 함께 와서 쭉 그곳에 있었다고 증언하게 했던 것입니다."

"그러면?"

"공범은 시장으로 와서 증인으로 쓸 전기수를 한 명 구합니다. 그게 바로 소인이었습니다. 공범은 미리미리 최성돌의 목소리를 흉내 내는 연습을 했을 겁니다. 그리고 저와 이 술도가까지 동행했습니다. 그리고 그 동행하는 동안 최성돌은 아무에게도 들키지 않고 가서 자신의 작은아버지를 살해했습니다. 활로 쏴서요."

"그가 활을 어디에서 났겠나? 사랑방에 최형수의 활은 계속 걸려 있었다고 누가 증언했는데?"

수령이 물었다.

"활을 들고 다니면 눈에 띌 것입니다. 최성돌은 최형수에게 대나무 숲 길에서 보자고 이야기를 한 뒤 그가 나오자 멀리 떨어져서 화살을 쐈습니다. 바로 등패로요!"

"드, 등패?"

"등패는 질기고 탄력이 좋아서 가운데와 양 끝에 구멍을 뚫고 양 끝에 있는 구멍에 끈을 팽팽하게 맨 뒤 가운데에 있는 구멍에 대고 그 끈을 활시위 삼아 쏘면 충분히 활의 대용품이 될 수 있습니다. 물론 군에서 쓰는 각궁보다는 훨씬 힘이 약하죠. 그 때문에 독을 발라서 사용했던 것입니다."

후서는 설명을 계속했다.

"그리고 최성돌은 범행을 마친 뒤 재빠르게 돌아옵니다. 그리고 그 공범은 저에게 가서 발도 씻고 옷도 갈아입고 와야 된다며 술도가 뒤로 돌아갔습니다. 그리고 최성돌과 만나 그 사람이 범행에 썼던 등패를 자신의 삿갓 안에 감췄을 겁니다. 등패는 갓이랑 비슷하게 생겼으니 작게만 만들면 충분히 삿갓 안에 들어갑니다. 공범은 삿갓 안에 등패를 감춘 채 유유히 성 밖으로 나갔습니다. 삿갓을 쓴 사람이 최형수를 죽이고 동문으로 도망쳤다고 사람들이 알게 하기 위함이었습니다. 그 등패는 아마 태워 버렸겠죠. 기름 먹인 거니까 잘 탈 겁니다."

"이, 이런, 하지만 그걸 어떻게 증명하나?"

"최성돌이 저에게 식사를 대접할 때 '범어사 지나가다 등나무 덩굴 보고 그 칠종칠금 이야기를 할 생각을 한 것이냐'고 물었습니다. 하지만 여기까지 저와 동행한 사람은 자기가 먼저 등나무랑 범어사 이야기를 했습니다. 그건 둘이 동일인물이 아니라는 증좌(證左, 증거)가 됩니다."

"그건 불완전하네. 그 말을 들은 사람이 자네 혼자뿐이니까."

"그런 면에서 보았을 때 제가 보기에 그 공범이 될 수 있는 사람은 바로 돗자리 장수 이대길입니다."

"뭐라고?"

"이대길은 키도 몸집도 최성돌과 비슷합니다. 거기다 돗자리 짜는 솜씨가 워낙 좋아서 관아에까지 불려가서 등나무 덩굴을 등패로 짜는 일까지 했다고 들었습니다. 그런 그가 덩굴을 조금씩 모아뒀다가 등패를 만들어냈다면 어떻겠습니까? 거기다 그는 자신의 숙부가 범어사 승려였고, 지난봄에 숙부를 여의었다고 합니다. 똑같이 화살에 맞아서요. 만약에 그 사건과 최형수, 혹은 최성돌이 연관이 있다면 어떻겠습니까?"

"응?"

"저랑 같이 산성 마을에 온 사람은 무엇 때문인지 소매에서 손을 꺼내지 않았습니다. 더워서 삿갓으로 햇볕을 막을 정도인데도. 그건 왜겠습니까? 돗자리를 짜는 사람의 거친 손과 부유한 상인의 조카로 늘 말썽만 부리며 살아온 최성돌의 고운 손이 다르다면 이 일을 제가 눈치챌 수도 있기 때문이지요."

"그가 성돌에게 독을 어떻게 먹였겠나?"

"간단합니다. 최성돌은 자기가 보물처럼 아끼는 술잔을 가지고 있었습니다. 그러니 부엌에 물 좀 달라면서 슬쩍 독을 타는 거야 누구에게나 가능했습니다. 누룩 밟는 작업 중이라 누구든 물 마시러 부엌에 갈 수 있으니 의심받을 염려도 적죠."

"그래서 당신이 지금 여기 잡혀온 거지! 내가 당신의 손을 보고 뭔가 눈치챈 듯 굴면 당신이 나까지 죽이려고 할 거라고 생각했으니까! 과감하게 미끼가 됐네!"

후서가 말했다. 그러자 수령이 대길에게 물었다.

"왜 그런 짓을 했나?"

"지난봄에 범어사에서 돌아가신 스님이 내 숙부님인 건 당신들도 다 알 것이오!"

대길이 말했다.

"그런데 그분이 죽은 게 우연이 아니었단 말이야! 그런데 그걸 조종한 자가 누군지 알아? 바로 그 술도가 주인 최형수였다고!"

"왜 그렇습니까?"

"최형수는 등패 만드는 일이 돈이 된다는 걸 알고 그 일을 시킨답시고 등패에 칠할 기름이랑 등나무 덩굴 납품을 위해 승려들을 비공식으로 부려먹었다고! 조엄 부사가 겨우 승려들 노역을 줄인 지 얼마 되지도 않았는데 말이야! 거기다 그걸 관아에 납품하기 위해 관속들에게 기름을 쳤다고! 그걸 숙부님이 알아차리자 숙부님을 죽였다고!"

"과, 관속들에게 기름을 쳐?"

수령이 눈에 불을 켰다.

"웃기지 마시오. 당신 역시 뒤로 상인들에게 뇌물을 받아먹었지? 조정엔 썩은 놈들 투성이인데."

"뭣이라?"

군사들이 나서자 수령이 손을 들어 막았다. 대길은 말을 이어갔다.

"그래서 성돌이란 놈을 설득했지. 그 녀석도 유일한 혈육인 자기에게 돈도 잘 주지 않고 거기다 횡령 문제로 누룩 밟기 일까지 시키니 제 숙부인 최형수에게 앙심을 품고 그 일을 같이 하겠다고 하더라고. 그놈도 썩을 놈이라 그다음에 그 녀석 술잔에 독을 타서 공범을 없앴을 뿐이오."

대길은 곧 관아로 끌려갔다.

며칠 후였다. 수령은 이 사건을 계기로 관속들을 엄중히 조사했고, 상인들에게 뇌물을 받고 관아와 각 군영 납품 독점권을 줬던 이방은 옥에 갇히고 말았다.

"자네 덕택에 이번에 뇌물 받은 자들을 모두 적발할 수 있었으니 다행이네."

"아니옵니다."

"관과 상인들이 결탁하여 부당 이익을 취하여 백성들을 핍박하는 일이 어제오늘 일어난 일이 아님은 알고 있었지만, 이런 일로 인하여 백성들이 관과 조정을 믿지 못하게 되는 일이 두렵네. 관과 조정을 불신하면 결국 그들은 문제를 자신들의 힘으로 해결하려 하겠지. 폭력이나 살인으로."

후서는 뭐라 말하지 않았다.

"전기수라고 했지? 이야기만 하는 게 아니고 이렇게 직접 사건을 해결할 줄도 아나?"

"아, 아니옵니다. 워낙 여기저기 떠돌다 보니 이런저런 일을 많이 겪었사옵니다."

"자네 정말 대단하군. 앞으로 이 이야기도 널리 알리고 관에서도 백성들의 목소리에 귀를 기울이는 사람들이 계속 노력하고 있다고 알려주게."

"알겠사옵니다."

후서는 다시 길을 떠났다. 하지만 마음은 씁쓸했다. 사건을 해결하긴 했지만, 전국을 떠도는 동안 이러한 부정이나 이로 인하여 피해 보는 백성을 한두 번 목격한 게 아니기 때문이다.

"이토록 부정부패가 심하고 백성들 삶이 팍팍하니 이런 사달까지 일어나는 거니까. 그러니 이야기를 팔아서 돈 벌기도 더욱 힘들지. 현실이 이야기보다도 더욱 흥미로우니."

산성을 돌아본 후서의 입에서 갑자기 미소가 퍼졌다.

"그래도 이 고을 사또처럼 성실하고 공명정대한 원님이 있으니 어느 정도는 희망을 가져도 되는 건가?"

마릴린 먼로의 입술

최종철

단편추리소설 위주의 작품 활동을 했다.
인간의 근원적 욕구인 성(섹스)을 소재로 한 에로틱 미스터리 50여 편 발표했다.
추리단편집 『네미시스의 자줏빛 포도주』, 『미스터리 카페』, 『코스닥 살인』, 『영혼의 산책』,
장편추리소설 『뉴스 메이커』 발간. 전자책 『핑크 스카프』 발간했다.
현재 한국추리작가협회 회장직을 맡고 있다.

현아는 M호텔 룸 705호로 올라오라는 김홍식 대표의 말에 경계심이 들지 않을 수 없었다. 엔터테인먼트 기획사 대표여서인지 얼굴이 느물느물하고 눈빛이 끈적끈적한 것은 이미 몇 차례의 면접을 통해 느꼈다.

사무실이나 커피숍 같은 곳에서 만나다 이번에는 호텔 룸이라니…….

현아는 뭔가 꺼림칙했지만 일단 용기를 냈다. 교복도 아닌 사복 차림인데 호텔 룸에 드나들든 누가 뭐라 하겠나. 기획사 대표를 일 때문에 만나는 것인데 주저하거나 꺼려서는 안 된다. 호텔 룸이라 해도 김 대표 혼자가 아니라 항상 옆에 데리고 다니는 강민호 실장도 함께 있을 것이다.

그러나 현아가 엘리베이터로 올라가 705호실 벨을 누르니 문을 열어주는 사람은 김 대표 자신이었다. 그것도 핑크빛이 도는 객실용 얇은 가운만을 몸에 걸친 채였다. 둘러보니 강 실장은 보이지도 않았다. 김 대표의 희멀건 얼굴과 가운 아래 드러난 무릎과 다리에 물기가 촉촉한 것으로 보아 막 샤워를 마친 모습이다.

"뭘 두리번거려? 이리 와 앉아."

김 대표가 응접탁자의 의자를 가리켰다.

현아는 몸이 긴장되어 머뭇머뭇하다 엉거주춤 의자에 앉았다.

"허허! 놀래라. 호텔방 처음이야?"

김 대표가 의자에 마주 앉으며 입가에 웃음을 흘렸다.

"네."

"순딩은 순딩이군. 그렇다고 연기를 하겠다는 사람이 그렇게 긴장하면 어떻게 해? 나 기획사 대표야. 현아를 연기자로 키워주기로 작정한 나라구. 그런 나와 호텔방에 단둘이 있다고 뻣뻣하게 굴면 연기자의 자세가 아니지. 안 그래?"

"네, 알았어요."

현아가 용기를 내어 대답했다. 말문을 여니 다소 마음이 편해졌다.

김 대표가 느물느물한 눈으로 현아를 바라보며 여전히 입가에 웃음을 흘렸다. 그는 담배를 하나 피워 물고는 본론을 꺼냈다.

"그래, 준비해 오라는 것은 가져왔지?"

현아는 핸드백에서 얼른 봉투를 꺼내 내밀었다. 동네서 작은 미용실을 경영하는 엄마를 졸라 마련한 천만 원이다. 길거리 캐스팅에서 발탁된 지 이십여 일 만에 D사 에너지 음료 광고에 캐스팅될 기회가 왔다며 교섭비로 준비해 오라던 돈이다.

김 대표가 흰 봉투 안의 오만 원권 다발을 손가락으로 어림해 본 다음 봉투를 탁자에 올려놓았다.

그가 만족한 표정으로 담배 연기를 길게 불어내며 말했다.

"연기자는 외모에 있어서 보는 사람의 눈을 사로잡는 독특한 특징이랄까 매력의 포인트가 있어야 성공하지. 그런 면에서 현아의 입술 모양은 보면 볼수록 아주 독특한 매력이 있어. 그 마릴린 먼로가 지하철 환풍구 바람에 솟구치는 하얀 원피스 자락을 다리를 꼬며 붙잡을 때의 입술 모양, 흰 이빨을 드러내 놓고 천연덕스럽게 입술을 동그랗게 벌리며 웃고 있는 유명한 장면이지. 그때의 윗입술의 도톰하면서도 동그란 모양은 보면 볼수록 섹시해. 그런데 현아의 입술은 그보다 더한 매력이 있단 말이야. 윗입술이 아랫입술보다 유달리 더 두꺼우며 약간 네모져서인지 말을 할 때도 웃을 때도 실룩거리는 모양이 마릴린 먼로의 그 섹시한 입술을 연상케 하거든? 주위에서 혹시 마릴린 먼로 입술 닮았다는 말 들어본 적 있어?"

김 대표가 눈을 치켜뜨며 갑자기 물어왔다.

현아는 솔직히 대답했다.

"네, 그런 말 자주 들어요."

"바로 그거야! 이제부터 현아는 본명인 주현아가 아니라 이름을 마릴린으로 하자고. 그 두툼한 입술에 포인트를 줘 마릴린이란 이름으로 포토든 TV 화면에 비춰지면 사람들의 시선을 확

끌어당길 수 있을 가능성이 아주 높아. 그렇게 되면 스크린에 진출할 수 있는 것은 물론이고. 어때, 예명을 마릴린으로 하자는 내 제안이?"

"네? 네, 좋아요."

현아는 우쭐해진 기분에 입술을 크게 벌리며 얼른 대답했다.

그 입술을 노려보듯 관찰하던 김 대표가 회심의 미소를 지었다. 담배를 재떨이에 비벼 끄며 그가 말했다.

"자, 그럼 마릴린, 일어서 봐."

현아는 김 대표의 지시에 자동인형처럼 의자에서 벌떡 일어났다.

김 대표가 앞에 서 있는 현아의 엉덩이를 손으로 탁탁 쳤다.

"스타일 또한 중요한데, 마릴린의 몸매 중 곧고 긴 다리 선 위의 이 둥근 엉덩이 곡선 또한 건강미를 물씬 풍기거든?"

이렇게 말하면서 한 손이 스커트 안으로 불쑥 들어와 엉덩이를 둥글게 쓰다듬었다. 김 대표의 눈빛에 이글거리는 야릇한 광기도 눈에 들어왔다.

순간 돌던 피가 멈추듯 긴장감에 몸이 뻣뻣해진 현아는 빠른 결정을 내려야 했다.

바로 뛰쳐나가야 하나? 이대로 참고 있어야 하나?

"자, 마릴린, 이 스커트와 블라우스도 벗어봐. 몸매에서 어디에 포인트를 줘야 할지도 알고 있어야지?"

김 대표가 건강을 체크하는 의사처럼 명령조로 말했다.

그래. 참아야 한다. 현아는 결정했다. 어차피 겪어야 할 관문이다.

이대로 뛰쳐나갔다간 천만 원은 물론이고 모든 일이 죽도 밥도 아닐 게 뻔했다.

현아는 마음을 다잡기 위해 네모진 입술을 오물거리며 시키는 대로 옷을 벗었다. 의사에게 신체검사를 받는다 생각하고 브래지어와 팬티 차림으로 엉거주춤 섰다.

침을 꿀꺽 삼킨 김 대표가 의자에서 일어나 현아를 등 뒤에서 안았다. 두 손이 브래지어를 까 벌리고 도톰히 솟은 젖가슴을 움켜쥐었다. 야수같이 이글거리는 눈빛으로 현아의 입술을 노려보더니 입술을 포개왔다. 입술이 입술에서 젖꼭지로 내려가더니 침을 질질 발라대며 양쪽 유두를 번갈아 게걸스럽게 빨아댔다. 숨을 헐떡이며 현아의 몸을 불끈 들어 침대에 던지듯 눕히고 위에서 덮쳐왔다.

현아는 동물처럼 파고드는 김 대표에게 무장이 해제된 포로처럼 몸을 내줄 수밖에 없었다.

며칠 후 기획사 사무실에서 연락이 왔다.

언제나 사무실을 꽃처럼 지키고 있는 오경인이란 여자였다. 몸이 늘씬하고 눈이 큰 서글서글한 여자다. 연예 기획사 여직원답게 언제나 진한 화장과 화사한 옷으로 치장하고 있어 현아의 눈에도 진홍색 장미꽃 같은 미인으로 보였다.

"현아 학생, 아니, 마릴린이라 한다지? 마릴린 양, 대표님이 오늘 5시까지 사무실로 나오래요. 알았죠?"

현아가 핸드폰을 입에 가까이 대고 낮게 대답하려는데 저쪽에서 전화를 끊어버리는 음이 들려왔다. 평소에도 현아에게 어쩐지 쌀쌀맞게 대한다는 느낌을 주는 여자다.

현아는 수업이 다 끝나기도 전에 학교를 나와 기획사로 달려갔다. 대학 진학을 위해 공부에 열중하고 있는 고3 졸업반 다른 애들과 달리 어차피 다른 길로 가기로 마음먹은 현아.

도착한 기획사 사무실에는 오경인은 보이지 않고 강민호 실장이 자신의 책상에 팔을 괴고 앉아 핸드폰을 들여다보고 있었다. 김 대표는 그 뒤의 별도의 대표실 안에 있을 것이다.

"어, 현아 학생, 이리 와 앉아봐!"

강 실장이 사무실 가운데에 있는 검은색 응접 소파로 내려앉았다.

현아는 그가 가리키는 바로 옆 자리에 책가방을 등에 멘 채 앉았다. 교복인 적색과 청록색 스코티시 체크 스커트 아래 허벅지가 허옇게 드러났다.

강 실장이 허벅지에서 눈을 돌리며 사무적으로 말했다.

"현아, 아니, 마릴린, D사 음료 광고 말이야. 군침을 흘리는 기획사가 많아서 경쟁이 너무 치열해. 피디가 요구하는 것도 은근 상당하고. 물론 대표님이 제작사로부터 확실한 약속은 받아놓은 상태지만 지난번 마릴린이 준비한 교섭비론 부족할 것 같다는 게 대표님 생각이셔. 그래서 말인데, 지난번과 같이 한 장 더 마련해 올 수 있지?"

천만 원을 더 가져오라는 말이다. 언제나처럼 김 대표의 뜻을 전하는 것인지, 강 실장 자신의 의견을 말하는 것인지 애매한 태도다. 마치 천만 원 정도는 한 끼 식사비밖에 아니지 않느냐 는 말투로.

"언제까지요?"

"빠르면 좋지. 늦어도 오 일 안에. 가능하지?"

현아는 짜증날 때 습관처럼 오물거리려는 자신의 입술을 가까 스로 깨물었다.

"알겠어요."

"그래, 그럼 됐고, 대표님께 가봐. 기다리고 계셔."

강 실장이 이런 자신의 역할이 못마땅하다는 듯 벌떡 일어나 자기 자리로 되돌아갔다.

현아는 대표실 문을 노크했다.

"들어와!"

문을 열고 들어서니 김 대표가 안에서 대기하고 있었는지 얼 른 문을 닫았다. 다짜고짜 현아의 몸을 껴안고서 얼굴에 입술을 비벼대며 말했다.

"강 실장에게 들었지? 시키는 대로만 하면 돼. 내가 마릴린을 얼마나 귀하게 아끼는데. 나 믿지, 마릴린?"

현아가 김 대표의 입술에서 얼굴을 떼며 그의 눈을 들여다봤 다. 그의 느물느물한 눈을 보고 입술을 오물이며 고개를 끄덕여 주었다.

몸을 이미 내맡긴 상황에서 이젠 믿는 수밖에⋯⋯.

김 대표가 함박웃음을 짓고 현아의 책가방을 벗겨주며 응접 소파에 앉혔다. 몸을 현아에게 밀착하여 앉고서 두 손으로 현아의 얼굴을 감싸고 입술을 포개왔다. 거친 호흡을 내리쉬며 혀와 입술을 핥았다. 참고 기다렸는지 손은 벌써 교복 스커트 아래 팬티를 헤집고 안으로 들어와 있다.

현아가 몸을 움츠려 다리를 꼬며 다급히 손으로 손을 막았다.

"안 돼요! 여기서는!"

"안 되긴 뭐가 안 돼? 마릴린은 연기자야. 연기자는 언제 어디서든 못 하는 것이 없어야 연기자지. 명심해!"

명령을 내린 김 대표가 손으로 현아의 등을 밀쳐 소파 위로 엎드리게 했다. 뒤에서 현아의 팬티를 내리고 자신도 바지와 아랫도리를 까 내렸다. 뒤쪽에서 현아의 엉덩이를 부여잡고 인정사정 볼 것 없다는 듯 거칠게 몸속으로 파고들어 왔다.

현아는 이제 완전한 포로였다. 포로로서 저항 없이 김 대표의 광기와 같은 욕정의 발산에 몸을 내맡겨야 했다.

배설을 끝낸 김 대표가 크리넥스를 여러 장 뽑아 현아에게 건네주며 회심의 미소를 지었다.

"마릴린은 역시 최고의 연기자 감이 분명해!"

현아는 크리넥스로 서둘러 남자가 흘린 것을 몸에서 닦아냈다. 발목에 걸쳐 있던 팬티를 올리고 교복 스커트도 추슬러 옷매무새를 고쳤다.

바지를 고쳐 입은 김 대표가 말했다.

"아무 걱정 말고 시키는 대로만 해! 알았지, 마릴린? 그럼 다음 연락 때 봐!"

가방을 등에 걸치며 입술을 오물거린 현아는 김 대표에게 머리로만 끄덕 인사했다.

대표실 문을 열고 나오다 현아는 가슴이 철렁 내려앉듯 놀랐다. 바로 문밖에 강 실장이 있었던 것이다.

강 실장은 문에 얼굴을 부딪친 듯 얼굴을 돌렸다. 현아가 갑자기 문을 열고 나오기 전까지 안쪽에서의 말소리, 신음 소리 등을 귀를 세워 엿듣고 있었음이 틀림없었다.

강 실장은 놀란 토끼 눈으로 자신을 보고 있는 현아에게 퉁명스럽게 말했다.

"어서 가봐!"

그는 문에 부딪친 뺨을 손으로 가리며 오만상을 찌푸리고 있다. 현아도 마릴린 먼로의 네모진 입술을 뾰로통하게 내밀며 사무실을 나왔다.

며칠 후 현아는 또 호텔 룸으로 오라는 김 대표의 연락을 받았다.

현아는 엄마가 마지막이라며 대부업체에서 고리로 마련해 준 천만 원이 든 봉투를 들고 룸으로 들어갔다.

이번의 김 대표는 가운은 물론 팬티도 입지 않은 전라의 몸뚱이였다. 뒤룩뒤룩한 뱃살을 힘이 넘치게 출렁대며 막 들어선 현아를 불끈 안아 들어 침대 위로 내던지듯 뉘었다. 욕정으로 불끈 솟은 몸뚱이를 비비며 현아의 옷을 헤치고 몸속으로 파고들었다.

"마릴린! 넌 내 거야!"

"넌 이제 내 곁을 절대 떠날 수 없어!"

"마릴린! 넌 내가 지켜줘!"

"넌 내 품에서 살아야 해! 알겠지? 어서 대답해!"

그는 애매하고도 공허한 말을 끊임없이 지껄이며 현아의 몸뚱이를 공략했다. 처음엔 공허하던 그의 말투와 몸짓은 현아로 하여금 차츰 오직 현아만을 위해 사는 남자, 현아 없으면 존재 가치가 없는 남자가 아닌가 하고 느껴질 정도로 열정적이었다.

현아를 위하고 아끼는 열정이 이 정도라면 엄마가 고리로 준비해 준 천만 원은 굳이 받으려 하지 않지 않을까 하는 생각이 들었다.

참인지 착각인지 거기까지 생각이 미치자 남자의 정열적인 몸부림에 현아도 몸을 열어 호응해 주었다.

현아의 호응과 합창에 김 대표가 욕정의 찌꺼기를 마음껏 배설한 후 뒤룩뒤룩한 몸을 떼고 벌렁 누웠다.

"저 탁자 위 담배 좀 가져와!"

현아가 비서처럼, 하녀처럼 담배를 가져다주었다.

누워서 담배를 피워 물고 한 모금 연기를 내뿜자마자 말했다.

"준비해 오란 것은 가져왔겠지?"

그 말에 현아는 눈물이 핑 돌았다. 네모진 입술을 오물거려 눈물을 참으며 돈 봉투를 꺼내 건네주었다. 그녀는 얼른 욕실로 들어가 쏟아지는 눈물을 가까스로 삼켰다. 간단히 몸을 씻고 나와 여기저기 던져진 옷을 주워 입었다.

여전히 누워 담배를 피우며 김 대표가 말했다.

"곧 연락할 테니 기다리고 있어, 마릴린. 이제 가봐."

현아는 시키는 대로 노예처럼 꾸벅 인사를 하고 호텔 룸을 나왔다.

그로부터 일주일이 지났다. 이상하게도 기획사로부터 아무런 연락이 없었다.

그 이유를 현아는 길거리 전광판을 보고 알았다.

한 신문사의 거대한 전광판에 막 출시된 D사의 에너지 음료 'P스퍼트' 광고가 현란하게 번쩍이고 있었다. 그 안에서 비키니 수영복 차림의 여자 여러 명이 정열적인 몸짓으로 흔들어대다 그중 한 여자가 'P스퍼트' 음료 캔을 따 마시고 서글서글한 큰 눈을 놀란 듯 크게 반복하여 끔뻑거리는 장면이었다.

그 여자는 바로 기획사 사무실에 화사한 장미꽃처럼 앉아 있던 오경인이었다. 마릴린의 섹시한 입술이 아니라 오경인의 서글서글한 눈매가 선택된 것이다. 그 13초 정도 길이의 광고는 이제 TV 화면에도 여기저기 반복해서 나타나고 있었다.

상황을 파악한 현아는 여기저기 배회하며 방황하다 마음을 다잡았다. 김 대표가 계속 전화를 걸어왔지만 받지 않고 스팸 전화로 돌려 버렸다.

현아는 기획사 근처의 호프집으로 갔다. 매운맛 파닭 치킨을 시키고 소주를 한 잔 들이마신 다음 강민호 실장에게 전화를 걸었다.

강 실장은 핸드폰 저쪽에서 주저하는 태도를 보이다 현아의 요구대로 호프집으로 나와 주었다.

현아의 기분을 모를 리 없는 강 실장도 매운맛 치킨에 소주를 몇 잔 들이켰다.

"마릴린의 기분은 아는데, 오경인에게 그 자리를 뺏긴 것은 마릴린의 태도와 행동 때문이기도 해."

"그게 무슨 말이에요? 내 태도와 행동 때문이라니?"

"오라면 오고 가라면 가는 말 잘 듣는 마릴린을 아직은 선뜻 밖에 내놓고 싶지 않은 거지."

"난 시키는 대로 하라 해서……."

"그렇다고 벗으라면 벗고 달라면 아무 저항도 없이 달라는 대로 다 대주니? 김 대표, 그 작자 니 몸뚱이 매력에 신물이 나기 전에는 절대로 너를 세상에 내놓지 않아. 그 작자에게 당한 여자애들이 얼마나 많은데."

강 실장이 역겹다는 표정을 지으며 소주를 단숨에 들이켰다.

현아는 며칠 전 김 대표에게 어쩔 수 없이 당하고 대표실 문을 나올 때 강 실장의 그 일그러진 표정의 의미를 이제야 알 것 같았다. 김 대표 밑의 손발 같은 부하지만 김 대표의 그런 짓거리를 오래전부터 혐오하고 있던 것이다.

현아도 소주잔을 비웠다.

"그럼 난 이제 어떻게 해요?"

"어떻게 하긴, 앞으로도 계속 돈으로든 몸으로든 그 작자의 비위를 맞춰주며 다음 기회를 기다리며 붙어 있든지, 아니면 다 포기하고 아예 이 바닥에 더 이상 발붙일 생각을 말든지 둘 중

하나 아니야? 오경인도 몇 년이나 그 작자에게 붙어 있다 기회를 잡은 건데. 어쩌면 마릴린이 나타나서 오경인을 놓아준 거라 할 수도 있지."

"김 대표 정말 치사하네요."

"치사하고 더러운 놈이지."

이제 두 사람은 소주잔을 부딪치며 김 대표의 비리에 대한 성토에 몰입했다.

강 실장은 매운맛에 취하고 소주에 취해 김 대표의 여자 탐욕 버릇에 대한 혐오감을 침을 튀겨가며 토해냈다. 남쪽 남해 바닷가 마을의 선후배 사이인 두 사람이라 강 실장은 김 대표의 고향에서부터 있던 여자관계뿐 아니라 돈을 뜯어내는 치사한 행위 등을 소상히 알고 있었다. 비록 부하로서 자신도 김 대표 밑에서 일하고 있지만 너무도 치사하고 혐오스러워 벗어나고 싶은 생각이 문득문득 든다고 했다.

현아에게도 허황한 꿈을 접고 지금이라도 늦지 않으니 이 바닥을 떠나는 것이 현명한 결단이라고 충고했다.

현아는 그 충고에 대한 고마움의 표시로 네모진 입술로 강 실장의 뺨에 키스를 해주고 헤어졌다.

현아는 옷가지를 챙겨 집을 나와 남쪽으로 가는 고속버스에 올랐다, 물론 엄마에게는 잠시 집을 떠나 있겠다는 편지를 남기고.

현아는 남해대교 아래의 한 어촌 마을을 찾아갔다. 바닷가 부두 안쪽에 그리 크지 않은 어선들만 보이는 어촌이지만 냉동

창고와 마을 회관은 물론 식당이며 술집, 카페와 모텔까지 다 있는 마을이었다.

바닷가 거리를 몇 번 오가며 술집만을 기웃거리다 현아는 '나폴리 호프'란 술집으로 들어갔다.

호프집 안쪽 한 탁자 주위에 네 명의 남자가 앉아 고스톱 판을 벌리고 있었다. 모두 가무잡잡한 얼굴을 들어 안으로 들어서는 현아를 쳐다보았다.

현아는 남자들을 등지고 출입구 창문 너머 석양으로 붉게 물든 바다 풍경을 바라보며 앉았다.

입술을 붉은 루주로 야하게 바른 아줌마가 주방에서 나왔다. 호프집 주인 여자였다.

"어머! 예쁜 처녀, 어찌 이런 디에? 여행 온 긴가?"

아줌마가 현아의 얼굴과 결코 작지 않은 옷가방을 번갈아 봤다.

"네, 소주 한 병 주세요. 매콤한 골뱅이나 치킨 있나요?"

"왜 없겠나? 치킨보다 내 얼큰하게 싱싱한 가자미 찌개 해줄게. 그보다 몇 살이고? 설마 미성년 아는 아니제? 그라면 골치 아픈 기라."

"보여줘요?"

현아는 당당하게 말했다.

"아, 아니다. 니가 아니라면 아닌 기지. 내가 알고 있음 더 골치 아픈 기 아니겠나."

아줌마가 야한 웃음을 흘리며 주방으로 달려갔다.

현아는 저물어가는 저녁 바다 노을을 바라보며 소주를 천천히 마셨다.

맛있게 생선찌개를 요리해 준 아줌마는 멀리서 현아를 그윽이 바라보기도 하고 옆으로 와 말을 시키기도 하면서 사뭇 현아에게 호기심을 표했다.

아줌마보다 더 현아에게 눈길을 주는 쪽은 고스톱 판을 벌리고 있는 남자들이었다. 그들은 현아가 들어온 이래 화투장을 보는 것보다 현아의 모습을 힐끗힐끗 바라다보는 횟수가 더 많아졌다. 이윽고 고스톱 판을 접더니 소주를 몇 잔씩 들이켜고는 눈 좀 부치고 곧 출항 준비를 해야 한다며 모두 떠났다.

아줌마가 현아의 앞자리로 와 앉았다.

"얼굴도 예쁘고 그 입술이 참 탐스럽고 귀엽고만!"

현아는 입술에 살짝 웃음을 머금었다.

"어디서 왔노?"

"서울이요."

"그럼 그라제. 딱 서울서 온 기 맞고만. 그러고 니 여행 온 기 아니고 집 나온 기 맞제?"

현아가 대답 대신 소주를 쭉 들이켰다.

"내 짐작이 딱 맞고만! 그람 어디 묵을 띤 있나?"

현아가 안쪽을 두리번거린 후 물었다.

"아줌마, 나 여기서 알바하면서 잠 좀 잘 데 없어요?"

아줌마가 야한 입술을 쩍 벌리고 함박웃음을 지었다.

"와 없노. 안에 방 있다. 방값 안 받을 기니 니는 일만 도우면

된다."

"고맙습니다, 아줌마!"

현아가 크게 머리를 조아렸다.

아줌마가 반겨 말했다.

"그럼 우리 약속한 기다. 근데 니 이름은 뭐꼬?"

"정아요. 김정아."

현아는 생각나는 대로 얼른 같은 반 여자애 이름을 댔다.

"그래, 정아. 나도 한 잔 다오. 그라고 아줌마라 부르지 말고 이제부턴 언니라 불러라. 알았제?"

"네, 언니!"

현아는 엄마 또래 아줌마에게 얼른 잔을 내밀고 소주를 채워 주었다.

현아가 그 집에서 기거한 이후로 '나폴리 호프'에는 차츰 손님들이 모여들었다. 대부분 한밤중에 어선을 끌고 바다로 나가 쳐둔 어망에 걸린 고기를 잡아와 이른 아침 어촌계 경매 공판장에 넘기고 낮잠을 자거나 술집에서 고스톱 판을 벌리는 어부들이었다. 이들은 낮 손님들이었다. 바다 가두리양식이나 멸치잡이 죽방림 위주의 어부들은 밤손님들이었다.

모델처럼 늘씬하고 싱싱하며 마릴린 먼로의 입술을 가진 묘한 미모의 현아는 작은 어촌 마을 모든 남자들을 블랙홀처럼 '나폴리 호프'로 끌어들였다.

그 덕에 주방의 주인 언니는 신바람이 났다. 현아는 술과 안주를 나르며 손님들의 간절한 요청에 자리에 앉아 술도 한 잔씩 따라주었다.

어김없이 어부들은 손으로 현아의 엉덩이를 만지거나 허리를 팔로 휘감았다. 거기까지는 봐주었고 손이 허벅지로 올라올 때는 현아도 어김없이 손을 밀치고 일어나 다른 손님 자리로 가버렸다.

그래도 옆자리에 앉아준 현아에게 어부들은 나가면서 이만 원, 삼만 원, 오래 앉아 있었으면 오만 원도 팁으로 쥐어주었다.

어떤 고객은 현아에게 십만 원 수표 몇 장을 손에 쥐어주며 밖에 보이는 모텔을 눈짓으로 가리켰다. 현아는 곧바로 수표를 손님의 호주머니에 쑤셔 넣어주고 등을 떠밀어 내보냈다.

그 고객들 중 현아의 눈을 끄는 남자가 하나 나타났다. 얼굴이 네모지고 어깨가 넓어 힘이 넘쳐 보였고, 꾹 다문 일자 입이 별로 말이 없어 우직한 머슴 같은 인상이다.

이 남자가 점심이 지난 무렵 전에 한 번 온 나이든 어부와 함께 '나폴리 호프'로 들어왔다. 소주에 치킨을 시킨 후 나이든 어부가 현아에게 자리에 앉기를 청했다.

"저는 맥주만 마시는데요?"

현아는 여러 손님을 대하기에 독한 소주가 몸에 부담이 된다는 것을 깨닫고 맥주만 조금씩 마셨다.

"그래? 그람 맥주도 갖고 와라코만!"

현아가 맥주와 유리잔을 가져와 나이든 어부 옆에 앉았다.

나이든 어부가 현아의 허리를 팔로 휘감고 말했다.

"성식이 니 베트남 언제 간다코?"

"열흘 남았씀다."

"세 명 간다고 했제? 가문 이렇게 엉덩이가 제일 빵빵한 여자를 니가 차지하거라이. 마누라는 엉덩이 큰 게 제일 좋은 기라. 내 말 알았제?"

어부가 현아의 엉덩이를 손바닥으로 탁탁 쳤다.

이름이 성식이인 머슴 같은 남자가 작지만 이글거리는 눈빛으로 현아의 얼굴을 노려보며 말했다.

"알았씀다. 나 갔다 오는 동안 아재나 잘 하이소. 나 없다고 내 배 아재 맘대로 여기저기 끌고 당기지나 마시이소."

말하면서도 성식의 눈길은 현아의 얼굴을 벗어나지 못했다.

현아가 루주를 바른 네모진 입술을 쭈뼛하며 맥주를 들이켰다. 그러곤 나이든 어부의 곁을 떠나 성식의 옆으로 가 앉았다.

"한 잔 주세요, 성식이 오빠."

성식이 루주가 묻은 현아의 맥주잔에 맥주를 따라주었다. 그 잔을 성식의 소주잔에 부딪치고 두 사람은 각자의 잔을 들이켰다. 서로의 눈을 탐색하듯 들여다보며.

"와! 니 둘이 불붙것다! 성식이 니 잘해보거라이!"

아재가 박수를 쳐주었다.

현아가 네모진 입술에 야릇한 미소를 흘리며 엉덩이를 성식의 몸에 바짝 밀착했다. 머슴같이 우직한 성식의 몸도 전기가 통하는지 손이 현아의 엉덩이로 올라왔다.

다음 날부터 성식은 혼자 왔다. 배를 소유한 성식은 아재와

밤중에 조업을 나갔다 새벽에 들어온다고 했다. 낮에는 잠을 잠깐 자고 일어나 밭일을 하거나 다음 조업 준비를 마치고 오후 네다섯 시쯤 나왔다.

그 시간대 오후의 '나폴리 호프'는 성식처럼 현아를 보러 온 남정네들로 가장 붐비는 때였다. 현아는 이 남자 저 남자 자리를 오가며 눈치껏 적당히 친절을 베풀면서도 가장 많은 시간을 성식에게 할애했다.

그런 현아의 행동과 배려에 감동받은 성식은 매일 왔다. 매일 와서 현아의 엉덩이를 토닥이고 팔을 어깨에 걸쳐 두르며 손으로 봉곳한 젖가슴을 살짝살짝 만졌다. 갈 때는 취기가 돈 게슴츠레한 눈빛에 가득 아쉬움을 품고서 오만 원 한 장을 현아의 손에 쥐어주었다.

그런지 오 일쯤 지난 날 저녁 무렵, '나폴리 호프'를 나서는 성식을 현아가 바로 따라 나왔다. 성식의 손목을 잡아끌고 저만치 보이는 '남해장 모텔'로 앞장서 갔다.

302호 룸에 현아를 데리고 들어선 성식은 숨을 헐떡였다. 기대하지도 않았는데 갑자기 굴러들어 온 횡재에 너무도 감격해했다. 여자가 자신을 좋아한다는 자신감에 개선장군처럼 현아를 바로 덮치려 들었다.

바로 침대로 눕히려는 성식을 저지하고 현아가 네모진 붉은 입술을 내밀고 키스를 유도했다. 입술로 입술을 빨아주는 동안 현아가 성식의 옷을 벗겼다. 티셔츠를 벗기고 혁대를 풀어 바지도 벗기고 팬티도 벗겨주었다. 남자의 그것이 그의 어깨만큼이나 크고 우람하게, 우직하고 뻣뻣하게 부풀어 올라 있다.

"나도 벗겨줘요."

현아의 속삭임에 숨을 거칠게 헐떡이며 성식이 현아의 옷을 벗겨주었다. 침을 꿀꺽꿀꺽 삼키면서 하나하나 드러나는 여자의 속살을 이글거리는 눈빛으로 노려보며.

성식이 현아의 나신을 안아 침대에 눕히고 위로 올라왔다. 그는 고기로 가득한 어망을 건져 올리는 단단한 근육으로 힘차면서도 거칠게 정복자처럼 현아의 몸을 점령했다.

거친 파도를 넘듯 한차례의 욕정을 발산하고 성식이 나자빠지듯 벌렁 누었다.

현아가 나란히 살을 맞붙이고 누워 땀에 젖은 성식의 넓은 가슴을 손으로 쓰다듬었다.

"오빠, 나를 두고 베트남에 갈 거야?"

예상치 못한 여자의 말에 나른하던 성식의 몸에 전류가 흐르듯 긴장감이 어렸다. 뜬금없는 말이지만 여자의 입에서 나온 그 말의 의미를 성식이 모를 리 없다.

성식이 눈을 감고 생각에 잠겼다.

현아는 남자의 나신에 더욱 몸을 밀착시키며 대답을 기다렸다. 그러나 대답을 재촉하지는 않았다.

이윽고 누워 있던 성식이 상체를 일으키며 팔로 현아도 일으켜 마주 앉혔다. 성식이 머슴처럼 우직하고 순진한 눈으로 현아의 눈을 들여다보았다.

"정아 니 참하고 멋진 가스나 아이가? 근디 니 같은 처녀가

와 이런 깡촌 구석에 내려와 있노? 그것도 가스나가 남정네 술이나 따르면서. 그 사연이 뭐꼬?"

현아도 성식의 눈을 들여다보았다.

"오빠, 나에 대해 정말 알고 싶어?"

"그람 이 마당에 나도 알아야 하지 않것나? 니 지금 말하기 싫다 이거가?"

현아가 얼른 입술로 성식의 입에 키스했다.

"오빠에게 숨길 게 뭐가 있어. 이게 다 엄마가 대부업체에서 꾸어다 쓴 돈 때문이야."

"뭐라코? 니 엄마 빚 땜에 지금 예까지 와서 돈을 버는 기라 이거가?"

현아가 그의 눈을 보며 크게 고개를 끄덕였다. 그녀는 침착한 표정을 지으며 차분한 어투로 사연을 늘어놓았다.

엄마가 서울서 미용실을 하고 있다는 것, 아는 사람 꾐에 빠져 돈을 불려준다는 기획 투자사에 돈을 맡겼다 사기를 당했다는 것, 그 때문에 고리 사채 빚에 엄마가 몹시 시달리고 있다는 것, 엄마의 그런 모습에 괴로워 집을 나와 돈을 벌기 위해 이렇게 먼 곳까지 왔다는 것.

상황을 그럴듯하게 꾸며대면서도 현아는 여고 졸업반 학생이란 사실은 숨겼다.

"그럼 니 엄마 빚 갚을 때까지 술집서 계속 있을 기가?"

"그래야죠. 내게 다른 방법이 없는 한."

"엄마 빚이 얼마나 되노?"

"한 오천?"

오천만 원이란 말에 성식이 침묵했다.

순진하게 생각에 잠기는 성식의 표정을 보고 현아가 말했다.

"오빠, 엄마 빚은 내가 벌어 갚을 거니 걱정할 거 없어요. 그리고 빚 갚고 나면 술집 알바도 그만둘 거고. 그때까지 오빠가 이렇게 매일 와서 날 지켜줄 거죠?"

성식의 우직한 얼굴이 더욱 멍해졌다.

"이제 우리 이렇게 된 이상 오빠는 내 말 들어야 해요. 알았죠? 그리고 오빠에게만 말하는 건데 내 이름은 김정아가 아니라 본명은 주현아예요. 오빠는 알고 있어야 할 것 같아서 말해주는 거라고요."

이렇게 말하며 현아는 다시 성식의 가슴을 파고들었다.

엉거주춤 혼란스럽던 성식도 오롯이 안겨오는 그녀를 또 넓은 가슴에 안았다.

성식은 베트남에 가지 않았다.

'나폴리 호프'에 오는 남자들의 수가 차츰 줄어들었다. 손이라도 잡아보고 옆에 앉혀보고 싶은 여자가 한 남자를 기둥서방처럼 받들고 있음을 눈치챈 남자들이 발길을 끊었다.

보다 못한 주인 언니가 현아에게 사정하다시피 말했다.

"정아야, 니 성식이 총각이 베트남 신부 데리러 안 간 기 니 때문이란 소문 많다. 니 정말 성식이한티 시집갈 작정이가?"

"시집이요? 언니, 내가 벌써 시집은 무슨. 다만 성식이 오빠가 좋은 건 어쩔 수 없어요. 결혼하고 안 하고는 나중 일 아닌가요?"

"그람 가스나야, 니 둘 서로 좋은 티 작작 부리거라이. 와 꼭 여기 다른 손님들 보는 앞에서 그라노? 둘이 모텔에 가는 기 다 안다. 거기서나 그라고 여기선 가능한 서로 모른 체해주면 안 되 겠나? 손님들 눈치 보여 그라니 내 사정 좀 하꼬마, 이?"

"언니, 오빠가 매일 밤 고기 잡고 새벽에 들어와 날 보러 오는 데 어떻게 모른 체해요? 그럼 나 여기 그만두란 말인가요?"

"아, 아니다. 누가 그만두라노, 가스나야? 무슨 말을 못 하 겠네!"

주인 언니가 붉은 입술을 실룩이며 재깍 말을 거두었다.

주인 언니는 현아에게 거절당하더니 포기하지 않고 이제는 성 식을 설득한 모양이다.

그날 남해장 모텔의 지정 방처럼 사용하는 302호 룸에서 한 바탕 욕정을 발산하고 난 후 나란히 누워 성식이 말했다.

"니 내가 베트남 안 가서 절약한 돈 천팔백 줄 기니 니 엄마 빚 갚는 데 보태라. 니 통장 번호나 적어도. 알았제?"

"오빠, 왜 이래?"

"베트남 여자 대신 니를 선택하기로 했음 어짜피 니 돈 아이 가. 생각 같아선 그 빚 오천 내가 다 갚아줄 수 있다만 니 손으 로 벌어 갚겠다니 니 고집 꺾을 수는 없을 기고. 그라니 잔말 말 고 그 돈 받아라."

"오빠가 그렇게 돈 많아?"

현아가 살을 밀착시키며 성식의 가슴을 쓰다듬었다.

"없진 않지. 배도 있고 집도 있고 밭도 있는디 내 혼자 살고 있으니 그딴 오천쯤이야 밭뙈기 하나 팔면 그만 아이가. 요즘은 바닷가에 전원주택 짓는다고 도시 사람들이 몰려와 부르는 기 값이다. 그 재산, 니를 각시로 삼기로 했으니 니를 위해 쓰는 일 외 무슨 일이 있겠노? 더구나 베트남 여자 아니고 니가 내 색시라니 니를 공주처럼, 여왕처럼 모실 작정이다, 이 가스나야."

감격한 현아가 네모진 입술로 성식의 얼굴에 키스를 퍼부었다.

"오빠, 오늘 주인 언니가 오빠에게 무슨 말 한 거 맞지?"

"그래, 맞다. 니를 보러 그 집에 오지 말고 연애를 하려문 밖에서 보라 카더라."

"그래, 뭐라 했어?"

"뭐라긴, 내 각시 내가 지킬러문 매일 와얀다고 했다, 이 가스나야."

현아가 그의 가슴을 또 파고들었다.

성식은 매일 오후 네 시면 '나폴리 호프'에 나타났고, 주인 언니는 두 사람 관계를 별수 없이 인정하고 더 이상 시비하지 않았다.

성식이 없는 시간대에는 현아가 눈치껏 남자들 자리에 앉아 술도 따르고 비위도 잘 맞춰주었다. 그런 만큼 현아는 여전히 '나폴리 호프'의 영업에 없어서는 안 되는 소중한 자산임을 인정해야 했다.

가을비가 추적추적 내리는 어느 날 오후 3시쯤, 시상식장의 배우처럼 양복을 미끈하게 차려입은 한 남자가 '나폴리 호프'에 나타났다. 바닷가 어부의 검게 그을린 얼굴이 아니고 기름기가 반지르르하고 허여멀건한 얼굴의 그 남자가 현아를 보고 소리쳤다.

"야! 마릴린! 어떻게 감히 너가 날 두고 여기 숨어 있어?"

남자는 현아의 손목을 끌어 다짜고짜 자리에 앉혔다.

현아는 어긋나간 학생처럼 네모진 입술을 실룩이며 무관심한 표정을 지었다.

"오, 마릴린!"

남자가 쌍심지를 켜듯 노려보며 못 참겠는지 입술을 대고 팔로 몸을 휘감으려 했다.

현아가 손으로 남자의 느물느물한 얼굴을 밀치며 자리에서 벌떡 일어섰다.

"여기서 이러면 안 돼요! 따라와요!"

현아가 앞장서 밖으로 나가고 남자가 발정 난 암캐를 쫓아가는 수캐처럼 따라 나갔다.

그 모습을 지켜보던 주인 언니가 고개를 갸웃하며 혀를 찼다.

현아는 '남해장 모텔' 302호로 남자를 데리고 들어갔다.

룸에 들어서자마자 남자는 버릇처럼 현아의 몸을 휘어잡고 입술을 빨려고 들었다. 완전 자신의 전유물로 여기던 현아가 갑자기 잠적해 버린 후 애타게 수소문하여 찾아낸 결과이니 몸이 달아오를 대로 오른 상태였다.

그러나 현아는 예전의 현아가 아니었다. 강력히 남자를 밀쳐내고 전화로 맥주를 주문하여 탁자에 마주 앉았다. 룸 출입문도 일부러 잠가두지 않았다.

마침 자동으로 켜진 TV에서는 오경인의 큰 눈에서 별을 반짝이며 껌벅이는 'P스퍼트' 음료 광고가 흐르고 있었다.

맥주로 입을 축이며 현아가 차갑게 말했다.

"왜 찾아왔어요?"

"오, 마릴린, 너 대신 오경인이 나간 건 정말 미안해. 하지만 마릴린, 너에겐 더 큰 배역을 내가 생각하고 있었단 말이야. 그걸 몰라주고 삐쳐서 이런 깡촌에 숨어 있다니……."

"개소리 집어쳐요!"

현아가 쏘아붙였다.

"그딴 사탕발림 이젠 그만해요. 지금까지 여러 여자에게 그래 온 것처럼 몸이고 돈이고 실컷 우려먹고 나중에 싫증나면 헌신짝처럼 나 몰라라 버릴 거란 거 내가 모를 줄 알아요!"

정곡을 찔린 남자가 느물느물 눈알을 굴리더니 의자에서 내려와 무릎을 꿇었다. 그러곤 현아의 손을 두 손으로 잡고 말했다.

"마릴린, 맹세코 마릴린에게만은 아니야! 앞으로 더 이상 돈은 필요 없어! 아니, 오히려 내 돈으로 마릴린을 여왕처럼 모실게! 여왕처럼 다듬어 반드시 크게 성공시킬 테니 날 떠나지만 말아줘! 부탁이야!"

남자의 느물거리는 눈빛을 알면서도 현아가 말했다.

"알았어요. 맹세한다니 한번 믿어보죠. 단, 조건이 있어요."

"뭔데?"

"절대 내 입술만은 안 돼요. 다른 건 몰라도 날 데뷔시키기 전까지는 입술에 키스만은 안 돼요. 그것만은 지켜줘요."

"에이, 그건 좀."

남자의 낯빛이 금방 밝아졌다.

"왜, 싫어요? 그럼 이만 끝내요."

현아가 차갑게 말하며 손을 뿌리쳤다.

"아, 알았어! 데뷔 전까진 절대 키스 안 할게. 약속해."

이미 참느라 몸이 달아오를 대로 달아오른 남자가 현아의 몸을 들어 침대에 눕혔다.

남자가 자신의 옷을 모두 벗어던지고 현아의 옷을 벗겼다.

한편, 4시가 되자 성식이 어김없이 '나폴리 호프'에 나타났다.

평소 두 사람의 관계를 얄밉게 여기고 있던 주인 언니가 비꼬듯 말했다.

"성식 총각, 서울서 정아 그 카스나 서방이 온캅드라이. 하이고, 서방이 또 있었나 보제이? 둘이 보자마자 바로 모텔로 카더라이."

홍두깨로 뒤통수를 얻어맞은 성식이 숨을 헐떡이며 모텔로 달려갔다. 302호실로 뛰어 올라가 잠겨 있지 않은 문을 열고 안으로 들어갔다.

침대 위에서 허여멀건 몸뚱이가 현아 위에 올라타 엉덩이를 피스톤처럼 짓이겨 대고 있다.

성식의 눈에 불이 켜졌다.

탁자 위에 있는 둥글고 묵직한 유리 재떨이가 눈에 들어왔다. 성식은 지체 없이 그 걸 들고 허여멀건 몸뚱이의 뒤통수를 사정없이 내려쳤다.

퍽 소리와 함께 앞으로 고꾸라지는 남자 뒤로 성식이 서 있는 모습을 알아본 현아가 남자의 몸을 밀치고 황급히 일어났다.

그녀는 일언반구 말도 없이 옷을 주섬주섬 찾아 입고 도망치듯 룸을 빠져나왔다.

현아는 '나폴리 호프'에 들러 자신의 짐을 챙겼다. 영문을 몰라 왜 그러느냐고 닦달하는 주인 언니를 뒤로하고 나와 택시를 잡아탔다.

처음 서울서 내려왔을 때의 그 고속버스터미널로 가서 서울로 가는 고속버스에 올랐다.

고속버스가 달리는 동안 현아는 긴장도 풀리고 마음도 느긋해졌다. 하품을 길게 한 후 가방에서 통장을 꺼내 들여다보았다. 그녀가 '나폴리 호프'서 일하기 시작할 때 지역 농협에서 만든 예금통장이다.

통장에는 성식이 베트남에 가지 않고 준 천팔백만 원을 포함하여 수시로 손님들로부터 팁으로 받아 예금한 이천삼백만 원이 넘는 돈이 들어 있었다. '나폴리 호프'에서 일한 지 딱 이십육 일 만이다. 그 돈이면 김홍식 대표에게 이른바 교섭비라며 상납한 엄마가 빚진 돈은 갚을 수 있었다.

현아는 핸드폰을 꺼내 기획사 강민호 실장과 나눈 카톡 대화를 지웠다.

지운 대화 중에는 김홍식 대표의 동생 이름이 김성식이란 것, 김 대표가 현아를 애타게 찾고 있다는 것, 바로 어제야 일부러 알려준 '나폴리 호프'에서 알바하고 있다는 내용 등이었다.

다음 날, 남해가 속한 남쪽 지역방송과 지역신문에 한 살인 사건이 보도되었다.

보도에 의하면 '부모가 남긴 어선과 집, 땅 등 재산을 김 모 동생이 독차지하고 있자 형인 김 모 씨가 서울서 내려와 모텔 방에서 재산을 두고 시비하다 격분한 동생이 형의 머리를 가격하여 뇌진탕으로 형이 사망했다. 오촌 당숙인 아재의 증언에 의하면 사망한 형은 평소 돈 욕심이 많은 사람으로 장남으로서 동생에게 끈질기게 재산 반환을 요구하던 터였다. 동생 김 모 씨는 자신에 의해 형이 살해되자 충격을 받아 실어증에 걸린 듯 묵비권으로 일관하고 있다'는 내용이었다.

모텔 룸 맥주잔에 선명하게 찍혀 있는 '네모진' 입술 루주 자국에 관한 언급은 보도 내용 어디에서도 찾아볼 수 없었다.

초판 1쇄 찍은 날 2016년 8월 12일
초판 1쇄 펴낸 날 2016년 8월 19일

지 은 이 | 김경수 외
엮 은 이 | 한국추리작가협회
펴 낸 이 | 서경석

펴 낸 곳 | 도서출판 청어람
등록번호 | 제387-1999-000006호
등록일자 | 1999. 5. 31
어람번호 | 제10-0022호

주소 | 경기도 부천시 원미구 부일로 483번길 40 서경B/D 3F (우) 14640
전화 | 032-656-4452 팩스 | 032-656-4453
http://www.chungeoram.com
E-mail | chungeorambook@daum.net
NAVER CAFE | http://cafe.naver.com/goldpenclub

ISBN 979-11-04-90919-1 03810